Zum Buch

Joanne Kilbourn ist Dozentin an der Universität von Regina, Kanada. Eigentlich glaubt sie, auf alle Unbilden des Lebens vorbereitet zu sein, aber dann geschehen zu viele Dinge auf einmal. Ein befreundeter Professor wird unter kompromittierenden Umständen tot aufgefunden, sie verliert ihren Platz in einer wöchentlichen Talk-Show, und eine ihrer Studentinnen verschwindet unter höchst mysteriösen Umständen. Joanne geht all dem nach – mit dem ersten Ergebnis, daß wenig später die Unterrichtsräume an ihrem Institut verwüstet werden und ein zweiter Mord geschieht.

Zum Autor

Gail Bowen lehrt an der University of Regina, Saskatchewan, englische Literatur. Im Econ & List Taschenbuch Verlag erschien von ihr bisher: *Ein Mord wie Samt und Seide* (TB 25232).

Gail Bowen

Der Campus-Mord

Kriminalroman

Aus dem Amerikanischen von Tatjana Kruse

Econ & List Taschenbuch Verlag

Veröffentlicht im Econ & List Taschenbuch Verlag
Der Econ & List Taschenbuch Verlag
ist ein Unternehmen der Econ & List Verlagsgesellschaft, München
Deutsche Erstausgabe
© 1999 by Econ Verlag München – Düsseldorf GmbH
© 1996 by Gail Bowen
First published by McClelland & Stewart Inc., Toronto
Umschlagkonzept: Büro Meyer & Schmidt, München – Jorge Schmidt
Umschlagrealisation: Init GmbH, Bielefeld
Titelillustration: Rainer Tintel
Lektorat: RR
Gesetzt aus der Caslon und der DIN-Engschrift, Linotype
Satz: Josefine Urban – CompetenzCenter, Düsseldorf
Druck und Bindearbeiten: Elsnerdruck, Berlin
ISBN 3-612-25239-9

Für unsere Kinder: Hildy Wren, Max und Nathaniel.
»Jedes Lebensalter ist das Beste.«

Ich danke Carol Abbey für ihre Zauberkünste auf
dem Computer und ihre unendliche Geduld; Dr. Joan
Baldwin dafür, daß sie alles ist, was eine Hausärztin
sein sollte; Dr. Bernie Selinger für seine unermüdliche
Unterstützung und Freundschaft; und natürlich Ted,
weil man ihn nie zweimal um etwas bitten muß.

**In den 25 Jahren**, die ich Julie Evanson-Gallagher kannte, hatte ich ihr viele Dinge an den Hals gewünscht. Eines aber nicht: daß man ihren frischgebackenen Ehemann tot in einer Pension in der Scarth Street findet, mit einer Ledermaske über dem Kopf, einem Elektrokabel um den Hals und einem Straps mit Spitzenbesatz auf den Hüften, mit dem er zwei schwarzen Nylonstrümpfen an seinen muskulösen Schenkeln Halt gab.

Ich war gerade auf dem Weg zu meinem Seminar ›Politik und die Medien‹, als mich Inspektor Alex Kequahtooway von der Polizei in Regina anrief und mir mitteilte, daß die Pensionswirtin des Hauses in der Scarth Street eine Stunde zuvor Reed Gallaghers Leiche gefunden hatte und er jemanden an seiner Seite brauche, der Julie kannte, wenn er ihr die Nachricht überbrachte. Obwohl meine Beziehung zu Reed Gallagher keineswegs eng gewesen war, verspürte ich einen Stich. Alex hatte die Todesszene von Reed Gallagher sehr zurückhaltend beschrieben, aber ich konnte mir leicht vorstellen, warum Julie eine Stütze nötig hatte, wenn sie von der Art und Weise erfuhr, wie ihr Ehemann seinem Schöpfer gegenübergetreten war.

Am Tag des Jüngsten Gerichts mochte Gott ausschließlich daran interessiert sein, was in den Herzen der Menschen geschrieben stand, aber Julies Urteil hatte sich schon immer recht fest auf dem gegründet, was für das menschliche Auge offensichtlich war. Die Erkenntnis, daß sie die Witwe eines Mannes war, der die Welt in der Aufmachung eines RuPaul verlassen hatte, würde ein herber Schlag für sie sein. Alex hatte recht: Sie brauchte Hilfe. Aber wenn er Namen von mir wollte, würde mir nur schwerlich jemand einfallen, der diese Aufgabe willig übernahm.

»Jo, ich will dich ja nicht drängen . . .« Alex' Stimme am anderen Ende der Leitung klang eindringlich.

»Ich versuche es, aber Julie bricht nicht gerade unter einer Last von Freunden zusammen«, erwiderte ich. »Sie kann eine richtige Giftschlange sein. Du hast ja selbst erlebt, wie sie dich bei ihrem Hochzeitsempfang vorführte.«

»Mrs. Gallagher hat jedermann höchst erfreut mitgeteilt, wie wenig es ihr ausmachte, daß du einen Eingeborenen mit zu ihrer Party gebracht hast«, erinnerte er sich mit angespannter Stimme.

»Ich hätte ihr am liebsten das Glas Bowle über den Kopf geschüttet.«

»Du könntest nie Polizistin werden, Jo. Lektion Nummer eins an der Rekrutenschule: nichts persönlich nehmen.«

»Können sie euch das wirklich beibringen?«

»Klar. Wenn nicht, wäre ich bereits nach der ersten Stunde auf Streife in das Standing Buffalo Reservat zurückgekehrt. Jetzt komm schon, nenn mir einen Namen. Mrs. Gallagher mag rückständig sein, aber sie ist nur dreißig Minuten vom schlimmsten Augenblick ihres Lebens entfernt.«

»Sie sollte jetzt wirklich nicht allein sein, aber mir fällt, ehrlich gesagt, niemand ein, den ich anrufen könnte. Ich glaube, ihre Familie besteht nur aus ihrem Sohn und ihrem Ex-Mann, und sie hat sich von beiden losgesagt.«

»In einer Krise finden die Menschen wieder zusammen.«

»Tun sie, wenn sie wissen, daß es eine Krise gibt. Alex, ich weiß nicht, wo ich Mark oder Craig erreichen könnte. Mark studiert an einem christlichen College in Texas, aber ich habe keine Ahnung, wo. Und Craig hat mich letzte Woche angerufen und mir erzählt, daß er und seine neue Familie auf dem Weg nach Disneyworld sind.«

Ich sah aus meinem Bürofenster. Es war der 17. März, und der Campus – in der Schwebe zwischen der eisigen Schönheit des Winters und dem Versprechen des Frühlings – sah trostlos aus. Außer dem Schneematsch, der von den Straßen geschaufelt und in schmutzigen Bändern entlang des Gehwegs gehäuft worden war, gab es keinen Schnee mehr, und das kobaltblaue Leuchten des Winterhimmels hatte sich in stumpfes Gewehrmetallgrau verwandelt. Zu allem Elend war an diesem Morgen auch noch ein Sturm über die Stadt hereingebrochen. Aus dem Anblick der Studenten zu schließen, die auf dem Weg zu ihren Autos vom Wind durchgeschüttelt wurden, wollte sich das scheußliche Wetter noch lange nicht verabschieden.

»Ich wünschte, ich wäre im Fantasyland«, seufzte ich.

»Geht mir genauso«, meinte Alex. »Ich war nie ein großer Fan von Minnie und Mickeymaus, aber sie würden mir bessere Gesellschaft leisten als der arme Kerl in dem Zimmer da oben. Jo, es ist ein grotesker Anblick, aber die Medien werden ihn lieben. Sobald sie Wind davon bekommen, wie Reed Gallagher gestorben ist, werden sie wie die Schmeißfliegen in der Pension einfallen. Ich muß zu Julie Gallagher, bevor mir einer von denen zuvorkommt.«

»Soll ich dich begleiten?«

»Ich weiß, du bist von Mrs. G. nicht besonders entzückt, aber ich habe nächste Angehörige schon oft genug verständigt, um zu wissen, daß sie jemanden brauchen wird, der kein Cop ist.«

»Ich war gerade auf dem Weg zum Unterricht, deshalb muß ich mir für meine Klasse noch etwas einfallen lassen.« Ich sah auf meine Armbanduhr. »Ich könnte dich um zwanzig nach drei vor Julies Haus treffen.«

»Im Ausweis von Gallagher steht, daß er im Lakeview Court

3870 wohnt«, sagte Alex. »Das ist doch die Eigentumswohnanlage, oder?«

»Stimmt«, sagte ich.

Nachdem ich eingehängt hatte, wartete ich auf den Dauerton, dann wählte ich die Durchwahl von Tom Kelsoe. Es war das zweite Jahr, in dem Tom und ich das Seminar 371 in Politikwissenschaften unterrichteten. Er war ein Mann, dessen Ehrgeiz weit über die Universität in Saskatchewan hinausreichte, und wann immer er eine Gelegenheit an seine Tür klopfen hörte, sprang ich im Unterricht für ihn ein. Er schuldete mir einen Gefallen; eigentlich schuldete er mir viele Gefallen, aber als ich dem unbeantworteten Klingeln des Telefons in seinem Büro lauschte, fiel mir ein, daß ausgerechnet an diesem Tag Tom Kelsoes neues Buch veröffentlicht wurde. Tom würde heute wohl kaum begeistert sein, alte Schulden bei einer Kollegin zu begleichen. Offenbar hatten unsere Studenten Pech. Ich nahm meinen Mantel, stopfte ein paar unkorrigierte Aufsätze in meine Aktentasche, schrieb einen Zettel, daß Kursus 371 ausfiel, und eilte zur Tür.

Als ich um die Ecke zur Eingangshalle bog, stieg Kellee Savage aus dem Aufzug. Sie entdeckte mich und winkte, dann hinkte sie durch die Halle auf mich zu. Den kleinen Handwagen, mit dem sie ihre Bücher transportierte, zog sie hinter sich her.

»Professor Kilbourn, ich muß vor dem Unterricht mit Ihnen reden.«

»Kannst du mich begleiten, Kellee?« fragte ich. »Ich muß das Seminar ausfallen lassen und bin spät dran.«

»Ich weiß, daß Sie spät dran sind. Ich war bereits im Seminarraum.« Sie griff in ihren Handkarren, nahm ein Buch heraus und reichte es mir schwungvoll. »Schauen Sie, was auf meinem Platz lag!«

Ich warf einen Blick auf den Umschlag. »*Dornröschen*«, las ich vor. »Ja und?«

»Lesen Sie den Zettel, der drinliegt.«

Ich öffnete das Buch. Die Notiz, an Kellee adressiert, beschrieb in allen Einzelheiten, welche sexuellen Akte nötig wären, um sie aus ihrem langen Schlaf zu wecken. Die Beschreibungen waren so phantasielos und vorhersehbar wie die Graffiti an den Wänden einer öffentlichen Toilette. Aber es lag etwas Originelles und Grausames in der Parallele, die der Schreiberling zwischen Kellee und Dornröschen gezogen hatte.

Liebliche Feen mochten sich bei der Taufe von Dornröschen mit ihren Geschenken von Schönheit, Anmut und Charme gegenseitig übertroffen haben, aber als Kellee Savage auf die Welt kam, war weit und breit keine Fee mit Geschenken zu sehen. Kellee war kaum größer als einen Meter fünfzig und mißgebildet. Eine Schulter lag höher als die andere, und ihr Hals war so kurz, daß ihr Kopf auf ihrem Schlüsselbein förmlich aufzuliegen schien. Sie machte sich gar nicht erst die Mühe, ihre Augen zu schminken. Kellee wußte wohl, daß kein Mascara der Welt ihre Augen verschönern konnte, die blau und wäßrig hinter den dicken Gläsern ihrer Brille stierten, aber sie gab sich viel Mühe mit ihrem Lippenstift und mit ihrem Haar, das sie lang trug und mit einer dieser überladenen Spangen zurückgebunden, wie sie junge Mädchen bisweilen schick finden.

Sie studierte eigentlich Journalistik, hatte aber schon zweimal meinen Unterricht besucht: den Einführungskurs in Politikwissenschaft und jetzt mein Seminar ›Politik und die Medien‹. Dreimal die Woche kam ich auf dem Weg zu meinen Erstsemestern an ihrem Schließfach vorbei, und jedes Mal wartete sie auf mich mit einer Frage oder einer Ansicht, die sie bestätigt wissen wollte. Sie war nicht sonderlich begabt, aber entschlossener als alle Studenten, die ich je gekannt hatte. Zu Beginn des Semesters, als sie mich um die Erlaubnis gebeten hatte, meine Vorlesungen auf Band aufnehmen zu dürfen, hatte sie große Selbsterkenntnis gezeigt: »Ich muß gute Noten bekommen, weil das alles ist, was für mich spricht.«

Ich gab ihr das Buch zurück. »Kellee, meiner Meinung nach

sollten Sie das der Fachschaft vorlegen. Es gibt dort eine Anlaufstelle, die sich mit Fällen sexueller Belästigung beschäftigt.«

»Die glauben mir nicht.«

»Waren Sie schon dort?«

»Allerdings. Mehrmals.« Sie wappnete sich. »Das passiert mir nicht zum ersten Mal. Die glauben, ich würde das alles nur erfinden. Natürlich sind sie nicht so dumm, mir das ins Gesicht zu sagen, aber ich weiß, daß sie mich für verrückt halten, wegen . . .« Sie senkte den Blick.

»Wegen was?« hakte ich nach.

»Wegen des Namens der Person, die mir diese Dinge antut.« Sie warf mir einen trotzigen Blick zu. »Es ist Val Massey.«

»Val?« entfuhr es mir ungläubig.

Kellee hörte meinen Unterton genau. »Sehr richtig, *Val*.« Sie spuckte den Namen wie eine Beleidigung aus. »Ich wußte, Sie würden mir nicht glauben.«

Jetzt war es an mir, den Blick abzuwenden. Ich glaubte ihr *wirklich* nicht. Val Massey hatte ebenfalls das Seminar über Politik und die Medien belegt. Er sah gut aus, war klug und arbeitete zielgerichtet. Es schien unvorstellbar, daß er seine sichere Zukunft wegen einer grundlosen Attacke auf Kellee Savage aufs Spiel setzte.

Kellees Stimme war tränenerstickt. »Sie sind genau wie die Typen vom Büro für sexuelle Belästigung. Sie glauben, ich würde mir das nur einbilden, weil ich . . .«

»Kellee, manchmal – und gerade zu dieser Jahreszeit – kann der Streß des Studierens . . .«

»Vergessen Sie es. Ich hätte wissen müssen, daß es zu gut war, um von Dauer zu sein.«

»Was war zu gut, um von Dauer zu sein?«

Jetzt weinte sie, und ich streckte die Hand nach ihr aus, aber Kellee schüttelte mich ab. »Lassen Sie mich in Ruhe.« Sie hinkte geräuschvoll durch die Halle. Vor dem Aufzug blieb sie stehen und schlug auf den Knopf ein. Als sich die Türen öffneten, drehte sie sich zu mir um.

»Heute ist mein Geburtstag«, schluchzte sie. »Ich bin 21. Eigentlich sollte ich glücklich sein, aber wie sich herausstellt, ist dies der schrecklichste Tag meines Lebens.«

»Kellee, ich . . .«

»Ach, seien Sie still. Halten Sie verdammt nochmal den Mund.« Dann trat sie in den Aufzug und verschwand aus meinem Blickfeld.

Sie hatte *Dornröschen* nicht mitgenommen. Ich sah in das Gesicht der Märchengestalt auf dem Umschlag. Ihre Züge waren makellos. Ich seufzte, steckte das Buch in meine Aktentasche und eilte die Halle hinunter.

Der Unterricht hätte um 15 Uhr beginnen sollen. Als ich den Seminarraum erreichte, war es zehn nach drei. Eine ungeschriebene Regel des Universitätslebens besagt, daß die Studenten gehen dürfen, wenn sie zehn Minuten auf ihren Professor gewartet haben. So gesehen schaffte ich es gerade noch rechtzeitig, und als ich die Schwelle überschritt, lief ein Stöhnen durch den Raum. Als Val Massey mich entdeckte, schenkte er mir ein verstohlenes verschwörerisches Lächeln. Ich lächelte zurück und sah dann auf den Platz ihm gegenüber, wo normalerweise Kellee Savage saß. Er war leer.

»Tut mir leid«, erklärte ich. »Mir ist etwas dazwischengekommen. Das Seminar fällt heute aus.«

Jumbo Hryniuk, ein junger Riese, der eine Karriere als Moderator von »Monday Night Football« anstrebte, aber trotzdem meinen Unterricht am Hals hatte, schob seinen Stuhl zurück und jaulte vor Entzücken auf. »He, das ist toll!« rief er. »Dann sind wir die ersten am Tresen in der Lazy Owl Bar. Jemand hat mir erzählt, daß der Verleger von Tom Kelsoe die Rechnung für alle Drinks auf seiner Party heute abend bezahlt.«

Val Massey stand auf und steckte seine Bücher in seinen Rucksack. Sogar diese mechanische Aufgabe erledigte er mit lockerer, gefälliger Anmut. »Toms Verleger weiß, wie man Studenten hofiert«, meinte er leise. Er sah mich an. »Werden Sie auch dort sein?«

»Auf jeden Fall«, erwiderte ich. »Studenten sind nicht die einzigen Menschen, die Toms Verleger zu hofieren weiß.« Dann schrieb ich die Aufgabe für das nächste Seminar an die Tafel, sagte, daß ich sie alle bei der Veröffentlichungsparty zu sehen hoffte, und eilte zum Parkplatz.

Es fiel ein eisiger Regen, und der Nordwind war so heftig, daß die Regentropfen regelrecht auf mich einzuschlagen schienen. Mein Wagen parkte in der Nähe, und ich rannte die ganze Strecke, aber trotzdem war ich bis auf die Haut naß, als ich hinter das Lenkrad glitt. Allem Anschein nach würde es ein furchtbarer Tag werden.

Während ich darauf wartete, daß der Verkehr auf der Hauptstraße eine Lücke aufwies, sah ich zurück zum Campus. In den über zwanzig Jahren, die das neue Universitätsgelände nun schon existierte, hatten nicht viele Politiker der Versuchung widerstehen können, in einer Rede die Rolle hervorzuheben, die es dabei spielte, niedriges Buschwerk und dünnen Mutterboden in eine funkelnde Stadt zu verwandeln. Ich hatte einige dieser rhetorischen Lobeshymnen selbst geschrieben, doch als ich an diesem Tag beobachtete, wie die vom Wind getriebenen Wolken über die Steppe jagten, spürte ich einen Schauer. Vor der unnachgiebigen Bedrohung eines Präriesturms schien die Universität unwirklich und flüchtig, wie ein Bühnenbild im Theater, das jeden Augenblick in sich zusammenfallen konnte. Ich war froh, als ich mich endlich in den Verkehrsfluß einfädeln und in Richtung Stadt fahren konnte.

Der Wascana-Park war menschenleer. Die Jogger, die Spaziergänger und die jungen Mütter mit ihren Kinderwagen waren vom Regen in die Häuser gezwungen worden, und ich hatte die Straße, die durch den Park führte, für mich allein. Nichts hielt mich davon ab, an Julie zu denken und daran, wie ich die nächsten Stunden in den Griff bekommen konnte. Doch je mehr ich versuchte, mich auf die Zukunft zu konzentrieren, desto mehr wurde mein Kopf unnatürlicherweise von Bildern aus der Vergangenheit überschwemmt.

Julie und ich teilten ein Vierteljahrhundert an Erinnerungen, aber es fiel mir schwer, auch nur eine einzige zu finden, die mein Herz wärmte. C. S. Lewis hat einmal gesagt, daß sich glückliche Menschen ebenso unfehlbar auf das Glück zubewegen wie Reisende auf die besten Plätze in einem Zug. In all den Jahren, die ich Julie gekannt hatte, war sie unweigerlich immer auf Leid und Elend zugesteuert, und sie hatte stets dafür gesorgt, genügend Mitreisende zu haben.

Craig Evanson und mein verstorbener Ehemann Ian hatten in den siebziger Jahren gemeinsam damit angefangen, Provinzpolitik zu betreiben. Im Laufe der Zeit waren Julie und ich uns als Mütter und Ehefrauen nähergekommen. Von Anfang an hatte ich ihre unerbittliche Sucht nach Perfektion befremdlich gefunden, aber ich mochte und respektierte ihren Ehemann. Wie alle anderen auch. Craig war nicht der Klügste, aber er hatte hohe Grundsätze und arbeitete hart.

Als wir die Evansons kennenlernten, hatte Julie gerade ihren Sohn Mark geboren, und sie ging völlig in der Mutterschaft auf. Die Leidenschaft, mit der sie sich an die Aufgabe machte, ihren Sohn zum Besten heranzuziehen, ging mir auf die Nerven. Als das Undenkbare geschah und sich herausstellte, daß Mark nicht nur durchschnittlich, sondern sogar unterdurchschnittlich war, zweifelte ich nicht daran, daß Julies Welt zerbrechen würde. Doch sie überraschte mich. Ohne mit der Wimper zu zucken, orientierte sich neu. Sie zog sich völlig von Mark zurück und warf sich kopfüber in die Kampagne, um Craig Evanson zum Premierminister der Provinz zu machen. Es war ein absurdes Unterfangen und von Anfang an zum Scheitern verurteilt, aber Julies Verbitterung, als sich ihre Pläne nicht erfüllten, vergiftete beinahe Craigs Beziehung zu allen, die ihm wichtig waren. Als sich die Evansons schließlich scheiden ließen, war das eine Erleichterung für alle, die Craig liebten. Zu guter Letzt waren wir Julie endlich los.

Doch wie sich herausstellte, war Julie mit uns noch nicht fertig. Zwei Monate vor diesem stürmischen Märztag hatten einige von Craigs Freunden eine Hochzeitseinladung in ihren Briefkästen gefunden. Julie heiratete Reed Gallagher, den neuen Dekan der journalistischen Fakultät, und unsere Anwesenheit wurde höflichst erbeten. In Erinnerung an die gute alte Zeit und aus einigen etwas komplizierteren Gründen hatten die meisten von uns diese Einladung angenommen.

Julie war eine triumphale Braut gewesen. Sie hatte auch jedes Recht dazu. Sie heiratete einen erfolgreichen Mann, der absolut verrückt nach ihr zu sein schien, und die Hochzeit, für die Julie jedes nur erdenkliche Detail selbst geplant und eigenhändig ausgeführt hatte, war ein einziges Paradebeispiel. Aber als ich in den Lakeview Court bog und den Audi von Alex vor Hausnummer 3870 parken sah, spürte ich eine eisige Faust in meiner Magengrube. Fünf Wochen nach ihrer vorbildlichen Hochzeitsfeier sollte Julie Evanson-Gallagher am eigenen Leib die grausame Wahrheit des Verses erfahren, der auf dem Sticktuch im Nähzimmer meiner Großmutter stand: »Stolz bringt Verderben, und Hochmut kommt vor dem Fall.«

Kaum hatte ich hinter dem Audi geparkt, sprang Alex heraus, spannte einen schwarzen Regenschirm auf und kam zu mir herüber. Er hielt den Schirm über mich, während ich ausstieg. Zusammen rannten wir zu Julies Veranda und klingelten an der Haustür. Neben der Tür befand sich eine Milchglasscheibe, und dahinter tauchte fast unmittelbar nach dem Klingeln Julies Umriß auf, aber sie hatte es nicht eilig, die Tür zu öffnen. Als sie es endlich tat, war sie alles andere als herzlich.

»Was für eine Überraschung«, sagte sie in einem Ton, der deutlich durchblicken ließ, daß sie Überraschungen nicht schätzte. »Ich habe den Catering Service erwartet. Einige Leute wollen vor Tom Kelsoes Buchveröffentlichungsparty vorbeischauen, und ein Termin jagt den anderen. Prompt gibt es nichts als Unterbrechungen.« Sie strich sich über ihr gestärktes silberblondes Haar und bedachte Alex und mich mit einem kühlen Blick. Sie hatte uns unser Stichwort geliefert. Jetzt war es an uns, zu reagieren.

»Julie, es gießt in Strömen. Dürfen wir hereinkommen?« fragte ich.

»Tut mir leid«, sagte sie und trat einen Schritt zur Seite. Sie schenkte uns ein für sie typisches, angedeutetes Grübchenlächeln. »Aber ich muß euch warnen, ich habe kaum Zeit für einen Besuch.«

Alex sprach sie mit sanfter Stimme an. »Es handelt sich eigentlich nicht um einen Höflichkeitsbesuch, Mrs. Gallagher. Wir haben schlechte Nachrichten.«

»Es geht um Reed«, erläuterte ich.

Ihre dunklen Augen wanderten von mir zu Alex. »Was hat er getan?«

»Julie, er ist tot«, sagte ich. »Es tut mir furchtbar leid.«

Die Worte hingen zwischen uns in der Luft, schwer und dumm. Julie wurde totenbleich, dann verschwand sie wortlos ins Wohnzimmer.

Alex drehte sich zu mir um. »Du ziehst am besten deinen nassen Mantel aus. Sieht so aus, als würden wir hier eine Weile bleiben.«

Ihrem Wohnzimmer nach zu schließen, handelte es sich bei Julies Plänen um weit mehr als nur ein paar Leute, die mal eben kurz vorbeischauen wollten. Ein halbes Dutzend runder Tische mit grün-weiß-karierten Tischtüchern stand am entfernten Ende des Zimmers. In der Mitte jedes Tisches befand sich ein Topf mit weißem Klee in einem weißen Flechtkorb mit grünen Schleifen an den Griffen. Es sah alles sehr festlich aus – und sehr traurig. Vor weniger als einer Stunde hatte Kellee Savage geschluchzt, daß ihr einundzwanzigster Geburtstag immer mehr zum schlimmsten Tag ihres Lebens wurde. Es gab kaum zwei Frauen, die einander unähnlicher waren als Reed Gallaghers frischgebackene Witwe und die linkische und einsame Kellee Savage, aber jetzt hatten die zwei doch etwas gemeinsam: Solange sie lebten, würden sich beide an diesen schwarzen St. Patricks-Tag erinnern.

Julie stand neben dem Fenster, das nach vorn hinausging, und starrte in ein übergroßes Aquarium. Als ich ihrer Blickrichtung folgte, entdeckte ich einen Engelbarsch, goldfarben und lapislazuli, der elegant durch ein winziges Korallenriff glitt.

Julie war unnatürlich still, und als ich ihre Hand berührte, war sie eiskalt. »Soll ich dir einen Pulli holen?« fragte ich. »Oder eine Tasse Tee machen?«

Sie nahm meine Anwesenheit gar nicht wahr. Ich stand so dicht bei ihr, daß ich ihr Parfüm riechen und ihr Herz pochen hören konnte, aber Julie Evanson-Gallagher war so weit von mir entfernt wie Atlantis, der versunkene Kontinent. Draußen trieben sich die Sturmwolken gegenseitig über den Himmel, der Wind schlug auf die jungen Bäume auf dem Rasen ein, und der Regen zerfraß die Schneehaufen neben den Gehwegen. Aber in der stillen und zeitlosen Welt des Aquariums gab es nichts als vollkommene Gelassenheit. Mir war klar, warum Julie sich so bereitwillig auf den Frieden dieses wäßrigen Königreichs einließ; unklar war mir allerdings, wie ich sie wieder zurückholen konnte.

Alex stand hinter uns. Plötzlich lehnte er sich vor. »Sehen Sie nur«, flüsterte er, »da kommen sie aus den Korallen. Rotfeuerfische, gleich zwei von ihnen.« Einige Augenblicke waren wir drei still und beobachteten nur. Dann sagte Alex: »Die Fische sind ganz erstaunlich, Julie.«

Und sie waren erstaunlich: groß, königlich und so schillernd gemustert wie ein Stoffballen auf einem Straßenmarkt in Jakarta. Aber auch bedrohlich. Stachel strahlten wie Sonnenstrahlen von ihren geschmeidigen Körpern ab, und während sie auf uns zuschwammen, trat ich instinktiv einen Schritt zurück.

»Es sind meine Lieblinge«, sagte Julie.

»Sind Sie jemals von ihnen verletzt worden?« erkundigte sich Alex.

Julies Grübchenlächeln tauchte auf. »O ja, aber das macht mir nichts aus. Sie sind so schön, daß es das wert ist. Reed mag sie nicht. Er will einen Hund. Das müssen Sie sich mal vorstellen, einen Hund.« Einen Moment lang schwieg sie. Dann fragte sie: »War er allein?«

Es schien merkwürdig, gerade diese Frage zuerst zu stellen, aber Alex ließ sich nicht aus der Ruhe bringen. »Das war er, als ihn die Pensionswirtin fand.«

Julie zuckte zusammen. »Wo war er?«

»In einer Pension in der Scarth Street.«

»Ich möchte ihn sehen«, sagte sie. Ihre Stimme klang leblos.

»Wenn Sie wollen, bringe ich Sie zu ihm«, erwiderte Alex, »aber zuerst muß ich Ihnen einige Fragen stellen. Können wir uns setzen?«

Julie wies auf einen der Tische, der für die Party hergerichtet war. Alex setzte sich auf den Stuhl ihr gegenüber. Er schwieg einen Moment, beobachtete ihr Gesicht und sagte dann: »Wann haben Sie Ihren Ehemann zuletzt gesehen?«

Julies Antwort war kaum zu verstehen. »Gestern abend. Gegen halb neun.«

»Verbrachten Sie die Nacht für gewöhnlich getrennt?«

Sie sah ihn trotzig an. »Natürlich nicht. Wir haben uns nur gestritten.«

»Worüber haben Sie sich gestritten?«

Julie zuckte mit den Schultern. »Ich kann mich nicht erinnern. Es war eine dieser dummen Auseinandersetzungen, die Ehepaare bisweilen haben.«

»Aber Ihrem Mann war es damit so ernst, daß er nicht nach Hause kam. Haben Sie sich keine Sorgen gemacht?«

»Nein . . . Reed war wütend. Ich glaubte, er wolle sich irgendwo abkühlen, und ging dann zu Bett.«

»Haben Sie heute versucht, ihn aufzuspüren?«

Plötzlich funkelten Julies Augen. »Selbstverständlich habe ich das! Ich habe sein Büro angerufen, aber da war er nicht.«

»Hat Sie das nicht überrascht?«

»Er ist ein wichtiger Mann. Er hat keinen dämlichen, unbedeutenden Job, wo er den ganzen Tag an seinem Schreibtisch sitzen kann.« Sie lehnte sich vor und zupfte die grüne Schleife an einem der Körbe zurecht. Als die Schleife gerade saß, sah sie aus müden Augen auf. »Warum stellen Sie mir all diese Fragen?«

»Die Umstände des Todes Ihres Ehemannes waren ungewöhnlich.«

Alex klang ganz sachlich, aber ich sah, wie Julie sich versteifte.

»Wovon sprechen Sie eigentlich?«

»Nun, zum einen war er merkwürdig gekleidet.«

Julies Augen wurden groß. Sie trug eine Seidenbluse, eine Strickjacke, Hosen und Sandalen, alles in sorgfältig aufeinander abgestimmten Grautönen. In einer Reflexbewegung warf sie einen Blick auf ihr Outfit, als ob sie sich vergewissern wollte, daß ihre eigene Aufmachung über jeden Tadel erhaben war, wie exzentrisch ihr Ehemann auch gewesen sein mochte.

Alex lehnte sich zu ihr. »War Ihr Ehemann ein Transvestit?« fragte er sanft.

Julie sprang so abrupt auf, daß sich ihre Beine am Tischrand verfingen. Das Kristallglas vor ihr hüpfte auf und ab und fiel dann um. »Sie wissen ja gar nicht, was Sie da sagen«, fauchte sie. »Ich weiß wirklich nicht, warum man jemanden wie Sie überhaupt hierher geschickt hat. Was sind Sie, eine Art indianischer Sonderermittler?«

»Ich bin ein ganz normaler Inspektor, der rein zufällig auch ein Chippewa ist.«

»Es interessiert mich nicht, was für ein Indianer Sie sind«, erklärte Julie.

Sie verschwand im Flur, und als sie zurückkam, trug sie einen

Trench und eine Schultertasche. »Sie können jetzt gehen. Ich werde zum Polizeirevier fahren und mir jemanden suchen, der weiß, was er tut.«

Alex zog den Reißverschluß seiner Windjacke zu. Sein Gesicht war ausdruckslos.

»Ich nehme Sie in meinem Wagen mit«, sagte er. »Sie sollten jetzt nicht ans Steuer.«

»Ich bin auch mit dem Wagen da«, warf ich ein, »ich kann sie mitnehmen, Alex.«

Julie warf mir einen giftigen Blick zu. »Damit du hinterher deinen Freundinnen alle Einzelheiten brühwarm erzählen kannst? Nein, danke.«

Sie ging wieder in den Flur, und ich folgte ihr. Neben der Eingangstür hing ein Spiegel. Julie blieb vor ihm stehen und prüfte ihr Make-up.

»Julie, es muß doch etwas geben, was ich tun kann«, sagte ich.

Ihr Spiegelbild warf mir einen eisigen Blick zu. »Stets die kleine Pfadfinderin, nicht wahr, Joanne? Wenn du so scharf darauf bist, mir einen Gefallen zu tun, warum rufst du dann nicht meine Gäste an und teilst ihnen mit, daß die Party ausfällt? Die Liste liegt neben dem Telefon in der Küche.« Unter dem Spiegel befand sich eine kleine Kommode. Julie öffnete die oberste Schublade, nahm einen Schlüssel heraus und reichte ihn mir. »Schließ die Tür ab, wenn du gehst«, sagte sie. »Letzte Woche gab es weiter unten an der Straße einen Einbruch. Und wirf den Schlüssel anschließend in den Briefkasten.«

»Ich werde dafür sogen, daß alles sicher ist«, sagte ich.

Julie lachte zornig auf. »Tu das.« Dann öffnete sie die Tür und verschwand im Regen.

Alex drehte sich zu mir um. »Ich rufe dich an«, sagte er. »Im Moment sollte ich mich wohl besser beeilen und den Wagen aufschließen, bevor Mrs. G. klatschnaß wird.«

Ich zog ihn an mich und küßte ihn. Er roch nach kaltem Regen und Seife. »Meine Großmutter pflegte zu sagen, jedes Mal, wenn wir die andere Wange hinhalten, bekommt unsere Himmelskrone einen weiteren Stern.«

Alex hob eine Augenbraue. »Wir können nur hoffen, daß sie recht hatte. Ich habe so ein Gefühl, daß uns Reed Gallaghers Witwe reichlich Gelegenheit bieten wird, uns eine erkleckliche Sammlung an Sternen anzulegen, noch bevor ihr Gatte zur letzten Ruhe gebettet wird.«

 **Julies Küche war der** sauberste Raum, der mir jemals untergekommen war. Alles darin war weiß und blank geputzt: die italienischen Fliesen auf dem Boden, das Resopal auf der Theke, die Farbe an den Wänden, die hübschen skandinavischen Küchenmöbel und die diversen Küchengeräte, die so hell erstrahlten wie an dem Tag, als sie aus ihrer Verpackung geschlüpft waren. An diesem Morgen hatte mein 15jähriger Sohn einen Zettel über unsere Spüle geklebt: »Das Küchenpersonal ist nicht länger dazu verpflichtet, sich die Hände zu waschen.« Irgendwie konnte ich mir nicht vorstellen, daß diese Notiz von Angus in Julies Küche ein müdes Lächeln hervorrufen würde.

Das Telefon befand sich auf einem kleinen Tisch in der Ecke. Daneben stand in einem ovalen Goldrahmen das offizielle Hochzeitsfoto von Julie und Reed Gallagher. Sie hatten ein hübsches Brautpaar abgegeben. In der Woche vor der Hochzeit war Reed als Gastredner zu einer Konferenz ins Hilton Head eingeladen worden. Ihrer Sonnenbräune nach zu schließen, hatten er und Julie reichlich Zeit am Strand von North Carolina verbracht. Angesichts der weißblonden Haare und der dunklen Augen von Julie wirkte ihre gebräunte Haut sowohl verblüffend als auch schmeichelhaft. Sie hatte zu ihrer Hochzeit einen elfenbeinfarbenen Seidenanzug getragen, den sie selbst geschneidert hatte, ebenso wie sie das elfenbeinfarbene Hemd von Reed genäht, die Blumen zur Ausschmückung der Kirche getrocknet, die elfenbeinfarbenen Satinbänder am Ende jeder Kirchenbankreihe befestigt und den Lachs für die Hors d'œuvres geräuchert hatte. Sie hatte sich jeder erdenklichen Einzelheit gewidmet – mit Ausnahme der Vorliebe ihres Ehemannes für ungewöhnliche Schlafzimmerpraktiken.

Ich nahm das Foto zur Hand. Reed Gallagher schien nicht die Art von Mann, der perversen Sex mochte. Er war groß, schwergewichtig, mit einer Neigung zu hochprozentigem Alkohol, rotem Fleisch und Zigarren, die er nie zu rechtfertigen versuchte. Ich hatte ihn nur wenige Male getroffen, aber ich mochte ihn. Es freute ihn, wenn er unverschämt sein konnte, und in dem übervorsichtigen politischen Klima der Universität waren seine Provokationen erfrischend. Ich versuchte, mich daran zu erinnern, wann ich ihn das letzte Mal gesehen hatte. Es war im Fakultätsclub zu Beginn des Monats gewesen. Er hatte im Fenstersaal mit Tom Kelsoe und meiner Freundin Jill Osiowy gesessen. Sie hatten Reeds Geburtstag mit einer Flasche Wein gefeiert, und wie das bei Menschen, die feiern, üblich ist, schienen sie unsterblich zu sein. Ich stellte das Foto wieder ab und wandte mich den Namen auf Julies Liste zu.

Vierundzwanzig Personen waren zur Party eingeladen worden; der erste Name war der des Ehrengastes. Ich wählte die Nummer von Tom Kelsoes Büro. Es nahm immer noch niemand ab. Es war auch keiner bei ihm zu Hause. Ich hängte ein und wählte die nächste Nummer. Auch dort zog ich eine Niete, aber immerhin gab es einen Anrufbeantworter. Ich hinterließ eine Nachricht, die sich an die Tatsachen hielt, die Details jedoch weitgehend ungenannt ließ. Die Zeit verstrich, und ich hatte ausreichend Gelegenheit, meine Nachricht stilistisch zu verfeinern. Von den sieben Paaren und zehn Singles auf der Liste erreichte ich gerade mal drei Personen.

Eine davon war Jill Osiowy. Sie war leitende Produzentin bei

NATIONTV, aber ihre Sorge, als sie von Reeds Tod erfuhr, galt weniger dem Umstand, wie rasch sie die Story veröffentlichen konnte, als der Frage, wie sie Tom Kelsoe finden konnte, damit er diese Nachricht von ihr hörte und nicht von einem Fremden. Ihre Sorge um Toms Reaktion überraschte mich. In den Jahren, die ich sie kannte, hatte Jill viele Beziehungen gehabt, aber keine hatte je den Punkt erreicht, wo ein Schlag im Leben ihres Partners auch ein Schlag für sie gewesen wäre.

Bis sie Tom Kelsoe traf, ließ sich Jills Liebesleben in einem Satz zusammenfassen: Sie hatte einen lausigen Geschmack in puncto Männer, aber sie war wenigstens klug genug, das zu wissen. Die Tatsache, daß das Tiefschürfendste, was sich über die Männer, die durch ihr Leben zogen, sagen ließ, entweder ihre Sonnenbräune oder das Blau ihrer Augen war, berührte sie nicht weiter. Einmal war sie in einem Zeitungsartikel über die Freuden minderbemittelter Männer über den Begriff »Knackarsch« gestolpert. Jill hatte ihn mir mit einer Notiz zugefaxt: »Thomas von Aquin sagt, es sei ein Privileg, ein Engel zu sein, und ein Verdienst, eine Jungfrau zu sein, aber hör dir das an – es gibt noch andere Alternativen!«

In den letzten sechs Monaten war Jill offenbar zu dem Schluß gekommen, daß Tom Kelsoe ihre einzige Alternative war. Mit vierzig Jahren war sie so vernarrt wie eine pubertierende Schülerin. Endlich hatte sie ihren Traumprinzen gefunden, aber als ich den Hörer einhängte, fragte ich mich, warum mir Jills Traumprinz in zunehmendem Maße wie ein Alptraumprinz vorkam.

Es war 16 Uhr 30, als ich den letzten Namen von Julies Liste strich. Ich spürte das erste Stechen nahender Kopfschmerzen, also lehnte ich mich in meinem Stuhl zurück, schloß die Augen und glitt mit dem Zeigefinger über die Schläfe, bis ich den Akupressurpunkt fand, den eine Woche zuvor ein Arzt im Fernsehen demonstriert hatte. Ich ging dermaßen in meinem Experiment mit der alternativen Medizin auf, daß ich die Klingel erst hörte, als der Klingelnde beschloß, sich dagegen zu lehnen.

Als ich die Tür öffnete, sah ich zuerst nichts weiter als eine Gestalt in einem gelben Regenmantel, die sich über eine riesige Bratpfanne beugte und anscheinend versuchte, den Wind davon abzuhalten, den Deckel der Pfanne mit sich zu reißen. Ich konnte nicht einmal erkennen, ob es sich bei dem Besucher um einen Mann oder eine Frau handelte. Die Kapuze des Regenmantels war nach vorn gefallen, maskierte das Gesicht so effizient wie ein Nonnenschleier, aber als die Person an Julies Haustür zu sprechen begann, wurde offensichtlich, daß ich es zwar mit einer Frau, aber nicht mit einer frommen Schwester zu tun hatte.

»Heiliges Kanonenrohr«, rief sie, »seid ihr hier alle taub? Da draußen tobt ein Monsun, falls Sie es noch nicht bemerkt haben sollten.«

Die Frau quetschte sich an mir vorbei ins Haus, und ich sah ihr Profil: entschlossenes Kinn, Stupsnase und eine vor Kälte und Gesundheit rosige Haut. Sie schleuderte die Schuhe von den Füßen und eilte in Richtung Küche.

»Einen Moment mal«, rief ich, »was machen Sie hier?«

»Ich mache das Catering«, schnauzte sie. »Zumindest war das so geplant, außer Sie hätten wieder mal Ihre Meinung geändert.« Sie warf ihren Kopf zurück, und die Kapuze fiel ihr in den Nacken. Als sie mich sah, klappte ihr der Unterkiefer herunter.

»O mein Gott, Sie sind es gar nicht. Es tut mir leid. Ich hätte mich vergewissern sollen, bevor ich Sie anbrüllte.«

»Sie werden gleich weiterbrüllen wollen«, erwiderte ich. »Es gibt nämlich schlechte Nachrichten – die Party findet nicht statt.«

»Sie meinen, sie hat ihm gegenüber doch klein beigegeben?« Die Frau schlug sich mit der flachen Hand gegen die Stirn und stöhnte. »Was soll ich denn jetzt mit ihrem Biskuitauflauf mit all diesen Kiwi-Kleeblättern machen?«

»Mrs. Gallagher hat eine schlimme Nachricht erhalten«, erläuterte ich. »Sie hat erfahren, daß ihr Ehemann tot ist. Darum bin ich auch hier. Wir haben eben erst gehört, was geschehen ist.«

Das junge Gesicht der Frau wurde ernst. »Was für eine Pleite«, sagte sie und betonte das letzte Wort besonders gequält. »Eine Pleite für ihn, natürlich, aber auch für mich.« Sie wirkte nachdenklich. »Vermutlich könnte ich aus dem Corned Beef belegte Brote machen, und mit Kartoffeln läßt sich immer irgend etwas anfangen.« Sie sackte in sich zusammen. »Aber der Kohl! Und der Biskuitauflauf – der hält sich nie und nimmer bis morgen.«

»Sie werden dadurch keinen Verlust erleiden«, sagte ich. »Schikken Sie die Rechnung einfach an Mrs. Gallagher. Sie wird das verstehen.«

»Sie ist nicht gerade der verständnisvolle Typ.« Die Augen der jungen Frau füllten sich mit Tränen. »Es tut mir leid. Ich habe nur eine furchtbare Woche hinter mir. Mrs. Gallagher etwas recht zu machen ist ungefähr so leicht, wie einem Hahn Socken überzustreifen. Und dann hat sie gestern abend angerufen, um neu zu buchen, und sie meinte, wenn dadurch zusätzliche Kosten entstünden, müßte ich sie tragen, weil es ihre Party sei und es unprofessionell von mir gewesen wäre, den Auftrag für die Party zu stornieren, ohne vorher mit ihr gesprochen zu haben. Also ehrlich, wenn der Ehemann anruft und sagt ›Stornieren Sie die Party‹, dann würden Sie die Party doch auch stornieren, oder?«

»Ja«, sagte ich, »das würde ich. Hat Mr. Gallagher Ihnen diese geänderte Planung näher erläutert?«

»Nein, er meinte nur, das Essen würde ausfallen, aber wenigstens war er freundlich. Er sagte, die Unannehmlichkeiten, die ich dadurch hätte, täten ihm leid, und er würde die Rechnung auf jeden Fall begleichen. Ganz anders als sie. Ich werde diesmal ordentlich draufzahlen, das können Sie mir glauben.« Sie wischte sich die Nase mit dem Handrücken ab. »Haben Sie ein Kleenex?«

Ich öffnete meine Tasche, fand ein Papiertaschentuch und gab es ihr.

»Danke«, sagte sie. »Ich haben Ihnen noch nicht einmal gesagt, wer ich bin, oder? Ich heiße Polly Abbey.« Sie fummelte in der Tasche ihres Regenmantels, zog eine Visitenkarte heraus und reichte sie mir. »Abbey Road Caterers. Na ja, als ob Sie mich nach dieser Szene noch engagieren wollten.«

»Ich kann das gut verstehen. Mein Name ist Joanne Kilbourn, und meine Tochter besitzt ebenfalls einen Catering-Service. Ich weiß, was diese Stornierungen in letzter Sekunde Ihnen antun. Hören Sie, ich könnte Ihnen doch einen Teil des Fleisches abkaufen. Ich habe für heute abend noch nichts zum Essen vorbereitet, und meine Kinder lieben Corned Beef.«

Polly strahlte. »Sie können auch den Kohl bekommen«, bot sie an. »Ich gebe sogar noch einige Kartoffeln umsonst dazu. Wenn ich nur ein Zuhause für diesen dämlichen Biskuitauflauf finden könnte.«

Mir fiel wieder ein, wie giftig Julie Alex angefahren hatte. »Polly, wissen sie, wo das Indianische Freundschaftszentrum ist?«

»Klar«, sagte sie, »es liegt an der Dewdney, gar nicht weit von meinem Laden entfernt.«

»Prima. Warum geben Sie den Auflauf auf dem Rückweg nicht dort ab? Sagen Sie ihnen, er sei ein Geschenk von einem Bewunderer.«

Ihre Augen wurden groß. »Doch nicht Mrs. Gallagher?«

Ich nickte.

»Cool.« Zum ersten Mal, seit sie aus dem Regen gekommen war, lächelte Polly Abbey.

Als ich die Vordertür unseres Hauses öffnete, wartete bereits Benny auf mich, der rotbraune Kater meiner jüngsten Tochter. Er warf mir einen abschätzenden Blick zu. Wie gewöhnlich bestand ich seine Musterung nicht, und er spazierte davon.

Irgendwo in der Ferne sangen die Cranberries, aber das waren die einzigen menschlichen Stimmen, die ich vernahm.

»Hallo«, rief ich, »ist jemand zu Hause?«

Taylor kam angerannt. Sie trug die derzeit bevorzugte Aufmachung für Mädchen in der ersten Klasse: Jeans, ein kariertes Hemd und einen Pferdeschwanz, der mit einer Spange zurückgebunden war.

»Ich bin zu Hause, und Angus und Leah sind unten«, sagte sie und streckte ihre Arme zu einer Umarmung aus. Benny, der stets den sechsten Sinn für den genauen Augenblick hatte, in dem Taylors Zuneigung von ihm abzudriften drohte, tauchte wieder auf und rieb sich an ihrem Bein. Sie hob ihn hoch und warf mir einen triumphierenden Blick zu.

»Rate, was los ist?« sagte Taylor. »Ich habe einen Zahn verloren, und ich werde ein Wandgemälde für die Kinderkonferenz malen.« Sie verlagerte Benny in ihre Armbeuge und zog ihre Lippe mit Daumen und Zeigefinger nach oben. »Schau her!«

»Der vordere«, sagte ich, »das ist ein Glückszahn.«

»Ehrlich?«

»Ehrlich! Und jetzt erzähle mir von der Kinderkonferenz.«

»Ich weiß nur, daß sie in den Osterferien stattfindet, und ich mache ein Wandgemälde über den Schließ-die-Augen-Tanz.«

»Die Geschichte, die Alex dir erzählt hat. Das wird ihm gefallen.«

»Ich male das Bild auf mehrere Tafeln. Die erste zeigt, wo der hungrige Mann...«

»Nanabush«, warf ich ein.

»...wo er diese Enten sieht. Dann zeige ich, wie er singt und trommelt, um sie zu täuschen. Glaubst du wirklich, daß es Alex gefallen wird?«

»Das wird es ganz bestimmt«, antwortete ich. »Jetzt komm, laß uns loslegen. Wir müssen heute früh zu Abend essen, weil ich ausgehe.«

Taylors Gesicht fiel in sich zusammen. »Ich hasse es, wenn du ausgehst.«

Ich nahm sie in meine Arme. »Ich weiß, aber wir haben ja schon früher darüber gesprochen. Ich gehe nie sehr lange aus. Und Leah und Angus bleiben bei dir. Wenn du möchtest, darfst du Leah zum Abendessen einladen.«

Taylor sah mich aufmerksam an. »Versprichst du, daß du zurückkommen wirst?«

»Ich verspreche es«, sagte ich. »Ich ziehe mir jetzt etwas Warmes an. Warum gehst du nicht zu Leah und fragst sie, ob sie Corned Beef und Kohl mag? Wenn ihr eure Karten richtig ausspielt, gibt es von mir vielleicht sogar noch ein paar Milchshakes.«

Zumindest für den Augenblick beruhigt, schlenderte Taylor gemächlich in Richtung Wohnzimmer. In den letzten Monaten machte sie sich zunehmend Sorgen, wenn ich abends ausging. Im Grunde hatte ich mit dieser Furcht gerechnet, seit ihre Mutter plötzlich gestorben und Taylor zu uns gekommen war. Vor dem Tod ihrer Mutter war Taylors Leben recht turbulent verlaufen, und in der ersten Zeit bei uns schien sie erleichtert, daß nach dem Aufwachen am Morgen der kommende Tag ziemlich genauso sein würde wie der vorhergegangene. Aber als der Vater ihres besten Freundes kurz vor Weihnachten gestorben war, hatte das Taylor erschüttert. Sie sah, wie Jess um seinen Vater trauerte. Sie trauerte auch und wurde ängstlich. Mit sechseinhalb hatte sie erkannt, daß wir nur mit dünnen Fäden an unserem Glück vertäut sind. Ich tat mein Bestes, um sie zu beruhigen, aber an einigen Abenden war mein Bestes nicht gut genug. Während ich in Jeans und einen Pulli schlüpfte, hoffte ich, daß dieser Abend nicht dazugehörte.

Als ich Polly Abbeys Essen aus dem Wagen holte, saß Taylor am Küchentisch und zeichnete. Benny lag auf ihrem Schoß. Sie sah zufrieden aus. Vielleicht würde es doch kein Problem darstellen, daß ich ausgehen wollte.

Taylor sah auf, als sie mich kommen hörte. »Das hätte ich fast vergessen. Da hat eine Frau für dich angerufen«, sagte sie.

»Kannst du dich an ihren Namen erinnern?«

Taylor runzelte konzentriert die Stirn, dann strahlte sie auf. »Er lautet Kellee. Ihr Name ist Kellee, und heute ist ihr Geburtstag, und sie ruft wieder an.«

»Na prima.« Ich nahm das Fleischermesser und schnitt das Corned Beef auf. Als ich die Aufschnittplatte belegt hatte, klingelte das Telefon. Ich nahm ohne große Begeisterung ab, aber ich hatte Glück. Nicht das Geburtstagskind war am anderen Ende der Leitung, sondern Alex.

»Wie geht es dir?« fragte er.

»Gut, ich schneide gerade das Fleisch für die Beerdigung auf.«

»Das verstehe ich nicht ganz.«

»Die Frau vom Catering-Service kam vorbei, als ich noch bei Julie war, da habe ich ihr einen Teil des Corned Beef abgekauft, das für die Party gedacht war. Besteht die Möglichkeit, daß du dich uns anschließt?«

»Nein. Wir suchen den Tatort immer noch nach Hinweisen ab, das wird mich hier noch eine Weile festhalten. Außerdem haben Tatorte so etwas an sich, das einem den Appetit verdirbt.«

»Zumindest bist du Julie los. Hat sie einen Ritter in schimmernder Rüstung gefunden?«

Alex lachte. »Nein. Sie hat beschlossen, sich doch an mich zu halten.«

»Ist sie jetzt dort?«

»Nein, aber sie war es. Ich habe versucht, ihr das auszureden. Ich dachte, es wäre leichter für sie, wenn sie wartete, bis man ihren Ehemann in die Pathologie des Krankenhauses gebracht hatte, aber die Dame war hartnäckig.«

»Dann hat sie ihn also dort gesehen.«

»Genau, in all seiner Pracht.«

»Wie hat sie es aufgenommen?«

»Ganz merkwürdig. Natürlich gibt es keine Regel, wie man reagieren sollte, wenn man seinen toten Ehemann aufgeputzt in Lack und Leder vorfindet, aber ich hätte doch angenommen, daß das die Aufmerksamkeit der Ehefrau irgendwie weckt.«

»Und bei Julie war das nicht der Fall?«

»Nicht für lange. Jo, ist dir heute nachmittag aufgefallen, wie schnell sie die Frage stellte, ob Gallagher allein war, als er starb?«

»Ja.«

»Was hast du daraus geschlossen?«

»Das Offensichtliche. Julie fürchtete anscheinend, daß Reed eine Affäre hatte.«

»Das schien auch dort ihre Hauptsorge zu sein. Wir hatten den Tatort bereits abgesperrt, darum kam sie nicht weiter als bis zur Türschwelle, aber sie lehnte sich hinein und sah sich um. Einer von der Spurensicherung fragte sie, ob er helfen könne, aber sie schüttelte nur den Kopf und sah sich weiter um.«

»Was hoffte sie deiner Meinung nach zu finden?«

»Angesichts ihrer besorgten Frage von heute nachmittag, ob Gallagher allein war, als man seine Leiche entdeckte, vermute ich, daß sie sich einen Hinweis auf seinen Sexpartner erhoffte.«

»Arme Julie«, meinte ich, »sie und Reed schienen bei der Heirat so glücklich, aber offenbar hatten sie Probleme. Die junge Frau, deren Catering-Service sie anheuerten, hat mir erzählt, daß Reed sie gestern abend angerufen und die Party storniert hätte.«

Alex klang angespannt vor Interesse. »Hat sie gesagt, wann er sie angerufen hat?«

»Nein, aber das kannst du überprüfen. Ihr Name ist Polly Abbey, und ihre Firma heißt Abbey Road Catering – an der Dewdney.«

»Habe ich notiert«, sagte Alex und schwieg kurz. »Jo, übersehe ich hier etwas? Als wir heute bei den Gallaghers waren, hattest du nicht auch den Eindruck, daß die Partyvorbereitungen in vollem Gange waren?«

»Stimmt, das waren sie. Polly Abbey hat mir erzählt, daß Julie gestern anrief und die Party neu buchte. Vielleicht haben sich Julie und Reed darüber gestritten.«

»Vielleicht«, erwiderte Alex müde. »Oder vielleicht lagen sie sich in den Haaren, weil ihr sexueller Geschmack nicht derselbe war. Was Ehestreitigkeiten angeht, herrscht nie ein Mangel an Gründen.«

»Weißt du schon, was genau Reed zugestoßen ist?«

»Blutlache meint, aus dem Zustand der Leiche zu schließen, sei Gallagher letzte Nacht gestorben.«

»Wer ist *Blutlache*?«

»Sorry, er ist unser Gerichtsmediziner. Sein richtiger Name lautet Sherman Zimbardo. Die Jungs nennen ihn Blutlache, weil er diese unheimliche Fähigkeit besitzt, aus den Blutspuren an einem Tatort zu lesen.«

»Tut mir leid, daß ich gefragt habe.«

»Ehrlich gesagt, ich glaube, die Jungs halten diesen Spitznamen für ein Kompliment. Zimbardo hat jedenfalls erklärt, daß er erst nach Abschluß der Autopsie genau sagen könne, wie Reed Gallagher gestorben ist. Bis dahin nennen wir es einfach einen Todesfall unter verdächtigen Umständen.«

»Was bedeutet . . .?«

»Was bedeutet, daß wir nicht wissen, was passiert ist, aber es genügend lose Enden gibt, um uns eine Weile beschäftigt zu halten. Zimbardo sagt, er habe schon mehr Fälle dieser Art gesehen.«

»Du meinst, mit der Kapuze und dem Seil?«

»Genau. Offenbar deutet es auf eine bestimmte Art von Autoerotik hin.«

»Sexspiele mit sich selbst.«

»Stimmt. Woher weißt du das?«

»Ich hatte Griechisch und Latein in der Schule.«

»Akzeptiert. Wie auch immer, diese spezielle Form der Autoerotik nennt man . . . warte, ich hab's mir notiert . . . man nennt sie Hypoxyphilie. Hast du das auch in der Schule gelernt?«

»Ich glaube nicht.«

»Gut, das ist nämlich gefährlich. Wer das praktiziert, findet Sex offenbar interessanter, wenn er sich dabei die Luftzufuhr abschneidet. Hin und wieder laufen diese Spielchen aus dem Ruder, und dann müssen wir die Betreffenden vom Seil schneiden.«

»Das ergibt für mich keinen Sinn.«

»Mich macht das auch nicht gerade an.«

»Ich meine nicht den perversen Teil, ich meine, warum ein Mann wie Reed Gallagher erst einen Streit mit seiner Frau hat und dann beschließt, in den Wagen zu springen, zu einer Pension in die Innenstadt zu fahren und dort ein bizarres Masturbationsritual durchzuführen.«

»Zimbardo hat sich in dieses Thema eingelesen. Er sagt, Menschen, die auf Hypoxyphilie stehen, behaupten, das würde ihnen auf wunderbare Weise den Streß nehmen.«

»Ich glaube, da halte ich mich doch lieber an einen guten Scotch«, entgegnete ich. »Wie ich Reed Gallagher kannte, hätte ich das auch für sein Antistreßmittel gehalten.«

»Du hättest ihm Lack und Leder nicht zugetraut?«

»Nein«, erwiderte ich. »Reed war für mich immer ein Mann, der sich dem Leben frontal stellte.«

»Aber du hast ihn nicht gut gekannt?«

»Nein«, räumte ich ein, »eigentlich kannte ich ihn nur flüchtig.« In diesem Moment hörte ich das Piepsen eines neuen Anrufers in der Leitung. »Alex, kannst du kurz dranbleiben? Da kommt ein Anruf.«

Zuerst hörte ich am anderen Ende der Leitung nur Musik und Partygeräusche. Dann ein Kichern und die Stimme von Kellee Savage. »Hören Sie, wie sie singen? Dabei ist ihr Grund zu singen nicht so groß wie meiner.« Ihre Worte klangen undeutlich. Offensichtlich hatte sie getrunken, und mir reichte es langsam. Geburtstag hin oder her, Kellee Savage mußte sich jemand anderen suchen, mit dem sie ihre Spielchen treiben konnte.

»Kellee, ich kann jetzt nicht mit Ihnen reden. Ich habe einen wichtigen Anruf in der Leitung.«

»Das hier ist auch ein wichtiger Anruf«, sagte sie streitlustig. »Ich habe eins und eins zusammengezählt. Warum er ständig hinter mir her ist. Und zwar ist das so . . .«

»Kellee, ich muß jetzt wirklich einhängen. Wenn Sie mit mir reden wollen, dann kommen Sie Montag früh in mein Büro.« Ich hängte ein, hörte aber vorher noch jemand in der Bar ›O Danny Boy‹ singen.

Als ich mich bei Alex dafür entschuldigte, daß ich ihn hatte warten lassen, klang er gelassen. »Schon okay, ich habe über die Hochzeit der Gallaghers nachgedacht.«

»Ich dachte, die wolltest du aus deinem Gedächtnis streichen.«

»So schlimm war es nun auch wieder nicht, Jo. Zumindest hat mich niemand ›Häuptling‹ genannt. Das Ganze scheint mir jetzt so traurig. Ich muß immer an diese Vögel denken, die sie auf ihrem Hochzeitskuchen hatten.«

»Die Tauben. Sie waren aus Zucker. Das war das erste Mal seit Jahren, daß ich welche gesehen habe, die nicht aus Plastik waren.«

»Julie Gallagher hat sie selbst gemacht«, sagte Alex. »Sie hat mir erzählt, sie hätte keinen Laden in der Stadt gefunden, der sie noch verkauft.«

»So ist Julie eben. Immer zieht sie ihr eigenes Ding durch.«

»Ich glaube, das war es gar nicht«, entgegnete Alex leise. »Mrs. Gallagher hat mir gesagt, es gäbe ein altes Sprichwort, daß jede Zuckertaube auf einem Hochzeitskuchen ein Jahr des Glücks bringt, und sie wolle sicherstellen, daß sie und ihr Mann ein ganzes Leben voll davon hätten.«

Trotz meiner traurigen Stimmung war das Abendessen sehr vergnüglich. Leah Drache, die neue Freundin von Angus, war sehr vernünftig und konnte rauhe Klippen gut umschiffen. Laut Taylor, die extra gefragt hatte, besaß Leah außerdem dreizehn verschiedene Piercings an ihrem Körper. Ich hatte sieben an ihren Ohren, zwei an ihrer linken Augenbraue, einen durch ihren rechten Nasenflügel und einen in ihrem Nabel entdeckt. Während wir unsere Milchshakes tranken und der Gruppe *Toad the Wet Sprocket* lauschten, versuchte ich, nicht über die Plazierung der anderen beiden nachzudenken.

Als wir den Tisch aufräumten, blieb Taylor sitzen und starrte in die Nacht hinaus. Ich ging zurück und setzte mich neben sie.

»Einen Penny für deine Gedanken, T«, sagte ich.

Ihre Stimme war leise und traurig. »Ich wünschte, du müßtest heute abend nicht weg.«

»Das wünschte ich auch. Aber so eine Buchveröffentlichung ist eine ganz besondere Sache. Es ist ein Haufen Arbeit, ein Buch zu schreiben, und der Mann, der dieses Buch geschrieben hat, ist Jills Freund.«

»Ist er nett?«

Ich zeigte in Richtung Garage. »Siehst du, wie groß der Ast ist, den der Wind abgebrochen hat? Ich wette, Angus könnte ihn zurechtsägen und einen Kratzbaum für Benny daraus machen.«

Angus, der wußte, daß ich Tom Kelsoe nicht mochte, drehte sich von der Spüle, wo er seinen Teller vorspülte, zu mir um und schenkte mir ein breites Grinsen. »Nettes Täuschungsmanöver, Mom.«

»Danke. Aus dem Munde eines Meistertäuschers bedeutet mir das viel.« Ich umarmte Taylor. »Okay, Kleines, es ist Zeit für mich, zu duschen und mich anzuziehen. Je eher ich dort bin, desto eher komme ich wieder nach Hause.«

Das Telefon auf meinem Nachttisch klingelte in dem Moment, als ich mich gerade völlig ausgezogen hatte. Ich ignorierte es und ging ins Badezimmer. Kaum hatte ich die Dusche angedreht, brüllte Angus: »Es ist für dich!« Ich griff mir ein Handtuch und fluchte. Das Gesetz der Regelmäßigkeit ließ erahnen, daß es kein erfreulicher Anruf werden würde.

Kellee Savage machte sich nicht einmal die Mühe, Hallo zu sagen. »Ich habe den Beweis! Ich sollte eigentlich nichts sagen, bis ich alles überprüft habe, aber ich kann ihn nicht finden, warum also warten?« Sie betonte jede einzelne Silbe besonders deutlich, um sich und der Welt zu bestätigen, daß sie immer noch nüchtern war. Im Hintergrund hörte ich Lachen, aber es lag keine Fröhlichkeit in Kellees Stimme.

»Kellee, ich weiß gar nicht, wovon Sie eigentlich reden. Wen können Sie nicht finden?«

»Das ist vertraulich, und eine gute Journalistin schützt ihre Quellen.« Einen Augenblick lang schwieg sie, dann meinte sie schmollend: »Und eine gute Journalistin weiß, wann eine Geschichte an die Öffentlichkeit muß. Es ist mir egal, ob er lieber warten möchte. Es ist meine Story, und ich bringe sie jetzt. Ich werde jetzt zu Ihnen kommen und Ihnen erzählen, was hier abgeht. Es wird Ihnen leid tun, daß Sie mir nicht geglaubt haben.«

»Kellee, es ist eine furchtbare Nacht. Morgen früh werden Sie sich besser fühlen, wenn Sie jetzt einfach nach Hause und ins Bett gehen.«

»Ich will nicht ins Bett. Es ist mein Geburtstag. Heute sollte alles so laufen, wie ich es will. Ich habe sogar ein Geburtstagslied. Meine Mom hat es erfunden, als ich noch klein war. ›O Kellee-Mädchen, heute ist dein Ehrentag, mit Spaß und Freude den ganzen Tag.‹« Sie schwieg. »Den Rest habe ich vergessen.«

»Kellee, bitte. Rufen Sie sich ein Taxi und fahren Sie nach Hause.«

»Kann ich nicht«, sagte sie. »Ich bin eine Journalistin, ich muß die Story bringen. Außerdem habe ich alle meine Münzen an Sie vertelefoniert.«

»Dann rufe ich ein Taxi für Sie. Sagen Sie mir nur, wo Sie sind.«

Sie schnaubte. »O nein, das werden Sie nicht. Ich weiß, was Sie versuchen. Sie wollen mich aufhalten. Wahrscheinlich hat er Sie angerufen und Sie vor mir gewarnt. Wissen Sie warum? Weil ich eine Journalistin bin, und wenn wir gut sind, dann sind wir gefährlich.« Es gab eine lange Pause, und ich fragte mich schon, ob sie in Ohnmacht gefallen war. Aber soviel Glück hatte ich nicht. Sie kam wieder zu sich. »Bleiben Sie dran«, nuschelte sie und knallte den Hörer so laut auf, daß mein Trommelfell schmerzte.

Ich ging zurück ins Badezimmer, trat in die Duschkabine, hob mein Gesicht dem Wasserstrahl entgegen und drehte das Wasser voll auf. Es würde ein riesiger Schwall nötig sein, um die letzten drei Stunden wegzuwaschen.

 **Tom Kelsoes Buch wurde** der Öffentlichkeit im Fakultätsclub der Universität im zweiten Stock des Westflügels vorgestellt. Ich hatte dort schon einige großartige Partys erlebt, doch als ich an diesem Abend eintrat, wußte ich, daß diese Party nicht dazugehören würde. Kleeblätter und Eichenknüttel, die wie echt aussahen, waren überall verstreut, aber die Stimmung schien gedrückt. Das Foyer rechts neben dem Eingang war gerammelt voll. Normalerweise holten sich die Gäste ihre Drinks an der Bar ab und schlenderten dann in einen der größeren Räume; an diesem Abend schlenderte niemand. Aus den bleichen und verängstigten Gesichtern schloß ich, daß sich die Nachricht von Reed Gallaghers Tod bereits herumgesprochen hatte und die Gerüchteküche brodelte.

Einige der Leute, denen ich am Nachmittag eine Nachricht hinterlassen hatte, entdeckten mich am Eingang und kamen zu mir herüber. Sie waren voller Fragen, aber ich versteckte mich hinter der Aussage von Alex, daß Reeds Tod solange als Unfall galt, bis die Polizei ihre Ermittlungen beendet hatte. Es war keine zufriedenstellende Antwort, doch niemand schien den Mut zu haben, weiter in mich zu dringen.

Ich bahnte mir einen Weg zur Bar und bestellte *Glenfiddich* auf Eis. Als mein Drink kam, nahm ich einen kräftigen Schluck.

Die Wärme, die sich durch meine Adern ausbreitete, fühlte sich so gut an, daß ich gleich noch einen Schluck nahm.

»Manchmal ist ein Single Malt Scotch das einzige, was hilft.« Die Stimme hinter mir klang kehlig und vertraut.

»Und heute ist so ein Tag«, sagte ich. »Willst du dich mir anschließen?«

Jill Osiowy sah mein Glas sehnsüchtig an. »Tom und ich haben dem Hochprozentigen abgeschworen«, erwiderte sie.

Ich drehte mich zu ihr um. Es war nicht zu leugnen, daß ihr das abstinente Leben bekam. Ich war ausgewichen, als mich Taylor nach meinen Gefühlen für Tom gefragt hatte, aber selbst ich mußte zugeben, daß die Wirkung, die er auf ihr Leben ausübte, positiv war. In all den Jahren, die ich Jill kannte, war sie immer schon ein Workaholic gewesen: Sie arbeitete regelmäßig 14 Stunden am Tag, lebte hauptsächlich von Junkfood, war zu beschäftigt, um Sport zu treiben, und am Ende jedes Tages zu aufgedreht, um sich ohne ein paar starke Drinks entspannen zu können.

Tom Kelsoe hatte all das geändert. Er glaubte an Vegetarismus und Gewichtheben, und das tat sie jetzt auch. Jill hatte noch nie zu Übergewicht geneigt, aber jetzt war sie sehr schlank und muskulös. Ihre rotbraunen Haare waren modisch geschnitten, was sie zehn Jahre jünger aussehen ließ. Sie trug schwarze Schnürstiefel, hautenge schwarze Samthosen und eine extravagante grüne Jacke mit schwarzem Mandarinkragen und kunstvollen schwarzen Schließen.

»Du siehst fabelhaft aus«, sagte ich.

»Ich fühle mich aber grauenvoll.«

»Wo ist Tom?«

»Im Fitneßstudio. Er sagt, er muß das Ganze erst mal verarbeiten. Reed war sein erster Boß nach dem Journalistik-Studium. Er war wie ein Vater für Tom.«

»Wieviel weiß Tom über diese Sache?«

»Nur das, was ich ihm gesagt habe, und das habe ich von dir.« Sie schüttelte ungläubig den Kopf. »Jo, was ist denn geschehen?«

Ich wollte ihr erzählen, was ich wußte, doch da sah ich über ihre Schulter hinweg Ed Mariani auf uns zutänzeln. Er war ein beleibter und freundlicher Mann, und unter den Mitglieder des Lehrkörpers der journalistischen Fakultät war er mir der Liebste. Zu Beginn des Semesters hatte ich an einigen seiner Vorlesungen über ›Image und Politik‹ teilgenommen und verstand nun, warum es für seine Kurse stets Wartelisten gab. Er verfolgte sein Thema mit Leidenschaft, und obwohl er von seinen Studenten viel verlangte, freute er sich ehrlich über ihre Reaktionen auf den Stoff, den sie lernten. Ed war im und außerhalb des Unterricht ein lustiger Kerl, und unter normalen Umständen wäre er genau die Art von Gesprächspartner gewesen, die ich auf einer Party suchen würde. Aber es herrschten keine normalen Umstände.

Ich packte Jills Arm. »Komm schon, im Flur können wir besser reden.«

Ed Marianis Gesicht fiel in sich zusammen, als er uns gehen sah, aber ich wurde nicht schwach. Julie Evanson-Gallagher hatte meine Nächstenliebe ausgelaugt. Jill und ich gingen ans Ende des Flures und fanden eine Nische, wo wir von den Zuspätkommenden nicht gesehen werden konnten. Dort erzählte ich ihr alles, was ich über Reed Gallaghers Tod wußte.

Jill arbeitete seit zwanzig Jahren für die Medien, sie hatte mehr als nur flüchtig Bekanntschaft mit dem Tragischen und dem Bizarren geschlossen, aber als ich die Szene beschrieb, die die Polizei in dem Raum an der Scarth Street vorgefunden hatte, erstarrte sie. Am Ende meines Berichts schien sie wie betäubt. Schließlich sagte sie: »Ich muß wieder hinein. Wenn Tom kommt, wird er mich an seiner Seite haben wollen.«

»Und wie steht es damit, was du willst?«

Das grelle Universitätslicht schien direkt in ihr Gesicht, meißelte die Jahre hinein. »Was ich will, ist jetzt nicht wichtig. Heute abend zählt nur Tom. Jo, ich war nie ein Mensch, der sehr viel zu geben hat, aber ich versuche es, und endlich bin ich an dem Punkt, wo Tom weiß, daß er mir absolut vertrauen kann. Ich darf ihn nicht enttäuschen. Er ist in seinem Leben schon so oft im Stich gelassen worden.«

»Ich wette, er hat dir von jedem einzelnen Vorfall erzählt.«

»Das war gemein.«

»Tut mir leid. Es gefällt mir nur nicht, dich wie ein braves Hausmütterchen zu sehen, ganz besonders nicht an der Seite von Tom Kelsoe.«

Sie trat auf mich zu. »Tom mußte soviel leiden, Jo. Sein Vater war der reine Horror, brutal und ausfallend, aber wann immer Toms Mutter damit drohte, ihn zu verlassen, zwang sein Vater Tom dazu, sie zum Bleiben zu bewegen. Du kennst Tom einfach nicht. Er ist so verletzlich.«

»Und so manipulierend. Jill, ich kenne Tom sehr wohl, ich arbeite seit zwei Jahren mit ihm zusammen. Ich habe ihn in Aktion gesehen.«

Einen schrecklichen Augenblick lang glaubte ich, sie würde mich schlagen, doch dann drehte sie sich wortlos um und ging den Flur zurück. Als sie durch die Tür des Fakultätsclubs verschwand, folgte ich ihr. Ich konnte es mir nicht leisten, noch mehr Punkte bei ihr zu verspielen, indem ich zu spät zu Toms Party kam.

Im Club sah es aus, als ob der eigentliche Festakt gleich beginnen würde. Leute strömten vom Foyer herein und suchten sich einen Platz an den Tischen, die vor einem Rednerpult am Ende des Raumes angeordnet worden waren. Auf einem Tisch in diskreter Entfernung vom Pult lagen haufenweise Exemplare von Toms neuem Buch neben einer Cloisonné-Vase mit weißen Freesien. Alles war für die Lesung vorbereitet, aber der Mann hinter dem Mikrofon war nicht Tom Kelsoe. Es war Ed Mariani.

Seine Anwesenheit entbehrte nicht einer gewissen Logik. Es war kein Geheimnis, daß Ed Dekan der journalistischen Fakultät hatte werden wollen. Lange hielt man seine Ernennung sogar für eine abgemachte Sache, bis sich Reed Gallagher bewarb und

Ed seine Kandidatur zurückzog. Die Entscheidung, seinen Namen von der Kandidatenliste streichen zu lassen, war ebenso abrupt wie unerklärlich, aber aus welchem Grund er das auch getan haben mochte, Ed war rasch zu Reeds treuestem Verbündeten geworden. Er sorgte dafür, daß alle Angehörigen des Lehrkörpers, die seine eigene Kandidatur unterstützt hatten, sich auf die Seite von Reed schlugen, und er hatte sich offen gegen all jene ausgesprochen, die fürchteten, daß Reeds Pläne für die Fakultät zu ehrgeizig seien. An diesem Abend waren wir zusammengekommen, um ein Mitglied der journalistischen Fakultät zu ehren; und da Reed nicht mehr unter uns weilte, war es an Ed Mariani, das Heft in die Hand zu nehmen.

Aber als er das Mikrofon zurechtrückte, wurde deutlich, daß es ihm keine Freude bereitete. Eds Gesicht verzog sich zwar zu einem Lächeln, aber die Trauer war immer noch darin zu lesen. »An diesem Abend wollen wir unter Freunden sein«, sagte er, und seine Stimme brach. Er nahm ein Taschentuch aus seiner Jackentasche, wischte sich über die Augen und fing erneut an. »Wie Sie zweifelsohne gehört haben, ist Reed Gallagher letzte Nacht gestorben. Wir verstehen nur ganz allmählich die Tiefe unseres Verlustes. Er war unser Kollege und unser Freund, und den Mitgliedern der journalistischen Fakultät war er ein Beispiel dafür, was ein Journalist sein sollte. Rudyard Kipling nannte das, was wir tun, ›die schwarze Kunst‹, aber so wie Reed Gallagher ihn ausübte, war der Journalismus etwas Funkelndes – prägnant, zwingend und menschlich. Es läßt sich nur schwer vorstellen, wie wir weitermachen sollen, aber jene von uns, die Reed zu ihren Freunden zählten, wissen, daß er sich von uns wünschen würde, zu . . .«

Bevor Ed Mariani die Chance hatte, seinen Satz zu beenden, flog links hinter dem Pult eine Tür auf. Plötzlich richteten sich alle Augen auf den Mann auf der Türschwelle. Tom Kelsoe zögerte kurz, um die Situation einzuschätzen, dann marschierte er auf das Podium zu und stieß Ed zur Seite. Seine Geste war so grundlos grob, daß die Leute nach Luft schnappten.

Tom schien das nicht zu bemerken, vielleicht war es ihm auch gleichgültig. »Darüber zu reden, was Reed von uns gewollt hätte, ist nichts als Zeitverschwendung«, verkündete er mit schneidender Stimme. »Und er verabscheute Zeitverschwendung ebenso wie alles, was gespielt oder zweitklassig ist.« Er warf Ed Mariani, der mit seinem Partner Barry Levitt neben dem Fenster stand, einen wütenden Blick zu. Ed sah zu Boden, aber Barry trat einen Schritt vor. Sein Gesicht war rot vor Zorn, und Ed mußte ihn am Arm packen und zurückziehen.

Ich ging zu Jill. Sie schien meine Anwesenheit nicht zu bemerken. Ihre Aufmerksamkeit galt ausschließlich ihrem Mann. Ich warf ihr das nicht vor. So, wie Tom Kelsoe auf der Bühne stand, mit beiden Händen das Pult fest im Griff, zog er die Aufmerksamkeit aller auf sich. Er war kein großer Mann, nicht größer als 175 Zentimeter, aber an diesem Abend – in einer schwarzen Lederjacke, schwarzem Rollkragenpullover und Jeans – strahlte sein Körper eine Art Spannung aus, die beinahe greifbar war. Tom umgab immer eine Aura aus Verletztheit und Wut; seine Trauer schien diese Aura zu einer Essenz destilliert zu haben, die wie reines Testosteron war. Als er sich zum Mikrofon vorbeugte, sah er aus, wie es Lady Caroline Lamb angeblich über Byron gesagt hatte: »Verrückt, verdorben und als Bekannter äußerst gefährlich.«

Ohne weitere Einleitung hob Tom sein Buch hoch. »Hier drin geht es um Menschen, die niemals in diesem Raum oder gar an dieser Universität sein werden. Es geht um die Angehörigen der permanenten Unterklasse in unserem Land – diejenigen, die niemals Hobbes gelesen haben, die aber keinen Einführungskurs in Philosophie brauchen, um zu wissen, daß das Leben gemein, brutal und kurz ist. Der Titel des Buches lautet *Das große Abrechnen*. Er stammt aus dem Ratschlag, den eine Frau, die jetzt tot ist, ihren zwei Söhnen erteilte. Der Name der Frau war Karen Keewatin, und ich habe ihre Jungen kurz nach Mitternacht am 1. April letzten Jahres an der Ecke der Halifax und der Fourteenth Street getroffen. Das Datum war äußerst passend. Ich war ein Aprilnarr, weil ich mitten in der Nacht in dieser Gegend unterwegs war, aber ich war auch verzweifelter als jemals zuvor in meinem Leben.«

An dem Tisch, der Tom am nächsten stand, saß eine Gruppe Studenten aus unserer Klasse wie festgenagelt. Wenn der eigene Lehrer öffentlich eine Schwäche zugibt, fasziniert das ungeheuer.

»Man hatte mir einen beträchtlichen Vorschuß gegeben, um ein Buch über das Leben auf der Straße zu schreiben«, fuhr Tom fort. »Einen Monat zuvor hatte ich ein Manuskript beendet und es meinem Verleger geschickt. Ich hatte mein Bestes gegeben. Monatelang hatte ich das Leben in den übelsten Vierteln von Vancouver, Toronto und Winnipeg studiert. Ich hatte die Geschichten von Mördern, Dieben, Zuhältern, Huren, Junkies, Dealern und Straßenkindern auf Band aufgenommen und dann zu Papier gebracht, aber das Buch war nicht lebendig. Ich wußte es, und mein Verleger wußte es, aber keiner von uns hatte eine Ahnung, wie man diesen Mißstand beheben konnte. Zum Glück hatte Reed Gallagher gerade den Job hier angetreten. Ich rief ihn an und sagte ihm, daß ich Hilfe brauchte.«

Einen Moment lang schien Tom vom Schmerz seiner Erinnerung überwältigt. Dann lächelte er wehmütig. »Reed ist an diesem Abend das Manuskript durchgegangen, und er war brutal. Er erklärte, was ich ihm da gegeben hätte, sei Voyeurismus, kein Journalismus; ich solle alles wegwerfen, was ich geschrieben hatte, und neu anfangen. ›Diesmal‹, sagte er, ›machst du es richtig. Laß deinen Rekorder zu Hause. Gib diesen Menschen die Gelegenheit, mehr zu sein als ein Forschungsobjekt. Gib ihnen Würde, und gib deinen Lesern die Chance, zu begreifen, wie es ist, wenn man mißbraucht und ausgebeutet wird und an seiner Wut fast erstickt.‹

Als ich also in dieser verregneten Aprilnacht an der Ecke von Halifax und Fourteenth stand, hatte ich meinen Kassettenrekorder zu Hause gelassen, und das war gut so, denn als die beiden Kinder hinter mir aus den Büschen sprangen und anfingen, mit ihren Baseballschlägern auf mich einzudreschen, hätte ich sowieso nicht die Zeit gehabt, auf den Aufnahmeknopf zu drücken. Das nächste, woran ich mich erinnere, ist eine Krankenschwester, die wie Demi Moore aussah. Sie beugte sich über mich und fragte, ob ich wüßte, was für ein Tag heute sei. So hübsch diese Krankenschwester auch war, ich wollte nicht im Krankenhaus von Regina herumhängen. Ich wollte diese Kids mit den Baseballschlägern finden und sie windelweich prügeln.

Doch Reed Gallagher hatte einen besseren Plan. Er war mit mir einig, daß ich die Kinder finden sollte, aber er sagte, anstatt sie umzubringen, sollte ich lieber versuchen, ihr Vertrauen zu gewinnen. Er meinte, wenn ich an den Punkt käme, wo ich verstehen könnte, was zwei Kinder dazu brachte, einen Menschen anzugreifen, den sie nie zuvor gesehen hatten und von dem sie nichts wußten, dann hätte ich etwas, worüber ich schreiben könnte.« Tom zuckte mit den Schultern. »Und das tat ich dann auch. Ich brauchte eine Weile, aber ich habe sie gefunden. Ich glaube nicht, daß ich Ihnen heute abend etwas vorlesen kann. Ich möchte einfach reden. Ich möchte Ihnen eine Geschichte erzählen: die Geschichte von Karen Keewatin und ihren Söhnen Jason, der heute elf ist, und Darrel, der gerade zehn wurde.«

Es war ein brillanter Auftritt. Der Raum vibrierte vor Emotion, und Tom Kelsoe schien sich daran aufzuladen. Es war, als ob er den Schmerz nahm, den wir spürten, und ihn in seinen Bericht über jenen Schmerz leitete, der das Leben von Karen und ihren Söhnen angetrieben hatte.

Während er seine Geschichte vortrug, spürte ich trotz des Mißtrauens, das ich Tom gegenüber hegte, ein Brennen im Hals. Karen war ein Mädchen aus einem Reservat im Norden, das auf der Suche nach dem guten Leben nach Regina gekommen war. Ihre Pläne reichten nicht weiter als bis zur nächsten Party, und sie endete auf der Straße. Sie fing mit 14 Jahren an, sich zu prostituieren, und als sie 19 war, hatte sie eine dicke Polizeiakte und zwei Babys. In einer eisigen Nacht stieg sie in den falschen Wagen. Ihr Freier fuhr mit ihr in eine Seitengasse, mißhandelte sie, warf sie aus dem Wagen und ließ sie wie tot liegen. Als sie wieder zu Bewußtsein kam, krabbelte sie auf die Hauptstraße und fand endlich ein Mädchen, das sie kannte. Tom erzählte, laut Jason Keewatin habe seine Mutter befürchtet, wenn sie ins Krankenhaus ginge, würde ihr das Jugendamt ihre Kinder wegnehmen.

Sie brauchte sechs Wochen, um sich zu erholen. Mädchen, die sie von der Straße kannte, kümmerten sich abwechselnd um sie und ihre Kinder. Sechs Wochen sind eine lange Zeit, um nur an die Decke zu starren, und zum ersten Mal in ihrem Leben dachte Karen Keewatin darüber nach, wie sie in diese Welt gekommen war und wie sie sie verlassen wollte. Sie beschloß, ihr Leben zu ändern, sobald es ihr wieder besser ging. Und das tat sie auch. Sie beantragte Sozialhilfe und Wohnungsgeld und wollte den High-School-Abschluß nachmachen. Die Schule war für sie eine Qual. Im Norden hatte sie nur sporadisch am Unterricht teilgenommen, und das bißchen Wissen, das sie vermittelt bekommen hatte, war jämmerlich. Im Eignungstest für die High-School schnitt sie am schlechtesten ab.

Karen Keewatin mußte viel nachholen, aber sie war fest entschlossen. Ihre Jungen erzählten Tom Kelsoe, die lebendigste Erinnerung an ihre Mutter sei die, wie sie am Küchentisch saß und wie wild – doch häufig vergeblich – versuchte, das zu begreifen, was in den Büchern vor ihr geschrieben stand. Aber sie gab niemals auf. Sie sagte ihren Söhnen: »Ihr Jungs müßt all das nicht durchmachen, denn selbst wenn es das letzte ist, was ich tue, ich werde sicherstellen, daß ihr von Anfang an mit allen anderen auf derselben Stufe steht.«

Sie brauchte fünf Jahre, aber schließlich holte Karen ihren High-School-Abschluß nach und begann eine Ausbildung zur Zahnarzthelferin. Mit ihrem Diplom in der Tasche bekam sie »einen respektablen Job bei netten Leuten«. Als sie ihren ersten Gehaltsscheck mit nach Hause brachte, sagte sie zu ihren Söhnen: »Jetzt sind wir quitt. Ihr Jungs müßt nichts mehr beweisen.« Sechs Monate später diagnostizierte man bei ihr AIDS. Karen wurde entlassen. Sie versuchte, eine andere »respektable« Arbeitsstelle zu finden, aber ihre medizinische Akte folgte ihr auf dem Fuß. Letztendlich ging sie wieder auf den Strich. Eines Morgens geriet sie an einen üblen Freier, und dieses Mal krabbelte sie nach den Mißhandlungen nirgends mehr hin.

In der Nacht, in der Tom Kelsoe auf Karens Jungen traf, taten die beiden, was sie in den meisten Nächten seit dem Tod ihrer Mutter getan hatten. Sie rechneten mit den Männern ab, die in einer Welt lebten, die ihre Mutter getötet hatte.

Als er fertig war, senkte Tom Kelsoe den Kopf, dann hielt er das Exemplar seines Buches hoch. »Ich bin stolz auf jede Seite dieses Buches«, erklärte er leise. »Ich bin stolz, weil Darrel und Jason Keewatin ihre Geschichte gelesen haben und mir sagten, daß ich sie richtig aufgeschrieben habe. Ich bin stolz, weil Sie hier drin entdecken können, wie es sich anfühlt, in der Haut derer zu stecken, die ohne Hoffnung leben.« Seine Stimme brach. »Und ich bin stolz, weil ich dank der Widmung in der Lage war, eine erste Rate von der unermeßlichen Schuld zu begleichen, in der ich bei dem Mann stehe, der mein Lehrer und mein Freund war.« Er öffnete das Buch und begann, laut zu lesen: »Für Reed Gallagher, mit Respekt und Dank.«

Es herrschte Stille. Dann tat Tom etwas Merkwürdiges. Er drehte sich zu Ed Mariani um und streckte ihm seine Hand hin. Nach einem Augenblick, der ewig zu dauern schien, trat Ed auf Tom zu und schüttelte seine Hand. Diese Geste war ebenso großzügig wie typisch. Alle mochten Ed, und die Erinnerung an Toms Grobheit ihm gegenüber war noch frisch. Durch den Handschlag ermöglichte es Ed den Leuten, offen auf Toms Geschichte zu reagieren. Es war, als ob in dieser Wand aus Emotionen, die fest gemauert stand, seit wir von Reeds Tod erfahren hatten, ein Riß entstanden wäre. Die Menschen erhoben sich und applaudierten. Ein paar weinten sogar. Als ich mich im Raum umsah, entdeckte ich zu meiner Überraschung, wie der künftige Footballstar Jumbo Hryniuk ausgiebig in sein Taschentuch heulte. Neben ihm stand Val Massey, mit trockenen Augen, aber gebannt. Selbst von meinem Platz aus konnte ich das Funkeln der Heldenverehrung erkennen. In diesem Augenblick war Tom Kelsoe alles, was Val Massey zu werden erträumte.

Ein Buchhändler tauchte auf und drängte Tom zu dem Tisch mit den Büchern. *Die große Abrechnung* war jetzt offiziell auf dem Markt, und aus der Art und Weise, wie die Menschen sich hastig anstellten, um ein Exemplar zu erstehen, schien es, als würde der Abend ein kommerzieller Triumphzug werden.

Ich stellte mich an das Ende der Schlange, aber kaum hatte ich meinen Platz eingenommen, flutete eine Welle der Müdigkeit über mich hinweg. Mir reichte es. Ich sah mich nach Jill um, damit ich mich bei ihr entschuldigen konnte. Ich entdeckte sie in einer Ecke im Gespräch mit Barry Levitt. Überall gab es Versöhnungen.

Als ich an der Bar vorbeiging, um meinen Mantel zu holen, entdeckte mich der alte Giv Mewhort. Giv war emeritierter Professor für Englische Literatur und gehörte ebenso fest zum Fakultätsclub wie der Flügel in der Ecke. Gerüchteweise hatte ich gehört, daß Giv bereits sein erstes Glas *Gilbey's* becherte, wenn das Personal des Fakultätsclub gerade mal das Frühstücksbuffet herrichtete, aber Giv war stets ganz Gentleman.

Als er in dieser Nacht herüberkam, um mir in den Mantel zu helfen, war er sehr höflich. Ich dankte ihm, und er lächelte koboldhaft. »Es ist mir ein Vergnügen«, sagte er. »Genauer gesagt, war der ganze Abend ein Vergnügen.« Er sah zu dem Tisch hinüber, an dem Tom Kelsoe seine Bücher signierte. »Eine solche Vorstellung habe ich seit dem jungen Marlon Brando als Mark Anton in *Julius Cäsar* nicht mehr erlebt.« Er schwenkte sein Glas in Toms Richtung. »Der Junge ist wirklich gut.«

Als ich meine Auffahrt hochfuhr, war es 21 Uhr. Der Wind hatte aufgehört, aber es regnete immer noch. Mir schien, als ob ich den ganzen Tag über gefroren hätte. Die Hunde begrüßten mich hoffnungsvoll an der Fliegentür.

»Keine Chance«, sagte ich. »Ich verspreche, daß wir morgen früh gleich als erstes Gassi gehen. Aber im Moment kann ich euch nur für eine kurze Pinkelrunde rauslassen.«

Als ich in die Küche kam, saß Alex Kequahtooway am Küchentisch und bestrich ein Corned-Beef-Sandwich mit Senf. Er sah auf, als ich eintrat. »Ich hatte eine Stunde frei, darum habe ich in der Hoffnung vorbeigeschaut, daß du vielleicht früher nach Hause kommst. Angus meinte, ich solle mich bedienen.«

»Gut für Angus«, sagte ich. »Aber ich dachte, der Senf wäre alle.«

»Ich habe immer meinen eigenen dabei.«

»Das ist doch ein Scherz, oder?«

»Genau«, meinte er, »es ist ein Scherz. Du siehst aus, als ob du einen Scherz gebrauchen könntest.«

»Ehrlich gesagt, was ich jetzt brauche, bist du.«

Er legte das Sandwich aus der Hand, kam zu mir und nahm mich in die Arme. Sein Hemd war frisch und sein Haar naß.

»Du riechst nach Zitronen«, sagte ich.

»Das ist das Shampoo«, erwiderte er. »Wenn du viel Zeit im selben Raum wie eine Leiche verbringst, dringt der Geruch irgendwie in dich ein. Zitrone ist das einzige, was meines Wissens diesen Geruch entfernt.« Er lächelte. »Möchtest du, daß ich das Thema wechsle?«

»Vielleicht nur den Schwerpunkt. Wie laufen die Ermittlungen?«

»Ganz gut. Der Gerichtsmediziner ist fertig, und die Pensionswirtin war kooperativ. Ich wette, sie wiegt nicht einmal 85

Pfund, aber sie ist ein zäher alter Vogel. Die meisten Leute wären ganz schön erschüttert, wenn sie gesehen hätten, was sie gesehen hat, aber ihre größte Sorge schien zu sein, daß Gallagher in einem Zimmer starb, das sie neu vermieten wollte. Sie hatte es eben erst gründlich gereinigt.«

»Das Zimmer stand leer?«

»Offensichtlich. Komm schon. Wir setzen uns, und ich erzähle dir alles. Willst du ein Glas Milch?«

»Ich glaube, ich hätte jetzt lieber eine Kanne Earl Grey.«

»Ich setze Wasser auf«, bot Alex an. »Der Raum stand also leer, und um 19 Uhr gestern abend war er so präsentabel wie ein solches Loch nur sein kann. Alma Stringer, das ist die Wirtin, sagte aus, sie habe den Raum selbst nochmal mit dem Staubsauger gereinigt, nachdem sie den Teppich shampooniert hatte. Natürlich ist die ganze Shampoonierung jetzt mehr oder weniger für die Katz.«

»War die Tür denn nicht abgeschlossen?«

»Die Türen auf dem Hauptflur schon. Alma hat mehr Schlösser an diesen Türen als die Regierung im Staatlichen Münzamt, aber die Tür zu dem Raum, in dem Reed Gallagher endete, hat sie absichtlich offengelassen; sie wollte dem Teppich die Chance geben, zu trocknen. Das Zimmer liegt im dritten Stock, und es gibt eine Feuerleiter nur wenige Schritte den Flur entlang. Alma sagt, wenn sie den Mieter findet, der die Tür zur Feuertreppe offenließ, wird sie ihn mit bloßen Händen erwürgen.«

Der Kessel fing an zu pfeifen. Ich wärmte die Kanne, dann maß ich den Earl Grey ab. »Das ergibt doch alles keinen Sinn, Alex. Reed Gallagher hatte Geld, und ich wette, seine Geldbörse quoll vor Kreditkarten nur so über. Warum sollte er riskieren, in eine Pension einzubrechen, wenn er einfach in ein Hotel hätte gehen können?«

Alex goß den Tee ein. »Laut Zimbardos Theorie stellt bei dieser Art von masochistischem Sex die Gefahr, der man sich mit seiner Umgebung aussetzt, einen Teil des Kicks dar. Du mußt zugeben, Jo, das ist nicht gerade die Art von Freizeitvergnügen, das du im Holiday Inn betreiben möchtest. Und noch etwas: Wir fanden Drogen am Tatort. Vielleicht hat Gallagher dieses Viertel aufgesucht, um sich den Stoff zu beschaffen, und hat dann beschlossen, in der Gegend zu bleiben.«

»Was für Drogen?«

»Amylnitrate, auf der Straße auch Poppers genannt. Sie erweitern die Blutgefäße. Ursprünglich zur Behandlung von Angina.«

»Aber du glaubst nicht, daß Reed sie aus medizinischen Gründen nahm.«

»Nicht angesichts der Kapuze und seiner übrigen Ausstattung. Amylnitrate sollen außerdem den Orgasmus intensivieren und verlängern. Blutlache meint, genau das habe Gallagher getan, aber es war eine schlechte Wahl. Amylnitrate führen zu einem signifikanten Abfall des Blutdrucks. Momentan gehen wir davon aus, daß Gallagher ohnmächtig wurde und nicht in der Lage war, sich von seinen Fesseln zu befreien.«

»Was für eine furchtbare Art zu sterben.«

»Es ist nicht die beste, soviel steht fest.« Alex besah sich den Tee in seiner Tasse, dann blickte er auf. »Jo, war Reed Gallagher möglicherweise bisexuell?«

»Keine Ahnung. Warum?«

»Weil Poppers in erster Linie von Schwulen verwendet werden. Es ist seltsam, einen Heterosexuellen damit zu finden.«

»Die ganze Sache ist seltsam«, sagte ich.

»Stimmt. Und ich glaube, wir hatten jetzt beide genug davon. Laß uns über etwas Angenehmeres reden. Wie war dein Abend?«

»Ehrlich gesagt, auch nicht viel besser als deiner.« Ich erzählte ihm von der Veranstaltung. Den häßlichen Wortwechsel mit Jill ließ ich aus, aber ich erzählte ihm, wie grob und unhöflich Tom Kelsoe Ed Mariani behandelt hatte.

Als ich fertig war, schüttelte Alex den Kopf. »Warum findet sich eine prächtige Frau wie Jill mit so einem Arschloch wie ihm ab?«

»Sie ist verliebt«, sagte ich, »oder sie glaubt es zumindest. Aber das war doch wirklich das Hinterletzte von ihm, oder? Ich bin froh, daß mir jemand recht gibt. Meine Instinkte waren heute abend nicht besonders zuverlässig.«

»Du hast großartige Instinkte.«

»Was Tom Kelsoe angeht, bin ich nicht gerade unvoreingenommen. Weißt du, es ist mir peinlich, das zuzugeben, aber bei der Veranstaltung heute abend wurde mir klar, daß ich neben allem anderen auch eifersüchtig auf ihn bin.«

»Wegen all der Aufmerksamkeit, die er bekommt?«

»Zum Teil wahrscheinlich. Als mein Buch veröffentlicht wurde, hat mein Verleger keine Party veranstaltet. Ich habe nur all meine Freunde zu einem Barbecue eingeladen und sie dazu gebracht, ein Exemplar zu kaufen.«

»Ich wußte gar nicht, daß du ein Buch veröffentlicht hast.«

»Das weiß auch sonst niemand. Es ist eine Biographie von Andy Boychuk. Seit seinem Tod sind fast fünf Jahre vergangen, aber ich glaube immer noch, daß die Provinz, vielleicht das ganze Land anders aussehen würde, wenn er noch lebte.«

»Glaubst du wirklich, daß ein Mensch allein etwas bewirken kann?«

»Natürlich. Du nicht?«

»Früher schon. Darum bin ich auch zur Polizei gegangen. Ich wollte der Öffentlichkeit zeigen, daß ein indianischer Cop ebenso schlau und zuverlässig sein kann wie ein weißer Cop, und ich wollte den Indianern zeigen, daß das Gesetz gerecht und objektiv ist.« Er lachte. »Damals hielt ich mich selbst für eine treibende Kraft der Veränderung.«

»Und heute denkst du anders darüber?«

Er schüttelte den Kopf. »Nein, das tue ich nicht.«

Ich sah ihn an. Selbst in dem schwachen Licht vom Telefontisch waren die Aknenarben seiner Jugendzeit zu sehen. Als wir uns das erste Mal geliebt hatten, war er zusammengezuckt, als ich sein Gesicht berührte. Je besser ich Alex Kequahtooway kennenlernte, desto mehr war ich davon überzeugt, daß die Aknenarben nur der Anfang waren.

»Wir verschwenden unsere gemeinsame Stunde mit Reden«, meinte ich.

Er setzte sich zu mir und legte seine Arme um mich. »Das tun wir allerdings.«

Das bühnenreife Hüsteln von Angus war diskret. »Tut mir leid, euch zu unterbrechen, aber Leah und ich gehen ins *7-Eleven*, und ich wollte mich vergewissern, ob Alex mir morgen wirklich Fahrunterricht gibt.«

»Ich bin um neun Uhr früh da«, sagte Alex.

»Mit deinem Audi«, bekräftigte Angus.

»Mit meinem Audi.«

»War die Fahrstunde der Preis, den du für das Corned-Beef-Sandwich zahlen mußtest?« wollte ich wissen.

»Ich habe mich freiwillig anerboten.« Alex sah auf seine Armbanduhr. »Und jetzt muß ich zurück.«

Angus bekam große Augen. »Ein Durchbruch in einem Fall?«

»Papierkram«, meinte Alex. Er stand auf und zog den Reißverschluß seiner Jacke zu. »Ich sehe euch beide morgen früh.«

Ich begleitete ihn zur Tür. Dann gingen die Hunde und ich in Richtung Bett. Ich hatte schon nach Taylor gesehen, meine Zähne geputzt und festgestellt, daß alle meine Nachthemden in dem Haufen frisch gewaschener Wäsche im Keller lagen, als Angus rief, daß eine Dame an der Tür sei, die mich sprechen wollte.

Ich schlüpfte in meine Joggingsachen, zog ein paar Socken an und stapfte nach unten. Julie Evanson-Gallagher stand im Flur. Sie trug den für Londoner Nebel gedachten Trench, den sie angezogen hatte, bevor sie sich an diesem Nachmittag auf den Weg zum Polizeirevier gemacht hatte, aber inzwischen hatte sie goldene Kreolen, einen seidenen Paisleyschal und eine braune

Ledertasche mit dazu passenden Handschuhen hinzugefügt. Ihr Erscheinungsbild war makellos, aber ihre sorgfältige Aufmachung konnte die Anspannung ihres Körpers und die Qual in ihren Augen nicht verbergen.

Ich trat zur Seite. »Willst du nicht hereinkommen, Julie?«

»Nein. Ich wollte dir nur die Schlüssel geben.« Sie fummelte an ihrer Tasche herum. Als der Verschluß endlich aufging, nahm sie einen Schlüsselbund heraus.

»Ich fahre jetzt zum Flughafen, um den Flieger nach Toronto zu erwischen. Jemand muß nach dem Haus sehen, solange ich weg bin. Ich weiß nicht, wen ich sonst fragen könnte.«

Ich nahm ihr den Schlüsselbund ab. »Ich helfe gern.«

»Du mußt nicht selbst hinübergehen. Ich dachte, ich könnte eines deiner Kinder dafür bezahlen. Es gibt nicht viel zu tun – nur die Fische füttern und die Post hereinholen. Allerdings sollte jemand den Kühlschrank leeren. Meine Putzfrau hat gestern abend gekündigt.« Sie schüttelte verständnislos den Kopf. »Warum muß nur alles gleichzeitig schieflaufen?«

»Julie, das war ein furchtbarer Tag für dich. Warum kommst du nicht herein und trinkst einen Schluck. Wenn du soweit bist, bringe ich dich zum Flughafen.«

»Ich darf nicht riskieren, das Flugzeug zu verpassen«, entgegnete sie. »Und ich will nicht hier sein, wenn die Leute herausfinden, wie er gestorben ist.«

»Hast du Alex mitgeteilt, daß du fortfährst? Die Polizei sollte es wissen.«

»Sie weiß es«, meinte Julie teilnahmslos. Dann schien ihr zu dämmern, was ich möglicherweise hatte andeuten wollen, und eine Sekunde lang war sie wieder die alte Julie. »Du willst damit doch hoffentlich nicht sagen, daß die Polizei glaubt, ich hätte mit dem, was in diesem Raum geschehen ist, irgend etwas zu tun?« Ihre Stimme wurde gefährlich laut. »Wie könnte sie? Wie könnte irgend jemand glauben, daß ich meinen Ehemann der Welt in diesem Zustand präsentieren würde, wenn ich die Wahl hätte?«

Ich berührte sie am Arm. »Julie, ich wollte damit nur sagen, daß die Polizei vielleicht für irgend etwas deine Unterschrift braucht.«

»Sie findet mich bei meiner Schwester«, erwiderte Julie verkniffen. »Sie lebt in Port Hope. Die Polizei hat die Adresse, und ich habe sie auch neben das Telefon in meiner Küche gelegt, falls du mit mir Kontakt aufnehmen mußt. Ich habe mich um alles gekümmert.« Plötzlich veränderte sich ihre Haltung. »Ich habe das nicht verdient. Ich habe alles richtig gemacht und hatte so große Hoffnungen.«

Als ich zusah, wie ihr Taxi meine Auffahrt hinunter und zum Flughafen fuhr, ging mir Julies Abgesang auf ihre Ehe durch den Kopf. Die Worte waren herzerweichend, aber an diesem Abend hörte ich sie nicht zum ersten Mal aus ihrem Munde. Vor Jahren war ich Julie vor der High School in unserem Viertel begegnet. Es war Ende Juni, und sie hatte eben erst erfahren, daß ihr Sohn Mark in der zehnten Klasse in allen Fächern durchgefallen war und der Schulpsychologe eine nicht-akademische Ausbildung für ihn empfahl. Sie war verzweifelt gewesen. »Er wird nie etwas Bedeutendes leisten«, klagte sie traurig. »Ich verstehe das nicht. Ich habe alles richtig gemacht und hatte so große Hoffnungen.« Und nachdem Julie Evanson sich von der Schuld losgesprochen und von der Hoffnung abgewandt hatte, hatte sie die Tür zu ihrem Kind für immer verschlossen.

Als ich am Samstag morgen aufwachte, schien die Sonne, der Himmel sah wie frisch gewaschen aus, die Vögel zwitscherten, und das Telefon klingelte. Ich nahm den Hörer ab, hörte Jill Osiowys vertraute Altstimme und spürte, wie sich meine Stimmung hob.

Es war keineswegs ungewöhnlich, daß Jill an einem Samstag morgen anrief. Sie produzierte die politische Talkrunde von NATIONTV, und ich war einer der Stammgäste. Die Show wurde Samstag abends live ausgestrahlt, und wenn Jill in der Morgenzeitung ein provokatives Thema entdeckte, rief sie oft an, um mich zu fragen, ob ich mitziehen würde. Aber nach meiner Hausmütterchen-Attacke vom Vorabend befürchtete ich eine Abkühlung unserer Beziehung, und es erleichterte mich sehr, sie so herzlich zu erleben.

»Jo, fühlst du dich heute abend einem völlig anderen Thema für den Teil mit den Zuschaueranrufen gewachsen? Anscheinend gab es an der Universität Vandalismus in größerem Ausmaß.«

»Wo an der Universität?«

»Keine Ahnung. Ich war noch nicht dort, aber einer unserer Techniker, Gerry McIntyre, ist bei seinem Morgenlauf am Unigelände vorbeigekommen und hat Streifenwagen neben dem Pädagogikgebäude gesehen. Als er fragte, was los sei, erzählten ihm die Cops, daß der Platz von Vandalen mutwillig zerstört worden sei.«

»Jill, ich hasse es, eine Idee zu boykottieren, aber ein bestimmtes Maß an Vandalismus gehört an jeder Universität zum festen Frühlingsritus. Es ist häßlich, aber normalerweise passiert nicht viel mehr, als daß ein paar Kids beschließen, sich zu betrinken und der Welt ihren Stempel aufzudrücken. Letztes Jahr sind einige Studenten der Ingenieurwissenschaften zu dem Schluß gekommen, daß ihnen nicht der Respekt entgegengebracht wird, den sie verdienen, also haben sie ›Ingenieure beherrschen die Welt‹ auf jede freie Fläche gesprüht, die sie finden konnten.«

»Hier geht es nicht um einen Dummejungenstreich. Gerry sagt, es sieht nach einem Gesinnungsverbrechen aus.«

»Ein Gesinnungsverbrechen?« wiederhole ich. »Gegen wen?«

»Homosexuelle«, erwiderte Jill. »Offenbar sind die Graffiti, die diese Vandalen hinterlassen haben, schwulenfeindlich. Jo, der Grund, warum ich glaube, daß wir gerade über diesen Vandalismus sprechen sollten, ist der, daß es sich hier nicht um einen Einzelfall handelt. Ich beobachte seit einiger Zeit die Nachrichtendienste, und Schwulenhetze scheint momentan wieder im ganzen Land en vogue zu sein. Also, was hältst du davon, wenn wir das Thema wechseln?«

»Mein Magen dreht sich schon bei dem Gedanken daran um, wer da alles anrufen wird.«

»Wir fragen die Anrufer solange vorher aus, bis wir mit Ausnahme ihrer Blutgruppe alles über sie wissen, und mein Finger wird ständig über dem Trennknopf schweben ...«

Ich mußte lachen. »Okay. Du hast gewonnen.«

»Du mußt noch ein wenig recherchieren. Es gab in letzter Zeit ein paar neue Gesetze zur sexuellen Orientierung, und die solltest du parat haben. Bist du sicher, daß ich dich damit nicht allzusehr unter Druck setze?«

»Ganz sicher. Ich werde versuchen, mir die wichtigsten Erlasse einzuprägen. Außerdem habe ich einen Aktenordner voller Artikel über Schwulen- und Lesbenrechte.«

Jill lachte. »Du sammelst immer noch Zeitungsartikel? Jo, du bist ein Dinosaurier.«

»Mag sein«, räumte ich ein, »aber es gefällt mir, wie sich das Zeitungspapier unter meinen Fingern anfühlt. Und keine Sorge, du läßt mir genug Zeit für die Umstellung. Ich muß heute nur Taylor zum Unterricht fahren – ach, und Julies Fische füttern. Sie fährt zu ihrer Schwester nach Port Hope, bis das Schlimmste vorüber ist.«

»Wenn's hart auf hart kommt, zeigt sich, aus welchem Holz wir geschnitzt sind«, meinte Jill nachsichtig.

Ich lachte. »Du kennst ja Julie. Unschöne Situationen hat sie noch nie ausstehen können.«

»Damit steht sie vermutlich nicht allein«, erwiderte Jill. »Wir sehen uns dann heute abend.«

Sie klang mehr nach der alten Jill als seit Monaten, und ich spürte, wie mich eine Welle der Erleichterung erfüllte. »Jill, es freut mich, daß du angerufen hast. Frühlingsgefühle unter Homophoben ist ein großartiges Thema.«

»Danke«, meinte sie, »aber eigentlich war es Toms Idee.«

Nachdem ich eingehängt hatte, zog ich das Telefonbuch heraus, schlug die Eintragungen der Universität auf und wählte die Nummer des Hausmeistertrakts, der direkt gegenüber den Büros lag. Ich erhielt eine Bandansage, die mir die offiziellen Bürozeiten mitteilte und mir eine Nummer nannte, die ich anrufen sollte, falls es sich bei meinem Anliegen um einen Notfall handelten. Nun, es war kein Notfall, ich war nur neugierig. Ich sah auf meine Armbanduhr. Wenn ich mich beeilte, konnte ich zum Unigelände fahren und zurück sein, bevor die Anforderungen eines Samstagmorgen sich bemerkbar machten.

Auf dem Weg ins Badezimmer erhaschte ich einen Blick auf mich im Spiegel über meiner Kommode, und ich zuckte zusammen. Ich hatte in den Kleidern geschlafen, mit denen ich am Abend zuvor Julie begrüßt hatte. Langsam wurde ich schlimmer als Angus. Ich zog frische Unterwäsche, Sweatshirt und Jeans aus der Schublade, ging ins Badezimmer und spritzte mir Wasser ins Gesicht. Während des Zähneputzens gingen meine Gedanken auf Wanderschaft. Am Abend zuvor hatte ich Alex erzählt, daß Tom Kelsoes neuerliche Berühmtheit nur zum Teil der Grund für meine Eifersucht war. Der Hauptgrund war Jill – auch wenn ich es haßte, das zuzugeben.

Wir hatten uns immer nahegestanden. Am Tag nach ihrem Abschluß an der journalistischen Fakultät hatte sie angefangen, für meinen Ehemann Ian zu arbeiten. Er war der jüngste Staatsanwalt in der Geschichte unserer Provinz, aber er war lange genug in der Politik, um von Jills feurigem Idealismus sowohl amüsiert als auch berührt zu sein. Nach seinem Tod arbeitete Jill weiter für die Regierung, aber sie meinte, der Funke sei erloschen. Sie zog nach Ottawa, machte noch einen Abschluß in Journalistik und wechselte zu NATIONTV. Als sie nach Saskatchewan zurückkehrte, bestand eine ihrer ersten Taten darin, mich für die politische Talkrunde zu engagieren. Ich hatte nie daran gedacht, im Fernsehen aufzutreten, aber Jill war voller Zuversicht, Glauben und Geduld. Sie bugsierte mich in der Anfangszeit durch manch einen Fauxpas und jede Menge Panikattacken, und es hatte funktioniert. Jill und ich waren privat wie beruflich eine gute Mischung. Ihr Verhältnis mit Tom Kelsoe hatte all das geändert, aber während ich meine Zahnbürste ausspülte, beschloß ich, daß ich das Rad zurückdrehen würde, selbst wenn das bedeutete, mir die Nase zuzuhalten und zu lernen, Tom Kelsoe zu lieben.

»Jo, schau mal, ich habe mit den Zeichnungen für mein Wandgemälde angefangen.«

Taylor stand mit ihrem Skizzenbuch unter dem Arm in der Badezimmertür.

Ich stellte meine Zahnbürste in den Becher. »Okay, laß sehen.«

Sie quetschte sich an mir vorbei, klappte den Toilettendeckel zu und setzte sich darauf. Das Skizzenbuch auf den Knien, begann sie mit ihren Erklärungen. »Alex hat gesagt, niemand kommt je nah genug an Nanabush heran, um sein Bild zu machen, aber ich glaube, daß er so aussieht.«

Taylors Zeigefinger tanzte über ihr Skizzenbuch, hob Einzelheiten heraus und verweilte über Problemstellen. Wieder einmal verblüffte mich die Lücke, die zwischen dem kleinen Mädchen mit den baumelnden Beinen auf dem Toilettendeckel und der talentierten Künstlerin klaffte, die auf dem Papier vor mir Zeichnungen von Nanabush gemacht hatte. Im Alter von sechs Jahren war Taylors Talent bereits nicht mehr zu leugnen. Es war eine Frage der Gene, nicht der Förderung. Taylors Mutter war eine exzellente Künstlerin gewesen, und Taylor hatte ihre Gabe geerbt.

Als ich mir die letzte Skizze angesehen hatte, hüpfte Taylor vom Klo. »Ich habe Hunger.«

»Das überrascht mich nicht«, meinte ich. »Du hast heute ja schon viel gearbeitet. Ich mache dir Saft und Müsli. Ich muß kurz zur Universität fahren, aber sobald ich wieder zu Hause bin, mache ich Pfannkuchen.«

Als ich die Hunde an die Leine nahm und sie zur Garage führte, wirkten sie mißtrauisch, und als ich die Tür des Volvo öffnete, setzte sich Rose, unser alternder Golden Retriever, trotzig hin. »Komm schon, Rosie«, lockte ich, »steig ein. Wir gehen heute im Vogelschutzgebiet spazieren. In der Zeitung steht, daß die Drosseln wieder da sind. Es wird aufregend.« Sie legte den Kopf schief und sah mich skeptisch an. Ich baute mich hinter ihr auf und schob solange, bis sie sich schließlich schwerfällig in den Wagen schleppte. Sadie, unser hübscher, aber wenig intelligenter Collie, sprang ihr hinterher.

Als ich auf den Parkplatz der Universität fuhr, waren die Hunde munter. Sie sprangen aus dem Wagen, nur zu gern bereit, mir zum Pädagogikgebäude zu folgen. Die rot-weiß-blauen Streifenwagen waren immer noch dort, ebenso wie die Kreationen der Vandalen. Der lange verglaste Übergang, der den Westflügel

mit dem Hausmeistertrakt verband, war übersät mit all den häßlichen, schwulenfeindlichen Beschimpfungen, die der Hand an
der Spraydose eingefallen waren. Es freute mich, als ich entdeckte, daß der Vandale das zweite »t« ausgestrichen hatte, das
er ursprünglich in ›Schwanzlutscher‹ geschrieben hatte. Vielleicht stand es mit der Rechtschreibung im Lande doch nicht so
schlecht.

Die Hunde und ich gingen auf das Pädagogikgebäude zu. Ein
junger blondgelockter Polizist stand neben einem Streifenwagen
und machte sich Notizen.

»Was ist denn hier los?« fragte ich.

Sein Blick war unverbindlich. »Wir haben alles unter Kontrolle«, meinte er kühl. »Warum beenden Sie und Ihre Hunde nicht
einfach Ihren Spaziergang?«

»Ich bin keine Schaulustige«, erklärte ich, »ich unterrichte
hier.«

»Dann hoffe ich in Ihrem Interesse, daß Ihr Büro sich nicht in
diesem Gebäude befindet.«

»Darf ich hineingehen?«

»Nicht mit den Hunden.«

Ich brachte die beiden zurück und sperrte sie ins Auto. Zuerst
verführt und dann verlassen – wütend über den Betrug fingen sie
an zu bellen.

Als ich zurückkam, war der blondgelockte Polizist durch einen
jungen Constable ersetzt worden, der aussah, als ob er 200 Kilo
stemmen könnte, ohne dabei ins Schwitzen zu geraten. Ich zeigte ihm meinen Universitätsausweis und sagte: »Ich unterrichte
hier.«

Er winkte mich durch. »Gehen Sie nur«, sagte er. Seine Stimme
war überraschend hoch und so süß wie die eines Chorknaben.
»Bleiben Sie den abgesperrten Bereichen fern, und wenn ein
Polizist Sie bittet zu gehen, dann folgen Sie seiner Aufforde-
rung.«

Ich betrat das Gebäude, bog links ab und ging zur Cafeteria. Sie sah aus wie immer außerhalb der Öffnungszeiten: Die Sicherheitstüren waren zugezogen, die Tische sauber gewischt, die Stühle am anderen Ende des Raumes ineinandergestellt. Jemand hatte Osterhasen und Hühner mit Mützen ausgeschnitten und über die leeren Lebensmittelschaukästen gehängt, und an der Kasse verkündete ein Schild, daß es zu Ostern wieder *Cadbury's* Creme-Eier gab. Alles schien beruhigend normal, aber als ich weiter den Flur entlangging und die Doppeltüren aufstieß, die zur audiovisuellen Abteilung des Fachbereichs Journalistik führten, trat ich ins Chaos.

Ich stand knöcheltief in Papier: Computerausdrucke, zu Boden geworfene Aktenordner, Bücher, deren Seiten zerfleddert und deren Einband zerrissen war. Die Wände um mich herum waren mit denselben Sprüchen besprüht wie der Glasübergang zwischen Westflügel und Technikgebäude. Ich kam nur langsam voran, aber schließlich schaffte ich es an der Fotoabteilung vorbei den Flur entlang zu den Journalistikbüros.

Als ich auf Ed Marianis Büro zuging, beruhigte mich der Anblick, daß der Täter offensichtlich ein Vandale war, der an Gleichberechtigung glaubte. Die Büros von Hetero- und Homosexuellen waren gleichermaßen zerstört. Durch die offenen Türen sah ich auf den Schreibtischen aufgehäufte Bücher und Fotos, umgekippte Pflanzen, aus PCs gerissene Tastaturen. An Eds Tür war eine Tafel befestigt: »Von allen Leidenschaften des Lebens ist die stärkste das Bedürfnis, die Prosa anderer zu korrigieren.« Daneben hatte jemand die Worte »Schwulen-liebender Arschficker« gesprüht. Ich schloß die Augen, aber ich konnte die Worte immer noch sehen. Der Aufdruck auf Eds Schild stimmte: In diesem Augenblick sehnte ich mich nach einer eigenen Sprühdose und der Chance, dieses Geschreibsel wohlüberlegt zu korrigieren.

Krank vor Ekel drehte ich mich um und ging zurück zum Vordereingang des Gebäudes. Ich wollte draußen sein, wo meine Hunde warteten. Die Luft war süß, und die Drosseln waren nach Hause gekommen.

Als ich vor unserem Haus vorfuhr, saß Taylor auf der obersten Stufe der Veranda, mit Benny auf ihren Knien. Sie trug immer noch ihr Nachthemd, hatte aber eine Windjacke und Turnschuhe angezogen. »Der Winter ist vorbei«, meinte sie beseelt.

»Es hat zumindest den Anschein«, sagte ich. »Laß uns reingehen und etwas essen. Ich bin am Verhungern.« Ich machte Kaffee und Pfannkuchenteig. Taylor, die bereits eine Schale mit Müsli und eine Banane gegessen hatte, gab den Teig in Form ihrer Initialen in die Pfanne. Als sie ihren Pfannkuchen hinuntergeschlungen hatte, formte sie auch die Initialen von Benny. Ich sah zu, wie sie auch diese Initialen verspeiste, und wartete gerade auf meine eigenen Pfannkuchen, als Alex hereinkam.

»Ich habe noch nicht einmal geduscht«, stöhnte ich.

»Für mich siehst du gut aus«, meinte er. »Nach dem gestrigen Tag hast du es verdient, faul zu sein.«

»Wenn's nur möglich wäre. Ich habe das Gefühl, schon einen ganzen Tag hinter mir zu haben.«

Ich ließ die Pfannkuchen aus der Pfanne gleiten. »Willst du sie?«

»Nimm du sie, aber wenn es noch Teig gibt . . .«

Ich reichte ihm die Schüssel und den Schöpflöffel. »Taylor macht ihre in Form ihrer Initialen.«

Alex lächelte. »Sie ist ein verrücktes kleines Mädchen.« Er ging zur Pfanne und gab Teig hinein. »Okay. Erzähle mir von deinem Tag.«

Ich beobachtete sein Gesicht, als ich ihm von dem Vandalismus an der Universität erzählte. Er hörte zu, wie er es immer tat, egal was die Kinder oder ich ihm erzählten: ernsthaft, ohne Unterbrechung oder Kommentar.

»Vermutlich hätte es noch schlimmer sein können«, meinte ich.

»Zumindest hat der Täter seinem Tick mit Worten Luft gemacht. Es wurde niemand verletzt.«

»Und ist das böse Wort auch kein Beil, so vermag es doch gar viele Wunden zu schlagen«, zitierte Alex. Aus seiner Stimme klang eine Bitterkeit, die mich überraschte. »Hat Mrs. Gallagher gestern abend noch Kontakt zu dir aufgenommen?« fragte er.

»Sie hat einen Hausbesuch gemacht und ihre Schlüssel vorbeigebracht, weil sie zu ihrer Schwester nach Port Hope fährt.«

»Sie deutete an, daß sie das tun würde.«

»Dann hat sie also mit dir gesprochen?«

»Natürlich. Sie ist eine gute Bürgerin. Sie würde die Stadt nicht verlassen, ohne uns mitzuteilen, wo wir sie finden können. Ich war sogar froh, daß sie angerufen hat. Wir hatten noch einige Fragen, die sie beantworten konnte.«

»Was für Fragen?«

»Nur ein paar lose Enden. Ich wollte nochmals mit ihr durchgehen, wo sich ihr Ehemann in den 24 Stunden vor seinem Tod ihres Wissens nach aufgehalten hat. Sie konnte nicht viel hinzufügen, aber ...«

»Aber was?«

»Aber ich glaube immer noch nicht, daß sie uns alles gesagt hat. Zum einen habe ich das Gefühl, daß sie gestern nicht zum ersten Mal in dieser Pension in der Scarth Street war. Als wir dort ankamen, schritt sie den Flur im Erdgeschoß hinunter, als ob sie wüßte, wohin sie zu gehen hat.«

»Aber Reeds Leiche wurde nicht im Erdgeschoß gefunden.«

»Nein. Sie war oben, im obersten Stock. Wir haben sogar einen Zeugen, der glaubt, Gallagher ungefähr Viertel vor neun auf der Feuerleiter gesehen zu haben.«

»Ich verstehe nicht, wie du Julie gehen lassen kannst, wenn du glaubst, daß sie dir etwas vorenthält.«

»Jo, wenn jemand plötzlich stirbt, dann halten alle, die ihn kannten, etwas zurück. Es gibt Hunderte von Gründen, warum die Lebenden sich dafür entscheiden, nicht alles, was sie über die Toten wissen, offenzulegen, aber solange diese Gründe in keinem direkten Zusammenhang mit unserem Fall stehen, drängen wir niemanden.«

»Also muß Julie nicht in Regina bleiben.«

»Es gibt rechtlich keinen Grund, warum sie das sollte. Natürlich ist ihr Ehemann tot, und Anstand und Menschlichkeit würden eigentlich gebieten, daß sie solange in der Gegend bleibt, bis er unter der Erde liegt, doch nichts deutet darauf hin, daß Gallaghers Tod etwas anderes als ein Unfall war. Heute nachmittag wird eine Autopsie durchgeführt, aber angesichts der Kapuze, der Strapse und der anderen Utensilien meine ich zu wissen, was dabei herauskommen wird.«

»Nämlich?«

»Daß Reed Gallagher an einer tödlichen Mischung aus schlechtem Urteilsvermögen und Pech verstorben ist.«

»Für mich ergibt das immer noch keinen Sinn.«

»Jo, viele sexuelle Praktiken haben nichts mit gesundem Menschenverstand zu tun, das heißt aber nicht, daß es sie nicht gibt. Sherman Zimbardo hat gestern abend eine Tasse Kaffee mit zwei Ärztinnen von der Notaufnahme des Krankenhauses getrunken. Er sagt, einige der Geschichten dieser Frauen über die Dinge, die sie schon alle aus Patienten herausgeholt haben, würden einem die Nackenhaare sträuben.« Alex ließ seinen Pfannkuchen gekonnt auf einen Teller gleiten und lächelte mich an. »Und alles im Namen der Liebe.«

Ich reichte ihm die Butter. »›Gott sei Dank sind wir alle verschieden‹, sagte Alice.«

Alex warf mir einen fragenden Blick zu. »Wer ist Alice?«

»Jemand, der durch einen Spiegel trat«, sagte ich.

Alex griff nach dem Ahornsirup. »Ich kenne das Gefühl«, sagte er. »Und was steht heute auf deinem Terminplan?«

»Nichts als gute Taten«, erwiderte ich. »Ich werde Taylor zum Kunstunterricht fahren und mich auf die Talkrunde heute abend vorbereiten. Wie steht's mit dir?«

»Ich werde Angus eine Fahrstunde erteilen.«

»Wo wir gerade von guten Taten reden – kann ich dich belohnen, indem ich dich ins Kino einlade, sobald die Talkrunde beendet ist?«

»Klingt toll, aber können wir das auf ein andermal verschieben?«

Ich verspürte einen Stich der Enttäuschung. »Noch mehr Papierkram?«

Er wandte den Blick ab. »Nein, eine Familienangelegenheit.« Seine Stimme klang fern. »Ich habe einen Neffen draußen im Reservat, der anscheinend etwas Führung braucht.«

»Wie alt?«

»Fünfzehn.«

»So alt wie Angus.«

»Ja, aber er ist nicht Angus.« Alex sprach gern über sein Leben im Standing-Buffalo-Reservat, als er noch jung war, aber niemals über das Leben jetzt, und ich versuchte, ihn nicht zu drängen.

Da tauchte Angus in der Tür auf. Ausnahmsweise war sein Timing hervorragend, ebenso wie sein Erscheinungsbild: Gel im schwarzen Haar, Ohrring am rechten Fleck, verblaßtes T-Shirt mit Rockgruppenmotiv und derart zerschlissene Jeans, daß ich mich fragte, wie um alles in der Welt er sie oben halten konnte. Er ging zu Alex und klopfte ihm auf den Rücken. »Und? Bereit, auf die Tube zu drücken?«

Die Eigentumswohnung der Gallaghers am Lakeview Court lag nur sechs Häuserblocks von uns entfernt, aber weil wir danach gleich zu Taylors Kunstunterricht wollten, fuhren wir mit dem Auto. Kaum hatte ich die Wohnungstür geöffnet, zog Taylor ihre Stiefel aus und rannte auf der Suche nach dem Aquarium in die Wohnung. Bevor ich auch nur meinen Mantel aufhängen konnte, stand sie schon wieder atemlos im Flur.

»O Jo, sie sind wunderhübsch, besonders die gestreiften Fische. Wir müssen auch welche haben. Wir könnten nach meinem Unterricht zum Golden-Mile-Einkaufszentrum fahren. Dort gibt es eine Tierhandlung mit Fischen – alle möglichen Fische. Und wir brauchen etwas von diesem rosa Zeug, das aussieht wie knorrige Finger.«

»Korallen«, sagte ich.

»Und ein Schloß. Diese Fische haben ein Schloß in der Ecke ihres Aquariums, und sie können durch die Eingangstür schwimmen.«

»Weißt du, wer sich richtig freuen würde, wenn wir ein paar Fische hätten?« fragte ich sie.

»Wer?«

»Benny«, sagte ich.

Ihre Augen weiteten sich vor Entsetzen. Dann tauchte ein Lächeln in ihren Mundwinkeln auf. »Also keine Fische, richtig?«

»Keine Fische«, bestätigte ich.

Nachdem ich Taylor gezeigt hatte, wieviel Fischfutter sie in das Aquarium geben mußte, wandte ich mich den restlichen Aufgaben zu. Es gab nicht viel zu tun. Das Geschirr und die karierten Tischtücher waren von den angemieteten Tischen bereits entfernt worden, und die zusätzlichen Stühle standen sauber aufgereiht zur Abholung bereit. Julie hatte die Visitenkarte der Mietfirma auf den Küchentisch gelegt, mit einer Bitte an mich, einen Termin zu vereinbaren, an dem ich die Leute in die Wohnung lassen konnte. Der einzige Hinweis auf den Vorabend waren die Töpfe mit den Kleeblättern, die in den weißen Flechtkörben gesteckt hatten. Die Pflanzen standen jetzt sauber aufgereiht auf einem Tablett, wo sie das Licht von Julies Küchenfenster abbekamen. Als ich die Erde berührte, war sie feucht. Julie hatte an alles gedacht, aber es mußten düstere Stunden für sie gewesen sein, allein in ihrem Haus, während ihr frischgebackener Ehemann tot in der Leichenhalle des Krankenhauses lag.

Es dauerte nicht lange, den Kühlschrank auszuräumen. Eklige Überraschungen, die in alten Joghurtbechern vor sich hingammelten, gab es nicht, nur leicht verderbliche Ware, die offensichtlich für die Party gedacht gewesen war: zwei Becher Schlagsahne, ungeöffnet; zwei große Plastiktüten mit frischem grünen Salat; drei Gemüseplatten, die immer noch so aussahen, als ob sie für das Cover von Martha Stewarts *Living* geeignet wären. Ich packte alles für das indianische Freundschaftszentrum zusammen. Julie bewegte sich mit großen Schritten auf die Auszeichnung als Wohltäterin des Jahres zu.

Nachdem ich Taylor im Kunstunterricht abgeliefert hatte, fuhr ich mit Julies Lebensmittelspende zum Freundschaftszentrum und anschließend in Richtung Innenstadt, um die Sonderangebote zu prüfen. Angus hatte Andeutungen über eine neue Winterjacke fallenlassen, und Taylor brauchte Gummistiefel.

Das Cornwall Einkaufszentrum steckte im Frühlingsgewand. Hyazinthen, Narzissen und Tulpen blühten rund um den Brunnen. Im *Work Warehouse* stellte ich fest, daß die Jacke, die Angus vor Weihnachten laut und häufig bewundert hatte, endlich in meiner Preislage angekommen war, also kaufte ich sie. Dann ging ich zu *Eaton's* und fand ein Paar Gummistiefel in Taylors Lieblingsschattierung von Leuchtendrosa. Als die Verkäuferin sie einpackte, erinnerte ich mich an meinen Schwur vom frühen Morgen, Jills Wohlgefallen wieder zu erringen, indem ich mich bei Tom Kelsoe einschmeichelte. Wie ich Tom kannte, führte der sicherste Weg zu seinem Herzen über sein Ego. Ich ging zu *City Books.*

Es lag ein einziges Exemplar von *Die große Abrechnung* neben der Kasse. Als ich es der Frau hinter der Theke reichte, stöhnte sie auf. »Das ist das letzte Exemplar. Ich wollte es eigentlich für mich selbst zurücklegen.« Sie warf einen Blick auf das Foto des Autors auf der Rückseite und seufzte. »Attraktiv, nicht wahr? Gestern früh kam er im Radio. Ich habe ihn nicht gehört, aber die Leute sind in Tränen aufgelöst in den Laden geströmt, wegen seiner Geschichte von einer Mutter und ihren beiden Söhnen – hier in Regina.« Sie zuckte mit den Schultern. »Tja, dann werde ich einfach noch ein paar Exemplare bestellen müssen. Bar oder auf Kreditkarte?«

Ich hatte nicht geplant, an der Pension vorbeizufahren, in der Reed Gallagher gestorben war, aber als ich meine übliche Strekke fuhr, um Taylor von ihrem Unterricht auf dem alten Unigelände abzuholen, wurde ich wegen einer Baustelle umgeleitet. Die nächste Straße, die mich nach Süden brachte, war die Scarth Street, und es gab keine Möglichkeit, die Scarth entlangzufahren, ohne die Hausnummer 317 zu sehen. Es war ein Haus wie aus einem Edward-Hopper-Gemälde: Horrorfilm-geeignet mit einem Mansardendach, einem breiten Fries rund um das Haus und an zwei Seiten mit einer Veranda. Im Sommer saßen auf dieser Veranda lauter Frauen mit leerem Blick in Schaukelstühlen und drahtige Männer mit gemeinem Lachen, die Passanten mit Beleidigungen und eindeutigen Aufforderungen verspotteten; im Winter blieben die Mieter in ihren Zimmern, und man konnte ihre dunklen Schatten hinter den Jalousien ausmachen, die ihre kaputte Existenz von dem Leben der Glücklichen trennten.

Einen Häuserblock weiter gab ich dem Impuls nach, parkte und ging zu Fuß zurück zu dem Haus. Die Veranda war leer, aber die Jalousien aller Fenster waren hochgezogen. Augen, die schon alles gesehen hatten, lugten heraus, um weitere Beweise dafür zu suchen, daß die Menschen verdammt schlecht waren – als ob sie diese Beweise bräuchten.

Das Spektakel auf dem Hof vor dem Haus lieferte ihnen dafür nämlich jede Menge Beweise. Der Regen hatte den graslosen Vorgarten in einen einzigen Schlammhaufen verwandelt, aber das hielt niemand den von uns ab. Die Schaulustigen bildeten einen ziemlich große Haufen: Medienvertreter mit Kameras, junge Paare mit Kindern, Teenager mit Getränkedosen und Zigaretten und außerdem Leute mittleren Alters, respektable Bürger wie ich, die es eigentlich besser wissen sollten, sich aber aufgrund von inneren Regungen eingefunden hatten, die ebenso dunkel wie uralt waren. Während ich auf die Rückseite des Hauses und die Feuertreppe zuging, auf der Reed laut der Erzählung von Alex in den dritten Stock gelangt sein mußte, schnappte ich einige Gesprächsfetzen auf: »Huren mit Zuhältern...«, »Spiegel an Wänden und Decke, damit er sich selbst zusehen konnte...«, »trug ein Kleid und eine Dolly-Parton-Perücke...«

Nach diesen erregten Visionen von Sodom und Gomorra schien die eigentliche Feuertreppe enttäuschend profan. Es war ein wackeliges Metallgebilde, das im Zickzackkurs vom Hinterhof zum dritten Stock führte, eine Beleidigung für das Auge, hinzugefügt zur Beschwichtigung irgendeines Übereifrigen aus dem Rathaus, der die Feuerbestimmungen ernst nahm. Zweckmäßig, wie sie war, hatte sie ihren Job erledigt. Sie hatte Reed Gallagher dahin gebracht, wo er hinwollte. Ich ging zum Fuß der Feuertreppe, blieb einige Minuten lang dort stehen und sah hinauf in die schwindelerregende Höhe der Stufen und den bleichen Märzhimmel. Als ich zurück in den Hof wollte, traf ich einen alten Mann mit einem Stock. Er bewegte sich wie in Zeitlupe, aber als ich an ihm vorbeiging, hielt er an und packte meinen Arm. Seine Stimme war ein rauhes Flüstern. »Haben Sie gehört, was hier drin passiert ist?«

»Ja«, sagte ich, »das habe ich gehört.«

Er zog mich so nah zu sich, daß ich seinen Atem auf meinem Gesicht spüren konnte. »Männer, die Frauenkleider anziehen, sind dem Herrn ein Greuel«, sagte er, dann setzte er mit seinem methodischen Gang den Weg zur Stätte des Greuels fort.

Nach dieser eisigen Erkenntnis, wie ein Mitmensch Gottes Herz empfand, war meine nachmittägliche Beschäftigung mit der trockenen Rechtssprache der kanadischen Verfassung eine Erholung. Als Angus um 16 Uhr nach Hause kam, teilte ich ihm mit, daß er sich zur Belohnung für das Babysitten am Samstag abend aussuchen durfte, was es zu essen geben sollte. Er entschied sich für Sandwiches vom italienischen Feinkostgeschäft, ein leichter Anruf für mich. Nachdem ich Mortadella und Provolone bestellt hatte, konnte ich noch ein kleines Nickerchen halten, bevor ich mich duschte und anzog. Ich schloß gerade die

Halskette aus Silber und Türkisen, die Alex mir zu Weihnachten geschenkt hatte, als Taylor hereinkam und sich auf mein Bett setzte. Sie hielt Benny in ihren Armen, aber ihr Blick war angst-erfüllt.

Ich setzte mich neben sie. »Taylor, du lebst schon so lange bei uns – bin ich jemals nicht nach Hause gekommen?«

»Nein«, räumte sie ein. »Aber was ist, wenn . . .?«

»Wenn was?« fragte ich.

Sie schüttelte traurig den Kopf. »Ich weiß es nicht«, murmelte sie.

Ich zog sie an mich. »Taylor, das Leben ist voller ›was, wenn‹, aber wenn du deine Zeit damit verbringst, davor Angst zu haben, dann bleibt nicht viel übrig, um glücklich zu sein, und ich möchte, daß du glücklich bist.«

»Ich bin glücklich«, flüsterte sie. »Darum habe ich ja soviel Angst vor dem ›was, wenn‹ . . .«

Als ich zwanzig Minuten später durch den Wascana Park zu Fuß auf die Studios von NATIONTV zuging, war ich in Gedanken immer noch mit Taylor beschäftigt. Sie hatte mich zur Haustür begleitet, um mir nachzuwinken. Dabei preßte sie Benny fest an sich und bemühte sich, so gut sie konnte, sich zusammenzurei-ßen. Ich machte mir Sorgen um sie, aber diese Sorge mußte war-ten. Ich holte tief Luft und ging vor meinem geistigen Auge die Gesetze durch, die mit sexueller Orientierung zu tun hatten. Ich versuchte gerade, mich an die drei Schlüsselpunkte eines Geset-zes über die Rechte Homosexueller zu erinnern, das von der Legislative in Ontario abgeschmettert worden war, als mir klar wurde, daß ich auf einen Weg einbog, der in unserer Stadt einen gewissen Ruf genoß.

Das alte Universitätsgelände lag am nördlichen Ende des Parks. Es war ein schöner Flecken mit zwei hübschen Gebäuden, in denen einst unsere gesamte Universität untergebracht gewesen war, nun jedoch nur noch die Abteilungen für Musik, Theater-wissenschaften und Bildende Kunst zu finden waren. Der Weg, auf dem ich ging, verlief hinter den Gebäuden. Am Tag war es ein Ort, von dem die Studenten magisch angezogen wurden, um zu rauchen, an dem junge Mütter mit ihren Kinderwagen spazierten, Hundebesitzer ihre Hunde ausführten und Jogger joggten. Aber bei Nacht veränderte sich der Charakter des Weges. Nach Einbruch der Dunkelheit wurde er zur Aufreißermeile für männliche Homosexuelle. Die Studenten der Universität nannten ihn das »Schwulenkarussell«. Insgeheim tat ich das auch. Noch mehr Worte wie Beile.

Als ich zu NATIONTV kam, ging ich wie immer in die Maske, wo Tina bereits auf mich wartete. Tina hatte mir beigebracht, daß ich Konturenstift benützen mußte, wenn ich mit vierzig Jahren noch eine klare Lippenlinie haben wollte, und daß ich verrückt wäre, einen Lidschatten zu kaufen, der teurer war als *Maybelline*. Während Tina auf meine Wangen Rouge verteilte, betrachtete ich mein Spiegelbild. Obwohl ich mir jeden Abend eine dicke Schicht *Oil of Olaz* ins Gesicht schmierte, war klar, daß Väterchen Zeit sich nicht besiegen ließ. Ich zuckte mit den Schultern, drehte mich vom Spiegel weg und bat Tina, mir von ihrer Hochzeit zu erzählen. In der Vorwoche hatte sie gejammert, sie wüßte nicht, wie sie ihrer künftigen Schwiegermutter beibringen sollte, daß die Hochzeit von einem offiziellen Partyausstatter beliefert wurde und sie daher keinen selbstgemachten Wackelpeter in den Farben der Brautjungfernkleider mitbringen mußte, wie sie es bei den Hochzeitsfesten all ihrer anderen Kinder getan hatte. Ich wollte unbedingt hören, wie Tina sich da herausgewunden hatte.

Als Tina mit mir fertig war, ging ich wie immer zum Regieraum und wartete, bis Jill herauskam, mit mir die ersten Fragen durchging und mich zum Studio begleitete. Aber an diesem Abend tauchte Jill nicht auf. Fünf Minuten vor Beginn der Sendung nahm ich die Sache in die Hand. Ich stieß die Tür zum Studio auf, und ein junger Mann, dem ich noch nie zuvor begegnet war, rannte voll in mich hinein. Er sah in mein Gesicht, dann packte er meinen Arm und zog mich ins Studio hinein.

»Sie warten bereits«, sagte er.

»Ich bin schon die ganze Zeit hier«, erklärte ich.

Er sah an mir vorbei. »Wie auch immer«, meinte er, »wir sagen einfach, es gab ein Mißgeschick.«

Es sollte nicht das letzte bleiben.

Als Jill die wöchentliche Talkrunde zum ersten Mal zusammengestellt hatte, war sie zu dem Entschluß gekommen, das gesamte ideologische Spektrum abzudecken, anstatt nur Vertreter einzelner politischer Parteien einzuladen. Von Anfang an war Keith Harris, der einmal mein Liebhaber und nun mein Freund war, das Sprachrohr für die Rechte, Senator Sam Spiegel artikulierte die Sichtweise der Mitte, und ich trat für die Linke ein. Im Laufe der Jahre war der Anblick von Keith und Sam auf dem Bildschirm ebenso vertraut geworden wie mein eigener. Aber als ich in dieser Nacht auf den Monitor blickte, entdeckte ich ein Gesicht, das ich noch nie zuvor gesehen hatte. Die Frau auf dem Bildschirm schien Mitte Dreißig zu sein, sie hatte festgesprayte Locken, himmelblaue Augen und ein Lächeln wie Dynamit.

Der junge Mann, der mich ins Studio gezogen hatte, kniete sich vor mich und versuchte, ein Mikro an meinem Revers anzubringen. Ich berührte ihn an der Schulter. »Wer ist das?« fragte ich.

Er warf einen Blick auf den Monitor. »Hat Ihnen niemand Bescheid gesagt? Das ist Glayne Axtell. Sie ist die neue Stimme der Rechten.« Er sprang aus dem Blickfeld der Kamera.

»Was ist mit Keith Harris geschehen?« fragte ich.

Er sah mich irritiert an und legte einen Finger auf die Lippen, um mich zum Schweigen zu bringen. In meinem Ohrhörer vernahm ich das vertraute »Bitte bereithalten«, dann waren wir auf Sendung.

Als auch dem letzten Anrufer gedankt worden war und der Moderator in Toronto die Leute einlud, uns auch nächste Woche wieder einzuschalten, war mein Rücken schweißgebadet. Es war ein stürmischer Abend gewesen, und ich hatte Keiths mysteriöses Verschwinden nur schwer verdauen können. Ich mußte allerdings zugeben, daß Glayne Axtell gut war. Sie stand viel weiter rechts als Keith, aber sie war geistreich und überaus professionell. Das Problem lag nicht bei ihr, sondern bei mir. Ich schien mich nicht an den neuen Rhythmus anpassen zu können, und zum ersten Mal ließ ich es zu, daß die Anrufer bei unserer Telefonaktion mich aus dem Konzept brachten. Normalerweise ging ich mit den Verrückten anders um – ich rief mir ins Gedächtnis, daß das Gesetz, »jede Aktion ruft eine gleichstarke entgegengesetzte Reaktion hervor«, nur für die Physik galt, nicht für die Politik. In der Politik bekommt man meistens genau das zurück, was man ausgeteilt hat, und wenn man Glück hatte, führte Vernunft zu Vernunft.

Doch an diesem Abend schien ich jenseits von Glück und Vernunft zu sein. Während sich der Strom aus Haß und Furcht in meinen Ohrhörer ergoß, konnte ich mich einfach nicht davon abhalten, verbal zurückzuschlagen. Ich fragte mich, wo Jill mit dem Trennknopf blieb. Aber als das rote Licht schwarz wurde und die Sendung endlich vorüber war, mußte ich zugeben, daß unsere Talkrunde über Homophobie zwar anstrengend, aber auch gutes Fernsehen gewesen war.

Jill kam fast unmittelbar danach aus dem Regieraum. Sie trug Jeans, einen schwarzen Rollkragenpulli und eine Sportjacke, und sie sah nicht glücklich aus.

Ich nahm das Mikro ab und ging zu ihr. »Ich dachte, du wolltest die Verrückten heute abend in Schach halten. Aber vielleicht war es ganz gut, sie bellen und schäumen zu lassen. Es war eine aufregende Show.«

Jills Lächeln wirkte angespannt. »Hast du noch Zeit für einen Drink?«

»Klar«, meinte ich, »Angus ist bei Taylor. Er hat zwar eigene Pläne, aber für einen schnellen Drink habe ich immer Zeit. Ich wollte dich nach Keith fragen. Hat er gekündigt oder was ist los?«

»Darüber reden wir später«, sagte Jill.

Es war eine milde Nacht, aber als ich Jill mitteilte, daß ich meinen Wagen zu Hause gelassen hatte, und vorschlug, zu unserer Stammkneipe, der Bar des Hotels Saskatchewan, in die Innenstadt zu laufen, meinte sie, sie würde lieber ins *Chimney* fahren. Eine merkwürdige Entscheidung. Die Hotelbar war ein Ort, an dem sich Erwachsene entspannten: elegante Atmosphäre, tiefe, weiche Sessel und diskrete Barkeeper. Das *Chimney* war ein Familienrestaurant in einem Einkaufszentrum ganz in der Nähe meines Hauses. Es gab dort leckere Pizza, und meine Kinder liebten den offenen Kamin, aber es war nicht die Art von Kneipe, die Jill bevorzugte.

Während wir die College Avenue hochfuhren und in die Albert Street bogen, war Jill untypischerweise still. Eigentlich sagte sie gar nichts, bis wir einen Tisch gefunden und zwei Flaschen *Great Western* bestellt hatten.

Als der Kellner gegangen war, schaute sich Jill in dem Raum um, als ob sie ihn zum ersten Mal sah. »Nett, nicht wahr?« meinte sie geistesabwesend.

»Mir hat es hier immer gefallen«, sagte ich. »Aber heute abend herrschen bestimmt 30 Grad hier drin. Jemand sollte der Person, die für das züngelnde Kaminfeuer verantwortlich ist, mitteilen, daß der Frühling eingetroffen ist.« Ich lehnte mich zu ihr. »Hör zu, ich sterbe vor Neugier, was mit Keith geschehen ist. Ich weiß, er hat viel zu tun, seit er zurück nach Ottawa gezogen ist. Hat er ein zu großes Stück vom Kuchen abgebissen?«

»Es war mehr eine Entscheidung, die auf Gegenseitigkeit beruhte«, meinte Jill. »Wir haben uns die demoskopischen Umfragen angesehen – und sind der Ansicht, daß wir versuchen sollten, ein jüngeres Publikum anzusprechen.«

Sie konnte mir nicht in die Augen sehen, und ich wußte die Wahrheit, ohne fragen zu müssen. »Darum habt ihr beschlossen, Keith durch Glayne Axtell zu ersetzen.«

»Sie hat heute abend gute Arbeit geleistet«, verteidigte sich Jill.

»Keith hat seit Beginn der Show gute Arbeit geleistet!« Meine Stimme war so laut, daß sich die Leute am Nebentisch zu uns umdrehten.

Jill krümmte sich. »Jo, bitte. Mach es nicht schlimmer, als es ohnehin schon ist.«

Der Kellner brachte unser Bier, und ich nahm einen kräftigen Schluck. Die Hitze im Restaurant und die Wende in unserer Unterhaltung verursachten mir allmählich Schwindelgefühle.

Jills Stimme klang wachsam. »Ich weiß, daß Keith gute Arbeit geleistet hat, Jo. Die Talkrunde brauchte einfach – ich weiß nicht – ein neues Gesicht.«

»Frühjahrsputz?« meinte ich. »Jill, wir sprechen hier nicht über ein Möbelstück, wir sprechen über einen Freund.«

Plötzlich war Jill zornig. »Herrje, Jo, bei dir ist alles immer gleich so schwierig! Also gut, hier kommt's: Unserer Meinung nach solltest auch du dir andere Optionen überlegen.«

Ich hatte das Gefühl, einen Tritt in den Bauch bekommen zu haben. »Willst du damit sagen, daß ich auch draußen bin? Was ist mit Sam?«

Jill war eisig. »Er bleibt. Sam hat onkelhafte Qualitäten. Wir glauben, er paßt ausgezeichnet zu Glayne und . . . und dem neuen Redner.«

»Wer ist es?« fragte ich. Und dann war es mir klar. »Ach, Jill, ist es Tom? Du wirfst mich hinaus, damit du deinen Freund einstellen kannst?«

Sie sagte nichts. Ich stand auf und packte meinen Mantel. Als ich ihn anzog, kippte ich dabei das Bier um. Es war mir egal. Ich hatte schon lange keine Szene mehr in einem Restaurant gemacht. Ich hastete zur Tür, aber bevor ich sie öffnete, drehte ich mich zu Jill um. Sie saß noch am Tisch und starrte wie betäubt auf das Chaos, das ich hinterlassen hatte.

Das *Chimney* lag weniger als vier Häuserblocks von meinem Haus entfernt. Sogar in dem Zustand, in dem ich mich an diesem Abend befand, war ich in weniger als zehn Minuten zu

Hause. Plötzlich war mir klar, warum sich Jill für das *Chimney* ausgesprochen hatte – weil es so nicht weit von meinem Haus entfernt lag. Wir waren uns einmal so nahe wie Schwestern gestanden. Vermutlich hatte sie das Gefühl, mir einen leichten Abgang zu schulden. Aber ich war nicht dankbar; mir wurde übel, wenn ich daran dachte, wie sorgfältig sie meine Entlassung geplant hatte.

Als ich nach Hause kam, lag Taylor bereits im Bett, und Angus schäumte über vor Neuigkeiten über einen 85er Camaro, der in unserer Straße zum Verkauf angeboten wurde, so daß er meine Stimmung gar nicht bemerkte. Leah, die auf emotionale Untertöne sehr sensibel reagierte, sah mich besorgt an, aber ich erklärte ihr, ich hätte eine anstrengende Show gehabt und sie erwiderte, sie habe den Teil mit den Zuschaueranrufen gesehen und könne mich verstehen.

Als sie und Angus gingen, um sich die Spätvorstellung im Kino anzusehen, spürte ich die Erleichterung, die auch ein Schauspieler am Ende einer schlechten Aufführung spüren mußte. Das Publikum war gegangen. Ich konnte wehklagen, mir die Kleider vom Leib reißen oder nach Lust und Laune mit den Zähnen knirschen. Aber als ich ins Wohnzimmer ging und ziellos meine CD-Sammlung durchsuchte, überkam mich eine Welle des Selbstmitleids.

Ich wollte mit jemandem reden, aber die drei Menschen, auf die ich mich am stärksten verlassen konnte, waren mit ihrem eigenen Leben beschäftigt: Alex war im Standing-Buffalo-Reservat, meine Freundin Hilda McCourt war in Europa mit ihrem neuen Liebhaber, und Jill war nicht länger die Lösung, sie war das Problem.

Ich entschied mich für eine CD, die mir Keith Harris geschenkt hatte: Glenn Gould spielt *Goldberg-Variationen*. Während ich der schimmernden Präzision von Goulds Spiel lauschte, spürte ich, wie mein Puls langsamer wurde. Zum ersten Mal, seit ich das Restaurant verlassen hatte, konnte ich wieder nachdenken.

Aus der Show gefeuert zu werden war nicht das Ende der Welt. Ich hatte immer noch meine Familie. Ich hatte immer noch Alex. Ich hatte immer noch Freunde und meinen Job an der Universität. Der Sommer stand bevor. Ohne die Show gäbe es keinen Grund, samstags in der Stadt zu bleiben. Wir könnten uns ein Haus auf dem Land mieten und die Wochenenden dort verbringen. Taylor könnte die zusätzliche Zeit mit mir gut gebrauchen.

Ich konnte ihr beibringen, wie man Kanu fährt. Wir könnten Benny eine Rettungsweste besorgen. Ich hatte mich gerade selbst davon überzeugt, daß alles zum besten stand, als das Telefon klingelte. Ich hastete zum Apparat, denn ich war überzeugt, daß Jill anrief, um sich zu entschuldigen und wieder alles ins Lot zu bringen.

Aber die Stimme am anderen Ende der Leitung gehörte nicht Jill. Es war die Stimme eines Mannes.

»Spreche ich mit Jill Kilbourn?«

»Ja.«

»Joanne, hier ist Ed Mariani. Ich wollte Ihnen für die Dinge danken, die Sie in Ihrer Show gesagt haben. Genau dasselbe hätte ich auch gesagt, das heißt, ich hätte sie gesagt, wenn ich dort gewesen wäre. Barry und ich waren sehr bewegt.«

»Ihr Timing könnte gar nicht besser sein«, erwiderte ich. »Ich wurde soeben gefeuert.«

»Doch nicht wegen dem, was Sie heute abend gesagt haben?« Seine Stimme klang zornentbrannt.

»Ich wünschte, das wäre der Grund. Zumindest hätte ich dann noch einen Rest an Würde.«

»Warum dann?«

»Ed, es tut mir leid. Ich hätte nichts sagen sollen. Ich bin durcheinander.«

»Möchten Sie darüber reden?«

»Nein. Ich komme schon klar, ich bin ja ein großes Mädchen.«

»Auch große Mädchen brauchen hin und wieder die Gelegenheit, Dampf abzulassen.«

»Danke«, sagte ich. »Ich packe es schon.«

»Ich weiß, daß Sie das werden«, erwiderte er. »Aber wir können den Vorgang beschleunigen. Kommen Sie morgen abend zum Essen vorbei. Barry macht Paella. Das kann er am besten, und er liebt es, wenn er damit angeben kann. Bringen Sie mit, wen immer Sie mögen: Ihren Lebensabschnittspartner, Ihre Kinder, Haustiere . . . Barrys Paella reicht für alle.«

»Ist gut, ich nehme an. Aber es werden nur ich und meine jüngste Tochter kommen. Mein Sohn hat morgen abend ein Basketballspiel.«

»Wir geben Ihnen die Reste für ihn mit. Halb sieben?«

»Halb sieben wäre großartig. Und Ed – danke.«

Als ich einhängte, fühlte ich mich besser. Dann fiel mir die Szene im Restaurant ein, prompt ging es mir wieder schlechter. Ich gab Eiswürfel in ein Glas, nahm den *Glenfiddich* vom Regal, goß mir eine großzügige Portion davon ein und ging zurück ins Wohnzimmer. Glenn Gould spielte immer noch. Ich streifte mir die Schuhe von den Füßen, ließ mich auf das Sofa fallen und nippte ausgiebig an meinem Drink. Es war schrecklich. Wie eine Frau, die einmal eine gute Freundin von mir war, vor gar nicht langer Zeit gesagt hatte, gab es Momente im Leben, in denen nur ein Single Malt Scotch wirklich half.

**In der Kirche am Sonntag** morgen benutzten wir das alte Book of Common Prayer. Als Angus einen Bleistift hervorzog und anfing, Basketballstrategien auf die Rückseite des Mitteilungsblattes zu malen, öffnete ich das Gebetbuch im Kapitel für junge Menschen und wies auf die Zeile »Herr, halte unsere Gedanken vom Wandern ab«. Aber auch meine Gedanken begaben sich auf Wanderschaft: zu Jill, zum Ende meiner Arbeit in der politischen Talkrunde, zu der Szene, die ich ihr am Vorabend im *Chimney* gemacht hatte. Als der Pfarrer »Kommt her zu mir alle, die ihr mühselig und beladen seid; ich will euch erquicken« zitierte, wußte ich, daß dies die beste Einladung war, die in der ganzen letzten Woche an mich ergangen war. Eine Stunde später verließ ich die Kirche, nicht gerade im Zustand von Liebe und Mitgefühl für meine Nächsten, aber zumindest in einem Zustand, in dem ich über diese Möglichkeit nachdachte.

Gegen Mittag wurde es so warm, daß wir unsere Sandwiches und unseren Eistee auf der Veranda zu uns nahmen. Angus, der immer sofort erkannte, wann ich leicht zu bearbeiten war, fragte, ob wir nach dem Mittagessen ins Valley fahren konnten, und ich war einverstanden. Alex ließ ihn nun schon seit fast einem Monat ans Lenkrad, und es schien kleinlich von mir, das nicht auch zu tun.

Mein Sohn saß bereits auf dem Fahrersitz, als Taylor und ich aus dem Haus traten.

»Beeilt euch«, rief er, »ich will die alte Klapperkiste ordentlich auf Touren bringen. Mal sehen, wie schnell sie sein kann.«

»Denk nicht einmal daran«, sagte ich und schnallte mich an.

Ich drehte mich um und sah nach, ob auch Taylor sich angeschnallt hatte. Das hatte sie, aber ihr Blick war finster.

Ich versuchte, zuversichtlich zu klingen. »T, du mußt dir keine Sorgen machen. Alex sagt, dein Bruder ist ein guter Fahrer, und ich weiß, daß Angus mit dir im Wagen besonders vorsichtig fahren wird.« Ich warf meinem Sohn einen festen Blick zu. »Das wirst du doch, nicht wahr?«

Er salutierte. »Klar, Ma'am.« Und schon ging es los.

Angus hielt Wort. Die Verwandlung, die in dem Augenblick mit ihm stattfand, als er den Zündschlüssel umdrehte, verblüffte mich. Angus fuhr so vorsichtig durch die Straßen der Stadt wie die sprichwörtliche kleine alte Dame, die jeden zweiten Sonntag einen Ausflug mit ihrem Auto wagt. Alex war offensichtlich ein exzellenter Lehrer gewesen. Die Fahrt verlief so angenehm und ereignislos, wie es sich die Mutter eines 15jährigen mit einer Anfänger-Fahrerlaubnis nur wünschen konnte. Taylor wurde durch die Abwesenheit einer Katastrophe beruhigt und sang laut die Reklameschilder vor: »Big Valley Country«, »Stellas Apfelkuchen – wir backen noch selbst«, »Langeneggers Vegetarisches Buffet – essen Sie, soviel Sie können«. Als wir von dem Highway abbogen und durch das Qu'Appelle Valley fuhren, entspannte ich mich. In einem Monat würden die Hügel grün sein und das Tal voller Vogelgezwitscher. In früheren Jahren hatten uns die Anforderungen der politischen Talkrunde an den Wochenende immer an die Stadt gefesselt. Ein Sommer mit der Freiheit, diese Hügel zu genießen, wäre wirklich nicht schwer wegzustecken.

Wir bogen zum Last Mountain Lake und fuhren bis nach Regina Beach im Herzen des Hinterlandes. Regina Beach ist eine jener Städte, die am langen Maiwochenende erwachen, den ganzen Sommer über voller Leben sind und nach Thanksgiving wieder in Stille versinken. An diesem milden Märztag schlief die Stadt noch: Die Straßen waren menschenleer, die Spielplätze verlassen, und die Uferpromenade war wie ausgestorben. Taylor rannte zum Spielplatz hinunter, machte ein paar ziellose Schwünge auf der Schaukel, dann holte sie Angus und mich wieder ein. Wir gingen zum Kai, und als wir uns am Ende des Piers hinsetzten, die Füße über den Rand baumeln ließen und beobachteten, wie die Möwen auf die sonnengetränkte Wasseroberfläche stürzten, versuchte ich mir auszurechnen, wie ich unser Budget so strecken konnte, daß es für die Miete eines Landhauses reichte. Dann ging Angus mit Taylor ans Ufer und zeigte ihr, wie sie Steine über die Oberfläche des Sees springen lassen konnte. In diesem Moment war mir klar, daß ich einen Weg finden würde, wie wir alle den Sommer hier verbringen konnten – und wenn ich Bügeln gehen mußte.

Als Taylor ihre Steine allmählich weiter springen lassen konnte als er, fiel Angus plötzlich ein, daß er seinen Arm für das Basketballspiel am Abend schonen mußte, und wir spazierten zurück in die Stadt. Es war zu früh in der Saison, als daß *Butlers' Fish and Chips* schon geöffnet hätte, aber es gab einen Eiscremestand mit Waffeln und einer schwindelerregenden Vielzahl an Geschmacksrichtungen und Garnierungen. Jeder bekam eine Waffel, dann gingen wir die eine Seite der Stadt hoch und die andere wieder hinunter, bis wir einen kleinen Laden entdeckten, der Kunsthandwerkliches und selbstgemachte Marmeladen verkaufte. Angus verguckte sich in ein tödlich wirkendes Jagdmesser in einer handgefertigten Lederscheide, aber wir entschieden uns für einen Korb mit diversen Marmeladen: Saskatoonbeeren, Kirschen und dann noch Blaubeeren, die Taylor und ich mitnehmen wollten, wenn wir an diesem Abend der Einladung von Ed Mariani und Barry Levitt folgten.

Als wir den Hügel hochfuhren, begann der Motor des Volvo zu husten. Ich sah auf die Benzinanzeige. »Wir haben keinen Sprit mehr, Angus«, sagte ich. »Ich hoffe, du hast deine Kreditkarte zur Hand.« Er warf mir einen vernichtenden Blick zu. »Ich versuche nur, dich auf den Alltag mit einem 85er Camaro vorzubereiten«, meinte ich.

Auf der Hügelkuppe gab es eine Tankstelle, und wir fuhren mit stotterndem Motor neben eine der Zapfsäulen. Die Tankstelle war ein kleiner Familienbetrieb mit einer Kfz-Werkstatt auf der einen Seite und einem Café auf der anderen. Radkappen aus fünfzig Jahren waren an die Holzfassade der Werkstatt genagelt, aber außer zwei an den Rändern eingerollten und verblaßten Pappfotos von Eisbechern mit Früchten war die Vorderseite des Restaurants ungeschmückt, wenn auch nicht völlig nackt. Vom Rahmen des Vorderfensters des Cafés hing an einer Kette ein übergroßes Wiener Würstchen aus Plastik mit der Aufschrift »Einen Meter lang« in senffarbenen Buchstaben.

Angus streckte mir den erhobenen Daumen entgegen. »Sieh dir das an, Mom – Werkstatt und Würstchen.«

»Du solltest besser hoffen, daß Würstchen und Werkstatt geöffnet haben«, sagte ich, »sonst kannst du dir den Reservekanister schnappen und dich auf einen längeren Spaziergang gefaßt machen.«

Angus blieb neben der Zapfsäule stehen und stellte den Motor ab. »Entspanne dich, Mom, die haben bestimmt auf. Du hast immer gesagt, ich sei der geborene Glückspilz.«

Das stimmte. Was die Grillen des täglichen Lebens anging, hatte mein Sohn immer besonders viel Glück gehabt. Aber als die Minuten verstrichen und niemand auftauchte, der zur Tankstelle gehörte, fragte ich mich, ob die Glückssträhne von Angus ein jähes Ende gefunden hatte. Ich wollte ihn gerade darauf aufmerksam machen, wo sich der Reservekanister befand, als Taylor auf die Tankstelle zeigte und rief: »Schaut, da kommt der Tankwart.«

Seine fein ziselierten Gesichtszüge waren schmutzverklebt, und er trug einen schmierigen Overall, keine schicke Markenkleidung, aber die eckige Anmut und das Lächeln ließen sich nicht verbergen.

»Was machen Sie denn hier?« fragte Val Massey.

»Ich halte Ausschau nach einem Haus für den Sommer«, erklärte ich. »Zumindest überlegen wir uns das.«

»Tun wir das?« fragte Taylor.

»Ja«, sagte ich, »das tun wir.« Ich wandte mich wieder an Val. »Ich wußte nicht, daß Sie hier arbeiten. Ein Nebenjob am Wochenende?«

Er sah auf seine Füße hinunter. »Leider nein. Das ist ein Dauerjob. Es ist ein Familienunternehmen. Ich wohne da hinten.« Er zeigte über seine Schulter auf einen kleinen Bungalow hinter der Tankstelle. Wie auf Stichwort öffnete sich die Tür, und ein untersetzter, muskulöser Mann, der einen Zwilling von Vals Overall trug, trat heraus.

»Komm in die Gänge, Val«, brüllte er, »ich bezahle dich nicht dafür, daß du mit den Kunden schäkerst.«

Val wurde rot. »Ja, Dad«, antwortete er leise. Er versuchte sich an einem Lächeln. »Okay, Professor K., was darf es sein?«

Während Val den Tank auffüllte und unsere Scheiben wischte, rauchte sein Vater eine Zigarette, sah ihm aufmerksam zu und hielt nach möglichen Missetaten Ausschau. Erst als Val meine Kreditkarte hineingetragen hatte, schien sich der ältere Mann zu entspannen. Als sein Sohn außer Sichtweite war, warf er seine Zigarette zu Boden, trat sie auf dem Betonboden aus und ging zurück in den Bungalow. Vals Gesicht war wie versteinert, als er zum Wagen zurückkam, und seine Hände zitterten, als er mir die Quittung reichte. »Ich muß mich für meinen Vater entschuldigen«, sagte er und drehte sich um.

Angus rollte das Fenster hoch und ließ den Motor an. »Ich würde ausflippen, wenn ich so einen Vater hätte«, sagte er. »Warum findet er sich mit ihm ab?«

»Vermutlich hat er keine andere Wahl.«

Während wir darauf warteten, daß ein Campingwagen vorbeifuhr, sah ich aus dem Rückfenster. Val stand reglos, aber sein Vater war wieder aus dem Bungalow gekommen und ging auf ihn zu. Als sein Vater näher kam, sagte Val etwas zu ihm; ohne aus dem Schritt zu kommen, hob der ältere Mann die Hand und versetzte Val eine Ohrfeige.

Ich war die einzige, die es sah. Angus war mit dem Verkehr auf der Straße beschäftigt, und Taylor hielt schon wieder nach Schildern Ausschau. Plötzlich juchzte sie vor Vergnügen. »Da ist eines, das ich übersehen habe.« Das Schild, auf das sie zeigte, war selbstgemacht: ein Pfeil, der auf die Tankstelle wies, von der wir gerade kamen. Taylor las die Worte auf dem Pfeil sorgfältig vor: »Masluck & Sohn – Benzin, Essen, Freundlicher Service.«

Wir kamen gegen 16 Uhr nach Hause. Es war keine Nachricht auf dem Anrufbeantworter, und angesichts meiner chaotischen Gefühlslage in bezug auf Jill war ich nicht sicher, ob ich das als gutes oder schlechtes Zeichen werten sollte. Angus ging mit den Hunden joggen und danach ins *7-Eleven*, wo die Sportler aus seinem Freundeskreis vor einem Spiel am liebsten herumhingen. Taylor nahm ihren Skizzenblock zur Hand und zeichnete ein paar Impressionen aus Regina Beach, dann ging sie los, um sich ihre Garderobe für unsere Einladung auszusuchen. Als sie zur Überprüfung in mein Schlafzimmer kam, war ich erstaunt. Wenn man Taylor sich selbst überließ, zog sie sich meist recht schrullig an, aber an diesem Abend sprach die pure Eleganz aus ihr: karierter Rock mit Rüschen, weißer Pullover mit einem Rhombenmuster, dunkelgrüne Strumpfhose und ihre besten Schuhe. Sie hatte sich sogar die Haare gebürstet.

Ed und Barry wohnten in einer ruhigen, halbmondförmigen Straße in der Nähe der Universität. Von ihrem Haus sah man auf das Vogelschutzgebiet und das Universitätsgelände, und als Ed uns nach innen führte, war klar, daß sie ihr Haus extra so hatten entwerfen lassen, um die beste Aussicht zu haben. Das Haus lag an einem Hügel, und wenn man im unteren Stock eintrat, gelangte man sofort über eine kleine Treppe hinauf in die luftige Helligkeit eines großes Raumes, der völlig aus deckenhohen Fenstern zu bestehen schien.

Ed führte uns einen kurzen Flur entlang zur Küche. Barry Levitt wartete bereits auf uns. Er war ein kleiner Mann mit beginnender Glatze, die er nicht zu verbergen suchte, und einem durchtrainierten Körper, an dessen Erhaltung er offensichtlich hart arbeitete. Ed hatte mir erzählt, daß er und Barry gleich alt waren, nämlich vierzig, aber Barry besaß die Art von Charme, die man bis zu dem Tag als jungenhaft beschreiben würde, in dem er in ein Altersheim einzog. An diesem Abend trug er ein Freizeithemd in der Farbe eines aufgeschnittenen Pfirsichs und eine schwarze Jeansschürze. Er sah nicht auf, als wir eintraten. Seine ganze Aufmerksamkeit konzentrierte sich auf den dampfenden Topf mit Meeresfrüchten, die er in eine Schüssel Reis schüttete.

Als der Topf mit den Meeresfrüchten leer war, trat Barry einen Schritt zurück und bedeutete uns, näher zu kommen, damit wir in die Schüssel schauen konnten.

Taylor stellte sich auf Zehenspitzen und lugte hinein. »Miesmuscheln«, sagte sie glücklich, »und Shrimps und Kammuscheln und etwas, das ich nicht kenne.«

»Wollen mal sehen«, meinte Barry. »Ich weiß noch, daß ich einen Tintenfisch hineingeworfen habe und ein paar Venusmuscheln und Hühnchen und einen überaus fleischig wirkenden Hummer. Ich glaube, das wäre alles.«

»Paella«, sagte ich und inhalierte tief, »eines der besten Gerichte der Welt. Wenn Sie dieses Aroma in Flaschen füllen könnten, wäre ich Ihre erste Kundin.«

Barry grinste und wedelte mit seinem Rührlöffel in der Luft. »Jemand soll diesen scharfsichtigen Frauen einen Drink besorgen.«

»Wir haben einen Krug mit Sangria«, meinte Ed, »und wir

haben eine Flasche mit dem, was im Barführer von Barrys Vater als ›höchst bemerkenswertes Getränk‹ bezeichnet wird.«

»Sangria wäre prima«, sagte ich.

Ed wandte sich an Taylor. »Und für dich haben wir alle Ingredienzien für einen Shirley Temple. Sogar das Schirmchen.«

An einem Drink mit einem Schirmchen ist etwas Zeremonielles: Taylor nahm ihren Shirley Temple würdevoll entgegen und wartete, bis sie sicher am Küchentisch saß, bevor sie daran nippte. Einige Augenblicke badete sie sich in Weltgewandtheit, dann wurden ihre Augen riesig. Sie sprang auf und packte meinen Arm.

»Schau doch«, rief sie und wies in Richtung Wohnzimmer. »Sie haben ein Bronzepferd von Fafard! Jo, du hast gesagt, normale Menschen könnten sich solche Pferde niemals leisten, weil sie 15 000 Dollar kosten.«

Barry hob eine Augenbraue. »Wie alt ist Taylor eigentlich?«

»Sechs, aber wenn es um Kunst geht, versteht sie keinen Spaß. Ihre Mutter war Sally Love.«

Barry und Ed tauschten einen Blick aus. »Wir haben ein Gemälde, das deine Mutter gemalt hat«, meinte Ed sanft. »Möchtest du es dir ansehen?«

Taylor stellte ihr Glas ab, dann ging sie zu Ed und nahm seine Hand. »Lassen Sie uns gehen«, sagte sie.

Das Gemälde von Sally Love, das Barry und Ed besaßen, war Öl auf Leinwand, ungefähr einen Meter auf siebzig Zentimeter. Es stellte eine Frühlingsszene dar. Zwei Männer in Gartenkleidung und weichen Hüten arbeiteten in einem Garten, in dem es vor Tulpen, Nelken und zahlreichen wilden Lilien nur so strahlte. Die Farben der Blüten vibrierten berauschend, und die Pinselarbeit war derart sorgfältig, daß man das Gefühl hatte, die Blütenblätter berühren zu können. Und doch zogen die beiden männlichen Gestalten die Blicke des Betrachters magisch an. Sally hatte sie mit gedeckten Farben gemalt und mit Linien, die sowohl Alter als auch absolute Harmonie andeuteten. Man konnte das Gemälde nicht ansehen, ohne zu wissen, daß die beiden alten Gärtner zu den wenigen Glücklichen gehörten, die ein Leben stiller Freude führten.

»Sie war eine erstaunliche Künstlerin«, sagte Ed.

»Sie war eine erstaunliche Frau«, ergänzte ich.

Taylor drehte sich zu mir um. »Ich träume von ihr, aber ich kann mich nicht an sie erinnern. Nicht richtig.«

»Geh zu dem Gemälde und berühre es«, schlug Ed vor.

»Jo sagt, man darf Gemälde nicht . . .«, fing Taylor an.

»Jo hat recht«, stimmte Ed ihr zu. »Aber hier handelt es sich um besondere Umstände. Ich glaube, deine Mutter würde wollen, daß du ihr Gemälde berührst. Schließlich hat sie es die ganze Zeit berührt, als sie es malte.«

Taylor näherte sich dem Gemälde langsam. Einige Augenblicke sah sie nur hoch und nahm es in sich auf. Schließlich streckte sie die Hand aus und berührte das Blütenblatt einer Iris mit ihren Fingerspitzen. Als sie sich zu Ed umdrehte, lag etwas in ihrem Gesicht, das ich noch nie zuvor gesehen hatte.

»Wäre es Ihnen recht, wenn ich eine Weile hier bleibe?«

Ed verbeugte sich vor ihr. »Natürlich. Ich bringe dir deinen Shirley Temple.« Er warf mir einen Blick zu. »Warum ziehen wir uns nicht unsere Jacken an und nehmen unsere Drinks draußen zu uns? Taylor freut sich bestimmt, wenn sie ein bißchen allein sein kann, und es ist eine herrliche Nacht.«

Als Ed Barry vorschlug, sich uns anzuschließen, winkte er uns hinaus. Er strich gerade Rosmarinöl auf einige Fladen und meinte, er würde unsere Gesellschaft mehr genießen, wenn alle gegessen hätten und er sich entspannen könnte. Also saßen nur Ed und ich auf der Veranda. Wir stellten unsere Stühle so auf, daß wir auf die Universität schauen konnten, und die Aussicht war die Mühe wert. Die Luft war schwer vor Feuchtigkeit, und im Licht des Spätnachmittags schimmerte die Universität so friedlich und idyllisch wie auf dem Foto im Universitätskalender.

Einige Minuten lang saßen wir nur still da und gingen ganz in unseren jeweiligen Gedanken auf. Schließlich sagte Ed: »Wäre es Ihnen lieber gewesen, wenn ich Taylor nicht aufgefordert hätte, sich das Bild ihrer Mutter anzuschauen?«

Ich schüttelte den Kopf. »Nein, ich bin froh, daß Sie das getan haben. Sally hat mir kurz vor ihrem Tod ein Gemälde geschenkt. Es hängt in meinem Schlafzimmer, aber in Taylors erstem Jahr bei uns weigerte sie sich, es auch nur anzuschauen. Doch in letzter Zeit verbringt sie recht viel Zeit davor.«

»Eine Möglichkeit, ihrer Mutter nahe zu sein.«

»Anscheinend.«

Ed nickte. »Mein Vater starb noch vor meiner Geburt bei einem Autounfall. Er war Trompeter. Als ich alt genug war, verbrachte ich viele Stunden mit seiner alten Trompete. Etwas in der Hand zu halten, das er berührt hatte, schien mir der einzige Weg, ihm nahezukommen.«

»Ich hoffe, Taylor kann diese Verbindung ebenfalls spüren«, meinte ich. »Der Tod ihrer Mutter kam für sie zur falschen Zeit.«

Ed wirkte nachdenklich. »Gibt es eine richtige Zeit, um ein Elternteil zu verlieren?«

»Vermutlich nicht. Aber das Timing in Taylors Fall war besonders grausam. Ich glaube, als Sally starb, hatte sie gerade erst erkannt, wie schön es sein kann, eine Tochter zu haben.«

»Die Mutterschaft fiel ihr nicht leicht?«

»Ich glaube nicht, daß Sally irgendwelche mütterlichen Gene besaß, aber am Ende bestand doch ein Band zwischen ihnen.« Ich nippte an meiner Sangria. »Es hatte viel mit Kunst zu tun. Taylor besitzt großes Talent. Als Sally das erkannte, war sie fest entschlossen, Taylor den besten Einstieg zu ermöglichen, den eine Künstlerin haben kann.«

»Klingt ein wenig gefühllos.«

Ich schüttelte den Kopf. »Das war es nicht. Es war nur die einzige Möglichkeit, wie Sally lieben konnte. Ich glaube, die Liebe kommt in vielerlei Gestalten.«

Ed lächelte. »Wem sagen Sie das.«

»Ihnen muß ich es sicher nicht sagen, aber Sally brauchte lange, bis ihr klar wurde, daß es in ihrem Leben für mehr als nur ihre Arbeit Platz gab. Auf mancherlei Weise war Taylor ihre zweite Chance.«

Eds Gesicht verdüsterte sich, und er wandte den Blick ab. »Das ist die gnadenlose Seite des Todes, nicht wahr? Er nimmt uns stets unsere zweite Chance.« Er schwieg kurz, dann sah er mir ins Gesicht. »Reed Gallagher hat mich in der Nacht seines Todes angerufen. Ich weigerte mich, mit ihm zu sprechen.«

»Das klingt aber gar nicht nach Ihnen.«

»O, ich kann eine richtige Primadonna sein und ein echtes Arschloch. Fragen Sie Barry. In jener Nacht war ich beides.«

»Was ist passiert?«

»Es war alles so dumm. An jenem Morgen war Reed mit sensationellen Neuigkeiten in mein Büro geplatzt. Sie kennen doch unser Praktikumsprogramm, nicht wahr?«

»Natürlich«, sagte ich, »die Kids aus den Politik- und den Medienwissenschaften quälen sich schon seit Monaten mit dem Gedanken, wo man sie unterbringt.«

Ed zuckte mit den Schultern. »Das dürfen Sie ihnen nicht vorwerfen. Es ist ein großer Schritt. Die Studenten können ihren Abschluß erst dann machen, wenn sie das Praktikum hinter sich haben. Es ist für sie eine großartige Chance, Kontakte zu knüpfen. Wir werden von einigen wirklich beeindruckenden potentiellen Arbeitgebern unterstützt. Aber in jener Woche hatten wir einen echten Treffer gelandet. Die *Globe and Mail* hat sich einverstanden erklärt, einen unserer Studenten aufzunehmen.«

»Was für ein Treffer«, meinte ich, »die Grande Dame höchstselbst.«

»Das war allein Reeds Verdienst. Sobald wir das hörten, war uns klar, daß wir alle früheren Plazierungen über den Haufen werfen mußten.«

»Konnten Sie nicht einfach alle eine Stufe höher plazieren?«

Ed schüttelte den Kopf. »Nein. Es gibt immer persönliche Umstände zu bedenken: Kinder mit familiären Verpflichtungen oder einfach nur das Gefühl, daß Praktikant A und Stelle C eine schlechte Mischung wären. Reed schlug vor, uns im *Edgewater* zu treffen, um alles auszuarbeiten. Er meinte, wir bräuchten die passende Atmosphäre, darum sei es besser, sich außerhalb des Unigeländes zu treffen. Wir vereinbarten einen Termin um 15 Uhr. Als ich im *Edgewater* eintraf, übermittelte mir die Geschäftsführerin eine Nachricht von Reed. Er müsse noch einen Studenten aufsuchen, würde aber Viertel nach drei eintreffen. Ich wartete bis halb fünf, aber Reed tauchte nicht auf.«

»Sie waren also wütend, weil er Sie versetzt hatte.«

Ed krümmte sich. »Es klingt kindisch, wenn man es so formuliert, aber das trifft den Nagel auf den Kopf. Meine einzige Entschuldigung ist, daß ich einen lausigen Tag hatte, und als ich nach Hause kam, kochte ich vor Wut. Reed rief kurz vor dem Abendessen an, und ich ließ ihm durch Barry ausrichten, er könne zur Hölle fahren. Natürlich sagte Barry nur, es sei mir leider nicht möglich, ans Telefon zu kommen.« Ed schüttelte angeekelt den Kopf. »Es war so engstirnig, doch so ist es gewesen. Am nächsten Abend hörte ich, daß er tot war.«

Ich ging zu ihm hinüber. Auf der anderen Straßenseite rannten einige Studenten aus dem Unterrichtsgebäude und spielten Ball auf dem Rasen. Sie trugen Shorts und T-Shirts. Sicher war ihnen kalt, aber es waren Präriekinder, und der Winter war lang gewesen. Die Prüfungen standen erst in drei Wochen an, und der Frühling und die Hormone wirkten ihren Zauber. Während ich sie beobachtete, fühlte ich einen Hauch von Neid.

Ed Mariani schien meine Gedanken lesen zu können. »Erinnern Sie sich noch an die Zeit, als das größte Problem in unserem Leben Geologie war?«

»Bei mir war es Physik.« Ich berührte seinen Arm. »Gehen Sie nicht zu hart mit sich ins Gericht. Für mich klingt es, als ob

Reed sich nur entschuldigen wollte, weil er Sie im *Edgewater* versetzt hat.«

»Ich hoffe, Sie haben recht, Joanne. Der Gedanke, daß ich ihn enttäuscht haben könnte, wäre mir unerträglich. Er war immer gut zu mir.« Ed stellte sein Glas vorsichtig auf dem Geländer ab. »An seinem ersten Tag ist er zu mir gekommen. Natürlich war mein Ego angekratzt, weil er den Job bekommen hatte, den ich bereits fest in der Tasche zu haben glaubte. Reed spürte, wie verletzt ich war. Er erzählte mir, wie sehr er meine Arbeit bewunderte und wie froh er – zu seinem eigenen Besten – war, daß ich meinen Namen von der Kandidatenliste hatte streichen lassen. Und wissen Sie, was er dann tat?« Eds Erinnerung ließ ihn lächeln. »Er sagte, er halte es für eine gute Idee, wenn wir uns zusammen betrinken würden.«

»Und das haben Sie getan?«

Ed schauderte. »Und ob. Am nächsten Tag fühlte ich mich wie die Eingeweide einer Ziege, aber es hat sich gelohnt.«

»So gut?«

»Ja, es hat Spaß gemacht, aber es war auch nützlich. Es hatte einige Häßlichkeiten gegeben, als ich meinen Namen auf die Liste für den Job des Dekans setzen ließ.«

»Die Art von Häßlichkeit, die Sie der Menschenrechtskommission vorlegen könnten?«

»Nein. Ich bin es gewohnt, mit offenen Vorurteilen umzugehen; diese Sache war heimtückischer. Aber aus ein paar Dingen, die Reed in jener Nacht sagte, schloß ich, daß er ganz offensichtlich nichts damit zu tun hatte. Das war eine Erleichterung. Und um fair zu sein, Reed war wirklich die bessere Wahl für den Job. Die Fakultät brauchte jemand, der bedeutende Kontakte hatte und große verwaltungstechnische Fähigkeiten besaß, und dieser jemand war nicht ich.«

»Klingt, als ob Ihre Sauftour wirklich die Luft gereinigt hätte«, meinte ich.

Eds Gesichtsausdruck war melancholisch. »Es war ein guter

Abend. Leider war es nicht der letzte.« Er nahm einen großen Schluck von seinem Drink. »Wir haben am Mittwoch vor Reeds Tod etwas Zeit miteinander verbracht. Ich bin den Abend bestimmt schon hundert Mal durchgegangen und habe mich gefragt, was ich hätte sagen oder tun können, um die anschließenden Geschehnisse zu verhindern. Aber damals schien es mir ein ganz gewöhnlicher Abend. Ich hatte bis spät am Budget für nächstes Jahr gearbeitet, und dann sind wir auf einen Drink in den Fakultätsclub gegangen. Reed war in einer merkwürdigen Stimmung. Er hat immer viel getrunken, aber an diesem Abend trank er, um betrunken zu werden. Es hätte mir ja egal sein können, nur daß ihm der Alkohol nicht half, was immer sein Problem gewesen sein mochte. Je mehr er trank, desto elender schien er sich zu fühlen. Schließlich fragte ich Reed, ob er über seine Schwierigkeiten reden wollte.«

»Aber das wollte er nicht?«

»Nein... – also nahm ich zu den üblichen Gemeinplätzen Zuflucht: ich sagte ihm, wann immer er reden wolle, wäre ich für ihn da, und er könne darauf bauen, daß ich sein Vertrauen nicht mißbrauchen würde.« Ed wirkte mitgenommen. »Das sagt man eben so, wenn man nicht weiß, was man sonst sagen soll, aber Reed hat sich daran aufgehängt. Joanne, er war so wütend und so verbittert. Er sagte: ›Ich gebe Ihnen jetzt mal einen guten Rat: Sagen Sie nie zu jemand, er könne sich auf Sie verlassen, und glauben Sie nie auch nur eine Sekunde lang, daß Sie einem anderen vertrauen können.‹«

»Ich habe Reed nicht besonders gut gekannt«, sagte ich, »aber er kam mir nie wie ein Zyniker vor.«

»Das war er auch nicht. Es mußte etwas geschehen sein.«

»Haben Sie eine Ahnung, was das sein könnte?«

»Ich vermute, es war seine Ehe.«

»Hat er diesbezüglich eine Andeutung gemacht?«

»Nein, aber das mußte er auch nicht – die ganze Geschichte von wegen Vertrauen. Klingt das nicht so, als ob er betrogen worden wäre?«

Ich dachte an Julies Hochzeitskuchen und die Zuckertauben, die sie selbst gemacht hatte, damit ihre neue Ehe mit vielen Jahren des Glücks gesegnet würde. Sie und Reed hatten es nur auf einen Monat und zwei Tage gebracht. Was konnte in so kurzer Zeit geschehen sein, um Hoffnung in Verzweiflung zu verwandeln?

Es war eine Frage, über die ich nicht nachdenken wollte, und ich war erleichtert, als Barry Levitt die Tür zur Veranda öffnete, den Kopf herausstreckte und uns aufforderte, sich ihm und Taylor zum Abendessen anzuschließen.

Der Tisch war wundervoll gedeckt: kobaltblaues Geschirr aus der Zeit der Weltwirtschaftskrise und ein Leinentischtuch in den leuchtenden Farben der italienischen Nationalflagge. Barry hatte den Tisch vor das Fenster gerückt, damit wir den Sonnenuntergang beobachten konnten. Taylor war untypisch schweigsam, und als Ed sie bat, die Kerzen anzuzünden, vollführte sie diese Aufgabe ohne ihren üblichen Schwung. Aber sie taute auf, als Barry die Schüssel mit der Paella hereinbrachte und sie vor ihr aufstellte.

»Hat Jo Ihnen gesagt, daß das mein Lieblingsessen ist?« fragte sie.

»Das mußte sie nicht«, meinte Barry. »Kreative Menschen lieben Meeresfrüchte. Das weiß jeder.«

In der folgenden Stunde nippten wir Sangria, tunkten die Paella mit den Fladen auf und sprachen über unsere Sommerpläne, während im Hintergrund Puccini ertönte. Beim dritten Akt von *Turandot* war die Paella-Schüssel leer, und Ed brachte Schokoladeneis und Cappuccino herein.

Taylor war ein großer Fan von Eis, und Eds Eis war selbstgemacht. Nachdem sie fertig war, wandte sie sich an Barry. »Das war wirklich eine nette Party«, sagte sie. »Ich bin froh, daß ich meine guten Kleider angezogen habe.«

Barry prostete ihr zu. »Was immer du auch anziehst, du bist an diesem Tisch stets willkommen.«

»Danke«, erwiderte Taylor.

»Ich fürchte, das muß dein letztes Wort sein, T«, warf ich ein. »Morgen ist Schule, und wir haben deine Schlafenszeit schon überschritten.«

Als wir an der Tür standen und uns verabschiedeten, bat Taylor: »Darf ich mir das Bild noch einmal ansehen?«

»Natürlich«, sagte Barry. »Ich begleite dich.«

Ich wandte mich an Ed. »Es war wirklich ein zauberhafter Abend. Vielen Dank für die Einladung. Ich habe heute abend etwas Spaß gebraucht.«

»Ich auch«, antwortete er. »Und ich mußte über Reed sprechen. Barry will nicht, daß ich darüber nachgrübele, aber ich tue es trotzdem. Was für ein schreckliches Ende für ein so gutes Leben. Noch schlimmer ist die Möglichkeit, daß die Art, wie Reed gestorben ist, alles in den Schatten stellen könnte, was er geleistet hat – insbesondere hier an der Universität. Er fühlte sich der journalistischen Fakultät ungeheuer verpflichtet. Selbst in der Nacht, in der er starb. Sehen Sie sich das an.« Ed griff in die Innentasche seines Jacketts, zog ein Blatt Papier heraus und reichte es mir. »Das war im Briefkasten, als ich Freitag früh die Zeitung holte.«

Ich faltete das Blatt auseinander. Darauf waren handschriftlich sechzehn Namen notiert. Ich erkannte in ihnen die Studenten, die gerade ihr Semester abschlossen und vor der Praktikumsplazierung standen. Neben jedem Namen hatte Reed den Namen der Medieneinrichtung geschrieben, an der die Studenten ihr Praktikum absolvieren sollten.

»Können Sie sich vorstellen, was er in dieser Nacht durchgemacht haben muß? Trotzdem hat er sichergestellt, daß für die Kinder gesorgt war. Er muß die Liste eingeworfen haben, nachdem Barry und ich zum Symphoniekonzert gegangen waren.« Ed schluckte schwer. »Nun ja, das Leben geht weiter. Ich werde morgen Gesprächstermine mit den Studenten vereinbaren, um ihnen die gute Nachricht mitzuteilen.«

»Möchten Sie dafür mein Büro benützen?« fragte ich. »So, wie Ihr Büro gestern früh aussah, wird es wohl eine Weile dauern, bevor Sie auch nur Ihren Schreibtisch wiederfinden.«

Ed runzelte die Stirn. »Sie sollten es sich gut überlegen, bevor Sie ein solches Angebot unterbreiten, Joanne. Sie wissen doch, was Clare Boothe Luce gesagt hat: ›Keine gute Tat bleibt ungestraft.‹«

»Da mache ich mir keine Sorgen. Ich lasse Ihnen morgen früh einen Schlüssel geben. Betrachten Sie die Sache als abgemacht. Aber Ed, eine Sache verstehe ich nicht...«

Ich konnte meinen Satz nicht beenden. Taylor kam zurück, den Arm voller Bücher, die Barry ihr geliehen hatte. Während sie Ed ihre Sammlung zeigte, warf ich noch einen Blick auf Reed Gallaghers Plazierungsliste. Die Seminare, die Tom Kelsoe und ich unterrichteten, waren für Jounalistikstudenten im Abschlußjahr zwingend vorgeschrieben, darum war ich mit der Arbeit der Leute, denen Reed Praktikumsplätze zugewiesen hatte, vertraut. Die meisten der Studenten auf Reeds Liste waren Unternehmen zugeteilt, die ich auch für sie ausgewählt hätte, aber es gab eine Überraschung, und die stand ganz oben. Die Studentin, die Reed Gallagher für die heißbegehrte Praktikumsstelle bei der *Globe and Mail* ausgewählt hatte, hieß Kellee Savage.

Die Standuhr im Flur begann zu schlagen. Es war 21 Uhr. Ich reichte Ed die Liste. Das Geheimnis von Kellee Savage würde warten müssen.

»Okay, Taylor«, sagte ich, »jetzt haben wir deine Schlafenszeit aber heftig überschritten. Sag gute Nacht, Gracie.«

»Gute Nacht, Gracie«, sagte Taylor und brüllte vor Lachen, wie ihre Mutter es bei einem Witz getan hätte. Was für ein Abend: Paella, Puccini und die Wiederholung einer alten Burns-und-Allen-Nummer. An Jill hatte ich in all der Zeit kaum gedacht.

Taylor brauchte keine Geschichte zum Einschlafen. Sie erzählte mir gerade, wie ihre Mutter ihre Pinselstriche zu führen pflegte, als sie mitten im Satz einschlief. Ich deckte sie zu und ging nach unten, doch als ich das Gewehrfeuer pubertärer Witze und Beleidigungen aus der Küche hörte, blieb ich abrupt stehen und kehrte in mein Zimmer zurück. Angus und seine Freunde waren in der Küche, und sein Kumpel Camillo hatte eben beschlossen, daß sie Nachos machen sollten. Das Essen mit Ed und Barry hatte meine Stimmung gehoben, aber ich kannte meine Grenzen. Ich war noch nicht bereit für eine Küche voller Teenager und das Aroma chemisch behandelten Käses, der in der Mikrowelle aufgewärmt wurde. Ich brauchte Ruhe und Frieden und Zeit zum Nachdenken, und eines der Themen, mit denen ich mich beschäftigen wollte, war Kellee Savage.

Sie hatte zwei meiner Seminare besucht, aber ich hatte in ihrer Arbeit nie etwas erkannt, was darauf hingedeutet hätte, daß sie diejenige sein würde, die den Lorbeerkranz erhielt. Meine Aktentasche stand auf dem Fenstersitz. Ich zog die Mappe mit den unkorrigierten Aufsätzen heraus und ging sie durch, bis ich den von Kellee fand. Es war eine Analyse über einen Stadtrat aus der Innenstadt, der mit Hilfe der alternativen Presse seine Botschaft deutlich gemacht hatte: Die Stadt müsse endlich anfangen, die Sorgen der Prostituierten ernst zu nehmen, die in seinem Bezirk wohnten und arbeiteten. Wie alles andere, was Kellee für mich geschrieben hatte, war der Aufsatz minutiös recherchiert, stilistisch angemessen geschrieben und ohne einen einzigen lebendigen Funken. Ich machte es mir auf dem Fenstersitz bequem und las einige der anderen Aufsätze durch. Jumbo Hryniuk hatte über J. C. Watts geschrieben, den hervorragenden Quarterback der University of Oklahoma und der Ottawa Rough Riders, der seinen Ruhm auf dem Football-Feld dazu genutzt hatte, einen Sitz im amerikanischen Repräsentantenhaus sowie einen Sonderstatus als einer von Newt Gingrichs Truppe zu erlangen. Wie immer hatte Jumbo das Thema fast, aber nicht ganz getroffen. Linda Van Sickle, die junge Frau, die Reed an zweiter Stelle plaziert hatte, hatte eine Studie über einen Stadtrat abgeliefert, die zeigte, wie die politische Zurückhaltung der Bürgervertreter in direktem Verhältnis zur Zunahme gegenläufiger Berichterstattungen in den lokalen Medien anstieg. Es war eine brillante Arbeit, gut genug, um veröffentlicht zu werden. Das traf auch auf Val Masseys Aufsatz zu: »Das Recht, im Irrtum zu sein: Die Verpflichtung der Presse, intolerante Andersdenkende zu schützen«. Reeds Entscheidung ergab einfach keinen Sinn. Ich ging den Rest der Aufsätze durch. Von den 16 Leuten in unserem Seminar hätte ich sieben vor Kellee Savage plaziert.

Als Alex anrief, war ich immer noch perplex, aber die Worte auf den Seiten verschwammen mir langsam vor den Augen, und ich wußte, daß es Zeit fürs Bett war. Alex klang so müde, wie ich mich fühlte.

»Bist du froh, daß du nach Hause gefahren bist?« fragte ich.

»Ich weiß es nicht. Ich bin froh, daß ich dort war, aber ich wünschte, es wäre nicht nötig gewesen.«

»Wie geht es deinem Neffen?«

»Er ist unsterblich«, meinte Alex. »Wie alle Kids in seinem Alter. Darum können sie trinken und schnupfen und spritzen und Speed einwerfen und Sex ohne Schutz haben.«

»Du klingst, als ob es dir gründlich reicht.«

»Das heißt nicht, daß nicht noch mehr kommt. Jo, manchmal stehen mir diese kleinen Kotzbrocken bis hier oben. Ich weiß nicht, vielleicht habe ich nur langsam genug davon, zu ihren Beerdigungen zu gehen.«

»Steht es so schlimm um deinen Neffen?«

»Ich hoffe nicht. Jo, ich möchte lieber nicht darüber sprechen.«

»Ist gut«, sagte ich. »Komm herüber, und wir müssen kein Wort reden. Das ist der Vorteil, den das wahre Leben gegenüber Telefonaten hat.«

Er lachte. »Ein verführerisches Angebot, aber besser nicht. Selbst ohne Worte wäre ich heute nacht ein miserabler Gesellschafter.«

»Dann komm morgen früh vorbei«, schlug ich vor. »Ich muß erst um halb elf unterrichten, und die Kinder gehen um acht zur Schule.«

»Ich werde da sein«, versprach er. »Du kannst dich darauf verlassen.«

 **Als ich Alex Kequahtooway** zum ersten Mal getroffen hatte, war durch nichts zu erkennen, was für ein großartiger Liebhaber er sein würde. Er war klug, und er liebte klassische Musik mit großer Leidenschaftlichkeit, aber bei allem anderen blieben seine Reaktionen stets wachsam. Wir gingen drei Monate zusammen aus, bevor wir intim wurden, und während jener Zeit, in der wir uns allmählich kennenlernten, verhielt er sich mir gegenüber freundlich, aber fast formell und überkorrekt. Nachdem wir zu Liebhabern geworden waren, blieb die Freundlichkeit bestehen, aber sie paarte sich mit einer Erotik, die mich staunen ließ und die mich beglückte. Alice Munro unterschied zwischen denen, die im Akt der Liebe nur eine kurze Strecke gehen können und jenen, »die sich völlig ausliefern können, wie die Mystiker«. Alex war ein Mystiker der Liebe, und als ich an diesem Morgen neben ihm im Bett lag, den Duft der Narzissen einatmete, die vor dem geöffneten Fenster blühten, und lauschte, wie Dennis Brain im Radio die Eröffnung eines Hornkonzerts spielte, erlebte ich vollkommenen Frieden.

Alex nahm meine Hand, lehnte sich zu mir herüber und küßte mich. »Mozart«, sagte er, »die zweitbeste Art, den Tag zu beginnen.«

Es war kurz nach zehn, als ich auf meinen Parkplatz vor der

Universität fuhr. Der Test, den ich abhalten wollte, lag auf meinem Schreibtisch, und ich überprüfte, ob er frei von Rechtschreibfehlern und Fachjargonausdrücken war. Dann ging ich zum Sekretariat der Politikwissenschaften. Ich brauchte Examenshefte, und ich wollte einige Kopien für meine Abschlußklasse machen. Als ich die Examenshefte zählte, summte ich immer noch Mozart vor mich hin.

Kaum sah mich Rosalie Norman, die Verwaltungsassistentin unseres Fachbereichs, am Kopiergerät, schob sie mich zur Seite. »Ich übernehme das. Jedes Mal, wenn Ihr Fachbereich das Gerät benützt, geht etwas schief, und ich muß dann den Wartungsdienst anrufen und herausfinden, wessen Sekretärin ich beschwatzen kann, damit sie unsere Fotokopien übernimmt, bis der Wartungsmann geruht, hier aufzutauchen.«

Selbst an guten Tagen hatte Rosalie kein sonniges Gemüt, aber an diesem Morgen hätte sogar der beiläufigste Beobachter erkannt, daß sie jedes Recht hatte, reizbar zu sein. Am Wochenende hatte sie sich eine neue und sehr schlechte Dauerwelle machen lassen. Ihr ehemaliger glatter Pagenschnitt mit den grauen Strähnen war jetzt dicht gelockt und sah aus wie etwas, das meine ältere Tochter Mieka den »Kurly Kate Schnitt« nennen würde, nach dem Mädchen auf der Scheuermittelpackung.

Ich versuchte, sie nicht anzustarren. »Rosalie, wenn Sie nachher eine Minute Zeit haben, würde es Ihnen dann etwas ausmachen, mir einen Zweitschlüssel für mein Büro zu besorgen?«

Ihre brombeerfarbenen Augen bedachten mich mit einem mißtrauischen Blick. »Wozu brauchen Sie einen Extraschlüssel?«

»Ich werde mein Büro mit Professor Mariani teilen, bis die Büros des Journalistikfachbereichs wieder hergerichtet sind.«

Sie seufzte tief. »Da muß ich persönlich hinüber in den Hausmeistertrakt. Die geben den Schlüssel nicht einfach an jeden. Wahrscheinlich werde ich den halben Morgen dort verbringen.«

Ich überdachte die Lage. Rosalie Norman besaß eine cholerische Veranlagung, und in absehbarer Zukunft war sie mit einer Dauerwelle aus der Hölle gestraft. Die Möglichkeit, daß ihr Tag jemals so beginnen würde, wie meiner eben begonnen hatte, nämlich mit einem Liebesakt von Weltklasseformat, war gering, um nicht zu sagen nicht-existent.

Ich tätschelte ihr die Hand. »Ich gehe selbst in den Hausmeistertrakt«, sagte ich. »Es ist nicht nötig, daß Sie Ihren Morgen damit verschwenden, sich bei einem Büro voller Sauertöpfe einzuschmeicheln.«

Ein Lächeln flog über ihre Lippen, so schnell, daß ich mich fragte, ob ich es mir vielleicht nur eingebildet hatte. »Danke«, erwiderte sie, dann lehnte sie sich über das Kopiergerät, holte meine Kopien heraus und ließ sie in eine Plastikmappe gleiten. »Wenn Sie das nächste Mal Kopien brauchen, legen Sie sie auf meinen Schreibtisch in das Fach mit der Aufschrift ›Kopieren‹. Wir gehen hier nach System vor, wissen Sie.«

Das Telefon klingelte, als ich in mein Büro zurückkam. Es war Ed Mariani.

»Ich habe unserer Assistentin gerade erzählt, daß Sie hier einziehen werden«, informierte ich ihn, »und jetzt rufe ich wegen Ihres Schlüssels gleich im Hausmeistertrakt an.«

Er lachte. »Und ich bilde mir etwas darauf ein, Sternzeichen Jungfrau zu sein. Ich weiß Ihre Großzügigkeit wirklich zu schätzen, Joanne. Mir ist klar, daß es für Sie nicht leicht sein wird, Ihr ohnehin enges Büro mit jemandem zu teilen. Und jetzt muß ich Sie auch noch um einen weiteren Gefallen bitten.«

»Schießen Sie los. Sie haben mich mit Ihrer Clare Boothe Luce-Anspielung bereits weichgekocht.«

»Danke«, meinte er, »es geht um Kellee Savage. Sie ist heute morgen meinem Unterricht ferngeblieben. Normalerweise würde ich nicht weiter darüber nachdenken, aber ich möchte die Gesprächstermine festlegen und Kellee ist logischerweise diejenige, mit der ich anfangen sollte. Wenn sie in Ihrem Seminar

›Politik und die Medien‹ auftaucht, würden Sie sie dann bitten, mich zu Hause anzurufen?«

»Aber natürlich«, sagte ich. »Und Ed – machen Sie sich keine Sorgen über das vollgestopfte Büro. Ich freue mich schon darauf, Sie bei mir zu haben.« Ich hängte ein, rief im Hausmeistertrakt an, vereinbarte, den Zweitschlüssel im Laufe des Vormittags abzuholen, und machte mich auf den Weg zu meinem ersten Seminar.

Während meine Studenten aus dem Einführungskurs Politikwissenschaften über ihrem Test brüteten, öffnete ich meine Aktentasche, um die Aufsätze der Abschlußklasse durchzugehen. Dabei fiel mir auf, daß ich immer noch das Exemplar von *Dornröschen* mit mir herumtrug, das Kellee Savage mir am St. Patricks Day in die Hand gedrückt hatte. Wie sich herausstellte, war an dem Bild von Kellee Savage als Dornröschen doch mehr Wahrheit als Symbolträchtigkeit gewesen. In ihrer Geschichte mochte der gutaussehende Prinz fehlen, aber sie hatte sicherlich den Preis gewonnen, der all ihre Möglichkeiten wachküssen würde. Wenn Ed Mariani ihr erzählte, daß sie dazu auserwählt war, bis ans Ende ihrer Tage – oder doch zumindest bis ans Ende des Semesters – glücklich in der großen Stadt zu leben, würde Kellee zweifelsohne triumphieren.

Als ich an diesem Nachmittag mein Seminar über ›Politik und die Medien‹ hielt und sah, daß Kellees Platz am Tisch immer noch leer war, spürte ich eine Welle der Gereiztheit in mir aufsteigen. Kellee war die Empfängerin eines strahlenden Geschenks; da konnte sie doch zumindest aufhören zu schmollen und sich dazu durchringen, es in Empfang zu nehmen.

Sobald das Seminar angefangen hatte, war Kellee aus meinen Gedanken verbannt. Es waren anregende eineinhalb Stunden, nicht wegen der Fragen, die ich für die Diskussion vorbereitet hatte, sondern wegen eines Themas, das die Nachrichten am Wochenende dominiert hatte. Am späten Freitag nachmittag hatte sich eine Reporterin aus Ottawa angesichts der Alternative, entweder die Quelle politisch hochbrisanter Dokumente, die ihr zugespielt worden waren, zu offenbaren oder ins Gefängnis zu wandern, sich dafür entschieden, ihre Quelle preiszugeben. Am frühen Sonntag morgen war daraufhin der hochrangige Beamte, den die Reporterin namentlich genannt hatte, vom Dach eines Hochhauses an der Rue Jacques Cartier gesprungen. Unsere Unterhaltung darüber, ob ein Journalist jemals das Recht hatte, eigene Interessen über seine Prinzipien zu stellen, war äußerst lebhaft. Sogar Jumbo Hryniuk, der normalerweise alles, was nicht mit Sport zu tun hatte, nur halbherzig beachtete, verbiß sich in die Moral dieses Falls. Nur ein Student beteiligte sich nicht. Während die Wogen der Leidenschaft um ihn herum hochschlugen, blieb Val Massey geistesabwesend und zurückhaltend. Ich mußte an den beiläufigen Akt der Brutalität vom Vortag denken und machte mir Sorgen.

Als das Seminar vorüber war, gab ich die korrigierten Aufsätze zurück, und wie immer, wenn Aufsätze zurückgegeben werden, war ich bald von einer Gruppe Studenten mit Fragen oder Beschwerden umringt. Linda Van Sickle wartete, bis der Raum leer war, dann trat sie auf mich zu. Sie war eine junge Frau mit süßem Gesicht, honigfarbenen Haaren und der strahlenden Schönheit, mit der manche Frauen in den letzten Wochen ihrer Schwangerschaft gesegnet sind. In ihren Birkenstock-Schuhen, den Levi's-Jeans und dem übergroßen Designerhemd war sie das Symbol trendiger Furchtbarkeit, eine Demeter der neunziger Jahre.

Ich lächelte sie an. »Wenn Sie hier sind, um sich über Ihre Note zu beschweren, dann haben Sie Pech«, erklärte ich. »Ich glaube, das ist die beste Note, die ich jemals vergeben habe.«

Linda wurde rot. »Nein, ich freue mich sehr über die Note. Ich wollte Sie nur nach Kellee fragen. Ich weiß, ich hätte das schon früher tun sollen, aber ich habe ein paar Mal versucht, Kellee anzurufen, und bis heute war ich mir sicher, daß ich sie irgendwann von selbst treffen würde.«

»Nochmal von vorn«, sagte ich, »Sie haben mich abgehängt.«
Linda schüttelte ärgerlich den Kopf. »Tut mir leid. Normalerweise bin ich nicht so zerstreut.« Sie glättete ihr Hemd über der Kurve ihres Bauches. »Ich bin ein klein wenig abgelenkt. Heute morgen hat mir meine Ärztin eröffnet, daß ich möglicherweise Zwillinge bekomme.«

»Zwillinge!« wiederholte ich. »Das würde jeden ablenken.«

Sie zuckte mit den Schultern. »Wenn wir uns erst an den Gedanken gewöhnt haben, werden wir uns schon damit abfinden, aber meine Ärztin will, daß ich am Freitag zur Ultraschalluntersuchung komme, darum werde ich Ihren Unterricht verpassen, und das bedeutet, daß es noch eine Woche dauert, bevor ich Kellees Kassettenrekorder zurückgeben kann. Sie hat ihn am Freitag abend in der Bar vergessen. Ich habe ihn mitgenommen, nachdem sie gegangen war. Sie war ziemlich . . . aufgeregt.«

»Ich weiß, daß sie sich in einem schlechten Zustand befunden hat«, warf ich ein. »Sie hat mich angerufen. Linda, mir ist klar, daß Kellee an diesem Abend ziemlich viel getrunken hat.«

»Dann wissen Sie, warum sie nicht zum Unterricht erscheint und auch nicht ans Telefon geht?«

»Sie glauben, daß sie sich für ihr Verhalten schämt«, spekulierte ich.

»Ja, und das zu Recht«, erklärte Linda kategorisch. »Ich mag Kellee, aber an diesem Abend in der *Lazy Owl Bar* war sie nicht nur angeheitert; sie war ausfallend. Sie saß neben mir, und ich dachte, wenn ich sie einfach erzählen lasse, wird sie nach einer Weile von selbst aufhören, aber sie fand einfach kein Ende. Am schlimmsten war, daß die Person, die sie beschuldigte, nicht da war, um sich zu verteidigen.«

»Val Massey«, warf ich ein.

»Sie hat es Ihnen also gesagt!« Lindas normalerweise melodische Stimme wurde scharf vor Empörung. »Das ist wirklich unverantwortlich. Die ganze Sache ist natürlich völlig an den Haaren herbeigezogen. Val kann jede Frau an der Uni haben, die er will. Er sieht nicht nur toll aus, er ist auch klug und sensibel und freundlich. Es gibt überhaupt keinen Grund auf der Welt, warum er Kellee Savage belästigen sollte.«

»Das habe ich auch gedacht«, meinte ich. »Als Kellee mit mir sprach, mußte ich mich zurückhalten, um Val nicht zu verteidigen, aber sie hat gewußt, daß ich ihr nicht glaubte.«

Linda sah mir fest in die Augen. »Kein vernünftiger Mensch würde ihr glauben.«

»An jenem Abend in der *Lazy Owl Bar* – hat da niemand gemerkt, daß Kellee Hilfe braucht?«

»Zuerst hielten wir es alle irgendwie für komisch. Es war das erste Mal, daß wir sie in einer Bar gesehen haben, und da saß sie und kippte Scotch in sich hinein.« Linda rümpfte verächtlich die Nase. »Ich kenne niemand unter Vierzig, der Scotch trinkt, aber Kellee meinte, sie trinke Scotch, weil Professor Gallagher ihr einmal gesagt hätte, sobald man den Geschmack von Scotch zu schätzen lernte, würde man nie wieder etwas anderes trinken wollen. Ich weiß nicht, ob sie an diesem Abend den Geschmack zu schätzen lernte, aber sie war mit Sicherheit knüppelvoll.«

»Warum hat sie niemand nach Hause gebracht?«

»Offen gesagt, ich wollte sie gerade dazu überreden, sich von mir nach Hause fahren zu lassen, als Val hereinkam. In dem Moment brach die Hölle los. Kellee rannte zu ihm hinüber und fing an, ihm gegen die Brust zu hämmern und diese verrückten Dinge zu sagen; dann entdeckte Meaghan Andrechuk Kellees Kassettenrekorder, der auf ihrem Sitz in unserer Nische vor sich hinsurrte. Ist das zu glauben? Kellee hat den ganzen Abend die Privatunterhaltung von Leuten aufgezeichnet, mit denen sie studiert . . .«

»Hat Kellee erklärt, warum sie das getan hat?« wollte ich wissen.

»Dazu hatte sie keine Gelegenheit.« Linda kaute auf ihrer Lippe. »Haben Sie jemals die Geschichte ›The Lottery‹ gelesen?«

Ich nickte. »In der Schule. Soweit ich mich erinnere, ist sie ziemlich düster.«

»Vor allem das Ende«, stimmte Linda zu, »wenn alle in der Stadt Steine auf die Frau werfen, die als Sündenbock herhalten muß. Am Freitag abend flogen zwar keine Steine, aber es war nahe dran. Alle hatten zuviel getrunken, und Kellee war auch nicht gerade hilfreich. Anstatt sich zu entschuldigen, schrie sie, daß sie die einzige von uns sei, die wahren Journalismus betreibe, und sie würde es uns allen schon zeigen. Sie war so laut, daß der Geschäftsführer herüberkam und drohte, sie hinauszuwerfen.«

Ich schloß die Augen, versuchte, das Bild auszuklammern. »Das muß furchtbar gewesen sein.«

Lindas Blick war fest. »Es wurde noch schlimmer. Kellee fing an, sich mit dem Geschäftsführer zu streiten. Er war wirklich sehr geduldig, aber sie setzte ihm immer mehr zu. Schließlich gab er auf und bat eine der Frauen, die hinter der Bar arbeiteten, ihm dabei zu helfen, Kellee in ein Taxi zu verfrachten. Sie versuchten gerade, Kellee ihren Mantel überzustreifen, als Meaghan von der Toilette zurückkam und sagte, im Fernsehen liefen gerade die Nachrichten: Professor Gallagher sei tot. Kellee wurde bleich und rannte aus der Bar. Sie hat das hier zurückgelassen.« Linda öffnete ihren Rucksack und nahm den Kassettenrekorder heraus, den ich vom Unterricht her als den von Kellee erkannte. »Könnten Sie dafür sorgen, daß sie ihn erhält?«

»Natürlich«, sagte ich, »und danke, daß Sie ihn vorbeigebracht haben. Jetzt habe ich einen guten Grund, um Kellee anzurufen. Ich weiß, sie hat sich ziemlich danebenbenommen, aber so kurz vor Ende des Semesters wäre es mir sehr unangenehm, wenn sie das ganze Jahr verliert.«

»Mir auch«, meinte Linda, »aber Professor Kilbourn, wenn Sie mit Kellee sprechen, dann machen Sie ihr klar, daß sie Val nicht länger verleumden darf. Sie haben ja gesehen, wie er sich heute im Seminar verhalten hat. Das ist allein Kellees Schuld. Es tut mir leid, daß sie so verstört ist, aber deswegen hat sie noch lange nicht das Recht, Val Masseys Leben zu ruinieren.«

Ich dachte an Vals Gesicht, bleich und ausdruckslos, und die Worte schienen sich von selbst zu formen. »Sie haben recht«, sagte ich, »man muß ihr Einhalt gebieten!«

Auf dem Rückweg zum Fachbereich schaute ich kurz im Hausmeistertrakt vorbei und holte den Extraschlüssel ab, den ich für Ed Mariani benötigte. Die Frau, die ihn mir überreichte, war freundlich und entgegenkommend, und ich fragte mich nicht zum ersten Mal, ob Rosalie Norman es mir übelnehmen würde, wenn ich ihr anvertraute, daß ihr Leben viel einfacher sein könnte, wenn sie nicht immer so gereizt wäre.

Als ich zu meinem Büro kam, wartete Val Massey auf dem Flur. Ich war erleichtert, ihn dort zu sehen. Ich schloß die Tür auf, und Val folgte mir hinein. Ich war dankbar, daß er mir die Chance gab, die Probleme mit Kellee Savage offen anzusprechen.

»Ich wollte mir gerade Kaffee machen«, sagte ich. »Wollen Sie auch eine Tasse?«

»Nein, danke«, murmelte er.

»Na, dann setzen Sie sich wenigstens.« Ich zeigte auf den Stuhl, der meinem gegenüberstand.

Val schien mich nicht zu hören. Er ging zum Fenster und blieb dort stehen, schweigsam und in sich gekehrt, bis die Stille zwischen uns unangenehm wurde.

»Man muß schon Fachbereichsleiter sein, bevor man ein Zimmer mit Aussicht auf etwas anderes als den Parkplatz bekommt«, sagte ich.

Val drehte sich um und sah mich verständnislos an.

»Das war ein Scherz«, meinte ich.

Er lächelte und ging auf mein Schwarzes Brett zu. Ich hatte die Wahlkampf-Sticker längst vergangener Kampagnen und Fotos meiner Kinder angesteckt.

»Wie viele Kinder haben Sie?« fragte er.

»Vier«, erwiderte ich. »Die beiden, die Sie in Regina Beach gesehen haben, eine verheiratete Tochter, die einen Catering-Service in Saskatoon leitet, und einen Sohn, der Tiermedizin studiert.«

»Haben sich Ihre Kinder jemals in echte Schwierigkeiten gebracht?«

»Natürlich«, sagte ich. »Ich bin selbst ein paar Mal in echte Schwierigkeiten geraten. Das gehört anscheinend zum Leben dazu.«

Er sah so elend aus, daß ich ihn am liebsten in den Arm genommen hätte, aber ich wußte, am vernünftigsten wäre es, ihm einfach ein Stichwort zuzuspielen. »Val, Sie können ganz offen zu mir sein – ich weiß von der Sache mit Kellee Savage.«

Bei ihrem Namen krümmte er sich, als ob er geschlagen worden wäre.

»Schon gut«, sagte ich rasch, »ich glaube nicht, was sie über Sie sagt. Genaugenommen habe ich beschlossen, mit ihr über den Schaden zu sprechen, den sie anrichtet – nicht nur bei Ihnen, sondern bei allen, einschließlich ihr selbst.«

»Tun Sie das nicht!« rief Val. Die Worte schienen in dem stillen Raum förmlich zu explodieren. Val schnitt eine Grimasse, weil es ihm peinlich war. Als er wieder sprach, war seine Stimme kaum mehr als ein Flüstern. »Bitte ... sprechen Sie nicht mir ihr. Halten Sie sich da raus.« Er fuhr sich mit den Fingern durch die Haare. »Es tut mir leid«, sagte er, dann rannte er aus dem Zimmer.

Ich eilte ihm nach, aber als ich zur Tür kam, war er schon nicht mehr zu sehen. Der Flur war leer. Ich war wütend: wütend auf mich selbst, weil ich die Situation nicht im Griff hatte, und wütend auf Kellee Savage, weil sie die Situation überhaupt erst geschaffen hatte.

Ich kochte immer noch, als Ed Mariani zehn Minuten später den Kopf durch die Tür steckte.

»Bereit für die Bürogemeinschaft?« fragte er.

»Und wie«, sagte ich. »Fühlen Sie sich wie zu Hause.« Ich wies auf das Bücherregal neben dem Fenster. »Dort finden Sie den Wasserkocher und den Earl Grey und, wie Sie sehen können, stehen die Tassen und Untertassen direkt daneben.«

»Wo schon alles so wunderbar bereitsteht, warum brühe ich uns nicht einfach etwas Tee auf?« fragte Ed. Er nahm den Wasserkocher und spazierte aus dem Büro. Als er zurückkam, schloß er den Wasserkocher an und machte es sich anschließend auf dem Studentenstuhl auf der anderen Seite meines Schreibtisches bequem. Aufgrund seiner Körperfülle war das nicht ganz leicht.

»Wollen Sie tauschen?« fragte ich.

Er schob sich aus dem Stuhl und lächelte mich dankbar an. »Ich werde versuchen, nicht hier zu sein, wenn Sie da sind.«

»Machen Sie sich darüber keine Gedanken.«

Ed gab je einen Teebeutel in die beiden Tassen, goß das kochende Wasser darüber und setzte sich dann glücklich auf meinen Stuhl.

»War Kellee Savage heute im Unterricht?« fragte er.

Ich schüttelte den Kopf. »Nein.«

Ed hob eine Augenbraue. »Ich glaube, ich lege jetzt besser los und teile den Studenten ihre Praktikumsstellen mit. Sie haben lange genug darauf gewartet.«

»Ja, das haben sie«, sagte ich und war erstaunt, wie säuerlich das klang. »Ed, verstehen Sie, warum Kellee Savage die Stelle im *Globe* bekommen hat?«

»Nein«, erwiderte er, »das tue ich nicht, und glauben Sie mir, seit ich ihren Namen an der Spitze dieser Liste gesehen habe, frage ich mich, was Reed in ihr sah und ich übersehen habe.«

»Sie arbeitet hart«, meinte ich.

Er lachte. »Das ist wohl wahr, aber ihre Arbeit ist uninspiriert, nichts führt einen zu einem tieferen Verständnis dessen, worüber sie schreibt.«

»Wie gut kennen Sie sie?« fragte ich.

»Der Journalistik-Bereich ist klein, darum stehen wir unseren Studenten viel näher als Sie in den Politikwissenschaften. Wenn die Kinder ihren Abschluß machen, hatten wir sie normalerweise in mehreren Klassen. Wir haben ihnen mit den praktischen Fähigkeiten wie Interviewtechniken geholfen, wir haben ihre eigenständigen Projekte überwacht, und wir haben auch auf gesellschaftlicher Basis viel Zeit mit ihnen verbracht. Wobei Kellee nicht gerade ein Partyhäschen ist.« Er nahm meine Tasse. »Stark oder schwach?« fragte er.

»Stark.«

»Eine Frau nach meinem Herzen«, entgegnete Ed. »Wie lautet doch das alte irische Sprichwort? ›Wenn ich Tee koche, dann koche ich Tee, und wenn ich Wasser koche, dann koche ich Wasser.‹ Wie auch immer, am deutlichsten ist mir ein Nachruf in Erinnerung, den Kellee Savage verfaßt hat.«

»Über wen?«

»Über sich selbst. Das ist eine Übung, die die meisten Journalistikprofessoren den Studenten, die zu den Printmedien wollen, aufs Auge drücken. Einerseits will man den Studenten beibringen, daß Worte zählen, und andererseits, sich auf ihre Ziele zu konzentrieren. Die meisten Nachrufe, die die Kids schreiben, sind deprimierend kanadisch. Sie wissen schon: ›Viel geleistet hat er nicht, aber er war immer anständig und ein netter Kerl.‹ Kellee war anders. Ihr Stil war vorhersehbar trocken, aber sie hatte einen so außergewöhnlichen Ehrgeiz, und es gab da einen besonders herrlichen Ausspruch: ›Kellee Savage war eine großartige Journalistin, denn obwohl sie nie jemandem auffiel, war sie immer da.‹«

Ich schauderte. »Das ist in der Tat sehr sinnig.«

»Nicht wahr?« Ed steckte einen Löffel in meine Tasse, preßte den Teebeutel aus und holte ihn dann heraus. »Madame, Ihr Tee.«

Nachdem ich Taylor bei ihrem Freund Jess Stephens abgeholt hatte, fuhren wir zum Lakeview Court, um Julies Fische zu füttern. Für Taylor waren die meisten Aufgaben im Haushalt Hindernisse, die es rasch zu überwinden galt, damit sie ihr eigentliches Leben fortsetzen konnte, aber Julies Fische faszinierten sie, und so schenkte sie der Fütterung ihre ganze Aufmerksamkeit. Taylor hatte schon einen festen Ablauf entwickelt, und ich sah zu, wie sie eine Fußbank mit Stickereiaufsatz zum Aquarium schob, ihre Schuhe auszog, auf die Bank kletterte und das Fischfutter vorsichtig auf die Wasseroberfläche schüttete. Als sie fertig war, sprang sie herunter, preßte ihr Gesicht gegen das Glas und beobachtete, wie die winzigen Partikel durch das Wasser nach unten schwebten und die Fische ganz verrückt machten.

Wir sahen ein paar Minuten lang zu, dann sagte ich: »Wir müssen jetzt los, T. Ich weiß noch nicht einmal, was ich heute abend kochen soll.«

»Ich weiß es«, meinte Taylor. »Warum gibt es keine Paella?«

»Warum gibt es nicht einfach Fisch und Chips?« erwiderte ich. »Ich glaube, wir haben noch einen Gutschein für *Captain Jack's* zu Hause.« Ich sah auf meine Armbanduhr. »Angus hat um halb sieben Training, da rufe ich am besten von hier aus beim *Captain* an.«

Als ich in die Küche und zum Telefon ging, fiel mir das Blinken des Anrufbeantworters auf Julies Schreibtisch auf. Ich drückte auf den Abhörknopf, und die angenehme Altstimme einer Frau füllte den Raum. »Reed, hier ist Annalie. Es ist Sonntag, 22 Uhr meiner Zeit, also 21 Uhr bei dir. Mein Mann und ich waren über das Wochenende in unserer Hütte, darum habe ich deine Nachricht eben erst erhalten. Es war ein Schock, nach all diesen Jahren deine Stimme zu hören. Schon komisch – ich dachte eigentlich, ich würde Genugtuung verspüren, sobald du endlich die Wahrheit herausfindest, aber ich bringe nur eine Art von dumpfer Wut zustande.« Sie hielt kurz inne. Als sie wieder sprach, klang ihre Stimme angespannt. »Ich glaube, Santayana hatte recht: ›Wer sich nicht an die Vergangenheit erinnert, ist dazu verurteilt, sie zu wiederholen.‹ Aber Reed, sich zu erinnern, reicht nicht aus. Jetzt, wo du weißt, was geschehen ist, hast du die Pflicht, dafür zu sorgen, daß es keine weiteren Wiederholungen gibt. Wenn du reden willst, meine Nummer ist Vorwahl 416...« Sie lachte auf. »Natürlich, du hast ja meine Nummer, nicht?« Dann ein Klicken, und die Leitung war tot.

Ich ließ das Band zurücklaufen und spielte die Nachricht noch einmal ab. Bei mir klingelten immer noch keine Glocken, aber obwohl mich Annalies Nachricht verwirrte, war es schön, ihrer Stimme zuzuhören, musisch und bühnenreif präzise im Hinblick auf die Betonung. Es war eine professionell geschulte Stimme, und als ich ihre Nachricht archivierte, fragte ich mich, welche Rolle die rätselhafte Annalie in der Vergangenheit gespielt haben mochte und warum Reed Gallagher beschlossen hatte, sich nicht zu erinnern.

Als wir nach Hause kamen, war Alex da. Ich wollte ihn zum Abendessen einladen, aber er bestand darauf, für uns alle zu bezahlen.

»Wenn ich gewußt hätte, daß du uns einlädst, hätte ich Captain Jacks weltberühmte Paella bestellt«, sagte ich.

Taylor verteilte Messer und Gabeln in einem Muster um den Tisch, das nur ein großzügiger Betrachter für Gedecke gehalten hätte. Als sie das Wort ›Paella‹ hörte, wirbelte sie herum und sah mich an. »Wir könnten immer noch Paella bestellen.« Dann wurden ihre Augen zu engen Schlitzen. »Das war wieder nur einer deiner Witze, nicht wahr, Jo?«

»Stimmt genau«, erwiderte ich, »und du bist darauf reingefallen.«

Nachdem Taylor ihren eigenen Angelegenheiten nachging, goß ich Alex eine Cola ein, mixte mir selbst Gin und Tonic, und wir setzten uns an den Küchentisch, um die Neuigkeiten des Tages auszutauschen. Als ich Alex von der Nachricht auf Gallaghers Anrufbeantworter erzählte, spannte er sich vor Interesse an.

»Das war alles?«

»Ich habe die Nachricht gespeichert, falls du sie selbst abhören möchtest. Was schließt du daraus?«

Alex stellte sein Colaglas sorgfältig auf die Mitte des Untersetzers. »Klingt nicht gut. Dumpfe Wut, Genugtuung, dafür sorgen, daß es keine weiteren Wiederholungen der Geschichte gibt – es hat den Anschein, als ob Reed Gallagher es mit ziemlich düsteren Schatten aus der Vergangenheit zu tun hatte.«

»Ich frage mich, ob er und Julie sich in der Nacht vor seinem Tod darüber gestritten haben.«

Alex pfiff leise. »Wäre möglich. Und um die Anspannung nach ihrem Streit loszuwerden, fuhr Gallagher in die Scarth Street, ist in die Pension eingebrochen, hat sich eine Nylonstrumpfhose übergestreift, die Poppers geöffnet und sich an erotischer Strangulierung versucht.« Er schüttelte den Kopf. »Ich habe da noch kein gutes Gefühl, Jo. Aber wir haben keine weiteren Anhaltspunkte. Wir haben mit jedem gesprochen, der uns eingefallen ist. Wir haben das Zimmer in der Scarth Street mit der sprichwörtlichen Zahnbürste durchkämmt, und Blutlache hat soviel Zeit mit Gallaghers Leiche verbracht, daß wir schon spotten, es müsse sich um Liebe handeln. Und trotzdem haben wir nicht mehr als das, womit wir angefangen haben: Tod durch Unfall.«

»Und was jetzt?«

Alex zuckte mit den Schultern. »Nichts. Das war's. Keine Spuren. Keine Beweise. Kein Fall. Wir werden die Leiche freigeben, darum brauchen wir eine Unterschrift. Ich muß Mrs. G. anrufen – außer natürlich, du meldest dich freiwillig.«

»Wenn du uns zum Essen einlädst, dann rufe ich an.«

Alex hob eine Augenbraue. »Ich schneide bei diesem Deal besser ab.«

»Das weiß ich«, meinte ich, »aber ich werde mir diesen Umstand fein säuberlich notieren.«

Nach dem Abendessen konnte Angus Alex dazu überreden, ihn mit dem Audi zum Basketballtraining fahren zu lassen. Während ich zusah, wie der Audi in die Albert Street einbog, beschloß ich, wenn Alex heldenhaft sein konnte, konnte ich das auch. Ich nahm die Schultern zurück, ging wieder nach drinnen und wählte die Nummer, unter der Julie zu erreichen sein sollte.

Die Nummer war in Port Hope, einer hübschen Stadt am Lake Ontario mit der Eleganz der Jahrhundertwende. Ich hatte in meiner Jugend einen Sommer dort verbracht. Glücklicherweise hatte ich sehr schöne Erinnerungen daran, denn ich hatte reichlich Zeit, mich an frühere Sommer zu erinnern, bevor Julie endlich den Hörer abnahm.

Es schien sie nicht zu freuen, von mir zu hören. Ich verschwendete meine Zeit nicht mit Höflichkeiten. Als ich ihr sagte, daß die Polizei Reeds Leiche freigab, war sie kurzangebunden. »Ich werde mich darum kümmern.« Dann, mechanisch, wie ein Kind, das sich an seine Benimmlektionen erinnert, fügte sie noch hinzu: »Danke für den Anruf.«

Ich dachte daran, wie ich sie das letzte Mal gesehen hatte. Sie schien so allein in jener Nacht, in der sie die Schlüssel bei mir abgegeben hatte. »Julie, warte, ruf mich an, wenn du weißt, welchen Flug du nimmst. Ich hole dich vom Flughafen ab.«

Ihr Tonfall war ungläubig. »Warum sollte ich denn zurückkommen? Hat er mich nicht bereits genug gedemütigt?«

»Du kannst ihn nicht einfach im Stich lassen«, meinte ich. »Jemand muß für die Leiche unterschreiben und die Bestattungsarrangements treffen.«

»Es wird keine offizielle Trauerfeier geben.« Sie lachte bitter. »Was könnten die Leute schon über den lieben Dahingeschiedenen sagen?«

Am nächsten Morgen tranken Ed Mariani und ich vor dem Unterricht zusammen Tee in meinem Büro, und ich erzählte ihm von Julies Entscheidung, Reed ohne irgendwelche formelle Zeremonien zu begraben. Ed war wütend.

»Verdammt, Joanne, ich habe diese Frau noch nie ausstehen können, und wie sich herausstellt, hatte ich recht. Reed war ein guter Mann. Man muß sich an ihn erinnern, und die Menschen, die ihm nahestanden, müssen die Gelegenheit bekommen, in sich zu gehen und festzustellen, was sie verloren haben.«

»Ich nehme an, wenn Julie das nicht übernehmen will, könnten Reeds Kollegen von der Universität eine Gedenkfeier organisieren.«

Ed nickte zustimmend. »Das könnten wir, und das sollten wir. Aber Sie und ich sind nicht diejenigen, die Reed am nächsten standen.«

»Tom Kelsoe«, sagte ich. »Er ist derjenige, dessen gemeinsame Geschichte mit Reed am weitesten zurückreicht. Er war Reeds Student. Reed gab ihm seinen ersten Job, und soweit ich gehört habe, war Tom der eigentliche Motor hinter Reeds Ernennung zum Dekan der journalistischen Fakultät.«

Ed hob eine Augenbraue. »So sagt man.«

Ich spürte, wie ich angesichts dieses peinlichen Ausrutschers errötete. »Tut mir leid, Ed, daran brauchen Sie ja wirklich nicht erinnert zu werden.«

»Nein, das brauche ich nicht«, sagte er, »aber Sie trifft keine Schuld. Kommen Sie, zurück zur Gedenkfeier.«

»Jemand sollte Tom anrufen, damit wir ein paar Leute zusammenbringen und die Sache organisieren können«, schlug ich vor.

Ed wandte den Blick ab. »Joanne, ich helfe gern in jeder erdenklichen Weise, aber mit Kelsoe will ich nichts zu tun haben.«

Ich wartete, aber Ed führte es nicht weiter aus, und ich wollte ihn nicht fragen. Statt dessen griff ich nach dem Telefon und wählte Toms Büronummer. Die Vermittlung teilte mir mit, daß der Anschluß nicht länger geschaltet war, und mir fiel das Chaos in den Journalistikbüros wieder ein, also wählte ich Toms Privatnummer.

Gerade war ich zu dem Schluß gekommen, daß er nicht zu Hause sei, als Jill Osiowy den Hörer abnahm. Sie klang abgelenkt, und eine Sekunde lang fürchtete ich, ich könnte einen schlechten Moment erwischt haben, doch dann erinnerte ich mich an die Szene Samstag abend im *Chimney,* und ich wünschte mir kindischerweise, daß ihr Morgen voller schlechter Momente sein möge.

»Wie geht's dir, Jill?«

»Gut«, sagte sie, »und dir?«

»Noch nie besser«, meinte ich. »Aber ich muß mit Tom sprechen. Ist er da?«

»Ich sehe mal nach, ob er ans Telefon kommen kann.«

Als Tom Kelsoe den Hörer aufnahm, bellte er seinen Namen lautstark in mein Ohr, und ich spürte, wie mir die Galle hochkam. Aber hier ging es nicht um mich. Ich versuchte, höflich zu klingen.

»Tom, Julie Gallagher hat sich gegen eine offizielle Trauerfeier für Reed entschieden, aber einige von uns aus dem Kollegenkreis haben sich überlegt, eine eigene Gedenkfeier auf die Beine zu stellen. Sie und Reed standen sich so nahe, da dachte ich, Sie wollten an der Planung sicher beteiligt sein.«

Er schnitt mir das Wort ab. »Ich mache mir nichts aus primitiven Gruppenritualen, Joanne. Meiner Meinung nach ist das eine blöde Idee. Ich werde nicht helfen, und ich werde auch nicht daran teilnehmen.« Er knallte den Hörer auf die Gabel.

Ich wandte mich an Ed Mariani. »Tom lehnt ab«, sagte ich, »und das ohne Bedauern.«

Ed legte seine Hände auf die Stuhllehnen und erhob sich schwerfällig. »Dann ist es wohl an uns«, sagte er.

**Reed Gallaghers Trauerfeier** fand am Freitag, den 24. März, im Fakultätsclub statt – genau eine Woche, nachdem man seine Leiche in der Pension an der Scarth Street gefunden hatte. Jedes Detail der Planung war von Ed Marianis Motto »Würde« bestimmt; die Feier schien seine Art zu sein, für Reed den Respekt und die Anerkennung einzufordern, die ihm sein bizarrer Tod genommen hatte. Die Räume, durch die ich an diesem Nachmittag schritt, waren eine Einladung, Höflichkeit und Sinnenfreude zu feiern: einfache Schalen mit Frühlingsblumen verliehen den Tischen eine japanische Anmut. Am Flügel in der Bar ging Barry Levitt, schmuck in einem cremefarbenen Strickpulli mit passender Hose, seine Notenblätter durch, und im Fenstersaal des Clubs stand ein Buffett mit warmen und kalten Horsd'œuvres neben einer gut sortierten Bar. Reed Gallagher wäre stolz auf Ed Mariani gewesen, aber als ich mir an der Bar ein Glas Champagnerpunsch holte, war ich gereizt. Ich war schon die ganze Woche angespannt, unruhig aufgrund der immer dunkler werdenden Geheimnisse im Leben zweier Menschen, die ich nicht richtig kannte. Einer diese Menschen war Reed Gallagher.

Ed Mariani und Barry Levitt hatten sich freiwillig anerboten, Reeds Trauerfeier zu organisieren, aber eine Aufgabe hatten sie mir anvertraut. Weil ich über die Schlüssel zur Wohnung der Gallaghers verfügte, sollte ich Fotos und Erinnerungsstücke finden, die in Anerkennung von Reeds Leben ausgestellt werden konnten. Anfangs ging ich die Schachteln mit Erinnerungsstükken, die ich in seinem Schrank gefunden hatte, so leidenschaftlich durch wie ein Archäologe an einer Ausgrabungsstätte, aber als sich allmählich der Mann herausschälte, der Reed Gallagher gewesen war, hallte Annalies kryptische Anspielung auf Santayana geisterhaft nach. So sehr ich es auch versuchte, ich konnte Reed Gallaghers traurigen und geschmacklosen Tod nicht mit dem Leben in Einklang bringen, das aus den Schachteln um mich herum Gestalt annahm. Wie Mr. Spock sagen würde: Es war unlogisch. Trotzdem, je mehr ich wühlte, desto mehr war ich davon überzeugt, daß die Antwort auf das Rätsel von Reed Gallaghers letzten Stunden irgendwo in seiner Vergangenheit vergraben lag.

Sein Leben war in jeder Hinsicht außergewöhnlich. Bevor er sich als Lehrer betätigte, hatte er über Kriege, Politkampagnen und Naturkatastrophen berichtet. Er war bei vielen Ereignissen zugegen gewesen, die unsere Geschichte in den letzten 25 Jahren geprägt hatten. Er hatte berühmte Menschen gekannt, und er war, wie man aus den liebevollen Aufschriften auf Plaketten und Fotos urteilen konnte, von jenen, die mit ihm gearbeitet und ihn am besten gekannt hatten, geliebt und respektiert worden. Alles, was ich fand, spiegelte ein Leben wider, das mit Verve und Hingabe gelebt worden war. Allerdings brachten meine Ausgrabungen keine Hinweise auf das Versäumnis zutage, das Annalie in ihrer Nachricht angedeutet hatte, und auch kein Anzeichen eines Schmerzes, der so wild war, daß er Reed Gallagher eines Tages eine wackelige Feuertreppe hinauf zu seinem Treffen in Samarra hochtreiben würde.

Dennoch erinnerte ich mich ständig daran, daß meine Aufgabe nicht darin bestand, zu analysieren; ich sollte nur das einsammeln, was Barry Levitt meine »Gallagher-Ikonographie« nannte. Als ich an diesem Nachmittag im Fakultätsclub stand und auf den herrlichen Mahagonitisch schaute, auf dem meine Arbeit stand, war ich stolz auf das, was ich ausgegraben hatte. Reed Gallagher war mit seiner Ikonographin gut bedient.

Verstreut zwischen den Auszeichnungen und Referenzen standen diverse Fotos: Reed zwischen zwei Premierministern; Reed, wie er die Hand des amerikanischen Präsidenten schüttelte; Reed im Gespräch mit Medien-Ikonen wie Knowlton Nash, Barbara Frum, Peter Newman und Richard Gwayn, Leuten, die einer Legende so nahe kamen, wie es unser Land einem Menschen nur erlaubt. Aber meine wahre Meisterleistung war ein Foto von Reed mit einer Frau, die höchstwahrscheinlich für niemanden im Saal von Bedeutung war – außer für mich.

Ich hatte lange nach einem Foto von Annalie gesucht, und am Ende hätte ich es beinahe übersehen. Mein Ziel war es, die Fotos des öffentlichen Reed Gallagher mit einigen Aufnahmen zu mischen, die seine privaten Momente einfingen, und ich hatte ein paar herrliche und lebensnahe Schnappschüsse gefunden: Reed als Teenager, wie er die Ledersitze eines funkelnden Cabrios mit Heckflossen poliert, während ihn zwei Menschen mittleren Alters voll elterlichem Stolz anstrahlen; Reed am College in Badehose und ungeheuer erfreut, weil er eine süße, kurvenreiche junge Frau in seinen Armen hält; Reed als sehr junger Herausgeber einer Kleinstadtzeitung, wie er stolz die beiden Beweise seiner Autorität vorzeigt: ein blankgeputztes Namensschild auf seinem Schreibtisch und einen brandneuen Schnauzer auf seiner Oberlippe.

Als ich den Karton fand, auf den Reed mit seiner großen und verschnörkelten Handschrift »Ryerson – Schreibtischinhalt« geschrieben hatte, war ich der Meinung, bereits alle Möglichkeiten erschöpft zu haben. Doch dann fiel mir ein, welch enge Verbindung Reed zu den Studenten unserer journalistischen Fakultät hatte, und daher wollte ich nachsehen, ob ich nicht aus seinen frühen Tagen als Lehrer etwas herausholen konnte.

Der gelbliche Zeitungsauschnitt mit dem Foto von Annalie und Reed steckte in einem Umschlag zusammen mit diversen anderen Dingen: der Quittung einer Reinigung, einem alten Presseausweis für eine Konferenz von führenden Computerspezialisten und dem Ticketabriß von einem Spiel *Leafs* gegen *Blackhawks*. Auf dem Foto reichte Annalie in ihrer Eigenschaft als Herausgeberin des *Ryersonian* Reed ein gebundenes Exemplar aller Ausgaben des vorangegangenen Jahres. Sowohl sie als auch Reed lächelten.

Ihr vollständiger Name lautete Annalie Brinkmann. Am Telefon hatte ihre Stimme schwungvoll und magisch geklungen, aber das Foto zeigte eine ganz normale junge Frau, übergewichtig und mit Hornbrille, die offensichtlich versäumt hatte, ihr Schielen rechtzeitig beheben zu lassen. Zwanzig Jahre können viele Dinge verändern, und in der Frau von 40 ist das Mädchen von einst meistens kaum wiederzuerkennen, aber ich hoffte, das Foto würde die Erinnerungen einiger Freunde von Reed an die Tage in Ryerson wachrufen. Es bestand sogar die vage Möglichkeit, daß Annalie selbst erscheinen würde. Ed hatte einen bewegenden Nachruf auf Reed für die *Globe and Mail* verfaßt und eine Notiz von Reeds Ableben im *Toronto Star* veröffentlicht. Beide hatten Zeit und Ort der Trauerfeier genannt. Wenn Annalie Zeitungsleserin war, bestand die nicht geringe Chance, daß sie um Reeds letzte Party, wie Ed Mariani es nannte, wußte. Annalie war nichts als ein dünner Strohhalm, an dem ich mich festklammerte, aber wenn ich Glück hatte, würde die Trauerfeier mich auf die eine oder andere Weise mit der Frau zusammenbringen, die drei Tage nach Reed Gallaghers Tod eine so beunruhigende Nachricht für ihn hinterlassen hatte.

Der Zeitungsausschnitt war nicht aufgezogen, so daß ich einen Rahmen gebraucht hatte. Glücklicherweise war ein kleiner Silberrahmen zur Hand, der genau paßte. Ich verspürte nicht die geringsten Gewissensbisse, als ich das Foto von Tom Kelsoe durch das von Reed und Annalie Brinkmann ersetzte. Tom hatte deutlich zu verstehen gegeben, daß er keineswegs Teil von Reeds letzter Party sein wollte, und es war mir eine Ehre, seiner Bitte nachzukommen.

Als die ersten Gäste im Club ankamen, schien es, als ob Tom und Julie die einzigen waren, die sich gegen eine Teilnahme entschieden hatten. Zwanzig Minuten vor dem offiziellen Beginn der Abschiedsfeier war der Saal gerammelt voll, und es trafen immer noch Neuankömmlinge ein. Ich sah wachsam zur Tür und hielt nach zwei Gesichtern Ausschau: zum einen nach Annalie, zum anderen nach Kellee Savage.

Kellee war immer noch nicht aufgetaucht. Als amtierender Leiter des Fachbereichs Journalistik hatte Ed bei all ihren Lehrern nachgefragt, die durchgehend dasselbe zu berichten wußten: Kellee Savage war die ganze Woche nicht zum Unterricht erschienen. Ed und ich hatten abwechselnd die Nummer angerufen, die Kellee als Privatnummer angegeben hatte, aber wir erreichten nie jemanden. Als ich Alex erzählte, daß ich mir langsam Sorgen machte, beruhigte er mich. Kellee Savage war eine – wie er es ausdrückte – 21jährige Angehörige der weißen Mittelklasse, die sich betrunken und sich vor ihren Freunden zum Narren gemacht hatte. Nichts in ihrem Leben wies auf ein Schicksal hin, das schlimmer wäre als ein böser Fall von Peinlichkeit. Seiner Meinung nach würde sie wieder auftauchen, sobald sie all ihren Mut zusammengenommen hatte.

Seine Logik war unangreifbar. Sogar ich mußte zugeben, daß Kellees Verschwinden zu einem Muster gehörte, das mir wohl bekannt war. Es war keineswegs unüblich, daß Studenten eine Zeitlang dem Unterricht fernblieben, insbesondere kurz vor Ende eines Semesters. Manchmal war die dreifache Last aus reichlich Arbeit, elterlichen Erwartungen und Unreife schlichtweg zuviel, und die Kinder stiegen einfach aus. Untereinander nannten die Studenten dieses Syndrom »Zusammenbrechen und Ausbrennen«, aber dieses Bild war etwas übertrieben. Meistens kamen sie nach ungefähr einer Woche zurück zum Unterricht, mit einem Berg hastig vervollständigter Semesteraufgaben oder einem ärztlichen Attest, in dem von Streß die Rede war und um Nachsicht gebeten wurde.

Der rationale Teil in mir wußte, daß es einer 21jährigen Frau in einer kleinen Präriestadt durchaus einmal möglich sein sollte, eine Woche lang unterzutauchen, ohne gleich Wellen der Sorge auszulösen. Aber wir werden nicht nur von Vernunft bestimmt, und an diesem Morgen hatte ich eine Entscheidung getroffen. Ed hatte eine große Ankündigung von Reeds Trauerfeier in unserem Lokalblatt veröffentlicht und überall auf dem Unigelände Zettel aufgehängt, auf denen die Studenten eingeladen wurden, zu kommen und ihren letzten Tribut zu zollen. Wenn Kellee Savage in der Stadt war, würde sie von der Trauerfeier wissen. Angesichts ihrer offensichtlichen Nähe zu Reed würde Kellee an diesem Nachmittag zweifelsohne an der Trauerfeier teilnehmen, sollte sie auch nur einen anständigen Knochen in ihrem Leib besitzen. Für den Fall, daß sie nicht auftauchte, war meiner Meinung nach die Zeit gekommen, den Grund herauszufinden.

Während die Kapazitäten des Fakultätsclubs langsam erschöpft waren, ging ich durch die Menge und suchte jemanden, dessen Alter vermuten ließ, daß er Reed in den Tagen von Ryerson gekannt hatte. Die Menschenmenge, durch die ich mich kämpfte, schien seltsam festlich. Ed hatte verbreiten lassen, daß er auf Reeds letzter Party niemanden sehen wollte, der auch nur einen Fetzen Schwarz trug. Das Wetter war immer noch mild und sonnig, und sowohl Frauen als auch Männer hatten ihre beste Frühlingskleidung aus dem Schrank geholt. Der Rausch an pastellfarbenen Kleidern und hellen Anzügen ließ den Saal wie eine Gartenparty wirken. Als Barry Levitt sich an den Flügel setzte und der Bassist sowie der Schlagzeuger ihren Platz einnahmen und ›Come Rain or Come Shine‹ spielten, ging die Party los. Die Leute holten sich Drinks, füllten ihre Teller mit dem Angebot des Buffets und unterhielten sich miteinander. Im

Laufe des Nachmittags tauschte ich unzählige Höflichkeiten mit vielen höflichen Menschen aus, aber obwohl eine Handvoll von ihnen Reed Gallagher in seiner Ryerson-Zeit gekannt hatte, zeigte keiner einen Funken des Erkennens, wenn ich Annalie Brinkmanns Namen erwähnte.

Es gab mehr als nur ein paar berühmte Gesichter in der Menge. Den überwiegenden Teil seiner Karriere hatte Reed Gallagher in den großen Medienzentren New York und Toronto verbracht, und auf meinem Rundgang sah ich einige unserer Studenten in ernster Konversation mit Menschen, die sie nur dem Ruf nach kennen konnten. Erfolg ist ein Magnet, und unsere Studenten fühlten sich zu dieser kleinen Gruppe von Auserwählten hingezogen, die nach den Maßstäben aller Erfolg gehabt hatten: Amerikaner, die Fernsehnachrichten und Mittagsmagazine moderierten; Kanadier, die regelmäßig Kolumnen in jenen kanadischen Zeitschriften veröffentlichten, auf die es ankam, oder Bücher in den oberen Bereichen der Bestsellerlisten schrieben. Aber wie damals, zu meiner Studienzeit, waren die Berühmtheiten, denen kein Student widerstehen konnte, Kanadier, die es in den USA zu Ruhm und Ehre gebracht hatten. Als Ed Mariani an das Mikrofon trat, um zu verkünden, daß jetzt der offizielle Teil des Nachmittags beginnen würde, mußte er sich seinen Weg durch eine Gruppe von Journalistikstudenten bahnen, die um einen Platz in einem Kreis um Peter Jennings kämpften. Sein Verhalten versprach unterschwellig, daß der Heilige Gral zwar nur südlich der Grenzen gefunden werden konnte, aber auf jeden Fall auf kanadische Hände wartete.

Eds Rede dauerte nicht lange, vielleicht fünf Minuten, aber er sprach alle wichtigen Dinge an: Reed Gallaghers Integrität als Journalist, seine Hingabe als Lehrer, seine Standhaftigkeit als Freund. Zum Schluß seiner Rede sagte Ed, der vielleicht geeignetste Nachruf für Reed Gallagher finde sich in H. L. Menckens Katalog der Charakteristika des Mannes, den er am meisten bewunderte: »ein gelassener Geist, die stetige Freiheit von moralischer Entrüstung und eine alles umfassende Toleranz.«

Ich sah zu dem Tisch neben den Fenstern, an dem sich die Medienstudenten versammelt hatten; ihrem verzückten Gesichtsausdruck nach zu schließen, hatten Menckens Worte offenbar immer noch die Macht, zu inspirieren. Es war ein emotionaler Nachmittag für die Journalistikstudenten. Ed schloß mit der Einladung an alle, an das Mikrofon zu treten und ihre Erinnerungen mit uns zu teilen. Während Reeds Freunde und Kollegen, einen Drink in der Hand, vortraten und gefühlvoll über Reed Gallaghers leidenschaftliche Neugier, seine Anständigkeit oder seine Furchtlosigkeit sprachen, waren die Studenten sichtlich bewegt. Sie waren jung, und sie hatten noch nicht viel Erfahrung mit dem Tod; für viele von ihnen symbolisierten die Nachrufe auf einen Mann, der noch eine Woche zuvor mit ihnen gelacht hatte, gewissermaßen einen Weckruf der Sterblichkeit. Linda Van Sickle kämpfte ihre Tränen nieder, und als Val Massey seinen Arm um sie legte, barg sie ihren Kopf dankbar an seiner Brust. Jumbo Hryniuk, der neben Val saß, streckte seinen Arm aus und strich sanft über Lindas Haar; wieder verblüffte mich der enge Zusammenhalt, der zwischen den Studenten dieses Jahrgangs herrschte.

Im Laufe des Nachmittags verspürte ich eine immer größere Anspannung, so sehr war ich bemüht, Annalie Brinkmanns charakteristische Stimme bei einer der Rednerinnen herauszuhören. Das gelang mir allerdings nie, und als sich Ed Mariani zu mir setzte, hatte ich mich mit der Tatsache abgefunden, daß Annalie nicht auftauchen würde.

Als der letzte Redner das Mikrofon verließ und das Jazz-Trio ›Lady Be Good‹ spielte, lehnte sich Ed zu mir herüber. »Kommen Sie«, sagte er, »ich möchte Sie jemandem vorstellen. Der einzigen Berühmtheit, die ich kenne. Sie werden ihn mögen – ich verspreche es.« Ich folgte Ed durch den Saal, und er stellte mich einem Journalisten aus Washington vor, in dem ich sofort einen regelmäßigen Teilnehmer der ›Capitol Gang‹ erkannte. Eds Freund hatte einige fesselnde Geschichten und noch mehr fesselnden Klatsch zu erzählen, und ich amüsierte mich prächtig, bis mir plötzlich auffiel, daß jedwedes Vergnügen aus Ed Marianis Gesicht verschwunden war.

»Was ist los?« fragte ich.

Ed wies auf den Tisch mit den Erinnerungsstücken. »Sehen Sie dort«, sagte er.

Tom Kelsoe und Jill Osiowy standen vor dem Tisch. Sie hatten Eds Bitte, nicht in Schwarz zu kommen, ignoriert und trugen fast identische Kleidung: schwarze Schnürstiefel, enge schwarze Hosen und schwarze Hemden. Sie standen Seite an Seite, so eng, daß ihre Körper zu einer Einheit verschmolzen schienen – eher mythische Zwillinge als Liebhaber. Sobald Tom Kelsoe bemerkte, daß ich ihn ansah, beugte er sich zu Jill hinunter und flüsterte ihr etwas zu. Einen Augenblick später waren sie verschwunden.

Neben mir erschauerte Ed Mariani. »Was schließen Sie aus dieser Vorstellung?«

»Keine Ahnung«, meinte ich, »aber ich bin froh, daß sie vorüber ist. Ich hasse es, Jill so zu sehen, und ich bin nicht in der Stimmung für eine Wiederholung von Tom als leidendem Helden.«

Eds Gesichtsausdruck war düster. »Ich bin nie in der Stimmung für Tom, egal als was.« Dann schüttelte er sich. »Ich gehe jetzt besser los und danke den Leuten, daß sie gekommen sind. Barry war früher Berater auf Feriencamps, und er sagt, man solle Ereignisse wie diese immer beenden, bevor sie einem unter der Hand zerfallen.«

Es dauerte nicht lange, dann war der Fakultätsclub leer. Das schmerzliche Ritual des Abschieds war vorüber, und die Menschen waren darauf bedacht, zu den Sorgen der Lebenden zurückzukehren. Als der letzte Gast gegangen war, räumte das Personal des Fakultätsclubs die Buffettische ab und trug das

Geschirr in die Küche. Ich ging zu dem Tisch mit den Erinnerungsstücken und packte die Memorabilien ein.

Währenddessen erinnerte ich mich an die menschliche Wärme der Lobreden, und dabei drängte sich die Frage, die mich bekümmerte, seit ich von Reeds Tod gehört hatte, immer weiter in mein Wachbewußtsein: Wie konnte Reed Gallagher angesichts der Erfüllung und der Versprechen seines Lebens nur einen solchen Tod haben? Die Frage war eines Philosophen würdig, und während ich mich daran machte, die Schachtel zu verschließen, wußte ich, daß es lange dauern würde, bevor ich darauf ein Antwort fand. Ich wollte die Schachtel gerade zukleben, als mir auffiel, daß ich mich nicht erinnern konnte, das Foto von Annalie und Reed eingepackt zu haben. Ich sah auf dem Mahagonitisch nach, aber er war leer. Offensichtlich hatte ich mich geirrt, ich mußte das Foto, ohne es zu merken, mit dem Rest der Sachen eingepackt haben. Die Aussicht, alles wieder auszupacken und nachzusehen, begeisterte mich nicht besonders, aber die Vorstellung, das Foto zu verschlampen, freute mich noch viel weniger. Zögernd nahm ich alles wieder heraus und machte mich auf die Suche. Das Foto blieb unauffindbar.

Ich war verblüfft. Es hatte signierte Fotos von Berühmtheiten gegeben, die so selten waren, daß sie einen Trauergast mit flinken Fingern locker in Versuchung hätten führen können, aber ein alter Zeitungsauschnitt von Reed Gallagher und einem Mädchen, das keiner kannte, war doch wohl kaum ein Sammlerstück. Die einzig logische Erklärung war, daß jemand das Foto zur Hand genommen hatte, dann damit weitergegangen war und es irgendwo anders abgestellt hatte. Ich begab mich ins Büro des Fakultätsclubs und bat die Geschäftsführerin, Grace Lipinski, das Reinigungspersonal nach dem Foto Ausschau halten zu lassen. Dann packte ich alles wieder ein.

Ich war gerade fertig, als der alte Giv Mewhort aus der Bar kam. Er trug einen altmodischen weißen Anzug, der sich auf einer der Partys der Gatsbys zweifelsohne nahtlos eingefügt hätte, und sein Gesicht war rosa vor Gin und Gefühlswallung. Er nahm eines der Fotos von Reed und sagte: »Dies war der beste Römer unter allen.« Er lächelte sardonisch. »Wie ich gehört habe, starb Reed Gallagher kaum den Tod eines Stoikers. Dennoch war er der Beste eines traurigen Haufens und ein guter Trinkkumpan.« Er legte das Foto vorsichtig in die Schachtel zurück. »Ich werde ihn vermissen.«

Die Schachtel war sperrig, und Barry und Ed boten mir an, sie für mich zum Wagen zu tragen. Als wir sie sicher im Kofferraum verstaut hatten, blieben wir drei einen Augenblick in der Sonne stehen. Ich wollte ihnen erzählen, daß ich ein Foto vermißte, aber sie sahen beide so müde aus, daß ich beschloß, ihnen statt dessen ein Kompliment zu machen.

»Es war ein herrlicher Nachmittag. Ich weiß, wieviel Arbeit es erfordert, damit ein Ereignis wie dieses derart mühelos wirkt. Sie beide haben Großartiges geleistet.«

Ed runzelte die Stirn. »Vermutlich ist Ihnen auch aufgefallen, daß Kellee Savage nicht anwesend war.«

»Es ist mir aufgefallen«, erwiderte ich, »und ich mache mir Sorgen.«

Als ich vor unserem Haus parkte, übte Angus Basketballwürfe, und Leah versuchte, Taylor das Seilhüpfen beizubringen. Benny, der auf unheimliche Weise immer mehr einer Fuchsstola ähnelte, lag zusammengerollt auf einer Verandastufe und sah zu.

Als Taylor mich entdeckte, hielt sie mir ihr Seil hin. »Willst du auch mal, Jo?«

»Im Augenblick würde ich mir lieber die Zehennägel einzeln herausreißen lassen«, sagte ich, »aber danke, daß du gefragt hast. Und danke, Leah, daß du T weibliche Fertigkeiten vermittelst.«

Leah trug Shorts, und mir fiel auf, daß ihre Wade ein tätowierter Fisch nach Art der Haida zierte.

Ich zeigte darauf. »Ist das neu?« fragte ich.

Sie lächelte. »So neu, daß nicht einmal meine Eltern es gesehen haben.«

»Wie werden sie es aufnehmen, was glaubst du?«

Leah grinste. »Ach, wahrscheinlich werden sie mir die Fußnägel einzeln herausreißen wollen, aber mein Dad sagt immer, solange ich gute Noten habe und mein Name nicht auf dem Löschblatt eines Polizeireviers endet, kommen sie damit klar.«

»Klingt nach einem weisen Vater«, sagte ich und ging in Richtung Haus. Als ich die Veranda erreichte, rief Taylor: »Nicht vergessen, ich bin zu einer Geburtstagsparty eingeladen.«

»Seit wann das?« fragte ich.

»Seit mir Samantha die Einladung gegeben hat.«

»Ich habe keine Einladung gesehen.«

»Sie ist schon die ganze Woche in meinem Rucksack.« Sie blinzelte, als ob sie die fehlende Einladung visualisieren wollte. »Die Party geht von halb fünf bis acht Uhr.«

Ich sah auf meine Uhr. »Taylor, es ist bereits zwanzig vor fünf, du kannst nicht einfach . . .« Ich zuckte mit den Schultern. »Ist auch egal. Na los, laß uns zu *Bi-rite* fahren. Was hat Samantha denn besonders gern?«

»Pferde.«

»Großartig, wir besorgen ihr eine Taschenlampe.«

Taylor rannte zur Veranda, nahm Benny hoch und kam mir dann hinterhergeeilt. »Warum besorgen wir ihr eine Taschenlampe?«

»Weil im *Bi-rite* keine Pferde verkauft werden. Und jetzt los, wir fahren.«

Benny war kein glücklicher Fahrgast – er miaute den ganzen Weg zum Laden –, aber wir fanden eine Taschenlampe, eine Karte mit einem Pferd darauf und an der Kasse Geschenkpapier mit einem *Old MacDonald*-Motiv, wie es schien. Das war doch passend genug.

Als wir nach Hause kamen, ließ Taylor unsere Einkäufe auf den Küchentisch fallen und begann, sie einzuwickeln. Ich holte etwas Suppe mit Putenfleisch aus dem Tiefkühlfach, stellte sie auf den Ofen und machte Knödel. Nach fünf Minuten war Samanthas Geschenk fertig, das Abendessen köchelte vor sich hin, und das Telefon klingelte. Es war Alex, und ich lud ihn zum Abendessen ein. Eine halbe Stunde später war Taylor gewaschen und auf der Geburtstagsfeier; Angus, Alex und ich saßen bei Kerzenlicht und aßen Suppe. Hin und wieder bekam ich doch alles auf die Reihe.

Sobald Angus seinen zweiten Teller geleert hatte, sprang er auf. »Ich muß noch in die Bibliothek. Kann einer von euch mit mir hinfahren?«

»Nimm das Fahrrad«, schlug ich vor. »Wir wollen auch mal miteinander reden. Außerdem bin ich zu alt, um vom Abendbrottisch aufzuspringen.«

»Du bist doch nicht alt«, schmeichelte er.

»Danke«, meinte ich, »aber du fährst dennoch mit dem Rad.«

Nachdem Angus gegangen war, trugen Alex und ich die Kerzen und unseren Kaffee ins Wohnzimmer und erzählten uns die Neuigkeiten des Tages.

Als ich Alex von dem verschwunden Foto von Reed und Annalie berichtete, zog er eine Augenbraue hoch. »Glaubst du, daß jemand das Foto gestohlen hat?«

»Ich weiß es nicht«, sagte ich, »wahrscheinlich nicht. Ich war nur sowieso schon gereizt, und dann mußte ich auch noch entdekken, daß das Foto fehlte.«

»Wegen was gereizt?«

»Wegen all der Dinge, die an Reeds Tod keinen Sinn ergeben. Alex, ich wünschte, du hättest heute nachmittag dabei sein können. Diese Trauerfeier hätte dich den Fall Reed Gallagher in einem völlig neuen Licht sehen lassen.«

Alex blickt besorgt. »Es gibt keinen Fall, Joanne. Nicht mehr. Die Angelegenheit ist abgeschlossen. Im Totenschein wird ›Tod durch Unfall aufgrund zerebraler Anoxie‹ stehen – Mangel an Sauerstoff im Gehirn.«

»Das klingt, als ob du nicht glaubst, daß er daran gestorben ist.«

Alex schüttelte den Kopf. »O doch, ich weiß, daß er daran gestorben ist. Blutlache Zimbardo hat sehr gewissenhaft gearbeitet, er ist einer der besten. Die Fragezeichen stehen nicht hinter den Berichten aus der Pathologie, sie stehen hinter unseren Ermittlungen. Das liegt nicht daran, daß wir unsere Sache nicht gut gemacht hätten. Das haben wir, und die Beweise sind solide: Wir haben die Flasche, aus der Gallagher in dieser Nacht getrunken hat; wir haben das Glas, das er benutzte; wir haben die Glasampullen, in denen das Amylnitrat war, das er inhalierte; wir haben das verführerische Outfit, das er trug, die Kapuze, die er auf dem Kopf hatte, und das Elektrokabel um seinen Hals. Gallaghers Fingerabdrücke sind bei jedem einzelnen Stück genau da, wo sie sein sollten, und es gibt keinerlei Hinweise auf einen Kampf. Alle Beweise deuten in eine Richtung.«

»Aber du glaubst nicht an die Richtung, in die sie deuten?«

»Doch, ich glaube es, ich verstehe es nur nicht.« Er lehnte sich vor. »Weißt du, Jo, Cops reden nicht viel über die Rolle, die die Vorstellungskraft bei der Polizeiarbeit spielt, aber sie ist ein entscheidender Faktor. Wenn Ermittlungen bei einem plötzlichen Todesfall in die richtige Richtung laufen, dann ist das so, als ob man einem Film zusieht, der rückwärts abgespielt wird. Man sieht, was in diesen letzten Stunden geschehen ist, und so verrückt es auch klingt, man kann die Emotionen fühlen. Aber wir haben bei dieser Sache alle Teile des Puzzles zusammengefügt, und ich kann das Bild immer noch nicht sehen. Ich kann nicht fühlen, was Reed Gallagher fühlte, als er sich das Kabel um den Hals legte.« Alex hob seine Kaffeetasse hoch, nahm einen Schluck und wandte sich an mich. »Erzähle mir von der Trauerfeier, Jo.«

Während ich Alex erzählte, wie Reeds Freunde und Kollegen ihm Tribut zollten und welches Gefühl des Verlusts an diesem Nachmittag über dem Fakultätsclub schwebte, hefteten sich seine dunklen Augen auf mein Gesicht. Als ich fertig war, sagte er: »Kein dummer Mann.«

»Nein«, meinte ich überrascht, »ganz und gar nicht.«

»Und doch sagt Zimbardo, daß Gallagher daran gestorben sei. An Dummheit. Er sagt, wenn Gallagher auf diese Dinge stand, hätte er es besser wissen müssen, als zu Amylnitraten Alkohol zu trinken. Die Kombination läßt den Blutdruck in den Keller sacken. Als Gallaghers Blutdruck sank, muß er ohnmächtig geworden sein. Die Adern in seinem Hals wurden von dem Kabel zusammengepreßt, und das chemische Gebräu aus Amylnitraten und Alkohol verklumpte seine Adern. Unter seiner Kapuze war er einfach zu schwach, um nach Luft zu ringen. Es war wie Ertrinken.«

Ich spürte, wie sich mein Magen verkrampfte. An diesem Nachmittag im Fakultätsclub hatte Eds würdevolle Party die Häßlichkeit von Reeds letzten Stunden in dieser Pension in der Scarth Street verbannt, aber jetzt kam der Schrecken zurück. Alle Musicalmelodien und schönen Erinnerungen der Welt konnten die Tatsache nicht verschleiern, daß Reed Gallagher einen erschreckenden und demütigenden Tod gestorben war.

Alex stellte die Kaffeetasse ab. Als ob er meine Gedanken lesen konnte, sagte er: »Eine furchtbare Art, zu sterben.« Dann zuckte er mit den Schultern. »Aber so war es nun einmal. Der Fall ist abgeschlossen.«

»Alex, du hast doch eben gesagt, daß es sich für dich nicht richtig anfühlt. Wie kann der Fall dann geschlossen sein?«

»Das habe ich dir doch gesagt, Jo. Weil es keinen Beweis gibt, daß Gallaghers Tod nicht genau so geschehen ist, wie Zimbardo das sagt. Und in den Büchern steht, man kann mit negativen Beweisen niemals etwas Positives nachweisen.«

Ich mußte an Kellee Savage denken. In der Polizistensprache wäre die Tatsache, daß sie nicht zu Reeds Trauerfeier aufgetaucht war, ein negativer Beweis, aber für mich war es ein weiteres Stück in einem zunehmend beunruhigenden Puzzle.

»Alex, erinnerst du dich, wie du mir gesagt hast, du wolltest die letzten 24 Stunden in Reed Gallaghers Leben nachvollziehen?«

»Sicher. Das ist eine übliche Vorgehensweise. Der Bericht steht in der Akte im Revier.«

»Würde es gegen irgendeine Regel verstoßen, wenn du ihn mir zeigst?«

»Nein. Der Fall ist abgeschlossen. Die Öffentlichkeit darf Einsicht nehmen, und du bist Teil der Öffentlichkeit.« Er zog eine Augenbraue nach oben. »Willst du meine Arbeit überprüfen?«

»Nein. Ich will herausfinden, welche Verbindung Kellee Savage zu all dem hat, die Studentin, von der ich dir erzählt habe. Ich bin neugierig, worüber Reed Gallagher mit ihr an seinem Todestag gesprochen hat.«

»Ihr Name stand nicht in dem Bericht, aber Gallaghers Sekretärin hat erzählt, daß er an diesem Nachmittag einen Termin mit einer Studentin hatte.«

»Dann sollte der Name der Studentin in Reeds Terminkalender zu finden sein.«

In Alex' Stimme lag ein Hauch von Erschöpfung. »Du solltest etwas mehr Vertrauen in mich haben, Jo. Ich habe nachgefragt. Laut der Sekretärin hat Gallagher ihr nur erzählt, der Termin sei eine Privatsache – der einzige Grund, warum er es überhaupt erwähnte, war, daß er das Büro verließ.«

»Könnte ich den Bericht trotzdem einsehen?«

Er räkelte sich genüßlich. »Natürlich. Ich mache dir am Montag eine Kopie.«

»Alex, kann ich noch heute abend eine Kopie bekommen? Ich verstehe schon, was du über negative Beweise gesagt hast, aber es muß Zeiten geben, in denen negative Beweise auf etwas hinweisen, das völlig schiefgelaufen ist.«

»Und du glaubst, jetzt wäre so ein Moment?«

»Ich weiß es nicht. Ich weiß nur, daß es Kellee schlechtging, als ich sie das letzte Mal gesehen habe, aber sie sagte auch etwas wie

›Ich wußte, es war zu gut, um von Dauer zu sein.‹ Als ich sie dazu bringen wollte, das näher zu erklären, meinte sie, das wolle sie nicht, aber seitdem habe ich herausgefunden, daß Reed Gallagher sie für die beste Praktikumsstelle ausgewählt hat, die der Fachbereich Journalistik zu vergeben hat. Kellee ist eine ehrgeizige junge Frau. Wenn sie gewußt hätte, daß sie für diese Plazierung zur Wahl stand, hätte sie das nie und nimmer gefährdet, indem sie eine Woche lang dem Unterricht fernbleibt. Und unter keinen Umständen hätte sie die Trauerfeier ihres Wohltäters einfach verpaßt. Selbst wenn sie ihn nicht mochte, es waren jede Menge wichtiger Leute dort.«

Alex warf mir einen prüfenden Blick zu. »Jo, warum läßt du dich so auf diese Sache ein?«

»Vielleicht, weil ich nichts getan habe, als ich etwas hätte tun sollen.«

Einen Augenblick lang schwieg er. Dann meinte er müde: »Bingo! Nichts zu tun, wenn du etwas hättest tun sollen, ist eine Erklärung, für die ich im Moment sehr anfällig bin.«

»Ist die Sache mit deinem Neffen schlimmer geworden?«

»Ja.« Er lehnte sich vor und blies die Kerzen aus, doch nicht schnell genug, als daß ich nicht noch die Wut in seinen Augen gesehen hätte.

Die Dämmerung setzte bereits ein, als Alex und ich auf die Albert Street Bridge zugingen, aber die Nacht war mild, und die Angeber, die an den Wochenendabenden in ihren Autos die Albert Street auf und ab kreuzten, waren schon unterwegs. Als wir zur Mitte der Brücke kamen, lehnte ich mich über das Geländer, um nach dem Eis auf dem See zu schauen. Es war noch nicht aufgebrochen, aber es gab viele dunkle Flecke, und die orangefarbenen Rechtecke, die vor dünnem Eis warnten, säumten das Ufer.

»Sieh mal«, sagte ich, »die ersten Zeichen des Frühlings.«

Als Alex und ich ins Polizeirevier kamen, begrüßten ihn einige

Uniformierte, aber er stellte mich nicht vor, und als wir zusammen den Flur hinuntergingen, versuchte ich, unschuldig auszusehen oder doch wenigstens kautionswürdig. Ich war erst zweimal in seinem Büro gewesen; beide Male aus offiziellem Grund, und für die Ausstattung hatte ich seinerzeit kein Auge gehabt. Als ich mich an diesem Abend umsah, fiel mir auf, wie sehr das Büro seiner Wohnung ähnelte: sauber, sparsam möbliert und unpersönlich. Zwischen dem standardmäßigen Mobiliar gab es nur drei persönliche Dinge. An der Innenseite der Tür klebte ein Computerausdruck: ›Beschwere dich nicht. Erwarte nichts. Tue etwas.‹ Ein CD-Gerät und eine Schachtel mit klassischen CDs standen in Reichweite auf dem Regal hinter dem Schreibtisch, und an der Wand gegenüber dem Schreibtisch befand sich ein Medizinrad. Ein Stammesältester hatte mir einmal erzählt, daß das Medizinrad ein Spiegel ist, der einem Menschen hilft, das zu sehen, was sich mit den Augen nicht sehen läßt. Ich erinnerte mich an die Wut, mit der Alex von seinem Neffen gesprochen hatte, und ich fragte mich, was er in letzter Zeit in diesem Spiegel sah.

Alex brauchte nicht lange, um die Akte von Reed Gallagher auf seinem Computer aufzurufen. Ich stand hinter ihm, als er auf die Taste zum Ausdrucken drückte, und während die Maschine den Ausdruck ausspuckte, lehnte ich mich vor und umarmte ihn.

Alex legte seine Hände über meine. »Das erste, was sie uns an der Polizeischule beibringen, ist, gegen die Anziehungskraft attraktiver Frauen immun zu werden.«

»Du bist doch jetzt nicht im Dienst, oder?«

»Nein«, sagte er, »bin ich nicht.« Er stand auf und küßte mich. »Und ich bin froh, daß ich es nicht bin.«

Während Alex einen Stapel Papiere auf seinem Schreibtisch durchging, sah ich mir seine CDs an: Mozart, Kammermusik von Beethoven, Ravel, Bartók.

»Ich mag deine Musik«, sagte ich, »und ich mag dein Büro. Du scheinst herausgefunden zu haben, was wichtig ist, und den Rest hinter dir zu lassen.«

Alex schrieb seine Initialen auf das letzte der Papiere im Stapel, dann sah er zu mir auf. »Du irrst dich nicht oft, Jo, aber diesmal schon. Ich lasse nichts zurück. Und ich weiß nicht, was wichtig ist. Ich weiß jedoch, nur wenn ich die Äußerlichkeiten meines Lebens unkompliziert halte, kann ich funktionieren.« Er ging zum Garderobenständer und reichte mir meine Jacke. »Zeit, zu gehen«, erklärte er. Dann griff er hinter mich und schaltete das Licht aus.

Ein Wind war aufgekommen und hatte eine dieser plötzlichen Wetteränderungen mit sich gebracht, die trotz der Vorhersagen immer als Überraschung kommen. Als wir von der Innenstadt zur Albert Street Bridge gingen, zitterte ich.

»Ich werfe den Kindern immer vor, daß sie den Jahreszeiten vorgreifen«, lamentierte ich, »aber jetzt wünschte ich, ich hätte mich wärmer angezogen. Ich bin am Erfrieren.«

Alex legte seinen Arm um mich. »Besser?«

»Viel besser«, sagte ich. Wir hatten die Brücke fast überquert, als der Fahrer eines Halbtonners, der in dieselbe Richtung fuhr, in die wir gingen, auf die Bremse trat. Das Fenster wurde heruntergekurbelt, und ein vierschrötiger Kerl mit Baseballmütze lehnte sich heraus und rief uns etwas zu.

Ich spürte, wie Alex seinen Arm versteifte.

»Kennst du den?« fragte ich. »Ich habe nicht verstanden, was er gesagt hat.«

Alex antwortete mir nicht, aber als die Ampel umsprang und wir über die Straße gingen, wurde sein Griff um meine Schulter fester. Der Halbtonner hatte an der Ampel halten müssen, und als wir vor ihm die Straße überquerten, meldete sich der Fahrer erneut lautstark. Seine Worte waren häßlich und rassistisch, aber Alex war nicht sein Ziel. Ich war es. »He, Baby«, rief er, »wenn du es mit dem Häuptling getrieben hast, bekommst du vielleicht Lust, es mit ein paar weißen Jungs zu versuchen.«

Meine Reaktion war unmittelbar und atavistisch. Ich riß mich von Alex los und rannte auf die andere Seite zum Gehweg. Im

Bruchteil einer Sekunde war es vorüber. Die Ampel sprang um, der Mann im Truck johlte »Wir kommen wieder, Baby«, und der Truck fuhr davon.

Als Alex mich einholte, war sein Blick voller Sorge, aber er berührte mich nicht. »Geht es dir gut?« fragte er.

»Alles in Ordnung.« Ich lachte unsicher. »Meine Güte! Wie Mutter Teresa sagen würde: ›Was für ein Scheißkerl.‹«

Alex lächelte nicht. Ich griff nach seiner Hand, aber er entzog sie mir. »Alex, es tut mir leid.«

»Das muß es nicht«, sagte er, »es war nur ein Reflex. Aus der Schußlinie zu fliehen ist eine instinktive Reaktion.«

»Du hättest das nicht getan.«

Er lächelte traurig. »Ich hätte es nicht tun können.«

»Weil du kein Feigling bist.«

»Nein«, erwiderte er leise, »weil ich kein Weißer bin. Das verwehrt eine Menge Optionen. Und jetzt komm, du solltest nach Hause.«

Er brachte mich zur Tür. »Komm doch herein«, bat ich, »ich habe noch ein paar Minuten, bevor ich Taylor abholen muß. Und hier draußen möchte ich nicht reden.«

Er trat ein. Ich schloß die Tür und ging zu ihm.

»Alex, es tut mir leid. Ich weiß nicht, warum ich das getan habe. Es ist mir egal, was mir so ein Kerl aus einem Truck zubrüllt.«

Er nahm mich in seine Arme und küßte mich. Einen Augenblick lang dachte ich, es wäre überstanden. Dann trat Alex einen Schritt zurück.

»Das war das erste Mal«, sagte er. »Nach einer Weile ist es dir nicht mehr egal, Jo. Glaube mir, es wird dir nicht mehr egal sein.«

 **Das Motto meiner Großmutter** »Der Morgen ist schlauer als der Abend« hat mir durch viele schwierige Nächte hindurchgeholfen, aber an diesem Samstagmorgen brachte der Tagesanbruch keine neue Perspektive. Als die Sonne hervorkam, verstand ich immer noch nicht, warum ich Alex auf der Brücke alleingelassen hatte, und ich hatte keine Ahnung, wie ich die Situation zwischen uns wieder geradebiegen sollte.

Während die Hunde und ich unseren Morgenlauf machten, tat mir vor Gewissensbissen und Schuldgefühlen alles weh. Der kalte Nachtwind war so plötzlich verschwunden, wie er gekommen war; die Luft war mild, und der Himmel strahlte. Früher hätten Rose und Sadie an einem Morgen wie diesem wie wild an der Leine gezogen, aber wir wurden alle älter, waren weniger begierig, den Tag zu begrüßen. Auf dem Weg über die Albert Street fielen mir die Scherben zerbrochener Bierflaschen an der Stelle auf, an der in der Nacht zuvor der Halbtonner gestanden war. Ich zog die Hunde zur Seite, kickte die Scherben in den Rinnstein und bog in Richtung See. »Das Leben ist voll von Symbolen«, sagte ich. Rose, unser Golden Retriever, sah besorgt zu mir auf.

Während wir das Ufer entlangliefen, bemühte ich mich sehr, an nichts zu denken, aber die Natur verabscheut das Vakuum, und aus dem Nichts heraus füllten sich meine Gedanken mit Bildern aus meinen ersten Griechisch-Stunden − funkelnder Kreidestaub in der Spätnachmittagssonne, gedämpfter Verkehrslärm auf der Bloor Street und die Stimme meines Lehrers, unendlich traurig: »Antithesen sind immer lehrreich. Nehmt beispielsweise die wortwörtliche Bedeutung der folgenden Paarung: ›symbol-‹, zusammenfügen, und ›diabol-‹, die Wurzel unseres Wortes ›diabolisch‹, auseinanderreißen. ›Symbol‹ weist auf den erhabensten Gebrauch unserer Sprache und unseres Denkens, ›Diabol‹ dagegen auf die schlimmste Degeneration.«

Das Erstaunliche war, daß das Diabolische nicht früher aufgetreten war. Alex und ich waren seit Ende November zusammen ausgegangen; wir lebten in einer Stadt, in der der Rassismus zum Alltag gehörte, und doch war dies das erste Mal, daß sich ein Fremder gezwungen sah, uns zu beschimpfen. Von November bis Mitte März. Mir wurde plötzlich klar, daß wir durch den Winter beschützt worden waren. Einen Großteil der Zeit hatten wir in unseren vier Wänden verbracht: bei mir zu Hause, wo wir uns unterhielten, Filme ansahen oder Gesellschaftsspiele mit den Kindern spielten; später dann, als wir ein Liebespaar wurden, in seiner Wohnung, wo wir Musik hörten und uns liebten. Wenn wir ausgingen − ein Spaziergang mit den Hunden, Skilanglauf oder Schlittenfahren mit den Kindern −, waren wir in Schichten kanadischer Winterkleidung eingehüllt, die die Unterschiede von Rasse, Geschlecht und Religion verdeckten.

Julie und Reeds Hochzeit war unser erster echter gesellschaftlicher Auftritt als Paar, und zumindest meinem Gefühl nach war es eine einzige Katastrophe gewesen. Aus Gründen, die ich nie verstehen würde, hatte Julie beschlossen, Alex zu ihrer Trophäe zu machen. Sie stellte ihn allen vor, stolperte über seinen Namen, lächelte in vorgespielter Verwirrung ihr Grübchenlächeln. »Na ja, es ist einer dieser wundervollen indianischen Namen, aber Sie müssen ihn einfach selbst sagen, Alex.« Sie hatte ihn auf dem Hochzeitsempfang regelrecht vorgeführt und jedem erzählt, daß er zur Polizei gehörte, hatte gesäuselt, wie lobenswert es sei, daß er seinem Volk als Vorbild diente, daß er jemand war, zu dem man aufsehen konnte. Ich hatte mich aufgeregt, aber Alex war gelassen geblieben. »Sie muß irgendwo anfangen, Jo. Vielleicht öffnet die Tatsache, daß sie mich jetzt kennt, Mrs. Gallagher künftig neue Möglichkeiten.«

Aber so war es nicht gekommen. In der Öffentlichkeit mochte Julie über einen indianischen Polizeiinspektor voll des Lobes sein, aber sie hatte auf schmerzliche Weise deutlich werden lassen, daß ihr persönlicher Polizeivertreter weiß zu sein hatte, wenn sie privat die Dienste eines Polizisten brauchte.

Mit ihrem Lächeln und ihrer ach-so-subtilen Doppelmoral war Julie das Aushängeschild für höfliche Bigotterie, aber so beruhigend es auch war, sie zu dämonisieren oder sie als einen Kretin abzutun, der mich in der Nacht zuvor wie einen Fußabtreter angebrüllt hatte, das Problem lag woanders, und das wußte ich auch. Ich hatte mein ganzes Erwachsenenleben in Regina verbracht, und frei nach *Pogo* hatte ich den Feind gesehen, und ›er war ich‹. Ich kannte die Sprache, und ich kannte den Code: ein Flüstern über die Probleme im »North Central«-Gebiet der Stadt meinte das kriminelle Verhalten von Eingeborenen; »die Leute« sagte man wissend und meinte die Indianer. Ich hatte diesen Code nie benutzt, ich war sogar stolz darauf, immer die richtigen Dinge zu tun. Als vor Jahren ein indianisches Paar ein Haus in unserem Viertel kaufen wollte, ging eine Unterschriftensammlung herum, um sie davon abzuhalten; ich war von Tür zu Tür gegangen und hatte meine Nachbarn gedrängt, nicht zu unterschreiben. Wenn rassistische Witze erzählt wurden, verließ ich den Raum; als meine Kinder von der Schule nach Hause kamen und von »Planwagenabfacklern« und »Rothäuten« sprachen, setzte ich mit ihnen hin und sprach darüber, wie sehr Worte verletzen können. Aber bis zur vorigen Nacht hatte ich aus einem flachen Brunnen liberaler Anständigkeit geschöpft.

In meinem ganzen Leben war ich noch nie die Zielscheibe von Vorurteilen gewesen, und die Erfahrung war so niederschmetternd, als ob mir der Fremde seine Faust ins Gesicht gerammt hätte. Alex war 41 Jahre alt. An diesem Morgen versuchte ich mir zum ersten Mal vorzustellen, wie es sein mußte, 41 Jahre lang solchen Schlägen ausgesetzt zu sein.

Als ich nach Hause kam, war es 6 Uhr 25. Ich wählte die Nummer von Alex. Niemand hob ab, und ich hinterließ keine Nachricht. Ich konnte nichts weiter tun, als Zuflucht zu meinen Samstagsritualen zu nehmen. Ich schaltete die Kaffeemaschine ein, duschte, zog mich an, rührte Pfannkuchenteig an, holte die Morgenzeitung herein und versuchte, mich auf die Tagespolitik zu konzentrieren. Um 7 Uhr 30 versuchte ich es erneut bei Alex. Er nahm den Hörer beim ersten Klingeln ab.

»Ich wollte dich gerade anrufen«, sagte er.

»Synchronizität«, meinte ich. »Das ist doch ein gutes Zeichen, oder?«

Er antwortete nicht, darum plapperte ich weiter. »Alex, es tut mir so leid wegen letzter Nacht. Es tut mir mehr als leid, ich bin ehrlich beschämt. Ich weiß wirklich nicht, warum ich einfach so weglaufen konnte.«

Ich hörte die Müdigkeit aus seiner Stimme. »Du hast nichts Falsches getan. Das wollte ich dir schon gestern abend klarmachen. Es gibt keinen Grund, warum du dich schuldig fühlen solltest. Du bist in eine dumme Situation geraten und hast einfach reagiert.«

»Ich habe schlecht reagiert.«

»Der Punkt ist, ohne mich wärst du gar nicht erst in diese Situation geraten.«

»Alex, ich wollte aber bei dir sein. Das will ich immer noch. Komm zu mir, bitte. Laß uns darüber reden.«

»Lieber nicht. Wenn wir zusammen sind, verlieren wir allzu leicht die einzelnen Aspekte aus den Augen.«

»Welche Aspekte?«

»Diejenigen, die wir bislang ignoriert haben. Jo, der Kerl in dem Lastwagen gestern abend war keine Abweichung von der Norm, er war die Norm. So ist es eben.«

»Ich weiß, daß es so ist. Ich war nur nicht darauf vorbereitet. Nächstes Mal bin ich das.«

»Niemand ist jemals darauf vorbereitet. Und du sprichst gerade mit einem Experten auf diesem Gebiet. Es ist völlig egal, wie oft dieser Mist passiert, er kommt jedes Mal aus dem Hinterhalt. Und wenn man sich dagegen wehrt, verändert man sich.«

»Alex, du bist einer der besten Menschen, die ich kenne.«

Einen Augenblick lang schwieg er, dann sagte er: »Und du bist einer der besten Menschen, die ich kenne, aber Joanne, du weißt nicht, worauf du dich da einläßt. Und du weißt nicht, was du deinen Kindern damit antust. Angus und Taylor sind großartige Kinder, Jo – so voller Selbstvertrauen, so sicher, daß sich alle Türen für sie öffnen werden, und daß die Leute es kaum erwarten können, sie zu begrüßen, wenn sie in einen Raum treten. Ich glaube nicht, daß du das ändern willst.«

Als Alex meine Kinder erwähnte, spürte ich einen eiskalten Klumpen in meiner Magengrube. »Das muß sich nicht ändern«, sagte ich, aber selbst für mich klang das nicht sehr überzeugend.

»Vielleicht sollten wir eine Zeitlang kürzertreten«, meinte Alex. »Uns klarmachen, wohin wir gehen.«

Ich hätte ihm sagen sollen, das letzte, was ich wollte, sei kürzerzutreten. Ich hätte sagen sollen, daß die Richtung, in die wir gingen, für mich weniger wichtig war, als die Tatsache, daß wir zusammen gingen. Aber das waren die Worte einer tapferen Frau, und wieder einmal erwies ich mich als unzulänglich. »Vielleicht wäre das wirklich am besten«, sagte ich. Und das war's. Wir nahmen uns gegenseitig das Versprechen ab, auf uns aufzupassen, und verabschiedeten uns dann voneinander.

Ich legte den Hörer behutsam auf die Gabel. Meine Augen brannten. Von dem Augenblick an, als Alex mich angerufen hatte, um mir von Reeds Tod zu erzählen, schien alles, was ich getan hatte, falsch zu sein: Ich hatte eine Studentin enttäuscht, die sich an mich um Hilfe gewandt hatte. Ich hatte meine beste Freundin so sehr bedrängt, daß ich sie verloren hatte. Man hatte mir einen Job gekündigt, der mir gefiel. Ich hatte eine Szene in einem Restaurant gemacht. Schlimmer noch, ich hatte einen Mann im Stich gelassen, für den ich tiefe Gefühle hegte, und jetzt hatte ich ihn verloren. Als ich nach einem Papiertaschentuch griff, um mir die Augen zu trocknen, stieß ich meine Kaffeetasse um, und weil ich glaubte, es verdient zu haben, fluchte ich.

»Ich dachte, der Gebrauch dieses Wortes stünde unter strengster Strafandrohung.« Angus stand in der Küchentür. Sein Gesicht war noch schlafverquollen, und er trug die schwarzen Seidenshorts, die ihm seine Schwester Mieka zum Valentinstag geschickt hatte. Er gähnte. »Was ist los?«

Mein erster Impuls war, ihn zu schützen. Dann fiel mir ein, wie sehr er Alex mochte, und ich beschloß, daß es am besten wäre, wenn ich ihm die Wahrheit sagte. Ich goß jedem von uns ein Glas Saft ein, dann setzten sich mein Sohn und ich an den Küchentisch, und ich erzählte ihm von dem Vorfall auf der Brücke und daß Alex und ich uns eine Weile nicht sehen würden.

Er war fuchsteufelswild. »Das ist doch total hirnrissig.«

»Das denke ich auch«, sagte ich, »aber Alex macht sich Sorgen um uns – nicht nur um mich, auch um dich und Taylor. Angus, hat dir meine Beziehung zu Alex jemals Probleme verursacht?«

»Nein. Alex ist cool. He, er hat mir das Autofahren beigebracht, oder? Und er läßt mich seinen Audi fahren.« Angus tätschelte meine Hand. »Komm schon, Mom, nimm's locker. Und sag Alex, er soll es auch locker sehen. Wenn andere Leute ein Problem haben, weil ihr zwei zusammen seid, dann ist das deren Sache.«

»Ist Leah auch dieser Ansicht?«

»Sie mag Alex wirklich. Sie sind beide irgendwie unabhängig.«

»Und niemand hat jemals etwas gesagt?«

Er zuckte mit den Schultern. »Ein paar von den Jungs haben sich gewundert, aber du kennst mich, Mom, mir war es immer schon egal, was die Leute reden.«

Das stimmte. Von meinen vier Kindern war Angus derjenige, der sich am wenigsten um die Meinung anderer scherte. »Innengeleitet« war der Begriff, mit dem das Soziologiebuch aus meiner Collegezeit Menschen wie meinen jüngsten Sohn beschrieb. Ian hatte diesen Charakterzug mehr geschätzt als ich. Für mich bedeutete die Gleichgültigkeit, die Angus gegenüber Lob oder Strafe an den Tag legte, daß er schwierig zu erziehen war, aber Ian sah das anders. »Das heißt doch nur, daß Angus nicht durch jede Windböe vom Kurs abkommen wird, wenn er älter ist.« Ian hatte recht behalten. Angus ließ sich nicht so leicht vom Kurs abbringen. In dieser Hinsicht schlug er nicht nach mir, und das wußte ich.

Ich nahm unsere Saftgläser und trug sie zur Spüle. Angus folgte mir und umarmte mich unbeholfen mit einem Arm. »Mom, mach dir keine Sorgen wegen der Leute. Tu, was du tun willst.« Er lehnte sich nach vorn und lugte in die Schüssel mit dem Pfannkuchenteig, die auf der Theke neben der Pfanne stand. »Ist das etwa alles für dich? Oder kann ich etwas abbekommen?«

Einige Minuten später schlossen sich uns Taylor und Benny zum Frühstück an, und das Gespräch driftete zu Samanthas Geburtstagsparty. Als ich die Teller geleert und sie für die Geschirrspülmaschine vorgespült hatte, schlich sich Taylors Erzählung unweigerlich dem Höhepunkt zu. Es war eine Geschichte mit tragischen Möglichkeiten. Die Taschenlampe war gut angekommen, aber Samantha hatte damit allen in die Augen geleuchtet und sich geweigert, sie aus der Hand zu legen, als ihre

Mutter sie darum bat. Schließlich hatte Samanthas Mutter gesagt, es gebe erst dann Kuchen, wenn Samantha sich ordentlich benehmen würde, woraufhin Samantha erklärte, das sei ihr egal. Die Ereignisse auf der Feier hatten gerade eine *High Noon*-Qualität erreicht, als unser Telefon klingelte.

Ich ging hin, und Taylor rief mir hinterher: »Keine Sorge, ich erzähle nichts über die Party, bis du zurückkommst.«

Als ich Rapti Lustigs Stimme hörte, war mein erster Gedanke, daß ich irgendwie doch wieder an der politischen Talkrunde teilnehmen sollte. Rapti war die Produktionsassistentin von Jills Show und für gewöhnlich unerschütterlich, der ruhige Pol im Auge des Sturms, doch an diesem Morgen klang sie gehetzt.

»Jo, bin ich froh, dich zu erreichen. Hör zu, Tina arbeitet heute zum letzten Mal vor ihrer Hochzeit als Maskenbildnerin, und wir haben beschlossen, nach dem Ende der Show eine kleine Party für sie zu veranstalten. Ich weiß, es ist sehr kurzfristig, aber wir würden uns wirklich freuen, wenn du kommst.« Dann fügte sie einschmeichelnd hinzu: »Bitte, wegen der guten alten Zeit.«

»Rapti, es ist erst eine Woche her.«

»Mag ja sein«, entgegnete sie, »aber viele von uns sind sehr nostalgisch, wenn es um die gute alte Zeit geht. Jills Neuer ist eine ungeheure Nervensäge. Bitte sag zu. Tina mag dich wirklich sehr, und wir bestellen auch bei *Alfredo*. Ich besorge dir eine doppelte Portion Parmesankäse. Ich weiß doch, wie sehr du ihn magst.«

Ich mußte an Alex denken und an den leeren Abend, der vor mir lag. Ich haßte Brautpartys, aber ich mochte Tina. »Ich komme.«

»Großartig«, sagte Rapti. »Wir bringen alle ein Geschenk mit, aber besorge nichts Aufwendiges. Einer der Techniker hatte eine recht nette Idee. Er schlug einen Werkzeugkasten und Werkzeuge vor. Tina und Bernie kaufen die alte Bruchbude an der

Retallack Street. Sie wollen das Haus selbst renovieren. Was hältst du von dieser Idee?«

»Klingt vielversprechend«, sagte ich. »Man kann als Braut gar nicht genug Hämmer haben.«

»Wir sehen dich dann um sechs.«

»Aber die Show fängt um sechs an.«

»Darum ist das ja die beste Zeit, alles vorzubereiten, damit wir Tina überraschen können. Sie hat um sechs Schluß, dann geht Bernie mit ihr was trinken und bringt sie gleich im Anschluß an die Show zurück. Wenn du früh kommst, kannst du mir helfen, die Künstlergarderobe zu dekorieren und das Essen herzurichten.«

Anscheinend nahm meine Strafe bereits Gestalt an.

Rapti schäumte über. »Das wird lustig. Wir können mit dem Wein anfangen. Ich habe so ein Gefühl, daß wir total blau sein müssen, um Toms Fernsehdebüt zu überstehen.«

»Glaubst du denn nicht, daß er gut sein wird?«

Rapti schnaubte. »Meine Vorahnung sagt mir, daß Jills Freund ein 22karätiges Desaster sein wird.«

Ich lächelte, als ich mich wieder Taylor und ihrer Erzählung zuwandte. »Okay«, sagte ich. »Hat Samantha klein beigegeben oder mußte ihre Mutter den Kuchen erschießen?«

Unser Tag füllte sich von selbst, wie es Samstage immer tun, mit der unvermeidlichen Runde aus Unterrichtsfahrten, Haushaltspflichten und Einkäufen. Zweimal im Laufe des Tages sagte ich mir, ich sollte nochmals bei Kellee anrufen; beide Male verließ mich der Mut, noch bevor ich den Hörer zur Hand nahm. Ich fühlte mich zerbrechlich, wie jemand, dessen Energie durch eine lange Krankheit ausgezehrt worden ist, und war dankbar dafür, daß die samstägliche Routine mich trotz meiner inneren Abwehr mit sich riß. Wann immer ich an Alex dachte und daran, wie er sich fühlen mußte, wollte ich bei ihm sein, aber ich konnte nur hoffen, daß dieser Samstag für ihn ein eigenes

Muster gedankenloser Routine hatte, das ihm seine geistige Gesundheit bewahrte.

Am Nachmittag begleitete mich Taylor zu Mullins Heimwerkerladen auf der Suche nach etwas Glamourösem für einen Werkzeugkasten. Als wir nach Hause kamen, machte ich Chili, während T am Küchentisch saß und an ihren Skizzen von Nanabush und dem Schließ-deine-Augen-Tanz arbeitete.

Nachdem sie etwa dreißig Minuten lang gemalt hatte, rief sie mich zu sich. »Es funktioniert nicht«, klagte sie. »Ich versuche, es real und doch nicht real aussehen zu lassen, so wie in der Geschichte. Aber ich weiß nicht, wie ich das anstellen soll.« Ich setzte mich zu ihr und sah mir ihre Skizzen an. In meinen Augen waren sie ganz erstaunlich. Der Abschnitt, an dem Taylor gerade arbeitete, war der, in dem der hungrige Nanabush versucht, einen Schwarm wohlgenährter Enten davon zu überzeugen, daß sie den größten Spaß ihres Lebens hätten, wenn sie mit ihm den Schließ-deine-Augen-Tanz tanzten. »Siehst du, es alles zu real«, meinte Taylor. »So war die Geschichte von Alex nicht.«

Als ich erneut hinsah, merkte ich, was sie meinte. »Ich habe etwas, was dir vielleicht helfen könnte«, sagte ich. Ich ging ins Wohnzimmer und kam mit einem Buch über Marc Chagall zurück, das Taylors Mutter mir vor Jahren geschenkt hatte. Ich blätterte die Seiten durch, bis ich die Abbildung eines Gemäldes mit dem Titel »Über der Stadt« fand – ein Mann und eine Frau, jung und offensichtlich verliebt, schweben über einer kleinen Stadt. Die Stadt ist sehr real, und trotz seiner Fähigkeit, der Schwerkraft zu trotzen, scheint auch das junge Paar real. Doch die Welt, in der sie leben, ist keine reale Welt; es ist eine Welt, in der Liebe und Freude die Menschen gewichtslos über der Erde schweben lassen. Mit »Über der Stadt« schuf Chagall eine phantastische Welt, die den physischen Tatsachen trotzt; es war dieselbe Welt, die zum Leben erweckt wurde, als Alex die Nanabush-Geschichten erzählt hatte.

Taylor beugte sich so tief über das Buch, daß ihre Nase beinahe die Seite berührte. Schließlich sagte sie: »Nanabush und die Vögel müssen nicht auf der Erde sein.« Dann zerknüllte sie, ohne mit der Wimper zu zucken, die Skizzen, an denen sie seit Tagen gearbeitet hatte, und fing nochmal von vorn an.

Taylor saß immer noch am Tisch, als ich um Viertel nach fünf zu NATIONTV fuhr. Ich küßte ihren Scheitel. »Das Chili steht auf dem Herd«, sagte ich. »Angus hat versprochen, es aufzutischen, sobald sein Film zu Ende ist, und ich komme rechtzeitig nach Hause, um dich ins Bett zu bringen.«
Zum ersten Mal seit Monaten blieb Taylor völlig ungerührt, als ich verkündete, daß ich ausgehen würde. »Gut«, sagte sie geistesabwesend und zeichnete weiter. Endlich schien ich mal etwas richtig gemacht zu haben.
Es war merkwürdig, an einem Samstagabend durch den Park zu NATIONTV zu gehen, ohne das Gefühl des Lampenfiebers vor der Show, aber ich war dankbar, daß ich an diesem Abend über keine Hürde zu springen hatte. Mir reichte es. Ich wollte nur noch tief ein- und ausatmen und mich umsehen. Im Park konnte man überall die ersten Anzeichen eines frühen Frühlings entdecken: Die Brise war sanft, an den Bäumen sprossen die Knospen, die Luft roch nach Feuchtigkeit und warmer Erde. Im Gehen trieben meine Gedanken davon. Ich hatte einmal gehört, wie eine Lyrikerin die Augen hawaiianischer Männer als »dunkle Erde« bezeichnete, und ich mußte an die Augen von Alex denken. Als ich es ihm sagte, hatte er gelacht und gesagt, ich sei eine hoffnungslose Romantikerin. Möglicherweise – aber ich hatte dennoch recht, was seine Augen anging.
Die erste Person, der ich über den Weg lief, als ich den Sender betrat, war Tom Kelsoe. Er trug Jeans, ein schwarzes T-Shirt und eine schwarze Lederjacke. Sehr trendy. Mein erster Impuls war, so zu tun, als ob ich ihn nicht gesehen hätte, aber wenn ich mich jemals mit Jill versöhnen wollte, mußte ich wohl oder übel in den sauren Apfel beißen.

Ich lächelte ihn an. »Hals- und Beinbruch«, sagte ich.

Tom Kelsoe wirkte verwirrt. »Wie?«

»Viel Glück bei der Show«, erläuterte ich.

»Was machen Sie denn hier?« fragte er. Ausnahmsweise war er mal nicht grob. Er schien ehrlich verwirrt; irgendwie brachte ihn meine Anwesenheit völlig aus dem Konzept.

»Ich bin privat hier, nicht beruflich«, erwiderte ich. »Wir veranstalten eine Party für die Frau, die das Make-up für die Show macht. Sie heiratet.«

»Ich glaube, Jill hat so etwas erwähnt«, meinte er vorsichtig.

»Ich freue mich jedenfalls, daß ich Sie treffe«, sagte ich. »Ich hatte gestern auf der Trauerfeier für Reed keine Gelegenheit, mit Ihnen oder Jill zu sprechen.«

Ich sah, wie die Ader an seiner Schläfe pulsierte. »Wer hat die Erinnerungsstücke an der Tür zusammengestellt?« wollte er wissen.

»Das war ich. Wie hat es Ihnen gefallen?«

Er schreckte zurück. »Es war nett.« Tom sah auf seine Uhr. »Ich gehe jetzt besser ins Studio.«

»Haben Sie noch eine Minute?« bat ich. »Ich muß Sie etwas über Kellee Savage fragen.«

»Was ist mit ihr?«

»Offensichtlich hielt Reed Gallagher sehr viel von ihrer Arbeit. Ich frage mich, ob Sie ebenfalls dieser Ansicht sind.«

Tom warf mir einen kühlen Blick zu. »Sie macht nur Schwierigkeiten«, sagte er. Dann ging er, ohne seine Worte weiter auszuführen, zu den Aufzügen. Offenbar war ich nicht das einzige Mitglied des Lehrkörpers, dem Kellee ihre Vorwürfe gegen Val Massey anvertraut hatte.

Ich war die erste auf der Party. Die Künstlergarderobe war leer, aber jemand hatte einen durchsichtigen Plastiksack voller Luftballone abgestellt und sich Mühe gegeben, das Mobiliar partymäßig umzustellen. Zwei Tische standen nebeneinander für die Getränke und das Essen, und die Stühle waren in Gesprächsgruppen verteilt. Die Wirkung war eher bizarr als festlich. Das Mobiliar in der Künstlergarderobe stammte aus abgesetzten Fernsehshows, darum herrschte ein Mix aus verschiedenen Stilrichtungen, der das Eklektische weit überschritt. Ich versuchte gerade, alles in mich aufzunehmen, als Rapti Lustig eintrat.

Rapti war eine außergewöhnlich schöne junge Frau: gertenschlank mit einer Mähne aus ebenholzschwarzem Haar, riesigen funkelnden Augen und einem bezaubernden Lächeln. Aber als sie sich in dem Raum umsah, lächelte sie nicht.

»Wie findest du es?« fragte sie.

»Für mich sieht es wie das Schaufenster eines zweitklassigen Möbelladens aus.«

Rapti schnitt eine Grimasse. »Ein miserabler zweitklassiger Möbelladen.«

Sie zog eine Rolle Klebestreifen aus ihrer Tasche und reichte mir einen Ballon. »Sieht aus, als ob Arbeit auf uns wartet.«

Wir brauchten nicht lange, um die Ballons aufzublasen, die Tische mit Papiertischtüchern abzudecken und die Pappteller und Plastikbecher aufzustellen. Rapti hatte alles in den Grundfarben gekauft, und trotz seiner tiefverwurzelten Charmelosigkeit wirkte der Raum bald so fröhlich wie eine neue Schachtel bunter Kreidestifte. Um 18 Uhr blickte sich Rapti noch einmal kritisch im Raum um, erklärte, daß er gar nicht so schlecht aussehe, ging zu dem Fernsehgerät in der Ecke und schaltete unsere Show ein. Als die Titelmelodie anfing und ich die vertraute Begrüßung des Sprechers hörte, war ich dankbar, bei Rapti in der Künstlergarderobe zu sitzen. In weniger als einer Woche hatte ich meine Arbeit und meinen Mann verloren. Wenn ich allein zu Hause gewesen wäre, hätte ich höchstwahrscheinlich das Gefühl gehabt, daß sich mein Leben in einen Country-and-Western-Song verwandelte.

Rapti reichte mir ein Glas Wein. »Auf gute Frauen und gute Männer. Mögen sie einander finden.«

Ich zog meinen Stuhl näher zum Fernsehgerät. »Darauf trinke ich.«

Beim Blick auf den Bildschirm fiel mir als erstes auf, daß Tom immer noch seine Jacke trug. Schwarzes Leder paßte perfekt zu Toms Image, »verrückt, verdorben und als Bekannter äußerst gefährlich« zu sein, aber schon nach fünf Minuten war klar, daß Tom seiner Kleidung mehr Aufmerksamkeit geschenkt hatte als seinen Hausaufgaben. Er beging einen dicken Sachfehler hinsichtlich der Macht, die der Senat besitzt, aber als Sam Spiegel, der selbst Senator war, ihn vorsichtig darauf hinwies, blieb Tom unnachgiebig. Glayne Axtell war nicht so sanft. Als Tom die Worte ihres Parteiführers falsch wiedergab, meinte Glayne spitz: »Es würde Ihrer Sache dienlich sein, wenn Sie zumindest die Fakten beherrschten.«

Als die Zuschauer anrufen durften, wurde Toms schlechte Leistung noch schlimmer. Die Anrufer, die Inkompetenz riechen konnten, zielten direkt auf Toms empfindlichste Stellen. Als nach Abschluß der Show das übliche Abschiedsbild mit dem Moderator in der Mitte und den Gesprächsgästen in ihren jeweiligen Ecken auf dem Bildschirm erschien, unterbrach Sam Spiegel die letzten Worte des Moderators, um zu verkünden, daß er sich von zwei Kollegen verabschieden wolle, die von Anfang an mit ihm an der Talkrunde teilgenommen hatten und die, da war er sicher, das Publikum ebenso vermißte wie er. Als Sam fertig war, schickte Glayne Axtell ihre, wie es schien, ehrlichen guten Wünsche für die Zukunft von Keith und mir über den Äther. Tom Kelsoe, allein in seiner Ecke an der unteren linken Seite des Bildschirms, grüßte merkwürdig in die Kamera, blieb aber still. Als der Abspann lief, tat er mir fast leid.

Rapti sprang auf und schaltete den Fernseher aus. »Das war die schlimmste Stunde der Fernsehgeschichte, seit sie ›Twen-Police‹ abgesetzt haben«, sagte sie. »Jill wird fuchsteufelswild sein.« Sie erschauerte theatralisch. »Die Party steht unter keinem guten Stern.«

Wie sich herausstellte, hatte Rapti sich geirrt – zumindest was die Party anging. Es war ein überaus fröhliches Ereignis. Niemand hatte einen dieser kindischen Brauthüte für Tina gebastelt, und niemand schlug vor, das Eis mit Gesellschaftsspielen zu brechen. Es gab jede Menge Wein, und das Essen von *Alfredo* war sensationell. Die einzige, die noch glücklicher war als Tina, war Rapti. Als sie den roten Schubkarren hereinrollte, ihr Geschenk an die Braut, glühte Rapti aus einer Mischung von Beaujolais und Triumphgefühl.

Sogar ich amüsierte mich. Meine gute Stimmung lag in nicht geringem Maße an Tom Kelsoes jämmerlichem Fernsehdebut. Mein Vergnügen mochte schäbig sein, aber ich schwelgte darin, bis ungefähr eine Stunde nach Beginn der Party Jill Osiowy durch die Tür trat. Sie war bleich und angespannt, und als sie eine Flasche Wein vom Tisch mit den Erfrischungen nahm und sich ein Glas eingoß, sah ich, daß ihre Hände zitterten. Sie trank ihr Glas in einem Zug leer, füllte es erneut und gesellte sich zu der Gruppe, die sich um Tina gebildet hatte.

Ich kannte Jill seit über zwanzig Jahren, und als ich beobachtete, wie sie versuchte, mit dieser fröhlichen Menge zu verschmelzen, sehnte sich mein Herz nach ihr. Ich war vertraut genug mit der Hierarchie von NATIONTV, um zu wissen, daß Jill zumindest einen Teil der vergangenen Stunde am Telefon verbracht hatte und von jemandem heruntergemacht wurde, der nicht einmal die Hälfte ihres Talents besaß, aber einen gut und gern doppelt so hohen Gehaltsscheck wie sie bekam. Ich wußte auch, daß die schlimmste Kritik, der Jill an diesem Abend ausgesetzt werden würde, von ihr selbst kam. Sie befand sich in einer furchtbaren Lage. Ihr waren nur zwei Dinge wirklich wichtig: ihre Arbeit und Tom Kelsoe. An diesem Abend hatte die Show, die sie erschaffen hatte, für die sie gekämpft und die sie gehätschelt hatte, einen schweren Schlag erlitten, weil sie so dumm gewesen war, sie dem Mann, den sie liebte, auf einem silbernen Tablett zu reichen.

Ich hatte schon lange aufgehört, die Entscheidungen nachvollziehen zu wollen, die andere Menschen in ihren Beziehungen trafen. Vielleicht war alles eine Frage des Glücks, wie mir ein alter Freund von Ian einmal gesagt hatte: Wenn du unter einem gütigen Stern geboren wirst, werden sich deine Lenden nach dem Richtigen verzehren. Meiner Meinung nach hatte Jills Stern sie in die Irre geführt. Sollte das der Fall sein, war vielleicht die Zeit gekommen, in der ich mit dem Schmollen aufhören und sie wissen lassen sollte, daß sie mir immer noch viel bedeutete.

Ich ging zu ihr und legte ihr meinen Arm um die Schulter. »Wie würde es dir gefallen, es dir mit einer großen Flasche Single Malt Scotch gemütlich zu machen?«

Sie lächelte schwach. »Besser als mein letztes Angebot. Der Vizepräsident der Nachrichtenabteilung schlug mir einen Schierlingsbecher vor.« Plötzlich füllten sich ihre Augen mit Tränen. In all den Jahren, die ich Jill kannte, hatte sie mit Todesfällen, Intrigen und Enttäuschungen fertig werden müssen, aber bis zu diesem Augenblick hatte ich sie noch nie weinen sehen.

»Können wir das verschieben?« fragte sie. »Ich glaube, ich will nur nach Hause und ins Bett.«

»Natürlich«, sagte ich, »wann immer du willst.«

Ihre Stimme war nur ein Flüstern. »Jo, ich habe dich vermißt.«

»Ich dich auch«, sagte ich.

Die Uhr schlug neun, als ich durch die Haustür trat. Die Kinder waren unten im Wohnzimmer. Taylor und Benny hatten es sich auf einem Teppich gemütlich gemacht und lauschten dem Soundtrack von *König der Löwen*. Leah und Angus kuschelten sich eng auf dem Sofa aneinander – um Hausaufgaben zu machen, so erklärte es zumindest Angus.

»Der Spaß ist vorbei, T. Ich bin wieder da.«

Sie rollte auf die Seite und grinste.

»Was macht Nanabush?« fragte ich.

»Schon besser«, erwiderte sie, »aber ich will nicht, daß es jemand sieht, bevor es fertig ist.«

»Wie war deine Party?« fragte Angus.

»Gut«, erwiderte ich.

»Wie kann sie denn gut gewesen sein, wenn du um neun zu Hause bist?« Dann grinste er. »Alex hat angerufen.«

»Und?«

»Und er sagte, er würde ein paar Tage ins Standing-Buffalo-Reservat fahren. Er meinte, wenn wir ihn brauchen, könnten wir ihn über das Reservatsbüro erreichen.« Mein Sohn sah mich erwartungsvoll an. »Willst du ihn nicht anrufen?«

»Angus, er meinte zweifelsohne, wir könnten anrufen, wenn es einen Notfall gibt.«

Angus rollte mit den Augen, aber ausnahmsweise hielt er den Mund. Leah kam herüber und reichte mir ein Blatt Papier. »Da war noch ein Anruf für Sie. Ich hoffe, Sie können meine Schrift lesen.«

»Woll'n mal sehen«, sagte ich. »Grace vom Fakultätsclub hat angerufen. Sie hat das Bild gefunden. Sie würde mich ja nicht zu Hause stören, aber sie hatte das Gefühl, daß ich mir gestern große Sorgen gemacht hätte. Ich kann sie bis 22 Uhr im Club erreichen.« Ich hielt Angus, der schon lange als das schwarze Loch aller Nachrichten bekannt war, die sauber geschriebene Notiz hin. »So macht man das, Kleiner. Man beachte die Aufführung sämtlicher zweckdienlicher Fakten.«

»He«, meinte er, »ich habe schließlich noch ein eigenes Leben.« Ich küßte ihn. »Und jetzt bist du frei, es zu leben. Danke, daß ihr bei Taylor geblieben seid, Leute. Angus, komm nicht zu spät nach Hause. Morgen ist Kirche. Es ist Palmsonntag.«

Er stöhnte, nahm Leahs Hand und ging zur Tür.

Ich drehte mich um. »Okay, Fräulein, Badewannenzeit für dich.« Als Benny meine Stimme hörte, machte er einen Buckel und fauchte. Ich sah ihm in die Augen. »T, warum wirfst du

Benny nicht auch in die Wanne. Er sieht langsam ein wenig schmuddelig aus.«

Während Taylor ihr Badewasser einließ, rief ich Grace im Fakultätsclub an. Ihre Neuigkeiten waren beunruhigend. Die Putzkolonne hatte das Foto von Reed und Annalie gefunden, als sie auf der Herrentoilette einen der Behälter für die gebrauchten Papierhandtücher leerten. Grace war erstaunt. »Es war doch nur ein alter Zeitungsausschnitt, warum sollte sich jemand all diese Mühe machen?«

Ich sagte ihr, daß ich das nicht wüßte, aber als ich einhängte, war es mir ein paar Telefonanrufe wert, das herauszufinden. Bei ihrer Nachricht an Reed hatte Annalie Brinkmann gesagt, ihre Vorwahl sei 416 – das war Toronto. Ich rief die Auskunft an. Es gab nur einen Eintrag »A. Brinkmann«, und als das Telefon klingelte, spürte ich, wie mein Herz zu rasen begann. Doch nicht Annalie hob ab, sondern ihr Ehemann.

Cal Woodrow war ein freundlicher und hilfsbereiter Mann. Als er mir mitteilte, daß Annalie an einem Familienbegräbnis in Deutschland teilnahm, muß er die Enttäuschung in meiner Stimme gehört haben.

»Wenn es dringend ist, kann ich sie bitten, bei Ihnen anzurufen«, sagte er. »Sie meldet sich hier Mittwoch abend telefonisch.«

»Es ist nicht dringend«, sagte ich. »Vielleicht können Sie mir weiterhelfen. Weiß Ihre Frau, daß Reed Gallagher gestorben ist?«

»Nein«, erwiderte er, »sie war schon auf dem Weg nach Düsseldorf, als der Nachruf in der *Globe and Mail* erschien. Ich sah keine Veranlassung, ihr die Neuigkeit zu unterbreiten, als sie anrief, um mir zu sagen, daß sie sicher angekommen ist. Ist es nicht seltsam, daß nach all dieser Zeit . . .?« Er beendete den Satz nicht.

»Nach all dieser Zeit was?« fragte ich.

»Nein«, erklärte er entschieden, »es ist an Annalie, ob sie es Ihnen sagen will oder nicht.«

»Darf ich meine Nummer hinterlassen?«

»Natürlich. Annalie wird sehr daran gelegen sein, mit jemand zu sprechen, der Reed Gallagher kannte.«

Um Viertel vor zehn brachte ich Taylor zu Bett. Sie hatte das Chagall-Buch mitgenommen und wollte wissen, ob mir ihre Mutter das Chagall-Buch geschenkt hatte, weil Chagall ihr Lieblingsmaler war oder weil sie glaubte, er sei meiner. Es war das erste Mal, daß Taylor mich offen nach ihrer Mutter ausfragte, und ihre gesunde Neugier über Sally stimmte mich optimistisch. Vielleicht hatte Ed Mariani recht, wenn er glaubte, die Kunst sei die Antwort.

Nachdem ich Taylors Licht ausgeschaltet hatte, ging ich nach unten, brühte mir eine Kanne Tee und nahm meine Aktentasche zur Hand. Ich war zwar müde, aber zu nervös, um zu schlafen. Es gab eine Reihe von Zeitungsartikeln, die ich vor dem Unterricht am Montag durchgehen mußte, und es schien eine gute Zeit, um damit anzufangen. Als ich die Artikel herauszog, fiel mir der nicht zurückgeforderte Aufsatz von Kellee Savage auf, und ich spürte, wie mich ein Anflug von Gereiztheit überkam. Anwesend oder abwesend, Kellee war ein Problem, das nicht verschwinden würde. Aus einem Impuls heraus nahm ich das Telefon und wählte ihre Nummer. Keine Antwort. Es war eine Nummer im South-End, und plötzlich kam mir der Gedanke, daß ich auf dem Weg zur Kirche dort vorbeifahren könnte. Es waren nur noch zwei Wochen Unterricht übrig. Wenn Kellee auf faul machte, sich Oprahs Talkshow ansah und dabei *Sarah Lee*-Backwaren einwarf, war es an der Zeit, daß sie sich aufraffte und wieder zur Uni kam.

Ich ging zu meinem Schreibtisch, nahm meine Schachtel mit Indexkarten heraus und zog die Karten mit der Aufschrift Politikwissenschaften 371 heraus – das Seminar über Politik und Medien. Ich sah sie durch, hielt bei Jumbo Hryniuks Namen inne und lächelte. Die Studenten füllten die Karten mit Name, Adresse und Grund für das Belegen des Seminars selbst aus.

Jumbo hatte seinen Grund ganz lapidar angegeben: »Weil es sich heutzutage niemand leisten kann, nur ein Sportas zu sein.« Ein guter Grund. Als ich die Karte von Kellee Savage herauszog und mir ihre Adresse ansah, hatte ich das Gefühl, als ob ein Stück aus einem Puzzle plötzlich an die richtige Stelle gerutscht wäre. Sie hatte zwei Adressen angeben: die eine war ihre Anschrift in Regina, die andere ihre Heimatadresse: 72 Church Street, Indian Head, Saskatchewan.

Sie war nach Hause gegangen. Die Antwort lag auf der Hand – sie hatte sich die ganze Zeit über zu Hause befunden. Ich griff nach dem Telefon und wählte die Nummer in Indian Head. Das Telefon wurde beim ersten Klingeln abgenommen. Es war die Stimme eines Mannes. »Kellee?« rief er.

»Nein«, sagte ich. »Aber ich bin auf der Suche nach ihr. Mein Name ist Joanne Kilbourn. Ich unterrichte Politikwissenschaften an der Universität. Kellee ist eine meiner Studentinnen, aber sie ist seit einer Woche nicht zum Unterricht erschienen. Ich wollte Kontakt zu ihr aufnehmen, weil ich fürchte, daß es ein Problem gibt.«

»Mein Name ist Neil McCallum«, sagte der Mann. »Ich bin Kellees Freund, und genau vor einem solchen Problem habe ich auch Angst.« Er sprach langsam, und seine Aussprache war leicht verzerrt, als ob er an einer Sprachstörung litt. Er hielt inne, als ob er sich sorgsam überlegte, was er sagen wolle. Dann räusperte sich und machte mir ein Angebot, das ich nicht ausschlagen konnte. »Vielleicht können wir einander helfen.«

 **Um 14 Uhr am Palmsonntag** nachmittag befand ich mich auf dem Weg zu Neil McCallum. Nach der Kirche war ich zur Gordon Road gefahren und hatte bei Kellees Wohnung vorbeigeschaut. Der Komplex, in dem sie lebte, hieß Sharon Arms. Es war ein Neubau ohne Charme, lag aber unweit der Universität in einem sicheren Viertel. Im Eingangsbereich befand sich eine Sprechanlage mit der üblichen Tafel von Wohnungsnummern und Namen. Auf der Informationskarte, die Kellee für das Seminar ›Politik und die Medien‹ ausgefüllt hatte, gab sie als Wohnungsnummer 425 an. Das Namensschild neben dem Summer für 425 war leer, aber das überraschte mich nicht. Am St. Patrick-Tag hatte Kellee sich wie eine Frau verhalten, die sich bedroht fühlte; es ergab durchaus einen Sinn, daß sie für ihren Aufenthaltsort nicht gerade Werbung betreiben wollte. Ich hatte lange genug auf Kellees Klingel gedrückt, um jedermann drinnen wissen zu lassen, daß ich kein Spontanbesucher war, aber niemand meldete sich.

Als ich nach Hause kam, war ich fest entschlossen. Ich würde nach Indian Head fahren. Ich rief Sylvie O'Keefe an, und wir vereinbarten ein für beide Seiten günstiges Arrangement für ihren Sohn Jess und meine Taylor: Mittagessen mit mir bei McDonalds, dann Bowling mit Sylvie im Golden-Mile-Einkaufszentrum.

Während ich die Trans-Canada in Richtung Indian Head ent-
langfuhr, sah ich, daß auf den Feldern bereits kein Schnee mehr
lag. Nicht mehr lange, und die Farmer wären wieder auf ihrem
Land; der Kreislauf aus Risiko und Hoffnung würde von neuem
beginnen. Es erforderte große Selbstdiziplin, um nicht auf die
Straße zu biegen, die sich durch die Qu'Appelle Hügelkette zum
Standing-Buffalo-Reservat und Alex Kequahtooway schlängel-
te. Alex hatte viele Monate lang eine starke und leidenschaftliche Rolle in meinem Leben gespielt, und ich sehnte mich
schmerzlich nach ihm. Als ich das Radio andrehte, hoffte ich,
auf andere Gedanken zu kommen. Jussi Björling sang »M'appari
tutt'amor« aus *Martha*. Ich war noch nie von Björling begeistert
gewesen, aber seine Version von Lionel berührte mich tief in
ihrer Verzweiflung, in ihrer Erinnerung an früheres Glück und
frühere Hoffnungen. Ich beugte mich vor und schaltete ihn mitten in der Arie aus.
Zwanzig Minuten lang fuhr ich in tiefer Stille, verzehrte mich
wie ein Schulmädchen. Ein paar Kilometer vor Indian Head
wurde mir klar, daß ich mich wieder fangen mußte, bevor ich
Neil McCallum gegenübertrat. Ich fuhr an den Straßenrand,
schaltete den Motor ab, stieg aus und ließ meine Blicke über
die Prärie schweifen. Der Himmel war klar und die Luft süß.
Im Graben am Straßenrand blühten die ersten Weiden, und ich
brach einige Zweige ab, um sie Taylor mitzubringen. Die Kätzchen waren seidig und weich, und der holzig-feuchte Geruch
der Weiden füllte den ganzen Wagen, ein Vorgeschmack auf den
April mit seiner Verwobenheit aus Erinnerung und Sehnsucht.
Ein gutes Omen, hoffte ich.
Ich hatte nicht gezögert, Neil McCallum zu versprechen, daß
ich die 70 Kilometer zu ihm fahren würde, um mit ihm zu reden.
Seine Aufzählung von Gründen hinter seiner wachsenden Sorge
um Kellee war eine euklidische Reihe an Tatsachen, die nur in
eine Richtung wiesen: Etwas war ganz furchtbar schief gelaufen.
Neil und Kellee waren gleich alt; sie waren Tür an Tür aufge-

wachsen, und laut Neil hatten sie sich immer nahegestanden. In dem Jahr, als Kellee ihren High-School-Abschluß machte, kamen ihre Eltern bei einem Autounfall ums Leben. Sie und Neil kamen sich daraufhin noch näher. Als Kellee ihr Studium aufnahm, hatte er ihr geholfen, ihre Sachen zu packen; seit dieser Zeit war er derjenige, der dafür sorgte, daß ihr Haus für sie bereit war, wenn sie zurückkehrte.

In den drei Jahren an der Universität war Kellee nie von ihren Gewohnheiten abgewichen. Sie rief Neil jeden Mittwoch an, sie nahm jeden zweiten Freitag den 18-Uhr-20-Bus nach Indian Head, und sie fuhr jeden Sonntag nachmittag um 16 Uhr 30 wieder zurück. Aber am 24. Februar hatte sich ihr Verhalten geändert. Sie war erst am Wochenende zuvor zu Hause gewesen; trotzdem hatte sie am 24. den Bus nach Indian Head genommen. Sie kam auch an den nächsten beiden Wochenenden; am Wochenende des 17. März, ihrem Geburtstag, hatte sie Neil zwar gesagt, er solle sie erwarten, aber sie tauchte nicht auf. Seitdem hatte er sie weder gesehen noch von ihr gehört.

Als ich vom Highway abbog, die Eisenbahngleise überquerte und die Allee zur Stadtmitte hinunterfuhr, fragte ich mich, was für ein Mensch Kellees bester Freund sein mochte. Die Wegbeschreibung, die er mir gegeben hatte, war von beispielhafter Klarheit, aber eine bestimmte Undeutlichkeit in seiner Sprechweise und seine Gewohnheit, vor jeder Antwort kurz zu zögern und eine Pause zwischen den Sätzen zu machen, ließen mich neugierig werden.

Neil McCallum und sein Hund, ein schwarzer Bouvier, der wie ein Bärenjunges aussah, warteten auf dem Rasen vor ihrem Haus auf mich. Neil war etwas kleiner als der Durchschnitt und untersetzt. Er trug blaue Jeans, einen grünen Pulli mit weitem Halsausschnitt und eine Mütze der *Saskatchewan Roughriders*. Von nahem sah ich, daß das Haar unter seiner Mütze braun war, daß er kleine, mandelförmige Augen hatte und den typischen Mund eines Menschen mit dem Down-Syndrom.

Er beobachtete mich, als ich aus dem Wagen stieg. Schließlich kam er einen Schritt auf mich zu. »Sie sind Joanne«, sagte er.

»Und Sie sind Neil.« Der Bouvier beobachtete mich aufmerksam. Ich ging zu ihm hinüber und streckte meine Hand mit der Handfläche nach oben aus, damit er daran schnuppern konnte. »Wie heißt denn Ihr Hund?«

»Chloe«, sagte Neil. »Ein französischer Name.«

Chloe kam auf mich zu und rieb ihre Schnauze an mir. Ich kniete mich hin, um ihr den Rücken zu kraulen. »Sie ist wunderschön.«

Zum ersten Mal seit meiner Ankunft lächelte Neil McCallum. »Ich werde bald eine Zucht mit ihr aufbauen. Ende des Sommers habe ich kleine Hundebabys.«

»Wollen Sie die Jungen behalten?«

»Mom sagt, ein Bouvier ist genug. Ich werde sie verkaufen. In gute Familien.«

»Ich war immer schon der Ansicht, daß Hunde zu züchten eine schöne Aufgabe wäre.«

Neil lächelte schelmisch. »Wenn Sie Hunde züchten, müssen Sie noch einen anderen Job haben. Um für Ihre Hunde sorgen zu können.«

»Ich werde daran denken«, versprach ich. »Was ist Ihr Zweitjob?«

»Ich habe drei Jobs«, erklärte er. »Im Winter helfe ich am Stand an der Curling-Bahn. Und ich kümmere mich auch um das Eis. Und im Sommer helfe ich am Konzessionsstand im Baseballstadion.«

»Da sind Sie ja ziemlich beschäftigt.«

»Beschäftigt sein ist gut«, sagte er. »Jetzt sehen wir uns Kellees Haus an.«

Neil und Chloe gingen zu dem Weg zwischen seinem Haus und dem von Kellee. Ich folgte. Die Bungalows schienen fast identisch: mittelgroß, weißer Anstrich, strahlend saubere Fenster und alles in allem sehr gepflegt. An der Vorderfront jedes Hauses hingen drei Schmetterlinge aus Holz, die aussahen, als ob sie gleich abheben wollten.

Neil zog einen Schlüsselring heraus und öffnete Kellees Haustür. Das Haus roch ein wenig wie alle Häuser, die leer stehen, aber das Wohnzimmer war freundlich: aufgeräumt und sonnendurchflutet. Auf der anderen Seite des Zimmers stand eine Couch, zwei bequem wirkende Sessel am Vorderfenster und ein Fernsehgerät in der Ecke. Auf dem Fernseher standen zwei gerahmte Fotos. Neil McCallum nahm eines zur Hand und reichte es mir. »Das sind Kellees Eltern.«

Das Foto war von einem Profi aufgenommen worden, einen jener Fotografen, die man in Kaufhäusern und Einkaufszentren findet, die tolle Preise anbieten und die Wahl zwischen drei möglichen Hintergrundmotiven. Kellees Eltern hatten sich für ›Frühling in den Rockies‹ entschieden. Die Savages standen vor Pappkartongebirgszügen mit unwahrscheinlich rosa-angehauchten Gipfeln. Sie lächelten offen, und ihre Augen waren so grau und illusionslos wie der Winterhimmel von Saskatchewan. Anständige Landleute.

»Hatten Kellees Eltern sonst keine Kinder?«

»Nur sie.« Neil stellte das Familienfoto vorsichtig zurück auf das Fernsehgerät und reichte mir das andere Foto. »Kellee bei ihrem High-School-Abschluß. Ich bin auch auf die High-School gegangen, aber in eine andere Klasse. Ich habe das Down-Syndrom.«

»Sie scheinen ein ziemlich gutes Leben zu führen.«

Er schüttelte den Kopf. »Jetzt nicht mehr. Ich mache mir zu viele Sorgen. Meine Mom meint, Kellee sei eben beschäftigt. Aber das glaube ich nicht. Etwas stimmt nicht.« Ohne weitere Erklärung drehte er sich um und ging fort. Nach kurzem Zögern folgte ich ihm durch die Eingangshalle und den Flur entlang zu einem Zimmer mit verschlossener Tür. Die Tür hatte ein Schloß. Er zog seinen Schlüsselring heraus und öffnete sie. »Sehen Sie«, sagte er.

Der Raum war ungewöhnlich dunkel. Als Neil das Licht ein-schaltete, sah ich, daß dicke Vorhänge vor das einzige Fenster gezogen waren. Jemand hatte einen alten Aktenschrank aus Eichenholz und ein schweres Bücherregal vor die Vorhänge gerückt. Das Ergebnis wirkte wie eine Barrikade. An der Wand links von mir stand ein Computertisch, wie er in Büros verwendet wird; darauf befanden sich ein Computer und ein Drucker. Beides die neuesten Modelle und beide teuer. Rechts davon stand eine kleine Regalwand aus Metall. Sie hatte drei Regale mit Büchern, alle mit Nummern der Kongreßbibliothek auf dem Buchrücken. Ein Regal war voll mit Büchern, die die Referenztexte zu Kellees Aufsatz über den Einsatz der alternativen Presse als Artikulati-onsmittel der Prostituierten in der Innenstadt von Regina ent-hielten. Auf dem zweiten Regal standen Bücher über Gruppen-dynamik, und das dritte beherbergte Zeitschriften aus der Fach-bereichsbibliothek, die sich alle mit dem Thema journalistische Ethik zu befassen schienen. Als ich daran dachte, wie der alte Giv Mewhort angesichts dieses Oxymorons kichern würde, mußte ich in mich hineinlachen. Ich ging ein paar der Zeitschriften durch und hoffte auf eine Goldgrube: einen Busfahrplan oder einen Reiseplan. Doch ich entdeckte nur gelbe Klebezettel, die verschiedene Fallstudien und Artikel kennzeichneten.

Neil beobachtete mich interessiert. »Es gefällt mir hier nicht«, sagte er.

»Mir auch nicht.«

Neil runzelte die Stirn. »Früher war es hier nett.«

»Bevor das Fenster zugehängt wurde?«

Er nickte. »Ich habe ihr gesagt, daß es nicht gut aussehen würde, aber sie meinte, so müsse es sein. Also habe ich die Möbel dahin geschoben, wo sie gesagt hat.«

»Wann haben Sie und Kellee den Raum umgeräumt?«

»An dem Wochenende, an dem sie eigentlich gar nicht hätte nach Hause kommen sollen. Da hat sie auch die Vorhänge ge-kauft.«

»So dick, daß sie das Licht aussperren?«

»Damit niemand hereinsehen konnte.« Er runzelte die Brauen.

»Wer würde schon hereinsehen wollen?«

Ich sah mir die Barrikade an und spürte ein derart überwältigendes Gefühl der Beklemmung, daß ich kaum atmen konnte. Plötzlich mußte ich schnellstens diesen Raum verlassen. Ich drehte mich zu Neil um. »Lassen Sie uns in Kellees Schlafzimmer nachsehen.«

»Warum?« fragte Neil.

»Ich weiß nicht, vielleicht fällt Ihnen etwas auf, das nicht an seinem Platz steht.«

Er wirkte verwirrt. »Wie soll ich das wissen? Ich gehe da nie hinein.«

Neil blieb im Flur, während ich mir Kellees Zimmer ansah. Alles schien in Ordnung. Ein Teddybär und eine *Strawberry Shortcake*-Puppe lagen Seite an Seite auf einem pinkfarbenen Satinkissen am Kopfende, und der mädchenhafte weißrosa Bettüberwurf war glattgezogen. Eine Bürste und ein Kamm lagen ordentlich neben einem hölzernen Schmuckkasten auf dem Schminktisch. Ich öffnete die Schachtel. Sie war voll von Haarbändern: Schmetterlinge, Gummiringe, Straßspangen, Federkämme.

Ich schloß den Schmuckkasten und drehte mich zu Neil um. »Hat Kellee jemals mit Ihnen über Freunde gesprochen, die sie vielleicht besuchen wollte?«

»Ich bin ihr einziger Freund«, meinte er leise.

»Was ist mit Familienangehörigen?«

»Sie hat eine Tante.«

»Hier in der Stadt?«

»Nein, in British Columbia.« Plötzlich mußte er lächeln. »Sie hat Kellee eine Schachtel mit Äpfeln geschickt, und ich habe die Hälfte bekommen.«

»Neil, glauben Sie, daß Kellee möglicherweise ihre Tante besucht?«

»Sie würde nicht weggehen«, erwiderte er kategorisch.

Ich öffnete die Schranktür und entdeckte Kleider, die Kellee schon zum Unterricht getragen hatte. Unwillkürlich trat ich einen Schritt zurück.

Neil McCallum beobachtete mein Gesicht. »Sie haben auch Angst«, sagte er.

»Ein wenig«, räumte ich ein. »Aber wir wollen jetzt nicht in Panik ausbrechen. Wenn ich nach Regina zurückfahre, versuche ich es nochmal in Kellees Wohnung. Ich war heute morgen dort, aber sie war nicht zu Hause.«

»Sie sollten mit Miss Stringer reden.«

Der Name kam mir vertraut vor, aber ich konnte ihn nicht zuordnen. »Wer ist Miss Stringer?« fragte ich.

»Kellees Pensionswirtin.«

»Neil, es ist ein brandneuer Gebäudekomplex. Solche Häuser haben keine Pensionswirte.«

Neils Stimme wurde laut vor Frustration. »Es ist nicht neu. Es ist eine Bruchbude. Das hat Kellee gesagt. Und Miss Stringer wohnt da.«

»An der Gordon Road?« fragte ich.

Neil schüttelte ungeduldig den Kopf. »Sie sind zum falschen Ort gefahren«, sagte er. »An der Gordon Road hat sie früher gewohnt.« Er zog ein kleines schwarzes Notizbuch aus seiner Hemdtasche und blätterte es mit dem Daumen durch. »Da wohnt sie jetzt. Sie hat es selbst hineingeschrieben, also muß es richtig sein.«

Ich nahm das Buch und las:

> Kellee Savage
> 317 Scarth Street
> Regina S4S 1S7

Einen Augenblick lang war mir die Bedeutung dieser Adresse nicht klar. Als endlich die Erkenntnis einsetzte, begann mein Herz zu rasen. Das war die Adresse des Hauses, in dem Reed Gallagher gestorben war.

Als ich nach Regina zurückfuhr, lag das Abschlußfoto von Kellee Savage in einer Plastiktüte auf dem Sitz neben mir. Ich hatte gleich gewußt, das Foto würde mir bei meinen Nachforschungen über Kellees Aufenthaltsort helfen, aber Neil hatte sich nicht davon trennen wollen. Er erzählte mir, daß Kellee nur ungern Fotos von sich machen ließ, und es ihm gefiel, ein Foto von ihr zu haben, auf dem er sie jeden Tag sehen konnte. Ich versprach ihm, darauf acht zu geben, und er versprach mir, daß er niemand in Kellees Haus lassen und gut auf sich aufpassen würde.

Neil und Chloe begleiteten mich noch zum Wagen. Bevor ich ging, rieb Chloe ein letztes Mal ihre Schnauze an mir, und Neil streckte seinen Arm aus, als ob er mich umarmen wollte, zog ihn dann jedoch zurück und begnügte sich mit einem Lächeln.

»Noch ein Versprechen«, sagte er. »Wir hören erst auf zu suchen, wenn wir sie gefunden haben.«

»Okay«, sagte ich.

Er sah mich intensiv an. »Sie müssen es sagen.«

»Ist gut. Wir hören erst auf zu suchen, wenn wir sie gefunden haben.«

Kurz vor fünf fuhr ich vor dem Haus in der Scarth Street vor, nahm die Tüte mit Kellees Foto und stieg aus. Alma Stringer befand sich auf der Veranda und entfernte Spinnweben mit einem Besen. Als Alex sie an dem Tag, als sie Reed Gallaghers Leiche fand, befragte, hatte er sie als zähen alten Vogel charakterisiert. Wenn man sie so sah, wie sie ihren Besen gegen die Spinnweben schleuderte, mit winterweißen und bleistiftdünnen Armen und Beinen, mit ihrer rosa Kopfhaut, die durch das spärliche gelbe Haar schimmerte, hatte sie schon etwas Hühnerhaftes an sich. Als sie mich bemerkte, hob sie drohend den Besen. Alma war anscheinend eher ein kämpferischer Gockel als eine Mutterglucke.

Ich stellte mich vor und versuchte, freundlich und harmlos auszusehen. Das muß mir gelungen sein, denn bevor ich erklären konnte, was ich auf ihrem graslosen Rasen machte, hatte sie offenbar beschlossen, daß ich die Mühe nicht wert war und sich wieder den Spinnweben zugewandt.

Ich stieg die Stufen hoch und stellte mich vor sie. »Ich werde nicht viel von Ihrer Zeit beanspruchen«, versprach ich.

Sie bedachte die Unterseite des Hauptsimses mit einem sachkundigen Blick. »Sie werden meine Zeit überhaupt nicht beanspruchen«, erwiderte sie.

Ich nahm das Foto von Kellee aus der Tüte und hielt es ihr hin. »Ich suche nach dieser jungen Frau. Sie ist eine ihrer Mieterinnen.«

Alma Stringer sah sich das Foto ohne großes Interesse an. »Nummer sechs im Erdgeschoß.«

»Ist sie jetzt da?«

»Nein.«

»Erinnern Sie sich, wann Sie sie das letzte Mal gesehen haben?«

»Was geht Sie das an?«

»Niemand hat sie seit seiner Weile gesehen. Ich mache mir Sorgen.«

»Sind Sie ihre Mutter?«

»Ihre Lehrerin.«

»Gut für Sie. Ein Kind zu werfen, das so häßlich ist, hätte einer Mutter nicht viel gegeben, worauf sie stolz sein kann.« Sie kicherte über ihr Bonmot. Ihr Lachen war das einer Raucherin, und seine heisere Rauheit schien sie auf eine Idee zu bringen. Sie griff in ihre Tasche, zog ein Päckchen *du Mauriers* heraus und zündete sich eine Zigarette an. Als der Rauch auf ihre Lungen traf, schloß sie beseelt die Augen. Ich versuchte, einen Vorteil aus dieser neuen, sanftmütigen Stimmung zu ziehen.

»Könnten Sie mir bitte nur einen Augenblick Ihrer Zeit schenken? Wenn Sie sich nicht erinnern, wann Sie Kellee das letzte Mal gesehen haben, dann wissen Sie vielleicht noch, ob sie einen Besucher hatte? Irgend etwas, Miss Stringer. Was Sie wissen, mag Ihnen nicht wichtig erscheinen, aber...«

Ihre Augen wurden zu schmalen Schlitzen. »Woher wissen Sie meinen Namen?«

»Ich bin eine Freundin von einem der Detectives, die in dem Mordfall ermittelt haben.«

Sie inhalierte tief, dann drehte sie sich um, damit der Rauch, den sie ausblies, mich auch ja voll ins Gesicht traf. »Warum holen Sie nicht Ihren Freund, den Detective, und lassen ihn die Fragen beantworten?«

»Sie wohnen doch hier im Haus. Er kann nicht wissen, was Sie wissen.«

»Stimmt, aber er hat auch nicht mein Problem.« Sie sah mich erwartungsvoll an.

»Was ist ihr Problem?«

»Mein Problem ist, daß wir fast Monatsende haben. Für Ihren Freund von der Polizei ist das kein Problem. Cops können sich darauf verlassen, daß sie jeden Monat ihren Gehaltsscheck bekommen, ob sie ihn verdient haben oder nicht. Ich kann mich auf gar nichts verlassen. Ich habe nur meine Mieteinnahmen.« Alma warf mir einen verschlagenen Blick zu. »Vielleicht möchten Sie die Miete von Nummer sechs bezahlen.«

»Nein«, erklärte ich.

Alma sog noch einmal tief an ihrer Zigarette, dann drehte sie den Arm und schnippte ihre Zigarette weg, so daß sie über den Hof segelte und auf die Straße fiel, die nicht mehr zu ihrem Grundstück gehörte. Die Bewegung wirkte so mühelos und vollkommen, daß ich wußte, sie mußte sie Tausende Male gemacht haben. »Wenn Sie das nächste Mal mit mir reden wollen, dann sorgen Sie dafür, daß Sie einen Scheck in der einen Hand und eine Kaution in der anderen halten.«

Als ich zu meinem Wagen zurückkehrte, wurde mir klar, daß ich seit dem Frühstück nichts gegessen hatte. Ich war müde und hungrig und entmutigt, aber Neil McCallum hatte mir ein Versprechen abgerungen. Das Polizeihauptquartier lag an der Osler Street, weniger als zehn Minuten von Alma Stringers Haus entfernt. Überhaupt nicht weit für eine Frau, die ihr feierliches Ehrenwort gegeben hatte, daß sie nicht aufhören würde, bis sie Kellee Savage fand.

Auf dem Revier wies mir ein Constable mit Flaum auf den Wangen den Weg zu dem Büro, das sich mit vermißten Personen beschäftigte. Als ich den Flur entlangging, den er mir gezeigt hatte, erhaschte ich einen Blick auf dunkle Haare und eine vertraute graue Jacke, die durch eine offene Tür verschwanden. Es war Sonntag abend. Alex war vielleicht früher aus dem Standing-Buffalo-Reservat zurückgekehrt. Wie eine schwärmerische Pubertierende stand ich im Flur und beobachtete die Tür, die Knie schwach vor Hoffnung, während Polizisten und Zivilisten an mir vorübergingen. Schließlich tauchte der dunkelhaarige Mann in der grauen Jacke wieder auf. Es war ein Fremder, und ich verfluchte Alex, weil er nicht da war, und mich, weil ich so dumm war, ihn mit diesem Fremden zu verwechseln.

Der Name des Beamten, mit dem ich im Vermißtenbüro sprach, lautete Kirszner. Er war höflich, wies aber auf das Offensichtliche hin: Viele Leute lebten in der Pension, in der Reed Gallagher tot aufgefunden worden war, und sie alle konnten kommen und gehen, wie es ihnen genehm war. Gewissermaßen als Echo von Alex erklärte er anschließend, daß die augenfälligste Tatsache an Kellee Savage nicht der Umstand war, daß sie in der Scarth Street wohnte, sondern daß sie eine 21jährige Studentin war, die wenige Wochen vor ihrem Abschlußexamen stand.

Als ich die Osler Street entlang zu meinem Parkplatz ging, versuchte ich, die Erklärung des Polizisten zu verinnerlichen. Was er gesagt hatte, war sowohl vernünftig als auch beruhigend, aber er hatte nicht die Furcht in diesem verbarrikadierten Zimmer in Indian Head gespürt. Ich hatte es, und ich wußte mit jeder Pore meines Körpers, daß seine Erklärung falsch war.

Als ich nach Hause kam, waren Leah und Angus in der Küche und bereiteten ein Mahl zu, für das sie offenbar jeden einzelnen

Topf und jedes Küchengerät benötigten, das wir besaßen, aber es war mir egal, denn ich war ausgehungert, und was immer sie da auch zauberten, es roch herrlich.

»Was steht denn auf der Speisekarte?« wollte ich wissen.

»Schmorfleisch«, sagte Leah. »Dazu ein Salat und Kartoffelpudding und als Dessert ein Honigkuchen.«

»Ich wußte gar nicht, daß du kochen kannst«, meinte ich.

Sie hob eine zweifach gepiercte Augenbraue. »Eigentlich bekommen Sie heute abend auch mein gesamtes Repertoire aufgetischt. Meine Großmutter meint, jede Frau sollte wissen, wie man zumindest eine Mahlzeit kocht, die den Leuten die Socken auszieht. Bei dieser hier garantiert sie es.«

»Lebt deine Großmutter in der Nähe?«

»So nah, wie es nur möglich ist. Sie wohnt bei uns. Ebenso wie meine Großtante Slava.«

»Slava.« Taylor ließ sich das Wort genüßlich auf der Zunge zergehen. »Das ist ein schöner Name.«

Leah rümpfte die Nase. »Ich persönlich bin der Meinung, er klingt irgendwie nach Urkunde, aber im Russischen hat er eine nette Bedeutung: ›Ruhm‹. Slava ist die Schwester meiner Großmutter. Wir wohnen alle zusammen. Wie in einem Buch von Tolstoi.«

»Ihr habt Glück«, sagte ich.

Leah sah mich nachdenklich an. »Meistens glaube ich das auch.«

Unser gemeinsamer Abend war schön, aber kurz. Leahs Großmutter hatte nicht übertrieben, das Schmorfleisch zog uns tatsächlich die Socken aus. Nachdem wir das Geschirr aufgeräumt hatten, brachte Angus Leah zu Fuß nach Hause, und Taylor und Benny gingen ins Wohnzimmer und sahen fern. Ich goß mir ein Glas Beaujolais ein, setzte mich an den Küchentisch und dachte über den Tag nach.

Ich steckte mitten in dem Rätsel des verbarrikadierten Raumes in Indian Head, als Julie anrief. Sie erkundigte sich nach meiner

Familie, ihrem Haus und ihrer Post. Ihre Fragen kamen mechanisch, und ihre Stimme war flach und leblos. Ihr Mangel an Interesse, was meine Familie anging, überraschte mich nicht, aber ihre Teilnahmslosigkeit hinsichtlich ihrer eigenen Angelegenheiten war beunruhigend. Ungeachtet der Umstände hatte stets ein Thema Julies absolutes und begeistertes Interesse geweckt, und dieses Thema lautete: Julie.

Sie schien sehr darauf bedacht, das Gespräch zu beenden, aber ich unterbrach ihre Abschiedsworte. »Warte, da gibt es noch etwas, was ich wissen muß. Hat Reed dir gegenüber jemals eine Studentin namens Kellee Savage erwähnt?«

Plötzlich war die Schlaffheit verschwunden, und Julie zischte: »Du meinst, sie war eine Studentin?«

Ich war verblüfft. »Ja. Genauer gesagt besucht sie eines meiner Seminare. Dann hat Reed sie also erwähnt.«

»Nein.« Julies Stimme war tief vor Wut. »Er hat sie nicht erwähnt, aber ich habe es herausgefunden.«

»Was hast du herausgefunden?«

»Um Himmels willen, Joanne. Ich dachte immer, du wärst so einfühlsam. Du kennst doch die Antwort auf diese Frage, sonst würdest du sie nicht stellen. Meine Mann hatte eine Affäre mit dieser ... *Studentin.*«

»Mit Kellee? Wie um alles in der Welt kommst du nur auf diese Idee?«

»Das Übliche. Wir waren kaum zwei Wochen verheiratet, als er abends ausging – keine Erklärung natürlich, und als ich ihn drängte, präsentierte mir mein überaus origineller frischgebackener Ehemann jedes Klischee im Handbuch des Ehebrechers: Er müsse ›zurück ins Büro‹ oder er habe ›einen Termin in der Stadt‹. Am Dienstag vor seinem Tod rief der ›Termin in der Stadt‹ bei uns an. Wir aßen gerade zu abend, und ich ging zum Telefon in der Küche. Reed rannte in unser Schlafzimmer, um den Anruf dort entgegenzunehmen. Als er den Hörer abnahm, hängte ich nicht ein. Joanne, ich hörte, wie die Frau meinem Mann sagte, daß sie ihn an diesem Abend unbedingt sehen müsse. Und ich hörte, wie er sie ›Kellee‹ nannte. Als er das Haus verließ, bin ich ihm gefolgt. Kannst du dir vorstellen, wie demütigend das war? Gerade mal drei Wochen verheiratet, und schon folge ich meinem Ehemann in dunkle Gassen – wie irgendein Flittchen aus einer Wohnwagensiedlung, die versucht, ihrem Liebhaber auf die Schliche zu kommen. Aber ich bin froh, daß ich es getan habe. Ich mußte die Wahrheit einfach herausfinden. Ich sah, wie er in dieses Haus an der Scarth Street ging. Danach war es einfach. Ich überprüfte die Zimmernummern auf den Briefkästen in der Eingangshalle. Die Mieterin von Zimmer sechs war ›Kellee Savage‹. Ist das nicht ein niedlicher kleiner Name?« Julies Haltung brach zusammen. »Kellee Savage«, schluchzte sie. »Sie hat sogar einen gottverdammten Smiley auf ihren Briefkasten geklebt.«

»Julie, hör mir zu. Bitte. Ich kann nicht glauben, daß Reed eine Affäre mit Kellee Savage hatte.«

Ihre Stimme klang schmollend. »Warum nicht?«

»Weil Kellee diese... diese körperlichen Probleme hat. Ich glaube, vor ihrer Geburt muß etwas passiert sein. Was immer es war, sie ist furchtbar mißgebildet, und ihr Gesicht ist... es schmerzt, auch nur hinzusehen.«

»Du glaubst also nicht, daß Reed eventuell...?«

»Nein«, erklärte ich, »das glaube ich nicht. Ich glaube nicht, daß Reed etwas mit Kellee gehabt hat.«

»Er hat immer gesagt, daß er mich liebt«, meinte sie kraftlos. »Ich habe ihm nur nicht geglaubt.«

Julie klang bestürzt, und natürlich hatte sie auch allen Grund dazu. Innerhalb von sechs Wochen hatte das Schicksal ihr die Rolle der stolzen Braut, der betrogenen Ehefrau und der verbitterten Witwe zugewiesen. Es war wohl keine Überraschung, daß sie das Gefühl für ihr wahres Selbst verloren hatte.

»Julie, vielleicht ist es Zeit, daß du an eine Rückkehr denkst«, schlug ich vor. »Als Ian starb, hat es mir sehr geholfen, an einem Ort zu sein, an dem wir zusammen glücklich waren.«

Eigentlich wollte ich Julie nur eine mögliche Alternative aufzeigen, aber sie stürzte sich förmlich auf meinen Vorschlag. Fünf Minuten später war alles geregelt. Julie Evanson-Gallagher würde nach Hause zurückkehren.

Als ich am nächsten Morgen zur Universität kam, war Ed Mariani bereits in meinem Büro. Er trug einen weißen Rollkragenpullover und ein Wildlederhemd, das ich an ihm noch nicht kannte.

»Nettes Stöffchen«, meinte ich. »Wie nennt man diese Farbe?«

»Edamer«, erklärte er trübsinnig. Er klopfte sich auf den Bauch. »Sie werden bemerkt haben, daß ich mittlerweile ein Kleidungsstück trage, das extra dafür entworfen wurde, eine Vielzahl von Sünden zu kaschieren. Die positive Seite ist, während ich nach diesem Umstandsmodell suchte, habe ich uns eine Teekanne gekauft.« Er hielt eine *Brown Betty* hoch. »Ich weiß, die alte Betty ist nicht glamourös, aber sie erledigt den Job besser als diese teuren kleinen Schönheiten aus den Boutiquen. Ich hoffe, es macht Ihnen nichts aus.«

»Keineswegs. Ich könnte jetzt eine Tasse Tee gebrauchen.«

»Der Wasserkocher ist bereits eingesteckt.« Ed sah mich prüfend an. »Joanne, stimmt etwas nicht?«

»Ich weiß es nicht«, erwiderte ich. »Ich weiß nur, daß ich es langsam mit der Angst zu tun bekomme.«

Ich zog den Studentenstuhl näher an den Schreibtisch und erzählte ihm alles, was ich am Vortag erfahren hatte. Als ich fertig war, blickte er mich mit ernstem Gesichtsausdruck an. »Joanne, denken Sie, was ich denke?«

»Ich denke gar nichts. Was diese Sache angeht, tappe ich völlig im dunkeln.«

Ed seufzte schwer. »Ich wünschte, das täte ich auch, weil das, was mir dazu einfällt, nicht besonders schön ist. Aber ich weiß nicht, was es sonst bedeuten sollte. Sehen Sie sich die Tatsachen an. In den Wochen vor seinem Tod belog Reed seine Frau regelmäßig darüber, wo er sich aufhielt. Sie folgte ihm und entdeckte, daß er Kellee Savage in ihrem Zimmer besuchte. Als nächstes erfahren wir, daß Reed Gallagher Kellee für die mit Abstand beste Praktikumsstelle vorschlägt, eine Stelle, für die mindestens ein halbes Dutzend Leute besser qualifiziert sind als Kellee.«

»Sie wollen doch keine Affäre andeuten?«

»Nein«, wehrte er ab. »Als Reed und ich am Abend vor seinem Tod in den Fakultätsclub gingen, war er kein verliebter Mann. Er war verwirrt und verbittert und desillusioniert.« Ed schwieg kurz, und als er weitersprach, klang seine Stimme besorgt. »Joanne, ich glaube, Kellee Savage hat Reed erpreßt. Ich glaube, sie ist über irgend etwas gestolpert, und was immer es war, es hat ihr genügend Macht gegeben, um die Praktikumsstelle bei der *Globe and Mail* zu bekommen.«

»Und das ließ Reed so nachlässig in seinen sexuellen Praktiken werden, daß er starb?«

»Oder es war ihm egal, ob er starb. Das ergibt doch einen Sinn, oder?«

»Ich weiß nicht«, meinte ich, »das klingt alles so unglaubwürdig.« Aber je mehr ich darüber nachdachte, desto glaubwürdiger kam mir Eds Theorie vor. Sie erklärte nicht nur, warum Kellee Savage an der Spitze der Praktikumsliste stand, wo doch andere Kandidaten weitaus qualifizierter waren als sie, es bot auch ein logisches Motiv für Kellees Entscheidung, in der Nacht des 17. März von der Bildfläche zu verschwinden. Mit einem schmerzhaften Stich wurde mir klar, daß mein Versprechen gegenüber Neil McCallum dadurch in einem beunruhigend neuen Licht erschien. Wenn Kellee Savage nicht deswegen untergetaucht war, weil es ihr peinlich war, daß sie sich betrunken und einen Narren aus sich gemacht hatte, sondern weil sie eine Erpresserin war, die ihr Opfer so sehr bedrängt hatte, daß es ihm egal war, ob es lebte oder starb, dann wollte sie vielleicht gar nicht gefunden werden.

Ed goß das kochende Wasser in die *Brown Betty*-Kanne.»Und nun«, fragte er, »was sollen wir jetzt tun?«

»Ich glaube, das ist ein Fall von ›sie hat sich die Suppe eingebrockt, jetzt muß sie sie auslöffeln‹. Neil McCallum hat mir erzählt, daß Kellee eine Tante in British Columbia hat. Wahrscheinlich ist Kellee gerade bei ihr und überlegt sich ihren nächsten Schritt. Ich glaube, wir sollten gar nichts tun.«

Und genau das tat ich dann auch. Mein Gespräch mit Ed fand am Montag morgen statt. Kellee tauchte um 15 Uhr nicht zum Seminar ›Politik und die Medien‹ auf, und ich mußte zugeben, daß ich froh darüber war. Ich hatte sie vor zehn Tagen zum letzten Mal gesehen, zehn Tage voller Bedauern und Angst. Die Möglichkeit, daß Kellee die Drahtzieherin, nicht das Opfer war, klang verführerisch, und ich ließ mich nur zu gern darauf ein.

Ich verspätete mich, als ich Julie vom Flughafen abholte. Sie wollte mit dem Flug um 17 Uhr 30 eintreffen, aber als ich zu meinem Wagen ging, merkte ich, daß jemand die linke Seite des Tores aufgelassen und die Hunde das ausgenutzt hatten. Rose und Sadie waren in einem Alter, wo die Freuden der großen weiten Welt etwas blasser geworden waren, aber bis ich sie am Bachufer sonnend gefunden und ins Haus zurückgezerrt hatte, war es fünf Minuten nach halb sechs.

Als ich schließlich zum Flughafen kam, war Julies Flieger bereits gelandet, und sie stand schon an der Gepäckausgabe. Sobald sie mich sah, umarmte sie mich heftig. Die Geste war untypisch, aber an diesem Tag war vieles an Julie untypisch. Zum einen war da ein Fleck auf ihrem Trenchcoat, zum anderen wuchs ihr Haaransatz heraus. Der Lack blätterte ab, aber auf seltsame Weise war sie attraktiver als je zuvor. Ihre Augen funkelten, und ihre Wangen waren gerötet. Die Erleichterung, daß ihr Reed Gallagher nun doch nicht untreu gewesen war, ließ sie offenbar fiebern.

Das Abschlußfoto von Kellee Savage, das Neil McCallum mir ausgeliehen hatte, lag immer noch in der *Safeway*-Supermarkttüte auf dem Beifahrersitz meines Autos. Julie mußte die Tüte auf das Armaturenbrett legen, bevor sie auf ihren Sitz gleiten konnte. Ich forderte sie auf, einen Blick hineinzuwerfen, und als sie das tat, wurde sie noch lebhafter. Nachdem sie sich mitleidsvoll über Kellees Mißbildungen ausgelassen hatte, fing sie an, Theorien zu entwickeln, warum Reed Kellee so spät am Abend in der Pension besucht haben könnte. All ihre Theorien wiesen ihrem Ehemann die Rolle des einfühlsamen und menschenfreundlichen Profis zu, der wegen einer Studentin in Not zusätzliche Mühen auf sich nahm. Ich sagte kein Wort. Julie ergötzte sich offensichtlich an ihren Phantasien. Es schien grausam, sie darauf hinzuweisen, daß die meisten normalen Menschen Selbstlosigkeit ganz unten auf die Liste setzen würden, wenn sie die möglichen Gründe aufführen sollten, warum ein 48jähriger Mann nachts eine 21jährige Studentin aufsucht.

Als ich Julie vor ihrem Haus am Lakeview Court absetzte, lud sie mich auf einen Drink ein. Ich lehnte ab. Ich konnte die Probleme anderer Leute nicht mehr hören. Kaum war ich zu Hause, bestellte ich Pizza, nahm eine heiße Dusche und zog meinen alten Frotteebademantel an. Es war die Nacht der Oscar-Verleihung. Ich hatte in diesem Jahr drei Filme gesehen. Alle drei hatte Taylor ausgesucht, und in keinem von ihnen wirkten Schauspieler aus Fleisch und Blut mit. Trotzdem wußte ich, daß ein Fernsehabend im Wohnzimmer – mit den Hunden zu meinen Füßen, Taylor und Benny schlafend neben mir auf der Couch und Angus, der sich lautstark über die Dummheit der Jury-Entscheidungen ausließ – meine anderen Möglichkeiten für diese Nacht um Längen schlug.

Am Mittwoch abend rief Neil McCallum an. Seit meinem Gespräch mit Ed Mariani war ich voller Schuldgefühle, wann immer ich an einem Telefon vorbeikam und an Neil dachte. In Wahrheit wußte ich einfach nicht, was ich ihm sagen sollte, darum hatte ich den Weg des Feiglings eingeschlagen und den Anruf gänzlich vermieden. Jetzt hatte mir Neil die Sache aus der Hand genommen.

Er wartete bis eine Minute nach 18 Uhr, aber selbst bei dem verbilligten Abendtarif bekam Neil für sein Geld keinen angemessenen Gegenwert. Wie immer, wenn ich nervös war, redete ich zuviel. Ich gab ihm einen detaillierten Bericht meiner Begegnung mit Alma Stringer. Er lachte, als ich ihm sagte, wie sehr mich Alma an ein zänkisches altes Huhn erinnerte, aber er wurde hitzig, als ich ihm von Almas Weigerung erzählte, uns irgendeine Information über Kellee zu geben, solange wir sie nicht dafür bezahlten.

»Wir können sie bezahlen«, erklärte Neil. »Ich habe Geld. Ich kann es mit dem Bus schicken. Sie müssen es nur abholen und es zu Alma bringen. Dann erzählt sie uns von Kellee. Das ist einfach.«

»So einfach ist das nicht. Sie dürfen nicht immer darauf vertrauen, daß die Leute tun, was sie sagen.« Ich erinnerte mich an das Versprechen, das ich Neil gegeben hatte, und meine Worte klangen schmerzlich nach. Er verdiente es, die Wahrheit zu erfahren, oder zumindest Ed Marianis Theorie darüber, wie die Wahrheit lauten könnte.

»Ich muß mit Ihnen über Kellee reden«, sagte ich. »Es besteht die Möglichkeit, daß sie fort ist, weil sie etwas Falsches getan hat.«

»Sie würde nichts Falsches tun«, erklärte Neil wütend. »Kellee ist meine Freundin. Ich will das nicht hören.«

Zum ersten Mal während Neils Anruf wünschte ich, wir würden uns persönlich gegenüberstehen. Am Telefon konnte ich unmöglich entscheiden, ob er Kellee aus Überzeugung oder aus Prinzip verteidigte. Auf lange Sicht gesehen war es wohl gleichgültig. Neil glaubte an Kellee, und es schien sowohl sinnlos als auch grausam, ihm seine Illusionen zu rauben, solange das nicht unumgänglich war.

Bevor wir uns verabschiedeten, entschuldigte sich Neil noch, weil er so unhöflich gewesen war, und er dankte mir, weil ich ihm half, Kellee zu suchen. Als ich einhängte, fühlte ich mich verabscheuenswert. Neils Vertrauen in mich war absolut, aber es schien, daß er wieder einmal sein Geld auf das falsche Pferd gesetzt hatte. Er hatte mit den Menschen in seinem Leben nicht viel Glück. Ich war froh, daß es Chloe gab.

Das Leben schien in dieser Woche nicht allzu düster. Das folgende Wochenende war Ostern, und meine Tochter Mieka, ihr Ehemann Greg und mein Sohn Peter kamen nach Hause. Angus und ich richteten die Betten, besorgten neue Handtücher und holten die Auszieheinlagen für den Eßtisch aus der Garage. Taylor und ich fuhren zur Baumschule und kauften Lilien und einen Topf mit afrikanischen Veilchen in Blauviolett für das Zimmer von Mieka und Greg. Als ich die Liste an Lebensmitteln erstellte, die wir für die Feiertage brauchen würden, konnte ich trotz allem spüren, wie sich die Dunkelheit hob. Es war Ostern, eine Zeit, in der »neue Hoffnung entflammt«, wie es in den Gebetbüchern hieß.

Als Alex am Donnerstag morgen anrief, spürte ich deutlich, wie die Flammen neuer Hoffnung züngelten. Er rief sehr früh an, darum war ich noch im Bett. Als ich seine Stimme in meinem Schlafzimmer hörte, weckte das die Erinnerung an andere Morgen: wenn die Kinder zur Schule gegangen waren, und Alex vorbeikam und wir uns liebten, im Bett lagen und Radio hörten, uns warm und gesegnet fühlten.

»Ich vermisse dich«, sagte er.

»Ich vermisse dich auch«, erwiderte ich. »Der Raum strahlt im Sonnenlicht, und die Primeln stehen in voller Pracht vor dem Fenster. Wenn du mir fünf Minuten gibst, kann ich Mozart auflegen, mir etwas Erotisches überstreifen und die Kinder ohne Frühstück in die Schule schicken.«

»Ich vermisse dich wirklich, Jo«, sagte er.

»Dann komm zurück.«

»So wie ich mich zur Zeit fühle, würde es nicht funktionieren.« Ich hörte, wie er tief Luft holte. »Joanne, ich rufe dich an, um dir zu sagen, daß ich für eine Weile fortgehe.«

»Warum?«

»Ich weiß es nicht. Zum Teil, weil Eli – mein Neffe – mehr Hilfe braucht, als ich ihm geben kann. Es gibt einen Stammesältesten oben am Loon Lake, der mir einmal durch eine schwarze Phase geholfen hat. Ich glaube, er kann auch Eli helfen.« Alex schwieg, dann meinte er leise: »Und ich glaube, er wird auch mir wieder helfen können. Ich scheine in letzter Zeit eine Menge lausiger Entscheidungen gefällt zu haben.«

»Lausige Entscheidungen müssen nicht in Stein gemeißelt sein.«

»Vielleicht macht mich der Loon Lake so sicher, wie du es zu sein scheinst.«

»Alex, ich bin froh, daß du angerufen hast.«

»Das bin ich auch«, sagte er.

Nachdem ich geduscht und mich angezogen hatte, fühlte ich mich so dankbar, daß ich das Gefühl hatte, es sei an der Zeit, ein paar karmische Wellen loszuschicken. Kaum war ich in meinem Büro, rief ich Jill an und lud sie zum Osteressen ein. Sie sagte, sie und Tom hätten Pläne, aber sie klang freundlich, und als sie hörte, daß Mieka und Peter kommen würden, wurde sie wehmütig. »Laß die beiden nicht wegfahren, bevor sie mich gesehen haben«, verlangte sie. Jill kannte Mieka und Peter fast ihr ganzes Leben lang, und die Kinder mochten Jill ebensosehr, wie Jill sie mochte. Ich versprach, daß sie sich melden würden. Dann holte ich tief Luft und wählte Julie Gallaghers Nummer. Zu meiner Überraschung erklärte sie, sie würde sehr gern mit uns essen. Als ich einhängte, spürte ich, daß wir endlich zum letzten Akt übergingen. Wenn wir Glück hatten, würde das Stück, das als Tragödie begonnen hatte, wie eine Komödie von Shakespeare enden – alle früheren Grausamkeiten würden vergeben, alle Mißverständnisse aufgelöst, alle zerbrochenen Beziehungen geflickt.

Als ich am späten Donnerstag nachmittag gerade das Büro verlassen wollte, stolperte ich über das Exemplar von *Dornröschen*, das Kellee Savage mir vor Tausenden von Jahren in die Hand gedrückt hatte. Ich erinnerte mich an Kellees Qualen an diesem Nachmittag und fühlte einen Stich der Zerknirschung, aber wenn Ed Mariani die Situation richtig einschätzte, sollte Kellee zerknirscht sein, wo immer sie war, und nicht ich. Ich blätterte das Buch noch einmal durch, und mir fiel auf, daß es aus der Bibliothek des Pädagogikfachbereichs ausgeliehen war. Möglicherweise konnte ich Kellee nicht aus meinem Bewußtsein bannen, aber zumindest konnte ich diese schmerzliche Erinnerung an sie loswerden.

Das Personal in der Pädagogikbibliothek wollte gerade abschließen. Am nächsten Tag war Karfreitag, und da so viele Studenten die Stadt verlassen hatten, gab es keinen Grund, weiter geöffnet zu haben. Ich erkannte die junge Frau hinter der Theke als ehemalige Studentin von mir, Susan irgendwas. Nicht klug, aber freundlich und sehr aufgeweckt: ein üppiger Lockenkopf, große braune Augen und immer zu einem Lächeln bereit. Sie schnitt eine Grimasse, als sie mich sah.

»Sie wollen doch nicht lange bleiben, oder? Ich hatte gehofft, noch vor Einbruch der Dunkelheit auf die Straße zu kommen.«

»Sie fahren nach Hause?« fragte ich.

»Sie haben es erfaßt. Drei ganze Tage ohne Fachbücher, ohne Projekte und ohne Recherche.«

»Ich werde Sie nicht lange aufhalten«, versprach ich. »Ich will nur ein Buch zurückgeben.« Ich ließ *Dornröschen* über die Theke gleiten.

Susan warf einen Blick auf den Einband. »Ich liebe Märchen.« Sie sah mich schräg an. »Glauben Sie noch an ein Happy-End?«

»Kommt darauf an, an welchem Tag Sie mich das fragen«, meinte ich. »Heute glaube ich daran.«

»Ich auch.« Sie nahm das Buch und legte es auf den Wagen, von wo es zurück ins Regal kam. Aus dem Nichts tauchte Kellees Gesicht vor meinem inneren Auge auf.

»Susan«, sagte ich, »dieses Buch habe nicht ich ausgeliehen. Eigentlich bin ich mir gar nicht sicher, wer es ausgeliehen hat. Könnten Sie bitte nachsehen, auf wessen Namen es eingetragen ist?«

Ein kurzes Achselzucken. »Klar. Das ist eine echt leichte Aufgabe – meine Spezialität.« Sie drückte auf eine Taste ihres Computers, sah auf den Bildschirm und wandte sich dann mit einem Grinsen an mich. »Vielleicht sind wir Frauen nicht die einzigen, die an ein gutes Ende glauben. Sie werden nicht für möglich halten, wer dieses Buch ausgeliehen hat.«

»Wer?«

»Marshall Hryniuk.«

»Jumbo?« fragte ich.

»Der Genußmensch höchstpersönlich«, sagte sie.

 **An diesem Osterwochenende** wurde von der Ankündigung meiner Tochter Mieka, sie erwarte im September ein Baby, alles andere in den Schatten gestellt. Sie und Greg hatten eine dramatische Ankündigung geplant; sie hatten sogar eine Flasche *Mumm* gekauft, damit wir auf die Zukunft anstoßen konnten. Aber Mieka hatte es noch nie verstanden, ein Geheimnis zu bewahren. Freitag abend, Greg hatte kaum den Motor abgestellt, rannte Mieka zum Vordereingang, riß die Tür auf, warf ihre Arme und mich und flüsterte: »Wie würde es dir gefallen, Oma zu werden?«

Ihr Trenchcoat war nicht zugeknöpft, ihre dunkelblonden Haare entglitten ihrem sorgfältig geflochtenen französischen Zopf, und sie hatte einen Milchbart von dem *Dairy Queen*-Milchshake, den sie noch in der Hand hielt, aber ich wußte, daß ich meine Tochter noch nie so glücklich gesehen hatte. Mieka war 21. Sie hatte das Studium nach einem Semester hingeworfen, sich das Geld genommen, das Ian und ich für ihre Ausbildung zur Seite gelegt hatten, und ihr eigenes Catering-Unternehmen gegründet. Ich hatte mit aller Kraft gegen ihre Entscheidung angekämpft und wie alle aufgebrachten Eltern vorhergesagt, daß sie den Tag bereuen würde, aber ihr Catering-Service in Saskatoon war höchst erfolgreich, ihre Ehe war glücklich, und jetzt war sie auch noch fröhlich schwanger. Sie hatte jedes Recht, »Ich hab's dir ja gesagt« zu sagen. Aber zum Glück für uns beide hatte Mieka offenbar beschlossen, sich das zu verkneifen.

Mein Sohn Peter war zu dünn und zu blaß, doch ich kannte das Problem, und ich wußte, daß ich ihm nicht helfen konnte. Seit er klein war, wollte er Tierarzt werden, aber er hatte auch nicht mehr Veranlagung für die Wissenschaft als sein Vater oder ich. Der Genpool, aus dem er schöpfen konnte, um einen Abschluß in Veterinärmedizin zu erhalten, war bescheiden, aber Peter war fest entschlossen, darum kämpfte er sich Jahr um Jahr verbissen weiter. Ich beobachtete, wie er sich einen Football packte und seinem Bruder für eine kurze Spieleinlage nach draußen folgte, und ich wünschte mir nicht zum ersten Mal, daß Babys mit individuellen Gebrauchsanleitungen zur Welt kämen: »Bring dem hier bei, es sich nicht so schwerzumachen«, »Gib ihr die Chance, ihren eigenen Weg zu finden«.

Ich brauchte keine Gebrauchsanleitung, um Taylors Problem an diesem Wochenende zu verstehen. Als sich unsere Aufmerksamkeit ganz auf das Gespräch über das neue Baby und auf eine Vergangenheit konzentrierte, zu der sie nicht gehört hatte, wurde sie erst unleidlich und dann frech. »Paß gefälligst auf«, sagte Angus streng, als seine kleine Schwester wie wild um den Tisch wirbelte, an dem Mieka und ich ein Buch mit Babynamen durchgingen.

Wir versuchten alle, auf Taylor einzugehen. Mieka zeigte ihr die Vorlagen und die Farben, die sie aus Saskatoon mitgebracht hatte, und bot ihr an, mit ihr zusammen ukrainische Ostereier zu machen. Peter bewunderte ihre Kunst und versprach ihr, daß er ihr im Sommer helfen würde, den Wintergarten in ein Atelier zu verwandeln, in dem sie richtig malen konnte. Angus sagte ihr, sie solle sich benehmen oder verschwinden. Nichts schien zu helfen. Samstag nacht wachte ich auf und entdeckte Benny auf meinem Bett. Sein Schnurr-

Mechanismus war auf volle Lautstärke gestellt, und Taylor lag neben ihm, mit feuchten Augen und zitternder Unterlippe.

Ich strich ihr über das Haar. »T, kannst du mir sagen, wo das Problem liegt?«

Sie gab ein Geräusch von sich, halb Schluchzen, halb Schluckauf. »Nein«, meinte sie kläglich.

Ich nahm sie in die Arme. »Wie wäre es, wenn wir eine Schachtel bauen und das Problem bis morgen früh da hineinlegen?«

»Es wäre immer noch da.«

»Ich weiß, aber vielleicht wird das Problem kleiner, wenn es einige Zeit in einer Schachtel zugebracht hat.«

»Jo, ist es in Ordnung, wenn ich heute nacht hier schlafe?«

Ich küßte ihren Scheitel. »Natürlich. Aber du und ich müssen morgen viel erledigen, darum mußt du Benny bitten, seinem Schnurren einen Schalldämpfer aufzusetzen.«

Wie immer, wenn sich das Leben von seiner besten Seite zeigt, verstrich die Zeit nur allzu schnell. Das Osteressen sollte mitten am Nachmittag stattfinden. Julie Gallagher kam früh, mit zwei Meter hohen Zitronenrollen. Sie trug ein Kleid aus rötlichgelbem Seidenstoff, ihre Haare waren sorgsam frisiert und ihr Make-up frisch aufgelegt. Sie sah ganz wie die alte Julie aus, aber in ihren Augen lag eine gewisse Unsicherheit, und als sie mir ins Eßzimmer folgte, war ihr Verhalten untypisch.

»Ich dachte, ich komme etwas früher, damit ich dir helfen und dich und deine Familie nach dem Essen gleich wieder verlassen kann.«

»Julie, du bist uns willkommen, solange du bleiben willst.«

Sie stellte die Zitronenrollen vorsichtig auf die Anrichte. »Das ist mir klar, und ich weiß es sehr zu schätzen, glaube mir. Aber das ist ein Familienfest, und ich gehöre nun mal nicht zur Familie. Ich bin nicht einmal eine Freundin.«

»Du könntest es sein«, sagte ich.

»Könnte ich das?« fragte sie. »Du müßtest sehr viel vergessen, Joanne.«

»Ich bin 50 Jahre alt, Julie. Mein Gedächtnis ist längst nicht mehr so frisch wie es mal war.«

Sie schenkte mir ein rasches Grübchenlächeln. »Gott sei Dank. Also, wie kann ich dir helfen?«

Julie war während des Essens schweigsam, aber es war offensichtlich, daß sie sich wohl fühlte. Außerdem hatten wir uns schon unterhalten. Als sie ankam, spielten die großen Kinder mit Taylor im Park Frisbee. Julie und ich waren 20 Minuten allein; merkwürdigerweise nützten wir diese Zeit, um über die Liebe zu sprechen. Unsere Unterhaltung verlief überraschend locker, nur eine von Julies Erinnerungen war quälend. Sie erzählte mir, Reed habe ihr in der Hochzeitsnacht anvertraut, sein größter Wunsch sei es, mit ihr zusammen alt zu werden. Dann berührte sie meinen Arm und meinte, wie dankbar sie mir sei, weil ich ihr erlaubt hatte, wieder daran zu glauben, daß das immer noch Reeds größter Wunsch gewesen war, als er starb.

Julie hielt sich an ihr Wort und ging früh, und als ich sah, wie sie in ihren Wagen stieg, tat es mir zum ersten Mal, seit ich sie kannte, leid, sie gehen zu sehen. Auch Peter brach zeitig auf. Er hatte am nächsten Tag einen Labortest, darum wollte er gleich nach Beendigung des Desserts mit einem Freund zusammen nach Saskatoon zurückfahren. Nachdem Peter gegangen war, räumte Greg den Tisch ab.

»Es war großartig, Jo«, lobte er. »Aber wir sollten uns jetzt auch auf den Weg machen. Mieka muß morgen für fünfzig Ölmänner ein Mittagessen zusammenstellen, und ich habe um sieben Uhr früh ein Squashspiel mit einem Klienten.« Er schnitt eine Grimasse. »Klingt wie eine Seite aus dem Lebensstil junger Aufsteiger, nicht wahr?«

»Bewahre dir diese goldenen Erinnerungen«, riet ich. »Ab September werden die Ölmänner und die Squashspiele eine Weile auf Eis gelegt werden müssen.« Ich wandte mich an meine Tochter. »Mieka, ich kann Greg helfen, eure Rückreise vorzubereiten. Warum fährst du nicht zu Jill und erzählst ihr von dem Baby? Ich habe ihr versprochen, daß du vorbeischauen würdest. Du mußt ja nicht lange bleiben – nur schnell hallo sagen.«

Jills Wohnung lag an der Robinson, Ecke 12 th Street, nur fünf Minuten von unserem Haus entfernt, aber dennoch war ich überrascht, wie schnell Mieka zurückkehrte und wie niedergeschlagen sie schien.

»Niemand zu Hause?« fragte ich.

Sie schüttelte den Kopf. »Nein, sie waren zu Hause. Es war nur keine gute Zeit für einen Besuch.« Sie nahm ihren Mantel ab und setzte sich an den Küchentisch. »Es war seltsam. Ich klopfte und klopfte, aber niemand kam. Schließlich öffnete ein Mann die Tür. Er stellte sich als Tom Kelsoe vor, Jills Freund, und meinte, sie würde schlafen. Vermutlich muß Jill unsere Stimmen gehört haben, sie kam jedenfalls aus dem Schlafzimmer. Mom, sie sah schrecklich aus. Ihr Gesicht war voller blauer Flecke, und sie konnte kaum sprechen, weil ihr Kiefer geschwollen war. Sie ist überfallen worden.«

»Überfallen?« wiederholte ich. »Geht es ihr gut?«

»Du kennst doch Jill, sie ist zäh. Sie hat darüber gelacht und meinte, der schlimmste Schaden sei ihrer Eitelkeit zugefügt worden.«

»Aber es geht ihr wirklich gut?«

»Sie sagt ja.«

»Wo ist es passiert?«

»Auf dem Parkplatz hinter NATIONTV. Jill hat bis spät gearbeitet. Einer der Männer von der Show wollte sie noch zum Wagen bringen, aber sie hat das abgelehnt. Sie sagt, der Straßenräuber tauchte aus dem Nichts auf und griff sich ihre Schultertasche. Offenbar hat sie sich gewehrt, und dabei wurde sie verletzt.«

»Das klingt nicht nach Jill«, sagte ich. »Sie hat immer gesagt, wenn jemand willens wäre, für eine Handtasche voller Käsecrakker und zerschnippelter Kreditkarten ins Gefängnis zu gehen, würde sie sich ihm ganz sicher nicht in den Weg stellen.«

»Vermutlich weiß niemand im voraus genau, wie er in einer solchen Situation reagiert«, erwiderte Mieka. »Ich bin nur dankbar, daß es dir nicht auch passiert ist. Tom Kelsoe meinte, es habe in letzter Zeit mehrere Vorfälle dieser Art auf dem Parkplatz gegeben. Offenbar ist es eine Art Bande – sie seien hinter Videoausrüstungen her, die sie ins Pfandleihhaus tragen und sich von dem Geld Drogen besorgen wollten, aber im Grunde würden sie alles nehmen.«

Ich bekam langsam ein ungutes Gefühl. »Das ist merkwürdig, ich habe noch nie etwas davon gehört.«

Mieka sah mich nachdenklich an. »Hauptsache, Jill geht es bald wieder gut.«

»Natürlich, nur darauf kommt es an.« Ich ging zum Telefon. »Ich werde sie anrufen.«

»Warum wartest du damit nicht ein bißchen?« schlug Mieka vor. »Tom wollte, daß Jill etwas Schlaf bekommt. Ich habe ihnen deine Hilfe angeboten, aber er meinte, er habe alles unter Kontrolle.« Sie rollte mit den Augen. »Er sagte, er würde den Kerl finden, der Jill das angetan hat, und ihn zu Brei schlagen. Ich muß entsetzt ausgesehen haben, denn er machte ganz schnell einen Rückzieher. Als Jill mich bat, zum Tee zu bleiben, wurde aus Tom plötzlich Mr. Einfühlsam, und er bot an, uns eine Kanne Souchong zu brühen.«

»Vergeltung und chinesischer Tee«, spottete ich, »er ist zweifelsohne eine Renaissancemensch.«

Das Silberbesteck, das wir zum Essen benützt hatten, lag auf dem Küchentisch, sauber und bereit, bis zum nächsten »hohen oder heiligen Tag«, wie meine alte Freundin Hilda McCourt immer zu sagen pflegte, zurück in den Besteckkasten gelegt zu werden. Mieka nahm das Besteck und ordnete die einzelnen Teile in zueinandergehörige Gruppen. »Du magst Tom Kelsoe nicht, oder?« fragte sie schließlich.

»Überhaupt nicht. Und er mag mich nicht. Aber ich glaube dennoch, daß ich zu ihr sollte.«

»Jill schien es gutzugehen, Mom. Ehrlich. Und sie haben deutlich durchblicken lassen, daß sie niemand bei sich haben wollen.« Mieka legte die Salatgabeln ordentlich nebeneinander und steckte sie dann in ihr Fach in den Besteckkasten. Dann sah sie mich von der Seite an. »Gibt es nicht auch Momente, in denen du und Alex niemanden um euch haben wollt?«

»Was haben Alex und ich damit zu tun?«

Mieka drückte meine Hand. »Nichts«, sagte sie. »Aber ich fahre in zehn Minuten los, und wir haben das ganze Wochenende kein einziges Mal von ihm gesprochen. Was ist hier los?«

»Alex ist für einige Tage in den Norden gefahren.«

»Aber ihr zwei seid noch zusammen?«

Ich antwortete nicht. Statt dessen drehte ich mich um, damit ich aus dem Fenster in den Garten hinter dem Haus sehen konnte. Sadie und Rose lagen auf dem, was bald ein Tulpenbeet sein würde, und fingen die letzten Strahlen der Frühlingssonne ein. Sie waren jetzt alte Hündinnen, 15 und 16 Jahre alt, und mir wurde schmerzlich bewußt, daß das Unvermeidliche vor uns lag.

»Einen Penny für deine Gedanken, Mom«, sagte Mieka.

»Du würdest dein Geld verschwenden«, meinte ich.

Greg kam von draußen herein. »Keine Geldverschwendung, Mieka. Wir müssen uns jetzt wie Erwachsene benehmen. Wo wir gerade davon sprechen, es ist Zeit aufzubrechen.«

»Gib mir noch fünf Minuten, okay? Mom und ich habe noch eine unerledigte Angelegenheit.«

Er zuckte mit den Schultern. »Klar, ich gehe hinein und verabschiede mich von den Kids.« Er nahm den Teller mit dem letzten Stück von Julies Zitronenrolle. »Das nehme ich am besten gleich mit.«

Als er gegangen war, wandte sich Mieka an mich. »Haben Alex und du Probleme, Mom?«

»Ja«, sagte ich. »Die haben wir. Es ist etwas geschehen.« Ich erzählte meiner Tochter von dem Vorfall auf der Albert Street Bridge. Ich verschwieg ihr weder die häßlichen Worte, die der Fahrer des Halbtonners mir zugerufen hatte, noch hielt ich die Tatsache zurück, daß ich Alex im Stich gelassen hatte.

Mieka besitzt die Art durchscheinender Haut, die sich bei Gefühlsregungen färbt, und als ich meinen Bericht beendete, war ihr Gesicht gerötet. »Das ist so krank. Wie können Menschen nur so gemein sein?«

»Ich weiß es nicht«, sagte ich, »aber ich würde alles geben, wenn ich die Situation mit etwas mehr Mut hätte handhaben können.«

»Ist Alex in den Norden gegangen, weil er wütend war?«

»Nein. Er war sehr verständnisvoll. Ich glaube nicht, daß die Geschehnisse jener Nacht ein so großes Problem gewesen wären, aber es war offensichtlich ein Zeichen für das, was noch kommen sollte. Alex fürchtet, wenn ich Tag für Tag mit dieser Art der Bigotterie umgehen muß, könnte mich das verändern, könnte es uns alle verändern.«

»Ist es so ernst zwischen euch beiden?«

»Ich weiß nicht, wie ernst es ist, Mieka. Ich glaube, das ist Teil des Problems. Lange Zeit sind Alex und ich einfach mit dem Strom geschwommen, haben uns an der Gesellschaft des anderen erfreut und Ausflüge mit den Kindern unternommen. Er kommt so gut mit ihnen klar. Wenn sie sprechen, dann hört er ihnen wirklich zu, und er erzählt Taylor all diese herrlichen Gaunergeschichten.«

Mieka hob eine Augenbraue. »Und natürlich hat er Angus das Fahren beigebracht. Es muß schon Liebe sein, wenn er einen 15jährigen mit Anfänger-Fahrerlaubnis seinen Audi fahren läßt.«

»Alex würde das für jeden 15jährigen tun, der sich so brennend wünscht, hinter einem Steuer zu sitzen wie Angus. So ist er eben – großzügig und anständig. Und er ist ein erstaunlicher Liebhaber.«

Mieka wurde rot und wandte den Blick ab.

»Tut mir leid«, sagte ich, »ich habe vergessen, daß Mütter keinen Sex haben sollen.«

Mieka schenkte mir ein verhaltenes Lächeln. »Sie dürfen schon Sex haben, sie sollten nur ihren Töchtern nicht davon erzählen.« Ihr Gesicht wurde ernst. »Alex ist ganz anders als Daddy, oder?«

»Stört dich das?«

»Nicht, solange Alex dich glücklich macht.«

»Das tut er. Und ich mache ihn glücklich. Aber bestimmte Dinge dürfen nicht außer acht gelassen werden.«

»Zum Beispiel?«

»Zum Beispiel die Tatsache, daß er neun Jahre jünger ist als ich und daß seine Lebenserfahrung sich von meiner völlig unterscheidet.«

»Sind diese Dinge denn wichtig?«

»Ich weiß es nicht, Mieka. Auf lange Sicht möglicherweise. Vermutlich müssen Alex und ich genau das herausfinden.«

Als Greg und Mieka gingen, begleiteten Taylor, Benny und ich sie zum Wagen. Wir sahen zu, wie das Auto in Richtung des Lewvan Expressway fuhr. Als es aus unserem Blickfeld verschwand, zupfte Taylor an meinem Ärmel.

»Wirst du das neue Baby liebhaben, Jo?«

»Da kannst du drauf wetten«, sagte ich. »Aber dich habe ich auch weiterhin lieb.« Ich kniete mich neben sie. »Taylor, als du zu uns gekommen bist, habe ich dich nicht richtig gekannt, aber ich wollte, daß du bei uns bleibst, weil ich deine Mutter geliebt habe. Jetzt kenne ich dich, und ich will, daß du bei uns bliebst, weil jeder einzelne Tag in diesem Haus besser ist, seit du ein Teil davon bist.«

Ich rief Jill an jenem Abend nicht mehr an, aber als ich am nächsten Morgen von meiner Joggingrunde mit den Hunden zurückkam, rief ich sie an. Niemand hob ab, und ich hinterließ eine Nachricht auf ihrem Anrufbeantworter. Als ich zur Arbeit kam, meldete ich in ihrem Büro beim Sender. Rapti Lustig ging an den Apparat und erzählte mir, daß Jill an diesem Tag von ihrer Wohnung aus arbeiten würde.

»Ist das nicht ungewöhnlich?« wollte ich wissen.

Rapti seufzte. »Sag mir, was hier dieser Tage nicht ungewöhnlich ist.«

Jill rief mich gegen Mittag in der Universität an. Ich war gerade von einem besonders giftigen Fachbereichstreffen zurückgekehrt, aber als ich ihre Stimme hörte, vergaß ich die Reizbarkeit meiner Kollegen.

»Wie geht es dir?« fragte ich.

»Mir geht's gut.«

»Du klingst aber nicht gut.«

»Mein Kiefer tut weh. Ich kann kaum sprechen.«

»Kann ich dir irgend etwas vorbeibringen?«

»Ich habe alles.«

»Mieka hat erzählt, Tom würde sich gut um dich kümmern.«

»Er ist hier bei mir«, sagte Jill. »Das sind wunderbare Neuigkeiten mit dem Baby, Jo. Ich gratuliere.«

»Danke. Jill, geht es dir wirklich gut?«

Sie versuchte sich an einem Lachen. »Du solltest erst den anderen sehen.«

»Ich würde gern mehr tun als ihn nur sehen«, erwiderte ich. »Aber aus diesem Grund haben wir wohl ein Rechtssystem. Hör mal, ich habe morgen Mittag keinen Unterricht, soll ich dir eine Crème Brulée vorbeibringen? Die läßt sich leicht essen, selbst mit wundem Kiefer.«

»Die gute alte Jo. Essen für jede Gelegenheit. Aber etwas Süßes und Weiches klingt wirklich verführerisch, und ich würde mich freuen, dich zu sehen.« Trotz ihres schmerzenden Kiefers klang Jill freundlich und herzlich.

»Ich bin Schlag zwölf bei dir.« Als ich einhängte, hatte ich das Gefühl, einen großen Sieg errungen zu haben.

Kellee erschien nicht zum Seminar über Politik und die Medien um 15 Uhr, und da wußte ich, daß die Zeit gekommen war, um das zu tun, was ich von Anfang an hätte tun sollen: sie finden und ihr die Chance zu geben, ihre Version der Geschichte zu erzählen. Neil McCallum war hinsichtlich des Namens von Kellees Tante recht vage gewesen, aber seine Familie lebte schon so viele Jahre neben Kellee, vielleicht erinnerten sich seine Eltern daran, etwas über die Verwandte von Kellee in British Columbia gehört zu haben. Sobald der Unterricht vorüber wäre, würde ich bei den McCallums anrufen, aber zuerst mußte ich das Seminar durchstehen.

Das war keine leichte Aufgabe. Die Spannung im Raum war greifbar. Ed Mariani hatte mir einmal erzählt, alle, die diese bestimmte Gruppe unterrichteten, seien von ihrer Homogenität beeindruckt. Kellee Savage hatte nicht zu den Auserwählten gehört, aber ihre Abwesenheit schien unter den anderen das Gleichgewicht durcheinanderzubringen. Sie waren ungewöhnlich leise und untypisch zögerlich, was ihre Antworten anging. Die Minuten schienen sich nur mühsam voranzuschleppen, und ich war erleichtert, als meine Uhr endlich das Ende des Seminars anzeigte.

Val Massey und Jumbo Hryniuk waren die letzten, die den Raum verließen. Neben Jumbos fröhlicher Massigkeit wirkte Val zierlich und verletzlich. Als sie an mir vorübergingen, berührte ich Jumbos Arm.

»Ich muß kurz mit Ihnen reden«, sagte ich.

Val sah mich neugierig an. »Soll ich im Flur auf ihn warten, oder wird es dauern?«

»Es könnte etwas dauern«, erwiderte ich.

Ein Hauch von Sorge überflog Vals Gesicht, aber er stellte mir keine weiteren Fragen. Er murmelte etwas zu Jumbo von wegen, er träfe ihn in der *Lazy Owl Bar*, dann ging er.

Jumbo wirkte erstaunt. »Was ist los?«

»Es hat mit einem Buch zu tun. Haben Sie sich aus der Pädagogikbibliothek ein Exemplar von *Dornröschen* ausgeliehen?«

Jumbo grinste. »Einer der Jungs hat Sie gebeten, mich das zu fragen, stimmt's? Sehr witzig.« Er runzelte die Stirn. »Nur verstehe ich den Sinn nicht.«

»Es ist kein Scherz«, meinte ich. »Es könnte sogar ziemlich ernst sein.«

»Dann ganz ernst: Ich habe mir *Dornröschen* nicht ausgeliehen.«

»Haben Sie irgend jemandem Ihren Bibliotheksausweis geliehen?«

Jumbo war kein Pokerspieler. Sein Gesichtsausdruck ließ sofort durchblicken, daß ich mit meiner Frage einen Nerv getroffen hatte. »Warum sollte ich das tun?«

»Ich weiß es nicht«, sagte ich. »Warum also?«

Zum ersten Mal schien ihm der Ernst der Lage bewußt zu werden. »Professor Kilbourn, können Sie mir sagen, worum es hier geht?«

»Natürlich. Aber warum setzen Sie sich nicht. Ich werde langsam zu alt, um einen starren Hals zu bekommen, nur weil ich ständig zu einem Footballspieler aufsehen muß.«

Der Scherz schien ihn zu entspannen, aber als ich ihm von Kellee, dem Buch und der Notiz erzählte, die an ihrem Platz am Seminartisch hinterlegt worden waren, verschwand Jumbos Jovialität. Er sah erst verwirrt, dann ängstlich aus.

»Ich habe keine Notiz geschrieben«, erklärte er. »Darauf gebe ich Ihnen mein Wort.«

»Ich glaube Ihnen, aber es gibt immer noch ein Problem. Jumbo, dieses Buch wurde mit Ihrer Karte ausgeliehen. Ich weiß das, weil ich es jemanden von der Pädagogikbibliothek am Computer habe nachprüfen lassen.«

Ich sah, wie er die verschiedenen Möglichkeiten durchging. Er war nicht gerade das, was man im Football einen intellektuellen Spieler nannte, trotzdem entschied sich Jumbo Hryniuk an diesem Nachmittag für den richtigen Zug. »Ich rede mit der Person, um die es geht«, sagte er.

»Sorgen Sie dafür, daß diese Person versteht, wie ernst die Sache ist.«

»Das werde ich«, versprach er.

Neil McCallum freute sich, von mir zu hören. Chloe war über die Felder gelaufen und voller Disteln nach Hause gekommen. Er hatte den ganzen Nachmittag gebraucht, sie aus ihrem Fell zu bekommen, und bei der Arbeit hatte er sich um Kellee gesorgt. Wie sich herausstellte, war mir Neil einen Schritt voraus. Er hatte seine Mutter bereits gefragt, ob sie sich an den Namen von Kellees Tante erinnerte. Sie tat es nicht, aber sie kannte jemanden, der ihrer Meinung nach helfen konnte. Neil meinte, seine Mutter versuche ihr Bestes, und er würde mich anrufen, sobald er etwas hörte.

Als ich am Dienstag morgen von meiner Joggingrunde mit den Hunden zurückkehrte, klingelte das Telefon. Es war Margaret McCallum, Neils Mutter. Sie war so leutselig wie ihr Sohn, aber ihre Neuigkeiten waren enttäuschend. Die Frau, auf die sie gezählt hatte, war eine Witwe namens Albertson, die den Winter in Arizona verbrachte. Als Margaret schließlich die Nummer der Frau in Tucson herausfand, mußte sie erfahren, daß sich Mrs. Albertson wie viele andere Zugvögel Anfang April auf den Heimweg gemacht hatte. Wie ihr Sohn versprach auch Margaret McCallum, mich anzurufen, sobald sie weitere Informationen hatte.

Ich dankte ihr, schrieb ihren Namen neben den von Neil in mein Adreßbuch und ging dann in die Küche, um mein Rezept für Crème Brulée zu suchen. Die Kinder hatten Osterferien, darum verdoppelte ich die Mengenangaben und ließ eine Portion für sie zurück. Die Dose für Jill stellte ich in eine Kühltasche und nahm sie mit zur Universität. Ich wollte noch einige Zeitungsartikel in der Hauptbibliothek durchgehen, darum war es fast 11 Uhr 30, als ich zurück in mein Büro kam. Ed Mariani saß am Schreibtisch und korrigierte Aufsätze.

»Endlich«, verkündete er theatralisch. »Ich wollte gerade die Bluthunde losschicken.«

»Soll das heißen, ich habe Hausarrest?« fragte ich.

Er zog eine Grimasse. »Tut mir leid, ich glaube, ich habe etwas bevormundend geklungen. Es ist nur so, daß Jill Osiowy angerufen hat. Sie wollte unbedingt, daß Sie ihre Nachricht erhalten, bevor Sie zu ihr fahren.«

»Welche Nachricht?«

»Daß Jill nicht zum Essen da sein kann. Sie mußte nach Toronto fliegen – in einer NATIONTV-Angelegenheit. Offenbar gibt es dort eine Krise.«

»Sie haben ständig irgendeine Krise.« Ich mußte an Jill denken, die nach Toronto flog, obwohl sie sich so elend fühlte und noch elender aussah. In den Tagen von Stellenkürzungen und Firmenübernahmen verhärteten sich die Herzen der Konzernchefs immer mehr. Ich packte meine Sachen für den Heimweg, dann fiel mir die Kühltasche in meinem Wagen ein. »Was halten Sie von Crème Brulée, Ed?« fragte ich.

»Ich liebe Crème Brulée«, erklärte er.

»Gut. Dann schnappen wir uns jetzt zwei Teller und zwei Löffel, und ich lade Sie zum Essen ein.«

Als ich das Dessert eben auftischte, rief Angus an. »Ein paar von den Jungs gehen zu dem Rasen vor dem Gerichtsgebäude, um Football zu spielen«, sagte er.

»Handelt es sich bei einem dieser Jungs um dich?«

Er lachte. »Naja, Mom, irgendwie schon. Warum würde ich sonst anrufen? Also, Leah will wissen, ob sie Taylor mit zu sich nach Hause nehmen darf, um Tee mit ihrer Tante Slava zu trinken.«

»Das sollte wohl möglich sein«, sagte ich. »Hast du Leahs Tante schon mal getroffen?«

»Ja. Sie ist ungefähr hundert Jahre alt, aber echt cool.«

»Das ist zweifelsohne eine zwingende Referenz.«

»Wie auch immer«, erklärte mein Herr Sohn, »ich komme zur üblichen Zeit nach Hause.«

Nachdem wir gegessen hatten, sammelte Ed seine Bücher für den Unterricht um 12 Uhr 30 ein. »Eine sagenhafte Crème Brulée, Jo. Jills Verlust ist mein Gewinn.«

»Ich hoffe, das wird ihr eine Lehre sein. Einfach nach Toronto zu fliegen . . .«, sagte ich. »Andererseits bin ich richtig erleichtert, daß es ihr wieder gut genug geht, um zu fliegen.«

Ed sah mich besorgt an. »War sie denn krank?«

»Nein, schlimmer als das. Sie wurde vorgestern überfallen. Deshalb habe ich auch Crème Brulée gemacht, weil sie Probleme mit dem Kiefer hat.«

»Meine Güte, das ist ja schrecklich. Man glaubt nie, daß so etwas jemandem passieren könnte, den man kennt. Hat die Polizei den Täter gefaßt?«

»Ich kenne die Einzelheiten nicht. Ich habe Jill auch nicht gesehen. Meine Tochter ist Sonntag abend zu ihr gefahren. Laut Mieka sah Jill ziemlich übel aus, aber als ich mit ihr telefonierte, schien sie guter Dinge zu sein.«

»Also geht es ihr gut?«

»Das muß es wohl, wenn sie schon wieder reisen kann. Hat sie nichts gesagt, als sie anrief?«

»Nur, daß sie in Eile sei.« Er lehnte sich zu mir, sein Mondgesicht faltig vor Sorge. »Jill ist für mich eine Art Heldin. Die Wahrheit ist, sie hat mir einmal das Leben gerettet – zumindest den Teil meines Lebens, der mir am wertvollsten ist.«

Das war ein Satz, der förmlich nach weiteren Erläuterungen schrie. Aber Ed sagte nichts. Seine offensichtliche Zuneigung zu Jill gab mir jedoch die Eröffnung, die ich brauchte.

»Jill ist für viele Menschen eine Heldin«, erklärte ich. »So etwas sollte ihr nicht zustoßen.«

»Sie meinen den Überfall?«

»Wenn es denn ein Überfall war.« Ich holte tief Luft und wagte einen Vorstoß. »Ed, ich habe noch mit niemand darüber gesprochen, aber ich bin nicht sicher, ob die Geschichte, daß Jill von einem Fremden angegriffen wurde, wirklich stimmt. Seit ich zu der politischen Talkrunde gehörte, bin ich jeden Samstag abend über diesen Parkplatz gegangen. Es ist ein sicheres Gelände: jede Menge Sicherheitsleuchten und viel Verkehr. NATIONTV-Übertragungswagen fahren die ganze Zeit rein und raus. Und noch etwas – Jill würde zwar für eine gute Story den gerechten Kampf fechten, aber ich habe noch nie jemanden kennengelernt, der sich hinsichtlich seiner Besitztümer so gleichgültig verhält wie sie. Wenn jemand versucht hätte, ihre Handtasche zu rauben, hätte sie nicht einmal mit der Wimper gezuckt.«

Ed sah mich prüfend an. »Was ist Ihrer Meinung nach dann geschehen?«

»Ich glaube, es war Tom«, sagte ich.

»Sie glauben, er hat sie geschlagen?«

»Ich halte es für möglich. Sobald Jill zurückkommt, werde ich mit ihr sprechen. Ich werde mich von ihr nicht abwimmeln lassen, Ed. Und wenn sie mich nicht davon überzeugen kann, daß ich völlig danebenliege und Tom absolut unschuldig ist, werde ich zur Polizei gehen.«

Ohne ein Wort nahm Ed seine Bücher und begab sich bedrückt zur Tür.

»Kommen Sie morgen herein?« fragte ich.

Ed sah mich merkwürdig an. »Ich weiß noch nicht.« Dann war er verschwunden.

Ich dachte an den Nachmittag, der vor mir lag. Angus und Taylor waren versorgt, daher hatte ich eine gute Chance, meine Korrekturen erledigen zu können. Ich versuchte es, aber es war ein fruchtloses Unterfangen. Ich konnte an nichts anderes als an Jill denken. Als mir klar wurde, daß ich einen ganzen Aufsatz gelesen hatte, ohne die leiseste Ahnung zu haben, worum es ging, beschloß ich, nach Hause zu gehen. Auf meinem Weg aus dem Büro fiel mir das Geschirr auf, das ich vom Fakultätsclub ausgeliehen hatte; ich steckte es in eine Plastiktüte und ging los.

Grace Lipinski, die Geschäftsführerin des Fakultätsclubs, stand am Eingang zur Bar und ordnete einige wunderschöne Forsythienzweige in einer chinesischen Vase an, die die Farbe frischen Farns hatte.

»Ich bringe dankend das Geschirr zurück«, sagte ich.

»Jederzeit wieder«, erklärte Grace. »Wo Sie gerade hier sind, können Sie gleich das Bild mitnehmen, das die Putzkolonne gefunden hat. Es lag zwischen den Papiertüchern, aber ich habe den Rahmen und das Glas mit Desinfektionsmittel abgerieben, nur zur Sicherheit.«

»Sie sind eine erstaunliche Frau«, lobte ich.

»Sagen Sie das dem Verwaltungsrat. Ich komme gleich wieder. Erfreuen Sie sich an den Forsythien.«

Grace verschwand, aber ich blieb nicht lange allein. Der alte Giv Mewhort stand an der Bar, und als er mich entdeckte, nahm er sein Glas und kam zu mir herüber. Er bewegte sich mit großer Präzision, darauf bedacht, keinen einzigen Tropfen von dem Gin in seiner Hand zu verschütten. Es war mitten am Nachmittag, aber Giv hatte bereits den volltönenden Zustand der Trunkenheit erreicht.

»Meine Liebe«, sagte er. »Ich hatte noch keine Gelegenheit, Ihnen mitzuteilen, wie sehr es mich bedrückt, daß der junge Cassius Ihren Platz in dieser politischen Talkrunde eingenommen hat. Sind Sie beiseite getreten, oder wurden Sie gestoßen?«

»Ich wurde gestoßen«, erklärte ich. »Vom jungen Cassius.«

Giv nippte an seinem Drink und seufzte. »Und solche Männer haben nimmer Ruh', solang sie jemand größer sehn als sich. Das ist es, was sie so gefährlich macht.«

Ich lächelte ihn an. »Danke für die Warnung, aber ich glaube, Tom Kelsoe hat mir bereits soviel Schaden zugefügt, wie er konnte.«

Giv lehnte sich vor und flüsterte Gin-beseelt: »Darauf würde ich nicht wetten, Joanne.« Er wies auf den hinteren Teil der Bar und deklamierte theatralisch. »›Der Cassius dort hat einen hohlen Blick.‹ Sehen Sie selbst.« Ich drehte mich um und lugte in die

Bar. Auf dem Sofa in der hintersten Ecke saßen zwei Männer, ins Gespräch vertieft. Sie saßen so eng beieinander und waren so konzentriert auf ihre Unterhaltung, daß sie gegenüber ihrer Umgebung blind waren. Einer der Männer war Tom Kelsoe, der andere war Ed Mariani. Ich fühlte mich wie damals an der High School, als ich meiner besten Freundin mein Herz ausgeschüttet hatte und sie zehn Minuten später lachend und vertraut mit eben jenem Mädchen der Schule entdeckte, das ich für meine Erzfeindin hielt.

Grace kam mit dem Bild zurück und reichte es mir. »Zu Ihren treuen Händen«, sagte sie.

Giv Mewhort lehnte sich zu mir und warf einen Blick auf das Foto von Reed Gallagher und Annalie Brinkmann. »Sie haben es also wieder«, meinte er. »Die menschliche Komödie steckt doch stets voller Überraschungen, nicht wahr? Obwohl ich sagen muß, daß ich nie ganz verstanden habe, warum er ausgerechnet dieses Foto mitgehen ließ.«

»Sie wissen, wer das Bild an sich genommen hat?« fragte ich.

Giv schwenkte sein Glas in Richtung der Bar. »Der junge Cassius.« Er lachte. »Ich habe Sie gewarnt, meine Liebe. ›Er denkt zuviel: die Leute sind gefährlich.‹«

Als ich hinter das Lenkrad meines Volvos glitt, wurde mir klar, wie sehr mich die Szene im Fakultätsclub mitgenommen hatte. Ebenso wie Giv war mir schleierhaft, warum jemand ein altes Zeitungsfoto stehlen wollte. Aber obwohl die Nachricht, daß Tom Kelsoe ein Dieb war, mich entnervte, versetzte mir der Anblick von Ed Mariani, der so vertraut mit ihm schien, regelrecht einen Schock.

Sie waren Kollegen. Es gab ein halbes Dutzend absolut harmloser Gründe, warum sie sich kurz im Fakultätsclub trafen. Aber tief in meinem Herzen wußte ich, daß an ihrem Treffen nichts Harmloses war. Aus Gründen, die ich nicht näher benennen konnte, war Ed zu Tom gerannt, kaum daß ich ihm meine Vermutungen mitgeteilt hatte. Einen Augenblick lang fürchtete ich, mich übergeben zu müssen. Es war mir nie in den Sinn gekommen, Ed nicht zu vertrauen. Ich hatte ihm alles erzählt: zuerst über Kellee und jetzt über Jill.

Ich legte meine Stirn auf das Lenkrad und versuchte, nachzudenken. Im Moment konnte ich in der Sache mit Jill nichts unternehmen. Sie war in Toronto. Ich konnte nicht zu ihr, aber Tom Kelsoe auch nicht. Vorübergehend befand sie sich in Sicherheit. Was Kellee Savage anging, konnte ich nicht so sicher sein. Ich hatte, was sie anging, schon zweimal versagt, aber noch war Zeit für eine Wiedergutmachung. Es war der 5. April. Sollte Kellee Savage die Miete für ihr Zimmer an der Scarth Street noch nicht bezahlt haben, könnte Alma Stringer eventuell daran interessiert sein, mir das Zimmer zu zeigen.

Als ich zur Scarth Street kam, hämmerte Alma gerade ein Stück in Plastik eingewickelten Pappkarton an die Wand neben den Briefkästen im Eingangsbereich. »Ich dachte, Sie und ich hätten alles gesagt, was es zu sagen gibt.«

Ich zog einen 20-Dollar-Schein aus meiner Geldbörse und hielt ihn hoch. »Ich möchte mir Zimmer Nummer 6 ansehen. Ich will nur hineinsehen; ich verspreche, ich werde nichts berühren. Sie können mich von der Tür aus beobachten, wenn Sie wollen.«

Almas Finger griffen sich den Zwanziger so schnell, daß der Akt viel geübt schien. Wortlos drehte sie sich um und ging ins Haus hinein. Ich folgte ihr. Sie trug einen altmodischen Schlüsselring am Gürtel ihrer Dreiviertelhose, und vor der Tür zu Nummer 6 blieb sie stehen und lehnte sich vor, um den Schlüssel in das Schloß zu stecken.

Ich weiß nicht, was Alma auf der anderen Seite der Tür zu finden glaubte, aber aus ihrem wütenden Aufschrei zu schließen, hatte sie nicht erwartet, auf einen Raum zu stoßen, der buchstäblich in seine Einzelteile zerlegt worden war. Wer immer Kellees Zimmer auseinandergenommen hatte, war so sinnlos zerstörerisch und so effizient gewesen wie die Vandalen, die die Journalistikbüros in der Universität überfallen hatten. Schubladen waren herausgezogen und umgedreht, die Laken vom Bett gerissen, die Matratze auf den Boden gezerrt. Der Tisch war zur Seite geworfen, und die Wäschekommode lag quer im Raum.

Alma sah sich das Desaster an und sagte: »Wenn Scheiße Glück wäre, würde ich sie nie auch nur zu riechen bekommen.«

»Werden Sie die Polizei rufen?« fragte ich.

Sie lachte höhnisch auf. »Klar. Das werde ich. Sie werden das ganze Haus durchsuchen, im Schlamm wühlen, die Türen offenlassen und meine Heizkosten in die Höhe treiben. Nein, Miss Tugendlamm, ich werde die Polizei nicht rufen. Ich werde der Schnapsnase aus Zimmer 1 einen Zehner geben und ihn das Zimmer aufräumen lassen, damit ich es wieder vermieten kann.«

Sie ging den Flur hinunter.

»Warten Sie«, rief ich. »Wann waren Sie das letzte Mal in diesem Zimmer?«

»Wissen Sie, da drin sieht es ganz schön übel aus«, meinte sie schlitzohrig. »Die Schnapsnase wird wahrscheinlich mindestens einen Zwanziger wollen.«

Ich öffnete meine Geldbörse und nahm meine letzten zwanzig Dollar heraus. Alma griff sich den Schein blitzschnell. »Das letzte Mal war ich an dem Tag in Nummer 6, als sie einzog, und das war im Januar. Solange mir meine Mieter keinen Ärger machen, mache ich Ihnen auch keinen. So gefällt es beiden Seiten.«

»Aber Kellee hat ihre Miete für April nicht bezahlt.«

»Ich dachte, ich zehre erstmal von der Kaution.« Sie strich sich über das dünne gelbe Haar. »Ich versuche nämlich, anständig zu sein. So, wenn Sie nicht das nötige Kleingeld haben, um den Zähler laufen zu lassen, dann sollten Sie jetzt verschwinden. Ich habe zu tun.«

Als sie ging, stand ich einen Moment vor der verschlossenen Tür von Nummer 6. Ich hatte nicht viel Zeit gehabt, um mich umzusehen, aber der rasche Blick hatte offenbart, daß in dem Zimmer nicht viel Persönliches war. Es lagen ein paar Wäschestücke neben der umgekippten Wäschekommode, und ein Kulturbeutel mit Blumenmuster war in eine Ecke geworfen, aber das schien auch nicht annähernd die Menge an persönlichen Dingen, die man in einem Raum vorzufinden erwartet, in dem tatsächlich jemand lebt. Es war offensichtlich, daß Kellee schon ausgezogen war, als der Eindringling den Raum durchsuchte.

Ich ging den Flur zurück. Almas plastikumhülllter Karton stach als leuchtender Fleck von der verblaßten Tapete ab. Auf dem Karton stand »Hausregeln«, und ein rascher Blick zeigte, daß Alma das alttestamentarische Talent besaß, geächtete Aktivitäten blumig in Worte zu fassen. Neben der Liste befand sich der Ständer mit den Briefkästen, von dem Julie mir erzählt hatte. Tatsächlich hatte Kellee einen Smiley neben ihren Namen geklebt. Ich sah mir ihren Briefkasten genauer an; es war kein Schloß daran. Ich öffnete den Deckel und zog die Post heraus. Es war nicht viel: ein Kontoauszug von der Credit Union, die Mai-Ausgabe des *Flare*-Magazins, zwei Umschläge, an die »Mieter« gerichtet, und ein Schnipsel Pappe von einer Zigarettenpackung. Auf den Schnipsel hatte jemand eine Nachricht gekritzelt: »Ich bin umgezogen. 2245 Dahl, Nr. 3. B.«

Ich steckte den Schnipsel in meine Handtasche. Es war nur eine schwache Spur, aber mehr hatte ich nicht. Ich ging zum Volvo zurück, ließ mich auf den Fahrersitz gleiten und fuhr in Richtung Dahl Street.

 **Als ich den Weg** zur Hausnummer 2245 in der Dahl Street hochging, warf das Gebäude einen Schatten, der förmlich auf mich zuzurasen schien, und ich wußte, ich hatte langsam genug von düsteren Pensionen mit ihren Ausdünstungen von Verzweiflung und mühsam gelebten Leben. Dieser Ort war noch schlimmer als der von Alma. Die Farbe am Haus in der Scarth Street mochte abblättern und die Veranda langsam nachgeben, aber es war immer noch möglich, Überreste der ehemaligen Eleganz und des koketten Charmes des Gebäudes zu entdecken. Hier gab es keine Hinweise auf frühere Pracht. Das Gebäude in der Dahl Street war seit dem Tag, an dem es gebaut worden war, ein unförmiger Schandfleck, und sechzig Jahre Vernachlässigung hatten es auch nicht schöner gemacht.

Jemand hatte die Tür mittels eines Ziegelsteins am Zufallen gehindert, und ich dachte schon, ich hätte Glück, aber im Vestibül gab es eine zweite Tür, und die war fest verrammelt. Ich klopfte an. Als niemand antwortete, spürte ich, wie mich Erleichterung durchflutete. Ich hatte mein Bestes getan, aber mein Bestes war nun mal nicht gut genug gewesen. Ich war aus dem Schneider. Als ich mich zum Gehen wandte, sprang ein Schildpattkätzchen von der Straße herein und zwischen meinen Beinen hindurch. Es war naß und schmutzig, und als ich nach unten langte, um es zu streicheln, schoß es wieder zur Tür hinaus. Meine Finger waren feucht von der Stelle, wo ich das Fell des Kätzchens berührt hatte, und als ich die Hand zur Nase hob, roch ich Kerosin.

Ich eilte die Stufen hinunter, bestrebt, einen möglichst großen Abstand zwischen mich und dieses Viertel zu bringen, wo die Schrecken, die eigentlich unvorstellbar bleiben sollten, zum Alltagsleben gehörten. Ich hatte auf der anderen Straßenseite geparkt, und bevor ich die Tür zu meinem Volvo öffnete, warf ich einen letzten Blick auf 2245 Dahl Street. Die Feuertreppe an der Seite des Gebäudes zog sich wie eine Narbe die Wand hinauf. Doch im Falle eines Feuers wäre es fast unmöglich gewesen, die Metallstufen herunterzukommen. Das Leben der Mieter breitete sich auch auf den Stufen aus, und die Treppe war zur letzten Ruhestätte für Bierflaschen, zerbrochene Pflanzenkübel und alles andere geworden, das klein und nutzlos genug war, um weggeworfen zu werden. Auf den Stufen vor Nummer 3 hatte jemand eine Statue der Jungfrau Maria aufgestellt. Laut der Nachricht auf dem Schnipsel Zigarettenpackung war Nummer 3 die Wohnung von B. Es schien, daß Kellees Freund ein gläubiger Mensch war. Ich sah noch einmal die Feuertreppe hoch. Die Tür im dritten Stock war einen Spaltbreit geöffnet. Es sah nicht einladend, aber zugänglich aus.

Es war ein Alptraum, die Feuertreppe hochzuklettern. Während ich meinen Weg durch den Müll bahnte, mußte ich auf meine Füße achten, und das bedeutete, durch die Metallstufen auf den Boden tief nach unten zu schauen. Die Wirkung war schwindelerregend, und als ich endlich den Absatz vor der Tür zu Nummer 3 erreicht hatte, schwamm mir alles vor den Augen, und ich mußte mich am Kopf der Jungfrau festhalten, um nicht das Gleichgewicht zu verlieren.

Im Innern spielte ein Fernsehgerät. Ich hörte die schrillen Stimmen von Menschen in einer dieser Sensationstalkshows.

Ich lehnte mich gegen die leicht geöffnete Tür. »Ist jemand zu Hause?« rief ich.

Keine Antwort. Ich öffnete die Tür vorsichtig etwas weiter. »Können Sie mir helfen?« rief ich. »Ich suche jemanden, der hier wohnt.«

Im Fernsehen brüllte ein Mann »Du hast mein Leben ruiniert ... du hast mein Leben ruiniert«, und das Studiopublikum johlte.

Ich wollte wieder umkehren, aber als ich durch die Metallstufen drei Stockwerke nach unten sah, schien der Boden bedrohlich weit entfernt zu sein. Ich brauchte nicht lange, um zu dem Schluß zu kommen, daß es sinnvoller war, sich ins Haus zu schleichen und durch den Haupteingang hinauszugehen, als in den Tod zu stürzen. Ich stieß die Hintertür auf und trat ein. Die Küche war klein, aber peinlich sauber. Das Linoleum war von rot zu braun verblaßt und schlug vor der Spüle bereits Wellen, aber der Boden war blitzblank geschrubbt und das Geschirr auf dem Abtropfbrett sauber. Die Kühlschranktür war voller Kinderzeichnungen und einer eindrucksvollen Sammlung von Visitenkarten von Ärzten in Krankenhäusern mit offener Notaufnahme.

Die Vorhänge im Wohnzimmer waren zugezogen; das einzige Licht im Zimmer stammte von dem Flackern des Fernsehgeräts. Dennoch fiel es nicht schwer, die Wohnungstür auszumachen, und dorthin zielte ich auch, als sich mein Zeh plötzlich am Teppichrand verfing. Ich stolperte und bekam gerade noch die Rückseite der Couch zu fassen, bevor ich hinfiel. In diesem Augenblick sah ich die Frau. Sie lag zugedeckt auf der Couch. Als sich unsere Blicke trafen, gab sie einen wimmernden Laut von sich und wollte sich erheben.

»Es tut mir leid«, sagte ich, »ich suche jemanden.«

Sie starrte mich verständnislos an. Sie war Indianerin und schien in den Dreißigern zu sein. Es war schwer, sie in dem schattenhaften Raum auszumachen, aber gar nicht schwer war es, sie zu hören. Je mehr sie in Panik geriet, desto höher waren die Geräusche, die sie von sich gab, und desto ohrenbetäubender wurden sie.

Ich versuchte, sie zu beruhigen. »Es ist alles in Ordnung, ich gehe ja schon. Ich will Ihnen nichts tun.« Ich langte nach dem Türknauf, aber als meine Hand ihn berührte, wurde die Tür von außen aufgestoßen.

Die Frau, die durch die Tür stürmte, war weit über vierzig, aber offenbar hatte sie beschlossen, sich den mittleren Jahren nicht willig hinzugeben. Ihre schulterlange blonde Mähne war extravagant toupiert, ihr Mascara schwarz und dick und ihr Lippenstift hellrosa, fast weiß. Sie trug eine Jacke aus Lederimitat mit Fransen, einen passenden Minirock und die Art Stiefel, von denen Nancy Sinatra zu singen pflegte.

Sie war nicht gerade glücklich, mich zu sehen. »Wer zum Teufel sind Sie?« verlangte sie mit schnarrender Stimme zu wissen. »Und was zum Teufel machen Sie in meinem Wohnzimmer?«

»Meine Name ist Joanne Kilbourn, und ich versuche, Kellee Savage zu finden.«

Sie griff neben sich, schaltete das Licht ein und sah mich prüfend an. »Sozialarbeiterin oder Polizistin?« fragte sie.

»Wie bitte?«

Ihre Augen wurden schmal. »Ich will wissen, ob Sie eine Sozialarbeiterin oder eine Polizistin sind.«

»Weder noch. Ich bin Kellees Lehrerin.«

»Na denn, Frau Lehrerin, wie es in dem Lied heißt: ›Take the time to look around you‹. Das hier ist keine Schule, es ist eine Privatwohnung.«

Ich langte in meine Tasche und holte den Schnipsel mit der Adresse heraus. »Ich habe das hier in Kellees Briefkasten gefunden. Ihre Adresse steht darauf. Sie sind doch ›B‹, oder?«

Sie trat einen Schritt auf mich zu. Ihr Parfüm war schwer, aber nicht unangenehm. »Frau Lehrerin«, sagte sie, »wollen doch mal sehen, wie schnell Sie lernen können. Hören Sie aufmerksam zu.

Das ist meine Wohnung, und ich will, daß Sie hier verschwinden.«

»Ich wollte nur fragen . . .«

Sie wedelte mit einem Finger vor meinem Gesicht. »Sie haben nicht zugehört«, sagte sie. Dann packte sie meinen Arm und bog ihn mir auf den Rücken. Als sie mich zur Tür hinauswarf, schenkte sie mir ein bösartiges Lächeln und flüsterte: »Der Unterricht ist vorüber.«

Es war fast 17 Uhr, als ich nach Hause kam. Die Hunde kamen angelaufen, um mich zu begrüßen, aber im Haus war es still. Die Kinder würden jede Minute durch die Eingangstür stürmen, aber im Augenblick war ich allein. Ich fühlte mich elend, war hungrig und müde. Ich beschloß, meine Bedürfnisse einzeln nacheinander zu erfüllen. Ich goß mir einen Drink ein, nahm ihn mit nach oben, ließ das Badewasser einlaufen, warf eine Kassette von Mozarts *Exsultate, jubilate,* gesungen von Kiri Te Kanawa, in meinen Kassettenrekorder und sperrte die Welt aus. Als ich aus der Wanne stieg und mich abtrocknete, war ich noch nicht bereit, »mich fröhlich zu erheben«, aber ich hatte zumindest meine Chancen erhöht, den Abend zu überstehen. Während ich eine frisch gewaschene Trainingshose und ein T-Shirt anzog, sang ich im Duett mit Kiri, aber selbst Mozart konnte nicht das Bild des kerosingetränkten Kätzchens oder des erschreckten Gesichts der Indianerin auslöschen. Die Erinnerung an diesen Nachmittag schmerzte wie ein noch frischer Schlag, Kellee Savage hingegen war ich immer noch nicht näher gekommen. Anscheinend teilte ich das Schicksal der Bourbonen: nichts zu vergessen und nichts zu lernen.

Als ich nach unten ging, um das Abendbrot zu richten, mußte ich feststellen, daß der Schrank leer war. Ich dachte kurz daran, Essen kommen zu lassen, aber ich hatte Alma meine letzten 20 Dollar gegeben. Ich hatte nur eine halbe Zwiebel, eine Schüssel gekochter Kartoffeln, ein Pfund Schinken und elf

Eier. Ich zog die Pfanne heraus und fing an, die Eier aufzuschlagen.

Angus war den ganzen Nachmittag im Freien gewesen und verkörperte wieder einmal den lebenden Beweis für das alte Sprichwort, daß Hunger der beste Koch ist. Er goutierte alles, was ich ihm auftischte. Taylor war da schon wählerischer. Slava hatte sie verdorben.

»Sie hat mir Tee mit Milch und Zucker in einer kleinen Tasse gegeben, die war so dünn, daß man durchsehen konnte, und Kuchen mit rosafarbener Glasur, und wir haben über Kunst gesprochen und über ihre Familie, als sie noch ein kleines Mädchen war.«

»Möchtest du Slava demnächst einmal zum Tee zu uns einladen?«

Taylors Augen funkelten. »Haben wir auch so kleine Tassen?«

»Natürlich«, bestätigte ich. »Ich werde eine Weile danach suchen müssen, aber ich kann mich genau erinnern, daß ich solche Tassen geschenkt bekam, als ich geheiratet habe.«

»Als du geheiratet hast«, meinte Taylor verträumt. »Hattest du ein schönes Kleid?«

»Das schönste«, erklärte ich.

»Ich würde das Kleid gern sehen«, sagte Taylor.

»Tut mir leid, das Kleid gibt es schon lange nicht mehr, T, aber ich habe ein paar Fotos. Ich suche sie dir gern heraus, du mußt mir nur etwas Zeit lassen.«

»Gut«, sagte sie, »weil ich nämlich ein Bild von dir als Braut malen möchte.«

Julie kam, als ich gerade das Geschirr wegräumen wollte. Vor unserer schwesterlichen Versöhnung zu Ostern hätte ich mich innerlich gekrümmt, wenn Julie die eigelbverschmierten Teller um 18 Uhr auf unserem Tisch gesehen hätte, aber unsere Beziehung war in eine bessere Phase eingetreten. Ich lächelte sie an. »Es ist einer dieser Abende«, sagte ich.

Sie zuckte mit den Schultern. »Ich habe die ersten beiden

Sachen gegessen, die ich im Kühlschrank fand: ein Fertiggericht von *Lean Cuisine,* das wohl eine Nudelkreation darstellen sollte, und eine große Packung Erdbeereis von *Häagen Dazs.*«

»Dann sind wir jetzt beide reif für einen Kaffee«, sagte ich. Ich goß ein, dann setzten Julie und ich uns an den Küchentisch. Sie trug Jeans und ein Sweatshirt und zum ersten Mal, seit ich sie kannte, kein Make-up. Julie erkundigte sich nach meinen Kindern und nach Alex und begann schließlich, über Reed zu sprechen. Als sie sich an ihr gemeinsames Leben erinnerte, tanzten ihre braunen Augen, und sie lächelte oft. Ich kannte das Syndrom. Ich hatte diese Wärme auch gespürt, wenn mich jemand in den Monaten nach seinem Tod über Ian reden ließ.

Schließlich nahmen die Erinnerungen ab, und Julie kehrte in die Gegenwart zurück. »Ich muß einfach wissen, was in der Nacht, in der er starb, geschehen ist«, erklärte sie schlicht. »Als wir an dieser Konferenz im Hilton Head teilnahmen, hat er eine wunderbare Rede gehalten, und er hat sie mit einem Zitat beendet. Er meinte zwar, es sei nur eine alte Kamelle, aber ich kann die Worte einfach nicht vergessen. ›Die Aufgabe des Journalisten besteht darin, die Betroffenen zu trösten und die Bequemen betroffen zu machen.‹ Das hat er gesagt. Joanne, je mehr ich darüber nachdenke, desto fester bin ich davon überzeugt, daß der Tod meines Mannes etwas mit seiner Arbeit zu tun hatte.«

»Meinst du an der Universität?«

Sie schüttelte vehement den Kopf. »Nein, nicht dort. In der Stadt. In der Scarth Street. Joanne, ich glaube, Reed hat etwas in diesem Haus entdeckt, das irgend jemand nicht ans Licht gebracht wissen wollte.«

»Glaubst du, er wurde ermordet?« fragte ich.

»Es klingt so melodramatisch, wenn man es laut ausspricht, aber das ist die einzige Erklärung, die einen Sinn ergibt. Joanne, Reed und ich waren noch nicht lange verheiratet, aber wir waren zusammen, seit er in diese Stadt kam. Ich kannte ihn. Er war ein gesunder Mann. Ich meine das nicht nur körperlich, sondern auch psychisch. Er hatte keine dunklen Geheimnisse, und« – sie lächelte in der Erinnerung – »er war ein ganz gewöhnlicher Liebhaber. Nichts Ausgefallenes. Nur die ›Licht-aus-Blümchensex‹-Variante. Glaubst du denn, ich hätte es nicht gewußt, wenn er solche Neigungen gehabt hätte? Es gab nichts, absolut nichts an dem Mann, den ich kannte, das ihn in Verbindung bringen könnte mit diesem . . .« Ihre Stimme brach, aber sie fuhr fort. »Mit diesem Alptraum, in den ich geraten bin.«

»Hast du das der Polizei gesagt?«

»Nicht, als er gestorben ist. Ich konnte nicht klar denken. Ich war so gedemütigt. Ihn so zu sehen. Versuche doch einmal, dir dich in dieser Situation vorzustellen. Wir waren fünf Wochen verheiratet. Ich habe ihn geliebt, und ich glaubte, er würde auch mich lieben. Aber nachdem ich ihm zu dem Zimmer von Kellee Savage gefolgt war, schien alles möglich. Jetzt . . . Jo, so vieles paßt einfach nicht zusammen, und das habe ich der Polizei auch gesagt.«

»Du hast erst kürzlich mit der Polizei geredet?«

»Gestern. Sie meinten, der Fall sei abgeschlossen. Sie waren zwar höflich, aber ich weiß, sie hielten mich für eine neurotische Witwe.« Sie lachte kläglich. »Sie haben einfach nicht deinen Überblick, Joanne. Wenn sie den hätten, würden sie wissen, daß ich im Moment weniger neurotisch bin als seit Jahren. Obwohl das nicht viel heißen will.«

»Du schlägst dich sehr wacker«, meinte ich.

»Tue ich das?« fragte sie mit tränenerstickter Stimme. »Ich kann mich nicht einmal erinnern, wann ich das letzte Mal mehr als zwei Stunden geschlafen habe. Und wenn ich wach bin, denke ich ständig nur über das nach, was ich in meinem Leben falsch gemacht habe. Joanne, ich habe so viele Fehler begangen. Ich hatte hohe Erwartungen an alle, die ich liebte, und wenn sie diesen Erwartungen nicht gerecht wurden, bin ich einfach fortgegangen. Ich habe so viele Menschen verlassen: meinen ersten Mann, meinen Sohn, meine Schwiegertochter, meine Enkel.«

Tränen strömten über Julies Gesicht, aber sie schien sich nicht darum zu kümmern. »Und am Ende habe ich auch Reed verlassen. Aber jetzt gehe ich nirgendwo mehr hin. Reed war ein guter Mann, und ich werde herausfinden, was ihm zugestoßen ist.«

»Was willst du tun?«

Sie zog ein Papiertaschentuch hervor und wischte sich über die Augen. »Ich wollte damit beginnen, mit der Verwalterin des Gebäudes zu sprechen, in dem Reed starb.« Sie sah mich hoffnungsvoll an, suchte Bestätigung.

Ich mußte an Alma Stringers Worte denken, wenn Scheiße Glück wäre, würde sie sie nicht einmal zu riechen bekommen. Alma würde nicht gerade begeistert sein, wenn eine weitere Matrone mittleren Alters auf der Suche nach der Wahrheit an ihre Tür pochte. Ich streckte den Arm aus und berührte Julies Hand. »Ich habe bereits mit der Wirtin gesprochen«, sagte ich. »Ebenso wie die Polizei. Ich glaube nicht, daß du da weiterkommst. Aber wenn du glaubst, daß Reeds Tod in Zusammenhang mit seiner Arbeit steht, warum gehst du dann nicht seine Papiere durch?«

Sie schneuzte sich die Nase. »Ich kann seine Papiere nicht durchsehen«, sagte sie. »Sie sind verschwunden. Ich bin an dem Morgen nach meiner Rückkehr zur Universität gefahren. Ich konnte nicht einmal in sein Büro. Da waren Handwerker. Sie meinten, Vandalen hätten das Büro zerstört. Offenbar hat jemand vom Fachbereich Journalistik versucht, zu retten, was zu retten war, aber das war nicht viel.«

Julie fuhr sich in einer Geste der Frustration mit den Fingern durch die Haare. »Alles, an dem Reed gearbeitet hat, war in der Universität. Er hielt es nicht für gut, Arbeit mit nach Hause zu nehmen. Er sagte stets, wenn du deine Arbeit mit nach Hause nehmen mußt, sollte sich entweder dein Job oder deine Arbeitsweise ändern.«

»Würden die Leute aus seinem Fachbereich wissen, an was er in der Universität gearbeitet hat?«

Julie nickte. »Alle wußten es.«

Die einzige Verbindung, die ich zwischen dem Chaos in Kellee Savages Zimmer in der Scarth Street und der Szene im Fachbereich Journalistik gesehen hatte, war die Tatsache, daß beide Orte ein furchtbares Durcheinander waren. Der Vandalismus an der Universität war jedoch so offensichtlich das Werk von Schwulenhassern, daß ich es nicht mit dem Chaos in Kellees Zimmer in Zusammenhang gebracht hatte.

Julie beugte sich zu mir. Ihre Stirn war gerunzelt. »Du siehst aus, als ob du eine Million Meilen weit weg wärst«, sagte sie.

»Tut mir leid, ich habe wohl geträumt. Jetzt bin ich wieder da.« Aber ich war nicht da, nicht richtig. Ich war immer noch in Zimmer 6 des Hauses in der Scarth Street und schätzte die Lücken ein, die in Ed Marianis Theorie, Kellee Savage habe Reed Gallagher erpreßt, klafften. Der Gedanke, daß derjenige, der Reed Gallaghers Büro zerlegt hatte, auch Kellees Zimmer in der Scarth Street verwüstet hatte, war plötzlich gar nicht mehr so abwegig.

Ich mußte wieder an die vernichteten Papiere von Reed und an Kellees Festung in Indian Head denken. Eine weitere Möglichkeit schien sich plötzlich anzubieten: Es bestand die nicht geringe Chance, daß der Vandalismus, den ich gesehen hatte, nur ein Ablenkungsmanöver war, um zwei eiskalte Such- und Zerstörungsmissionen zu verschleiern. Wenn diese Hypothese stimmte, dann gab es da draußen einen Gegner, der viel tödlicher war als ein Haufen haßerfüllter Kids.

Doch wer war dieser Gegner? Gleichgültig, wie sehr ich mich von diesem Gedanken abbringen wollte, ein Name schlich sich immer wieder in mein Bewußtsein. Von Anfang an hatte Ed Mariani im Mittelpunkt gestanden. Er war Reeds Rivale für die Position des Leiters Fachbereich Journalistik. Er war mit Reed in der Nacht vor dessen Tod zusammen gewesen. Plötzlich tauchten beunruhigende Erinnerungen auf: an Alex, verwirrt durch den Fund von Amylnitrat an Reeds Sterbeort, weil

Amylnitrat meistens nur von Schwulen benützt wird; an Ed, der mich in der Nacht von Tom Kelsoes Buchveröffentlichung aufs Korn genommen hatte; an Ed, der an dem Tag, an dem ich den Vandalismus im Journalistikfachbereich gesehen hatte, so schnell mit einer Einladung zum Abendessen zur Hand war. Er war immer da, bot Erklärungen, formte meine Wahrnehmung von Reed Gallagher, und schließlich beschwor er auch das Erpressungs-Szenario herauf, das ich mit solcher Bereitwilligkeit geglaubt hatte.

Ich hatte mich hinsichtlich der Erpressung geirrt. Davon war ich jetzt überzeugt. Aber wenn ich bei der Erpressung daneben lag, dann war es durchaus möglich, daß auch meine Wahrnehmung anderer Ereignisse fehlerhaft war. Ich mußte zurück zum Anfang, mußte alles noch einmal von neuem überdenken. Wenn Julie mit Reed Gallaghers sexuellen Vorlieben recht hatte, dann war es möglich, daß die bizarre Sex-Szene, die die Polizei nach Reed Gallaghers Tod vorgefunden hatte, nur eine Inszenierung war. Doch wenn Reeds Todesszene ein Schwindel war, wo war dann die Wahrheit?

Als Julie ging, sagte ich ihr, sie solle gut auf sich aufpassen, und das war nicht nur eine Höflichkeitsfloskel. Etwas stimmte da nicht. Ich erinnerte mich an Kellees Zimmer in ihrem Haus in Indian Head und kam zu dem Schluß, daß Julie nicht die einzige war, die daran erinnert werden mußte, vorsichtig zu sein.

Neil McCallum nahm den Hörer beim ersten Klingeln ab, und er klang so gesund und fröhlich, daß er mir wie der Bewohner eines anderen Planeten vorkam. Chloe und er hatten einen Spaziergang in der Prärie gemacht und Krokusse gefunden.

»Ich wünschte, ich könnte sie sehen«, sagte ich.

»Das können Sie«, meinte er, »Sie müssen nur hier herauskommen. Ich zeige Ihnen, wo sie sind.«

»So leicht ist das nicht«, wandte ich ein.

»Aber natürlich ist es das«, erklärte er. »Die Leute machen die leichten Sachen immer so schwer. Ich verstehe das nicht.«

Ich mußte lachen. »Ich verstehe das auch nicht. Neil, ich rufe nicht nur an, um mich zu unterhalten. Ich wollte Sie bitten, auf Kellees Haus besonders gut aufzupassen. Sorgen Sie dafür, daß die Eingangstür und die Tür zu ihrem Büro stets verschlossen sind.«

»Das tue ich immer.« Er schwieg. »Haben Sie etwas Schlechtes von Kellee gehört?«

»Nein, ich habe gar nichts gehört. Aber, Neil, Sie müssen mir versprechen, vorsichtig zu sein. Wenn jemand kommt, den Sie nicht kennen, dann sorgen Sie dafür, daß Chloe bei Ihnen ist, und erzählen Sie niemandem, was für ein süßer Hund sie ist. Lassen Sie den Fremden glauben, sie sei scharf.«

»Wie im Fernsehen«, sagte er.

»Genau, wie im Fernsehen.«

Einen Augenblick lang war Neil still. Dann sagte er: »Aber das ist nicht das Fernsehen, und ich bekomme langsam Angst.«

In dieser Nacht fand ich keinen Schlaf. Auch ich bekam es langsam mit der Angst zu tun. Zum ersten Mal seit Alex in den Norden gefahren war, wünschte ich ihn mir an meiner Seite, nicht weil er der Mann war, der mir am Herzen lag, sondern weil er ein Cop war und in der Lage gewesen wäre, die einzelnen Stücke zusammenzusetzen. Alex hatte mir einmal erzählt, daß es bei polizeilichen Ermittlungen häufig um das ging, was er Mausarbeit nannte. Er hatte auf das Medizinrad an der Wand gezeigt, und wir hatten über die ›Vier großen Wege‹, die zum Verstehen führen‹ gesprochen. Einer von ihnen war der Weg von Bruder Maus: Er schnüffelt die Dinge mit der Nase aus, sieht, was in der Nähe ist, berührt alles, was er kann, mit seinen Barthaaren. Alex hatte mir erzählt, wenn ein Polizeibeamter eine Schatztruhe voller Tatsachen und Informationen hatte, war es an der Zeit, nicht länger wie eine Maus zu schauen, sondern wie ein Adler. Ich drehte meine Ansammlung an Fakten und Theorien hin und her und grübelte darüber nach, aber nur eine einzige Sache war sicher: Soweit es um Erkenntnisse ging, klebte ich so fest am Boden wie noch nie.

Als ich am nächsten Morgen zur Universität kam, ging ich direkt zum Hausmeistertrakt. Die fröhliche Frau, die mir den Extraschlüssel für Ed Mariani ausgehändigt hatte, trug gerade ein Tablett mit Geranienablegern in torfgefüllten Blumentöpfen von einem Fenster an der Westseite des Büros zu einem Fenster an der Ostseite.

»Sie haben mich auf frischer Tat ertappt«, sagte sie, und der Dialekt ihrer jamaikanischen Heimat wärmte den Raum. »Hier gibt es mehr Licht, und ich wollte, daß meine Babys einen guten Start bekommen. Wenn der Frühling naht, ist mein kleiner Garten hier mein Leben. Also gut, sagen Sie nichts, lassen Sie mich raten. Sie haben Ihren Extraschlüssel verloren.«

»Nein«, erwiderte ich, »es geht um etwas anderes, aber auf gewisse Weise hat es mit dem Schlüssel zu tun. Der Mann, der im Augenblick das Büro mit mir teilt, gehört zum Fachbereich Journalistik. Ich frage mich, ob Sie gehört haben, wie die Aufräumarbeiten nach diesem Fall von Vandalismus vorankommen?«

Sie warf einen liebevollen Blick auf ihre robusten kleinen Geranien, dann wandte sie sich an mich. »Ich fürchte, Sie werden noch ein paar Wochen die gute Samariterin spielen müssen«, meinte sie. »Die Vandalen haben wirklich ganze Arbeit geleistet.«

»Hat die Polizei sie schon überführt?«

Sie schüttelte den Kopf. »Nein. Das ist ein wenig beängstigend, denn es sieht so aus, als ob es jemand von der Universität getan hat. Wir haben jetzt die ganze Nacht einen Sicherheitsmann aufgestellt und eine Überwachungskamera installiert, aber wenn Sie mich fragen, verriegeln wir die Scheune, nachdem das Pony ausgebrochen ist.«

»Warum glauben Sie, daß es jemand von der Universität getan hat?«

»Wer immer es war, sie mußten irgendwie durch die Eingangstür, und das Schloß war nicht aufgebrochen. Folglich müssen sie einen Schlüssel gehabt haben. Es gab keine Fingerabdrücke, aber das ist keine Überraschung, da sie Handschuhe getragen haben.« Sie bewegte ihre Finger. »Unsere. Latexhandschuhe. Die Handschuhe ließen sich ins Chemielabor zurückverfolgen, ebenso die Laborkittel.«

»Laborkittel?«

»Vermutlich, um ihre Kleidung vor der Farbe zu schützen. Wir haben die Handschuhe und die Laborkittel zurückbekommen und auch den Computer, den sie mitgenommen haben. Es war ein Pentium 90 – Kostenpunkt 5 000 Dollar. Und sie haben ihn einfach in die Mülltonne hinter der *Lazy Owl Bar* geworfen.«

»Wann hat man ihn gefunden?«

»Letzten Freitag. Da lag er noch nicht lange dort. Wer immer ihn mitgenommen hat, ist wohl zu dem Schluß gekommen, daß er zu heiß war, um ihn zu behalten. Diese Pentiums sind großartige kleine Maschinen. Der in der Mülltonne funktionierte immer noch, allerdings ist die Festplatte neu formatiert worden.«

»Wer würde sich diese Mühe machen?«

Sie kicherte. »Jemand, der große Pläne hatte und dann kalte Füße bekam.«

»Wissen Sie, wem das Gerät gehörte?«

Sie ging zu ihrem Computer, gab die Seriennummer ein und schüttelte traurig den Kopf. »Reed Gallagher. Na ja, er wird ihn nicht mehr vermissen.«

»Nein, wahrscheinlich nicht.«

Als ich in mein Büro kam, war Ed Mariani bereits dort. Der Anblick, wie er kochendes Wasser in unsere *Brown Betty*-Kanne goß, entwaffnete mich. Wie konnte ich einen so sanften und großzügigen Mann nur verdächtigen, daß er ... ja, was eigentlich? Ich konnte nicht einmal in meinen eigenen Gedanken formulieren, welche Verdächtigungen ich gegen Ed hegte.

Er öffnete seine Arme in einer herzlichen Geste. »Sie müssen den Tee gerochen haben.«

»Ja, vermutlich.« Ich zog meinen Mantel aus, setzte mich auf den Studentenstuhl und vergrub mich in meinen Vorlesungsnotizen.

»Gibt es etwas Neues in Bezug auf Kellee Savage?«

Ich schüttelte den Kopf. »Nichts Bedeutsames.«

Ed sah mich prüfend an. »Joanne, korrigieren Sie mich, wenn ich mich irre, aber habe ich Ihre Gastfreundschaft überstrapaziert?«

»Ich muß mich nur auf meinen Unterricht vorbereiten, Ed.« Als ich aufsah, wirkte er so verletzt, daß ich mir sagte, ich müsse mich einfach irren. Aber ich mußte auch vorsichtig sein. Was List und Tücke anging, war ich noch nie besonders gut. Zum ersten Mal, seit wir das Büro miteinander teilten, war die Atmosphäre zwischen Ed und mir angespannt, und ich war erleichtert, als er endlich seine Bücher nahm und zur Tür hinausging.

Val Massey tauchte so schnell nach Ed auf, daß er ganz offensichtlich gewartet hatte, bis ich allein war. Wie alle anderen, die heutzutage unterrichten, achte ich darauf, die Tür offenzulassen, wenn ein Student im Zimmer ist, aber als Val die Tür hinter sich schloß, machte ich keine Anstalten, sie wieder zu öffnen.

Er sah schrecklich aus, bleich, mit tiefen Ringen unter seinen Augen. Es war offensichtlich, daß er mehr als nur eine Handvoll schlafloser Nächte hinter sich hatte. Ich forderte ihn auf, sich hinzusetzen, aber er ging zum Fenster, wo er stehenblieb, wie schon an dem Tag, als er in mein Büro gekommen war und gefragt hatte, ob eins meiner Kinder sich jemals in echte Schwierigkeiten gebracht hatte. Ich biß mir auf die Lippe und erinnerte mich daran, wie schnell ich damals zu einem Urteil über den Kern des Problems gekommen war und wie schnell ich ihm versichert hatte, daß ich den Anschuldigungen, die Kellee Savage gegen ihn erhob, nicht glaubte.

Aber die Phase, etwas zu übereilen, hatte ich hinter mir. Wie ein Freudianischer Analytiker oder ein guter Interviewer würde ich auf die Kraft der Stille setzen. Es war eine unangenehme Wartezeit. War die Stille zwischen Ed und mir schon kaum auszuhalten, so war die Spannung, während ich darauf wartete, daß Val Massey etwas sagte, fast schmerzlich.

Als er sich schließlich zu mir umdrehte, verschwendete er keine Zeit auf einleitende Worte.

»Ich habe mir Jumbos Bibliotheksausweis ausgeliehen«, erklärte er. »Und ich habe das Buch auf Kellees Platz hinterlegt.« Er senkte seine Stimme. »Ich habe auch die Notiz in dem Buch geschrieben.«

Ich hatte es erwartet, dennoch war es ein Schlag, diese Worte tatsächlich zu hören. »Warum um alles in der Welt haben Sie das getan, Val?«

»Ich weiß es nicht«, meinte er kläglich.

Plötzlich spürte ich, wie meine Entschlossenheit zunahm. »Das ist nicht gut genug«, sagte ich. »So etwas Grausames tut man nicht ohne Grund.«

Er zuckte zusammen, bot aber keine Erklärung an.

Ich stand vom Schreibtisch auf und ging zu ihm. »Verdammt Val, ich glaubte, Sie zu kennen. Ich hatte eine ziemlich genaue Vorstellung davon, was für eine Art Mensch Sie sind. Zum einen habe ich Ihnen abgenommen, daß Sie glauben, was Sie im Seminar über die Verpflichtung des Journalisten, die Machtlosen zu beschützen, gesagt haben.«

»Sie war nicht machtlos«, entgegnete er ruhig. »Sie hatte ihre Lügen, und sie benützte sie, um einen anständigen Menschen zu vernichten.«

»Aber Val, Sie haben damit angefangen. Sie sagten doch gerade, daß Sie derjenige waren, der die Notiz geschrieben hat, und Kellee sagte, davor habe es noch andere Vorfälle gegeben.«

Val lachte höhnisch. »O ja, es gab andere Vorfälle, aber ich wette, Sie hat Ihnen nicht gesagt, welche Rolle sie dabei spielte. Professor Kilbourn, was immer Sie auch denken mögen, Kellee Savage ist kein Opfer. Ich weiß, ich habe etwas Falsches getan, aber was sie androhte, war noch schlimmer. Sie war bereit, die Karriere eines Menschen zu ruinieren, sogar sein Leben. Ich habe nur versucht, den Schlamm etwas aufzurühren.«

»Den Schlamm aufzurühren«, wiederholte ich, »das verstehe ich nicht.«

Val wandte den Blick ab. »Kellee drohte, jemanden . . . öffentlich anzuprangern. Die Dinge, die sie sagte, waren verrückt, aber Sie haben ja keine Ahnung, wie furchtbar die Konsequenzen gewesen wären, wenn die Leute ihr geglaubt hätten. Wir mußten sicherstellen, daß niemand das, was Kellee sagte, ernst nahm. Wie in der Geschichte von dem Jungen, der vor dem Wolf warnte. Wir mußten dafür sorgen, daß keiner zuhörte, wenn Kellee etwas sagte.«

»Die Sache ist ein klein wenig aus dem Ruder gelaufen, nicht wahr?« warf ich ein. »Kellee ist verschwunden, Val.«

»Und ich habe die letzte Woche damit verbracht, sie zu finden. Ich habe versucht, sie anzurufen, und ich habe mit jedem gesprochen, der sie gesehen haben könnte. Ich bin richtig krank wegen dieser ganzen Sache. Sie müssen mir glauben. Ich wollte nicht, daß Kellee das Studium schmeißt. Ich wollte ihr nur eine Lektion erteilen. Ich konnte doch nicht tatenlos zusehen, wie sie das Leben eines Menschen zerstörte, oder?«

»Wessen Leben wollte sie zerstören?« fragte ich.

Er schüttelte heftig den Kopf. »Nein, das kann ich Ihnen nicht sagen.«

»War es ein Student oder jemand vom Lehrkörper?«

»Ich habe Ihnen alles gesagt, was ich kann«, meinte er. »Wenn Sie etwas gegen mich unternehmen wollen, verstehe ich das, aber bitte lassen Sie Jumbo heraus. Er hat wirklich nur einem Freund einen Gefallen getan.«

»So, wie Sie das getan haben«, sagte ich.

»Ja«, meinte er, »so wie ich das getan habe.«

Als ich nach Hause kam, platzte ich mitten in eine Krise. Taylor hatte ihre Hand mit einem Messer aufgeschlitzt. Der Schnitt blutete heftig, und sie heulte. Angus preßte mit der einen Hand ein Bündel Papiertücher auf die Wunde und wählte mit der anderen meine Nummer an der Universität.

Ich warf einen Blick auf die Wunde, beruhigte Taylor und rannte nach oben ins Badezimmer, um eine Damenbinde als Druckverband zu holen.

Als ich zurückkam, reichte ich Angus die Binde. »Wickle das mit Mull fest um den Schnitt«, sagte ich.

Er sah mich entsetzt an.

»Es wird die Blutung zum Stillstand bringen. Und es ist steril.« Plötzlich erkannte ich das Problem. »Angus, niemand ist je an der Demütigung gestorben, eine *Always Ultra* in der Hand zu halten. Jetzt mach schon.«

Eine Stunde später trug Taylor einen Button mit der Aufschrift »Krankenhäuser sind voller Helfer«, ihre Wunde war genäht, und wir waren auf dem Weg zu den *Kowloon Kitchens*, um chinesisches Essen für zu Hause abzuholen: Wan-tan-Suppe und eine doppelte Portion von Taylors Lieblingsgericht, Mandelgarnelen. Der Schnitt war tief, aber er befand sich auch an Taylors rechter Hand, und da sie Linkshänderin war, hatte sich die Verletzung bereits von der Katastrophe zum Abenteuer gewandelt.

Das Telefon klingelte, als wir zur Tür hereinkamen. Ich nahm den Hörer ab und vernahm eine mir unvertraute Männerstimme. »Spreche ich mit Joanne Kilbourn?«

»Ja«, sagte ich.

»Polizei Regina, Mrs. Kilbourn. Sie waren letzte Woche bei uns und haben mit Constable Kirszner über eine vermißte Person gesprochen.«

»Er meinte, es bestünde kein Grund zur Besorgnis«, sagte ich, aber mein Herz pochte bereits heftig.

»Vielleicht hat er damit immer noch recht«, meinte die Stimme.

»Wir haben jedoch die Leiche einer unidentifizierten Frau entdeckt. Ein Farmer in der Nähe von Balgonie hat sie auf einem seiner Felder gefunden. Sie trug keine Ausweispapiere bei sich, aber Alter und Personenbeschreibung scheinen auf die Frau zuzutreffen, um die Sie sich Sorgen machen.«

Am Küchentisch lachten meine Kinder, teilten die Wan-tan-Suppe unter sich auf und stritten sich um die Extraportion Garnelen.

»Wann werden Sie es genau wissen?« fragte ich.

»Das hängt von Ihnen ab. Ich frage mich, ob Sie ins Krankenhaus von Regina kommen und sie sich ansehen könnten?«

»Gibt es sonst niemanden?« wollte ich wissen.

»Wenn Sie nicht kommen möchten, können wir die Medien einschalten.«

Ich dachte an Neil McCallum, wie er sein Abendbrot aß und dabei in den Fernsehnachrichten von dem Fund einer Leiche hörte, bei der es sich um Kellee handeln könnte.

»Ich komme sofort«, sagte ich.

»Ein Streifenbeamter wird Sie am Eingang der Notaufnahme abholen. Kennen Sie die Örtlichkeit?«

»Nur zu gut«, erwiderte ich.

Der Streifenbeamte, der mich erwartete, war eine Frau, und sie machte ihren Job gut: beherrscht und aufmerksam. Angus hätte gesagt, sie sei voll cool drauf Sie stellte sich als Constable Marissa Desjardin vor, und als sie mich zum Aufzug begleitete, begann sie, mir den Vorgang der Identifizierung zu erklären. Sie meinte, ich müsse mir die Leiche nur so lange ansehen, bis ich sie – positiv oder negativ – identifizieren könne, dann wäre ich schon wieder draußen. Es sei wichtig, fügte sie energisch hinzu, mich auf die Aufgabe zu konzentrieren und mich nicht von meiner Phantasie mitreißen zu lassen. Als ich neben ihr durch das Labyrinth aus operationsgrünen Korridoren marschierte, zwang ich mich, auf ihre Worte zu achten; aber als wir an die Doppeltüren mit der Aufschrift »Pathologie« kamen, begann mein Herz dennoch zu rasen.

Constable Desjardin schenkte mir ein beruhigendes Lächeln und wies auf einen Raum neben der Tür. »Der ist für das Personal«, sagte sie. »Warum warten Sie nicht da drin, während ich dafür sorge, daß alles für uns bereit ist?«

Das Belegschaftszimmer war klein, und das Mobiliar herzerfrischend normal: ein altes Sofa, ein Küchentisch mit vier Stühlen, eine Mikrowelle, ein kleiner Kühlschrank, eine Spüle mit einem Abtropfbrett, auf dem die Tassen trockneten. Es lag ein beißender Geruch in der Luft; jemand hatte eine fast leere Kanne auf der Heizplatte der Kaffeemaschine vergessen. Ich sog den vertrauten Geruch hungrig ein. Trotz des vernünftigen Ratschlags von Constable Desjardin lief meine Phantasie auf Hochtouren. Von dem Augenblick an, als ich die Türen mit der Aufschrift »Pathologie« gesehen hatte, war ich sicher, daß die Luft, die ich atmete, mit dem typischen Geruch einer Leichenhalle geschwängert war.

Ich mußte mich in dem kleinen Zimmer nicht lange umsehen, denn schon kam Marissa Desjardin zurück. »Alles fertig«, sagte sie, »wir bringen es am besten gleich hinter uns.«

Viele Stunden vor dem Fernseher – mit *Quincy* und anderen Kriminserien – hatten mich auf den grell beleuchteten, sterilen Raum hinter den Türen vorbereitet. Ich war sogar bereit für den Pathologen im Laborkittel und für die Bahre mit ihrer plastikumhüllten, aber unverkennbaren Fracht. Aber nichts hätte mich auf den Schrecken vorbereiten können, dem ich ausgesetzt wurde, als sich der Pathologe auf ein Zeichen von Constable Desjardin nach vorn beugte und das schwere Plastiktuch zurückstreifte. Ein rascher Blick, und ich wußte, daß es sich bei der toten Frau um Kellee handelte. Es war jedoch nicht die Kellee, die ich gekannt hatte. Zwei Wochen bei Wind und Wetter hatten ihren Tribut gefordert. Ihr Körper war angeschwollen, und ihre Haut hatte Blasen geschlagen und war gerissen; an manchen Stellen sah sie regelrecht angefressen aus. Ihr grüner Wollpulli war nachgedunkelt und hatte schon begonnen zu verrotten, als ob auch er in seinen ursprünglichen Zustand zurückkehrte. Nur die Plastikhaarbänder waren unverändert. Sie waren so sonnig und fröhlich wie an dem Morgen, als Kellee sie zwischen all den anderen ausgesucht hatte, um ihre Haare an ihrem 21. Geburtstag zu bändigen.

Ich drehte mich zu Constable Desjardin um. »Das ist sie«, sagte ich. »Was ist mir ihrer Haut passiert?«

Marissa Desjardin wandte den Blick ab. »Insekten«, meinte sie angespannt. »Der Frühling hat zeitig eingesetzt.«

Ich konnte meine Augen nicht von den Überresten abwenden, die einmal Kellee Savages Gesicht gewesen waren. »Sie hat nicht lange genug gelebt, um zu spüren, wie die Insekten ihr das antaten, oder?« fragte ich, und aus meiner Stimme war ein Anflug von Hysterie herauszuhören.

»Wir wissen erst genau, was geschehen ist, wenn die Ergebnisse der Autopsie vorliegen«, meinte Constable Desjardin leise. Dann straffte sie ihre Schultern. »Mrs. Kilbourn, ich verspreche Ihnen, sobald wir wissen, wie Kellee Savage gestorben ist, werden wir Sie davon unterrichten. Jetzt sollten wir aber wirklich gehen.«

Ich hatte keine Einwände. Während Constable Desjardin die Formblätter holte, die ich unterzeichnen mußte, eilte ich in den Belegschaftsraum zurück. Ich war kaum fünf Minuten weg gewesen, aber alles in diesem Zimmer schien auf einmal surreal. An der Wand neben der Spüle klebte ein Poster, schwarz mit kaugummirosa Schriftzügen. Ich las es wie betäubt immer wieder und versuchte, seinen Inhalt zu begreifen:

> Nein heißt nein. Jetzt nicht heißt nein. Ich habe einen Freund/eine Freundin heißt nein. Vielleicht später mal heißt nein. Danke nein heißt nein. Du bist nicht mein Typ heißt nein. Verpiß dich heißt nein. Ich möchte momentan lieber alleine bleiben heißt nein. Du hast/ich habe getrunken heißt nein. Schweigen heißt nein. NEIN HEISST NEIN.

Nachdem ich die Formulare unterschrieben hatte, warf mir Constable Desjardin einen prüfenden Blick zu. »Ich glaube nicht, daß Sie jetzt fahren sollten«, meinte sie. »Ich bringe Sie nach Hause.«

»Es geht mir gut«, behauptete ich und glaubte es auch, aber als ich versuchte aufzustehen, gaben meine Knie nach. Marissa Desjardin lehnte sich zu mir und ließ einen geübten Arm um mich gleiten.

»Wir bringen Sie jetzt an die frische Luft«, sagte sie. Sie führte mich einen weiteren Korridor entlang zu einer Station. Zu unserer Linken befand sich ein kleiner Raum mit Putzgeräten und einem Fenster, das Constable Desjardin aufriß. »Machen Sie ein paar tiefe Atemzüge«, befahl sie.

Ich tat wie geheißen und fühlte mich sofort besser. Nach der muffigen, antiseptischen Krankenhausluft war der Sauerstoff ein wahres Tonikum. »Jetzt geht es mir gut. Das war nur der Schock.«

»Das ist es immer«, sagte sie.

»Sogar für Sie?«

Sie lächelte. »Was glauben Sie, woher ich von diesem Raum hier weiß?«

Als wir zu meinem Wagen auf dem Parkplatz kamen, reichte ich Marissa Desjardin die Schlüssel und ließ mich dankbar auf den Beifahrersitz gleiten. Wir fuhren schweigend. Mir fehlten die Worte, und Constable Desjardin war gnädigerweise kein Mensch, der die Stille als ein Vakuum sah, das es zu füllen galt.

Sie parkte den Wagen fachmännisch vor meinem Haus. »Ein Streifenwagen holt mich hier ab«, sagte sie. »Es sollte nicht lange dauern.« Dann fügte sie freundlich hinzu: »Sie haben sich gut gehalten.«

»Wissen Sie, was mit Kellee passiert ist?« fragte ich.

Sie schüttelte den Kopf. »Morgen wird die Autopsie durchgeführt. Wenn Sie möchten, rufe ich Sie an, sobald wir den Bericht bekommen.«

»Danke. Das weiß ich zu schätzen.«

»Mrs. Kilbourn, möglicherweise können Sie uns in einem Punkt weiterhelfen. Sie haben Officer Kirszner gesagt, daß Kellee Savage sie am frühen Abend des 17. März mehrmals von der *Lazy Owl Bar* auf dem Universitätsgelände angerufen hat.«

Ich nickte.

»Ihre Leiche wurde 32 Kilometer östlich der Universität gefunden. Haben Sie eine Idee, was sie da draußen auf den Feldern gemacht hat?«

Ich dachte an Kellees Schlafzimmer in Indian Head: der mädchenhafte weißrosa Bettüberwurf, der Teddybär und die *Strawberry Shortcake*-Puppe, die so sorgfältig auf die Kissen plaziert worden waren. »Ich glaube, sie hat versucht, nach Hause zu kommen«, sagte ich.

Constable Desjardin seufzte. »Sie würden sich wundern, wie oft sie das versuchen«, sagte sie. Sie nahm meine Hand in die ihre. »Ich hoffe, Sie nehmen es mir nicht übel, wenn ich sage, daß Kellee Savage Glück hatte, eine Lehrerin wie Sie zu haben.«

Ich versuchte mich an einem Lächeln. »Danke«, erwiderte ich, »aber Sie könnten sich gar nicht mehr irren.«

Nachdem der Streifenwagen Marissa Desjardin abgeholt hatte, blieb ich im Volvo sitzen, nahm ein paar tiefe Atemzüge und versuchte, den existentiellen Schrecken abzuschütteln, der mich gepackt hatte. Es war eine unmögliche Aufgabe, und als die Uhr auf dem Armaturenbrett anzeigte, daß zehn Minuten vergangen waren, gab ich es als undurchführbar auf, und begab mich ins Haus. Taylor begrüßte mich an der Eingangstür. Sie war schon im Nachthemd, und mir fiel auf, daß sie sich ihren ›Krankenhäuser sind voller Helfer‹-Button an die Schulter geheftet hatte.

»Wie geht es deiner Hand?« fragte ich.

»Der geht es gut«, sagte sie. »Ich war tapfer, nicht?«

Ich legte meinen Arm um ihre Schulter. »Sehr tapfer.«

Sie preßte sich an mich. »Es war nett von ihnen, mir den Button zu schenken, aber ich hasse Krankenhäuser, Jo.«

»Ich auch«, sagte ich. »Wir wollen tun, was wir können, um sie eine Weile zu vermeiden.«

Als Taylor losspazierte, um Benny zu finden und seine letzten Wünsche des Tages zu erfüllen, ging ich in die Küche. Auf dem Küchentisch lag eine Notiz in Taylors sorgfältiger Handschrift: »Anna Lee hat angerufen.« Ich brauchte eine Minute, um Anna Lee mit Annalie Brinkmann in Verbindung zu bringen, aber kaum war das geschehen, hastete ich zum Telefon.

Als ich den Hörer aufnahm, traf mich die Erinnerung an das entstellte Gesicht von Kellee wie ein Schlag, und Schwindelgefühle fluteten wellenartig über mich hinweg. Ich lehnte mich gegen die Wand. Ich war nicht hungrig, aber ich wußte, daß ich etwas essen mußte. Ich goß den Rest der Wan-tan-Suppe in eine Schüssel und stellte sie in die Mikrowelle. Die Suppe war gut, und nachdem ich sie gegessen hatte, fühlte ich mich besser. Dennoch wußte ich, daß all die Wan-tan-Suppe der *Kowloon Kitchens* mich nicht stark genug für die Aufgabe machen würden, die nun vor mir lag. Annalie Brinkmann würde warten müssen. Ich spülte meine Schüssel aus und stellte sie in die Geschirrspülmaschine, dann ging ich mit bleischweren Gliedmaßen zum Telefon und wählte Neil McCallums Nummer.

Wie viele Menschen, die mit brutalen Neuigkeiten konfrontiert werden, suchte Neil sein Heil zuerst in Ungläubigkeit. »Vielleicht haben Sie einen Fehler gemacht«, sagte er, »oder die Polizei. Alle machen Fehler.«

Als ich Neil schließlich davon überzeugt hatte, daß kein Fehler vorlag, daß Kellee Savage die Frau auf den Fotos war, die ich gesehen hatte, wurde er still. »Ich werde jetzt einhängen«, sagte er. »Ich möchte nicht, daß Sie mich weinen hören.«

Ich versuchte nicht, ihn davon abzubringen. Neil hatte seine Entscheidung mit großer Würde verkündet. Er wußte, was er tun würde, außerdem hatte ich gerade das hinter mir, was Emily Dickinson ›jene kleinen Beruhigungstaten, die das Leiden töten‹ genannt hatte.

In dieser Nacht konnte ich nicht schlafen. Stundenlang lag ich zwischen kühlen Laken, beobachtete die wechselnden Muster, die das Mondlicht an meine Decke warf, atmete den Duft der Narzissen ein, die in den Töpfen vor meinem offenen Fenster blühten, und fragte mich, was für eine Art von Schicksal nur bestimmen konnte, daß eine 21jährige Frau sterben mußte, bevor sie ein Leben voller Nächte wie dieser kennengelernt hatte. Als ich schließlich in einen unruhigen Schlaf fiel, war das

Zimmer dunkel und die Luft kalt geworden, aber ich hatte immer noch keine Antwort auf meine Frage.

Die erste Stimme, die ich am nächsten Morgen hörte, kam von meinem Radiowecker. Die Nachrichtensprecherin intonierte die letzten Worte einer allzubekannten Litanei: ».. . der Name wird zurückgehalten, bis die nächsten Angehörigen verständigt sind«, sagte sie, und ich wußte, mein Tag hatte begonnen.

Als sich die Hunde und ich auf den Weg zu unserem Morgenlauf machten, lag dichter Nebel über der Stadt. Auf unserem Weg über die Albert Street war kein einziger Wagen in Sicht. Offensichtlich waren die meisten Bürger von Regina klüger als ich. Während wir an der Ampel warteten, langte ich nach unten und strich meinem Golden Retriever über den Kopf. »Sieht aus, als ob wir die Welt ganz für uns hätten, Rosie«, sagte ich. Sie sah mich geringschätzig an; offenbar brachte sie an diesem Morgen ebensowenig Begeisterung für die Welt auf wie ich.

Wir kamen nur langsam durch den Park voran. Auf dem Weg um das Ufer lagen haufenweise schlammverklebte Blätter. Die Blätter waren glitschig, und wir mußten vorsichtig laufen, um nicht auszurutschen. Während wir den See umrundeten, begann Sadie vor Müdigkeit zu wimmern. Ich beruhigte sie und verlangsamte unser Tempo noch mehr. So kamen wir nach Hause: eine Frau in mittleren Jahren und ihre beiden alten Hunde, die sich mühsam ihren Weg durch den Nebel bahnten. Es war eine Metapher, auf die ich hätte verzichten können.

Nachdem ich die Hunde von der Leine genommen und sie gefüttert hatte, wußte ich, daß ich kurz vor einem Zusammenbruch stand. Es war an der Zeit, kürzer zu treten. Ich hatte an diesem Tag keinen Unterricht, und die viele Arbeit auf meinem Schreibtisch in der Universität konnte ebensogut zu Hause erledigt werden.

Als ich vor meinen Schrank stand, wurde die Aussicht, etwas zum Anziehen für die Universität auszusuchen, plötzlich so einschüchternd wie der Boston-Marathon. Jeder, dem ich an diesem Tag begegnen würde, mußte mich einfach so nehmen, wie ich war. Dummerweise war die erste Person, die mir begegnete, Rosalie Norman.

Als ich in das Sekretariat der Politikwissenschaften kam, warf sie einen abschätzenden Blick auf meine Jeans und meinen Pulli. »Haben wir an diesem Donnerstag unseren legeren Freitag?« fragte sie.

»Ich habe beschlossen, heute zu Hause zu arbeiten.«

Seit der fatalen Dauerwelle neigte Rosalie dazu, eine Reihe von selbstgestrickten Mützen zu tragen. Die Mütze *du jour* hatte die Farbe von geriebenem Käse, und während sie sich eine Antwort überlegte, schob Rosalie eine drahtige Locke zurück unter ihre Schutzhaube.

»Es muß nett sein, nach Lust und Laune zu Hause arbeiten zu können«, meinte sie spitz.

»Ich hoffe, es wird auch produktiv sein«, erklärte ich.

»Ich nehme an, Sie wollen Ihre Anrufe zu mir umschalten?«

»Wenn es Ihnen nichts ausmacht.«

»Was soll ich den Anrufern sagen?«

»Sagen Sie ihnen, ich werde sie morgen zurückrufen. Oder sagen Sie Ihnen, sie sollen zur Hölle fahren. Was Ihnen lieber ist.«

Ich verließ das Sekretariat, gewärmt durch das Vergnügen meiner Gemeinheit. Zum ersten Mal, seit ich Mitglied des Fachbereichs Politikwissenschaften geworden war, hatte ich Rosalie Norman die Sprache geraubt.

Eine der Wirklichkeiten der universitären Lehre ist, daß niemals ein Mangel an sinnlosen Aufgaben herrscht, und ich brauchte nicht lange, um einen Ordner mit Arbeit zu füllen, die weniger als meine komplette Aufmerksamkeit erforderte. Ich zog gerade den Reißverschluß meiner Jacke hoch und wollte mich auf den Heimweg machen, als ich Kellees Kassettenrekorder auf meinem Regal sah, der darauf wartete, zurückgefordert zu werden.

Seit der Zeit, als Kellee mich um Erlaubnis gebeten hatte, meine Vorlesungen auf Band aufnehmen zu dürfen, damit sie auch ja nichts verpaßte, hatte ich sie nie ohne ihn gesehen. Der Kassettenrekorder schien wie eine Erweiterung von Kellee, allgegenwärtig und durchdrungen von ihrer sturen, mechanischen Entschlossenheit, die jeweils vor ihr liegende Aufgabe zu erledigen.

Als sie mich in der letzten Nacht ihres Lebens aus der *Lazy Owl Bar* anrief, hatte Kellee damit geprahlt, »Beweise« zu haben. Sie selbst hatte den Kassettenrekorder nicht erwähnt, aber Linda Van Sickle hatte das getan.

Ich ging zum Regal und nahm den Kassettenrekorder herunter. Linda hatte erzählt, es habe eine heftige Auseinandersetzung gegeben, als Kellees Kommilitonen entdeckten, daß sie ihre Privatgespräche aufzeichnete. Ich ließ das Band zurücklaufen und drückte auf *Play* in der Hoffnung, eine Art von Erleuchtung zu erfahren, aber ich bekam nur die Geräusche einer Studentenbar an einem Freitag abend: Musik, lautes Lachen, angetrunkene Streithähne, noch mehr Lachen. Die erste Stimme, die ich erkennen konnte, gehörte einer jungen Frau namens Jeannine, die das Seminar ›Politik und die Medien‹ besuchte und mir mindestens bei drei verschiedenen Gelegenheiten erzählt hatte, ich sei ihr großes Vorbild. Es stellte sich heraus, daß sie wieder einmal von mir sprach.

»Wenn ich gewußt hätte, daß die Kilbourn so eine Hexe ist und uns nicht gestattet, unsere eigenen Vorstellungen kundzutun, hätte ich ihren verdammten Kurs gar nicht erst belegt. Wißt ihr, was sie mir für meinen letzten Aufsatz gegeben hat? 85 Prozent! Nur weil ich keine Sekundärquellen benützt habe. Ich habe diesen Aufsatz meinem Freund und einer Menge anderer Leute gezeigt. Alle meinten, ich hätte eine glatte Eins dafür verdient.«

Völlig unerwartet eilte Jumbo Hryniuk zu meiner Verteidigung. »Die Kilbourn ist schon in Ordnung«, sagte er. »Sie ist ein wenig wie mein Trainer – hart, aber im allgemeinen ziemlich fair.«

Die Unterhaltung ging zu anderen Themen über: Examenspläne, ein neues Café in der Innenstadt, das neueste Video in der öffentlichen Bibliothek. Dann war wieder Jeannine zu hören. Sie flüsterte Linda zischelnd zu: »Kotzt es dich nicht an, daß deine Noten zwar besser sind, aber höchstwahrscheinlich Val Massey die Stelle im *Globe and Mail* bekommt? Und er kriegt sie nur, weil er du-weißt-schon-wem in den Arsch gekrochen ist. Ich weiß, alle schleimen sich ein, aber ich hasse Arschkriecher.«

Lindas Stimme klang ruhig. »Val ist kein Arschkriecher«, erklärte sie. »Und es besteht absolut kein Grund, warum er nicht mit einem Mitglied des Lehrkörpers befreundet sein sollte.«

»Wenn du mich fragst, steckt da mehr dahinter«, zischelte Jeannine. »Ich bin zu stolz, um das zu tun, was er tut, aber es wird sich für ihn auszahlen. Wart's nur ab.«

Jemand, dessen Stimme ich nicht erkannte, schloß sich der Gruppe an, und das Gesprächsthema wechselte. Ich hörte mir das Band bis zum Ende an, aber es gab keine weiteren Hinweise auf die Praktikumsstelle bei der *Globe and Mail* und keine Hinweise auf Val Massey.

Auf dem Weg zu meinem Auto ging mir Jeannines beißender kleiner Exkurs über das Einschleimen immer noch durch den Kopf. Sie irrte sich, zumindest teilweise. Nicht alle Studenten sahen das Einschleimen als den sichersten Weg zu akademischen Erfolgen. Allerdings tat es eine überraschend hohe Anzahl, und eine gleichermaßen überraschend hohe Anzahl von Professoren fiel auf die Schmeicheleien der Studenten herein.

Es war ein altes Spiel, aber ich hatte nie den Eindruck gehabt, daß Val Massey mitspielte. Der einzige Professor, dem Val jemals nahezustehen schien, war Tom Kelsoe, und diese Beziehung war etwas komplexer als simple Freundschaft. Mit 21 war Val ein wenig alt für Heldenverehrung, und zumindest meiner Meinung nach paßte die Beschreibung ›Held‹ auch nicht auf Tom, aber an Vals vorbehaltloser Bewunderung herrschte kein

Zweifel. Es hatte mich erstaunt – bis zu jenem Tag, als die Kinder und ich bei Masluks Kfz-Werkstatt in Regina Beach vorgefahren waren. Angesichts der Tatsache, wie sich Vals Vater an diesem Tag aufgeführt hatte, überraschte es nicht, daß sich Val verzweifelt nach jemandem sehnte, zu dem er aufsehen konnte.

Alles in allem verbrachte ich einen ziemlich angenehmen Tag. Am späten Vormittag hob sich der Nebel, und die Sonne schien. Ich packte zusammen und nahm meine Arbeit und meinen Kaffee mit hinaus auf die Veranda. Kurz vor Mittag rief mich Taylor ins Haus, um mir ihr Wandgemälde zu zeigen. Nanabush und der Schließ-Deine-Augen-Tanz nahmen langsam Gestalt an. Meistens konnte ich nicht viel tun, um Taylor bei ihrer Kunst zu helfen, aber das Chagall-Buch von mir hatte sie offensichtlich inspiriert. Ich hatte gehofft, daß Chagalls »Über der Stadt« mit seiner magischen Mischung aus Realität und Mythos Taylor helfen würde, das Bild zu malen, das sie malen wollte, und das war gelungen. Die Welt, die sie mit ihren Stiften geschaffen hatte, schien mir sehr der Welt zu entsprechen, in die uns Alex Kequahtooway an jenen Winterabenden geführt hatte, als wir auf das Heulen des Windes hörten und spürten, wie die Dunkelheit um uns herum durch die Geschichten des Gauners lebendig wurde.

Taylor sah mich ängstlich an. »Glaubst du, daß es gut ist?« fragte sie schließlich.

»Es ist umwerfend«, erwiderte ich.

»Glaubst du, daß es Alex gefallen wird?«

»Ich weiß, er wird es mögen. Oder wie Angus sagen würde: Es ist der Megahammer.«

Sie lächelte nicht. »Jo, wann kommt Alex zurück?«

»Bald, hoffe ich.«

»Aber du weißt es nicht sicher?«

»Nein«, sagte ich, »ich weiß es nicht sicher.«

Nach dem Mittagessen fuhren Taylor und ich zum Kino im Einkaufszentrum, um uns den Film anzusehen, den alle unter zwölf an diesem Osterfest gesehen haben mußten. Als ich in der Dunkelheit saß, den kindlichen Geruch nach feuchter Wolle roch und der endlosen Prozession von Eltern und Kindern zusah, die durch die Gänge zogen, Limonade schlürften, Popcorn verschütteten und auf die Toilette eilten, spürte ich, wie ich mich langsam entspannte. Die Ferienfrühvorstellung war vertrautes Terrain, und es war zur Abwechslung eine Erleichterung, sich einfach zurückzulehnen und sich einen Film anzusehen.

Als wir nach dem Film zu Hause vorfuhren, spielten Angus und sein Freund Camillo Basketball in der Auffahrt. Ich ließ Taylor aussteigen und fuhr weiter, um unsere Sachen aus der Reinigung zu holen.

Taylor grinste über das ganze Gesicht, als ich zurückkam. »Rate, wer angerufen hat?«

»Keine Ahnung. Du warst doch hier, warum sagst du es mir nicht?«

»Alex. Er hat gesagt, ich soll dir sagen, daß es ihm leid tut, dich verpaßt zu haben, und er wird Samstag abend nochmal anrufen. Er und Eli...« Sie runzelte die Stirn. »Wer ist Eli?«

»Der Neffe von Alex. Er ist im selben Alter wie Angus.«

»Also gut, Alex und Eli fahren zu irgendeiner Insel da oben. Er sagt, er bringt mir einen Fisch mit, wenn er zurückkommt.«

»Hat er gesagt, wann das sein wird?«

»Nein, aber rate mal, Jo? Ich habe Alex zu der Kinderkonferenz eingeladen, damit er sich das Wandgemälde ansehen kann, und er hat gesagt, nicht einmal eine Horde wilder Pferde könnte ihn davon abhalten. Das ist gut, nicht?«

»Das ist mehr als gut«, meinte ich. »Die Kinderkonferenz ist am zehnten – das ist gar nicht mehr lange hin.«

Angus und ich waren gerade dabei, im oberen Stock nach den Shorts für sein Basketballoutfit zu suchen, als Annalie Brinkmann anrief. Ich spürte einen Stich, als ich ihre angenehme Altstimme hörte. »Es tut mir sehr leid«, sagte ich, »ich wollte Sie gleich zurückrufen. Aber als ich Ihre Mitteilung erhielt, hatte ich gerade schlechte Nachrichten empfangen. Ich lehre hier an der Universität, und eine unserer Studentinnen ist gestorben.«

Ich hörte, wie sie die Luft anhielt. »Doch nicht diejenige, die belästigt worden ist?« fragte sie.

Ich hatte das Gefühl, als ob mir jemand einen Tritt in den Bauch versetzt hätte. »Woher wissen Sie davon?«

»Dann war sie es?«

»Ja«, erwiderte ich. »Die Studentin, die gestorben ist, war Kellee Savage.«

»Kellee Savage«, wiederholte sie wie betäubt. »Reed hatte mir ihren Namen nicht gesagt. Und jetzt ist er auch tot.«

»Darf ich fragen, wie Sie ins Bild kommen?«

»Durch die Geschichte«, antwortete sie mit schwerer Stimme, »und durch Reed Gallagher. Ich muß es wissen: Hat diese junge Frau – hat Kellee Savage Selbstmord begangen? Denn wenn er sie dazu getrieben hat...« Ihre Stimme brach. Als sie weitersprach, war offensichtlich, daß sie um ihre Selbstbeherrschung kämpfte. »Ich bin keine hysterische Person, Mrs. Kilbourn, aber dieser Fall bringt ganz besondere Saiten zum Klingen. Vor zwanzig Jahren ist das, was Kellee Savage geschah, mir passiert.«

»Sie müssen schon deutlicher...«

Annalie Brinkmann unterbrach mich. »Es tut mir leid. Ich weiß, ich rede zusammenhanglos.« Ihre angenehm Stimme klang jetzt flach. »Ich habe hier in Toronto Journalistik studiert. Reed Gallagher war mein Lehrer. Es wurden Anklagen erhoben.« Unerwartet mußte sie schluchzen. »Ohne sie je gesehen zu haben, kann ich Ihnen sagen, was für ein Mensch Kellee Savage war. Sie hat hart gearbeitet. Sie nahm den Journalismus ernst und...« Annalie Brinkmann zögerte. »...und sie war häßlich.«

»Was hat Reed Ihnen sonst noch erzählt?«

»Nicht viel. Er hat nur eine Nachricht auf meinem Anrufbeantworter hinterlassen. Reed meinte, er habe ein Problem mit einer
Studentin, die einen anderen Studenten der Belästigung be-
zichtigte. Er fürchtete, daß an ihrem Vorwurf ein Körnchen
Wahrheit sein könnte, und vertrat die Ansicht, daß ich aufgrund
meiner persönlichen Geschichte in der Lage sein müßte, ihm bei
der Suche nach der Wahrheit zu helfen.«

»Warum sollte er Sie nach 20 Jahren in diese Sache hineinzie-
hen? Wollte er nur Ihren Rat, weil das, was Kellee durchmachte,
dem ähnelte, was Sie durchlitten haben?«

Annalie lachte. Es war kein fröhliches Lachen. »Es war nicht
ähnlich, es war identisch. Ich war der Prototyp: das häßliche
Mädchen, das hart arbeitet und etwas entdeckte, was der gutaussehende junge Mann für sich wollte; das häßliche Mädchen,
das niemanden dazu bringen konnte, ihr zu glauben, als sie
behauptete, daß der gutaussehende junge Mann sie sexuell ver-
folge. Mrs. Kilbourn, Reed Gallagher hat mich angerufen, weil
er sich plötzlich mit der Möglichkeit konfrontiert sah, daß er
sein Geld vor zwanzig Jahren auf das falsche Pferd gesetzt hat.
Damals glaubte er dem gutaussehenden jungen Mann und nicht
mir.«

Ich mußte daran denken, wie Tom Kelsoe das Foto von Reed
und Annalie genommen und es in den Papiertuchbehälter in der
Herrentoilette des Fakultätsclubs geworfen hatte. Plötzlich gab
es inmitten all dieser Fragen eine Antwort. »Der Mann, der
Ihnen das angetan hat, war Tom Kelsoe, nicht wahr?«

»Ja.« Annalies Stimme war tief vor Wut. »Es war Tom, und ich
sage Ihnen noch etwas. Ohne die näheren Umstände von Kellees
Tod zu kennen, kann ich Ihnen eines versichern: Wenn die Fakten ans Licht kommen, werden Sie feststellen, daß dieser
Bastard Kelsoe ihr genausogut eine Pistole an die Schläfe hätte
halten können.«

Danach sprudelte Annalies Bericht über ihre Beziehung zu Tom
Kelsoe nur so aus ihr heraus. Zwanzig Jahre waren vergangen,

aber der Schmerz dessen, was Tom Kelsoe ihr angetan hatte, brannte immer noch.

Wie so viele Tragödien entstand auch die von Annalie aus einem Akt unangebrachter Selbstlosigkeit. Als Annalie ihre Heimatstadt verließ und nach Toronto zog, um Journalistik zu studieren, war sie einsam und hatte Heimweh. Sie hielt sich an den altbewährten Ausweg aus ihrem Elend und half jemandem, dessen Probleme noch größer waren als ihre: Sie wurde freiwillige Helferin in einem privaten Hospiz für unheilbar kranke Kinder. Der Ort nannte sich Sunshine House, und Annalie brauchte nicht lange, um zu erkennen, daß diese Institution ernsthafte Probleme hatte: Die Verwaltungsangestellten besaßen kaum Referenzen, dafür fette Spesenkonten; das Personal, das sich um die Kinder kümmerte, war entweder inkompetent oder gleichgültig; die Kinder selbst wurden vernachlässigt oder gequält. Trotz dieser Bedingungen blieb Annalie zweieinhalb Jahre – zum Teil, weil sie das Gefühl hatte, daß die Kinder eine Verbündete brauchten, und zum Teil, weil sie geduldig ein Dossier über das Mißmanagement im Sunshine House zusammenstellte.

Als Annalie Brinkmann und Tom Kelsoe in einem Seminar über investigativen Journalismus aufeinandertrafen, geschahen zwei Dinge: Das Dossier über das Sunshine House quoll über, und Annalie war als Freiwillige gefeuert worden. Man hatte sie ertappt, wie sie im Büro des Direktors eine Akte fotokopierte, in der sich besonders erdrückendes Beweismaterial befand. Das Sunshine House wollte eine großangelegte Spendenkampagne starten und hatte eine Reihe von herzzerreißenden Fotos sterbender Kinder zusammengestellt; das Problem war nur, daß diese Kinder allesamt von einer Fotoagentur rekrutiert worden und so gesund wie das blühende Leben waren. Der Direktor des Sunshine House hatte in seinem innerbetrieblichen Memo die finanziellen Ausgaben für das Anheuern von Profis mit brutalen Worten gerechtfertigt: »Ein Foto von einem der Kinder hier würde den Durchschnittsbürger nur zum Kotzen bringen. Wir werden unsere Zielgruppe nicht dazu veranlassen können, dicke Schecks auszustellen, wenn sie vor Ekel die Augen schließen muß.«

Auch ohne die Akte von der Fotoagentur wußte Annalie, daß sie eine Story hatte. Allerdings war das Memo des Direktors pures Dynamit, und sie wollte es unbedingt in die Hand bekommen. Als ihr ein Kommilitone in dem Seminar über investigativen Journalismus anvertraute, daß er noch kein Thema für seine Abschlußarbeit hatte, glaubte Annalie, einen perfekten Partner gefunden zu haben. Niemand im Sunshine House würde eine Verbindung zwischen ihr und Tom Kelsoe vermuten. Tom könnte die entscheidende Akte kopieren und auch sonst noch einiges an Schmutz ausgraben. Er würde genügend Material für seinen eigenen Aufsatz bekommen, und sie hätte eine herrliche Mohrrübe, die sie den Medien von Toronto lockend vorhalten könnte.

Für Annalie war es ein fairer Tausch, aber nachdem Tom Kelsoe ihrem Plan zugestimmt hatte, kam er zu dem Schluß, lieber doch nicht zu tauschen. Nachdem er die Akte von der Foto-agentur fotokopiert hatte, teilte er Annalie mit, er habe Material ausgegraben, das noch weitaus schlimmer sei, aber er brauche Zeit, um es ans Licht zu bringen. Als sie Einwände erhob, über-raschte er sie, indem er ihr plump, aber unverkennbar Avancen machte.

So ging es weiter. Jedes Mal, wenn sie ihn wegen der Akte unter Druck setzte, wurde er zärtlich und murmelte etwas von einer gemeinsamen Zukunft. Annalie war nach ihrer eigenen Ein-schätzung sowohl unschuldig als auch naiv. Sie hatte noch nie in ihrem Leben eine Verabredung gehabt. Eine junge Frau mit etwas mehr Erfahrung hätte Tom Kelsoes Plan durchschaut, aber Annalie nicht. Sie glaubte seinen Lügen, und sie genoß den sexuellen Kitzel. Sie schuf sich ein Phantasiebild, in dem sie und Tom als Journalisten um die Welt reisten, berühmt und benei-det. Sie wußte, die Sunshine House Story war ihre Eintrittskarte in die funkelnde Medienwelt. Ihr Glaube an diese Phantasie wurzelte so tief, daß an dem Tag, als sie an einem Zeitungsstand vorbeikam und einen Artikel über Sunshine House auf der Titelseite des Abendblattes sah, ihr erster Gedanke war, Tom wolle sie mit der Veröffentlichung ihrer gemeinsamen Story überraschen. Als sie sah, daß nur der Name von Tom Kelsoe genannt wurde, brach für sie eine Welt zusammen.

Bis sie sich genügend zusammengerissen hatte, um zu Reed Gallagher zu gehen, war ihr Tom Kelsoe schon zuvorgekommen. Toms Version der Geschichte trug genug Wahrheit in sich, um glaubwürdig zu erscheinen. Er räumte ein, daß Annalie als Freiwillige im Sunshine House gearbeitet hatte, aber er gab vor, sie sei gefeuert worden, bevor sie mehr hatte als ein paar Mutmaßungen. Tom erkannte weiterhin an, daß Annalie vorgeschlagen hatte, er solle ebenfalls als Freiwilliger ins Sunshine House, aber er behauptete, die Story, die er ausgegraben hatte, sei ganz die seine.

Dann holte Tom Kelsoe zu einem Präventivschlag aus. Er vertraute Reed an, daß er ein furchtbares persönliches Problem habe. Annalie sei, so erklärte Tom, von ihm wie besessen. Sie würde ihn nachts ständig anrufen und ihn auf der Straße verfolgen. Er teilte Reed mit, daß er um ihre geistige Gesundheit fürchte, aber auch um sich selbst.

Annalie erzählte, daß Reed sehr einfühlsam, sehr besorgt mit ihr umgegangen sei. Er hörte sich ihre Version der Geschichte an, dann schlug er vor, sie solle sich in Therapie begeben. Als sie das ablehnte, sprach er sanft mit Annalie darüber, wie wichtig der gute Name für einen Journalisten ist. Als auch das nicht funktionierte, sprach er weniger sanft von der Möglichkeit, daß Tom gezwungen sein könnte, rechtlich gegen sie vorzugehen, sollte sie ihn weiterhin belästigen. Als Annalie Reeds Büro verließ wußte sie, daß Reed Gallagher ihr kein einziges Wort geglaubt hatte. Sie wußte auch, daß sie keine Alternative hatte, als ihr Studium aufzugeben.

Dabei hatte sie noch Glück. Sie fand einen Job in einem kleinen Radiosender, der klassische Musik spielte. Dort war sie seitdem tätig. Sie hatte geheiratet. Ihr Ehemann wollte keine Kinder. Er mochte kein Durcheinander. Es war, wie Annalie sagte, ein sehr stilles Leben.

»Aber ein gutes«, warf ich ein.

Sie lachte auf. »Ja«, bestätigte sie, »ich hatte ein gutes Leben, aber das hatte Tom Kelsoe auch.«

Die erste Meldung in den 18-Uhr-Nachrichten war die Verlautbarung von Constable Desjardin, daß der Name der Frau, deren Leichnam man auf dem Feld gefunden hatte, Kellee Savage lautete. Als ich die Leiche im Krankenhaus identifiziert hatte, war ich der Ansicht, das Schlimmste sei vorüber, aber die offizielle Bekanntmachung von Kellees Tod traf mich schwer. Es gab keine Überraschungen in der Meldung; doch als Marissas Bild durch Aufnahmen des Gebiets ersetzt wurde, in dem man die Leiche gefunden hatte, und als die Tatortszene zu dem unvermeidlichen Interview mit dem Mann überging, der die Leiche entdeckt hatte, fing ich an zu zittern.

Ich schaltete das Fernsehgerät aus. Ich brauchte keine Fernsehbilder, die eine Wahrheit unterstrichen, welche immer unangreifbarer wurde: Reed Gallaghers Tod war kein Unfall gewesen. Ich wußte nicht, wer ihn umgebracht hatte, und ich wußte auch nicht, aus welchem Grund, aber in einer Sache war ich mir sicher: Sobald ich in Erfahrung gebracht hätte, was mit Kellee in den Stunden geschehen war, bevor sie ihren letzten, tödlichen Gang nach Hause antrat, würde ein riesiges Stück in dem Puzzle von Reeds Tod seinen Platz finden. Ganz allmählich bildete sich eine Theorie in den hintersten Winkeln meines Kopfes heraus, aber eine Theorie ohne harte Fakten reichte nicht. Ich brauchte Beweise. Annalie Brinkmanns Geschichte klang überzeugend, aber wenn ich beweisen wollte, daß Tom Kelsoe hinter Val Masseys Attacken auf Kellee steckte, dann benötigte ich mehr als die zwanzig Jahre alte Geschichte einer Frau, die ich nicht persönlich kannte. Ich mußte ein paar gute, unumstößliche Gründe auftreiben, warum Kellee Savage es wert war, attakkiert zu werden.

Es gab noch einen Grund, warum ich einen Beweis brauchte. Wenn ich Tom Kelsoe aus dem Rennen werfen wollte, mußte ich sicherstellen, daß Jill für diesen Schlag bereit war. Sie verdiente es, die Wahrheit zu erfahren, und das bedeutete, daß ich warten mußte, bis ich absolut sicher war, wie die Wahrheit aussah. Ich rief Rapti Lustig an und fragte sie, wann Jill aus Toronto zurückkehren wollte. Rapti erzählte, Jill habe sie angerufen, um ihr zu sagen, daß sie Samstag früh noch eine Sitzung habe, aber rechtzeitig zur Show zurück sein würde. Das bedeutete, daß sie mit dem Flug am späten Nachmittag eintraf. Ich wollte Rapti schon nach Jills Nummer in Toronto fragen, entschied mich dann aber dagegen. Wenn ich Jill anrief, um ihr zu sagen, daß ich sie am Flughafen abholen wollte, würde sie Fragen stellen, und augenblicklich hatte ich noch nicht genug Antworten.

Ich ging in Gedanken eine Liste all der Dinge durch, die ich erledigen mußte, bevor ich Jill mit meinen Verdächtigungen konfrontieren konnte. Ich mußte zurück zur Dahl Street. Ich wollte mit Marissa Desjardin sprechen, und ich wollte mich erneut mit einigen Leuten unterhalten, die Kellee im Seminar ›Politik und die Medien‹ am nächsten standen. Aber das erste Stück im Puzzle war Val Massey. Ich nahm den Hörer ab, rief die Auskunft an und erhielt die Nummer von Masluks Kfz-Werkstatt. Dann begann ich zu wählen.

 **Als ich das erste Mal** anrief, ging in Masluks Kfz-Werkstatt niemand ans Telefon, und auch die anderen Male nahm niemand ab, als ich die Nummer in Regina Beach an diesem Abend wählte. Bevor ich am nächsten Morgen zur Universität fuhr, versuchte ich ein letztes Mal, mit Val Kontakt aufzunehmen, aber ich hatte wieder kein Glück. Merkwürdig, Vals Vater war mir eigentlich wie ein Mann vorgekommen, der seinen Laden allerhöchstens für das zweite Kommen Christi schließen würde.

Als ich in der Universität eintraf, wartete Rosalie Norman bereits auf mich. An diesem Tag hatte ihre Strickmütze einen hübschen Haselnußton.

»Die Farbe steht Ihnen gut«, sagte ich. »Sie bringt Ihre Augen zur Geltung.«

Rosalie Norman sah mich mißtrauisch an. Nach meiner Vorstellung vom Tag zuvor konnte ich ihr das kaum übelnehmen. »Tut mir leid wegen gestern«, entschuldigte ich mich, »die Polizei hat mich in der Nacht zuvor gebeten, Kellee Savage zu identifizieren. Vermutlich war ich noch ziemlich mitgenommen, als ich hierher kam.«

»Wenn Sie das nächste Mal persönliche Probleme haben, dann sagen Sie es einfach«, entgegnete sie.

»Das werde ich«, versprach ich schwach.

Sie reichte mir einen Umschlag. »Professor Mariani hat mich gebeten, Ihnen das hier zu geben.«

Ich lugte hinein. Es war Eds Büroschlüssel. »Noch mehr Asche auf mein Haupt.«

Rosalies Brombeeraugen funkelten interessiert auf. »Haben Sie beide sich gestritten? Es ist niemals eine gute Idee, sich den Arbeitsplatz zu teilen. Das hat man uns im Ergonomie-Seminar beigebracht.«

»Dann wird es wohl so sein«, sagte ich, und mein Ton war so düster, daß es mich selbst überraschte. Als ich meine Bürotür öffnete, hob der Anblick meine Stimmung auch nicht gerade. Auf meinem Schreibtisch standen ein Blumenstrauß aus Schwertlilien und ein Geschenk in wunderschönem Einwickelpapier mit Schwertlilienmotiv. Ich öffnete die Schachtel. Es war eine Paella-Pfanne mit Barry Levitts Rezept und eine Notiz in Eds sauberer Handschrift: »Für Taylor und für Sie, mit Dank und Zuneigung. E.«

Ich rief Eds Privatnummer an, um ihm zu danken, aber niemand hob ab. Dann rief ich in Masluks Kfz-Werkstatt an, aber auch dort ging niemand an den Apparat. Offenbar sprachen an diesem Tag nur die Blumen und sonst niemand. Als ich gerade einhängte, traten Linda Van Sickle und Jumbo ein.

Lindas Strahlen war erloschen. Ihr Gesicht war bleich und ihre Augen blicklos. »Ich fühle mich schrecklich«, sagte sie. »Ich kann einfach nicht aufhören, an Kellee zu denken. Ständig gehe ich diesen Abend durch, überlege mir, was wir hätten anders machen können.«

»Das geht mir ebenso«, meinte ich.

»Es hat keinen Sinn, nach hinten zu schauen«, erklärte Jumbo weise. »Das sagt uns mein Trainer immer, und er hat recht. Man muß sich auf das konzentrieren, was vor einem liegt.«

»Was vor uns liegt, sieht auch nicht besonders rosig aus«, erwiderte ich. »Aber Sie haben recht. Es ist ein fruchtloses Unterfangen, ständig an das zu denken, was hätte sein können. Wollten Sie beide über etwas Besonderes mit mir reden?«

»Die Beerdigung«, meinte Linda mit ausdrucksloser Stimme, »wissen Sie, wann sie stattfindet? Jumbo und ich glauben, wir sollten daran teilnehmen.«

»Der Ansicht bin ich auch«, bestätigte ich, »Sie sollten dabei sein. Das sollten aber auch eine Menge anderer Leute – beispielsweise Val. Haben Sie ihn heute schon gesehen?«

Jumbo und Linda tauschten rasch einen Blick aus.

»Nein«, erklärte Jumbo. »Wir haben Val nicht gesehen. Er hat gestern nicht am Unterricht teilgenommen, und heute morgen fehlte er auch im Seminar.«

Linda schlug die Arme um sich, als ob ihr kalt wäre. »Ich mache mir Sorgen um ihn. Die Nachricht von Kellee wird ihm furchtbar zusetzen.«

Jumbo runzelte die Stirn. »Na ja, wenigstens muß er sich nicht schuldig fühlen. Als Kellee an jenem Abend die *Lazy Owl Bar* verließ, war er der einzige, der –«

Linda berührte seinen Arm, als ob sie ihn zurückhalten wollte.

Jumbo sah sie verstört an. »Val hat versucht, das Richtige zu tun. Warum sollte ich nicht darüber reden?«

Linda wollte etwas erwidern, aber ich schnitt ihr das Wort ab. »Jumbo, was hat Val an diesem Abend getan?«

»Als Kellee die Bar verließ, ist er ihr gefolgt. Vermutlich wußte er, daß sie nicht in der Verfassung war, um da draußen allein zu sein.«

»Warum ist er nicht bei ihr geblieben?«

Jumbo zuckte mit den Schultern. »Ich weiß es nicht. Ich habe ihn an diesem Abend nicht mehr gesehen. Auch die anderen nicht. Er ist nicht mehr zurückgekommen.«

Nachdem Jumbo und Linda gegangen waren, machte ich mich auf den Weg zur Bibliothek. Die stummen Reihen von Büchern und Zeitschriften waren Balsam für meine strapazierten Nerven. Es war eine Erleichterung, den konkreten Beweis vor sich zu haben, daß letztendlich alle Informationen und Spekulationen durch die *Library of Congress* ordentlich katalogisiert werden konnten. Als ich in mein Büro zurückkam, schien die spätnachmittägliche Sonne durch mein Fenster. Ich zog meine Mantel an und packte die Bücher ein, dann sah ich aus den Augenwinkeln das Telefon und beschloß, es ein letztes Mal unter Vals Nummer zu versuchen.

Die Stimme, die meinen Anruf entgegennahm, war männlich und so kalt wie ein Januartag in der Prärie.

»Ich versuche, mit Val Massey in Kontakt zu treten«, sagte ich.

»Er ist nicht da.«

»Sie sind nicht Mr. Masluk, oder?«

»Ich bin der Nachbar.«

»Wissen Sie, wann die Masluks zurückerwartet werden? Es ist wirklich dringend. Ich bin eine von Vals Professorinnen an der Universität, und ich muß mit ihm über etwas Wichtiges sprechen.«

»Sie sind im Krankenhaus.«

»Wie bitte?«

Die Stimme war jetzt freundlicher, geduldig, wie jemand, der eine Wegbeschreibung gibt. »Herman mußte den kleine Val heute morgen ins Krankenhaus bringen. Mehr will ich nicht sagen. Das geht mich nichts an.«

»Geht es Val gut?«

»Er wird durchkommen, aber er hat uns allen einen mächtigen Schreck eingejagt. Den Rest Ihrer Fragen sollten Sie sich für Herman aufsparen – oder für Val, sobald es ihm wieder besser geht.«

Ich rief im Krankenhaus von Regina an und erkundigte mich nach Vals Zimmernummer. Die Telefonistin sagte mir, es sei 517F – die psychiatrische Abteilung. Die Stationsschwester teilte mir mit, daß Val momentan noch keinen Besuch empfangen

dürfe, sein Vater jedoch eine kurze Liste mit Leuten zusammenstellte, die Val am nächsten Tag besuchen durften.

Als ich mit dem Volvo auf den Parkway bog, war ich in meinen
Gedanken bei dem Rätsel von der Verbindung zwischen Val
Massey und Kellees Tod. Ich sah den Citybus erst, als ich ihn
schon fast gerammt hatte. Ich trat auf die Bremse, der Bus aufs
Gas. Als er an mir vorbeizog, sah ich Tom Kelsoes Bild auf der
Werbefläche an der Seite. Tom trug seine Lederjacke, seine
schwarzen Haare waren zerzaust, und seine Augen brannten
förmlich vor Integrität. Unter dem Foto stand in Blockbuchstaben »Kelsoe!« Dann, etwas kleiner: »Samstags um 18 Uhr, nur
bei NATIONTV.« Keine Fotos von Glayne Axtell oder Senator
Sam Spiegel. Nur das von Tom. Er war zügig an die Spitze
geschnellt. Als ich vor unserem Haus vorfuhr, wußte ich, daß
auch ich mich jetzt beeilen mußte.

Als ich ins Wohnzimmer kam, kniete Taylor am Couchtisch und
zeichnete. Angus und Leah saßen auf dem Teppich, tranken Tee
und spielten Monopoly. Angus steckte mitten in seinem bei
Monopoly üblichen Liquiditätsproblem und winkte mir geistesabwesend zu. »Constable Soundso hat eine Nachricht hinterlassen, aber nichts, worüber du dir Sorgen machen müßtest. Du
sollst sie nur zurückrufen. Ihre Nummer liegt auf deinem
Schreibtisch.«

Marissa Desjardin klang müde. »Der Bericht des Gerichtsmedi-
ziners brachte keine Überraschungen«, sagte sie. »Tod aufgrund
einer Kombination aus akuter Alkoholvergiftung und Unter-
kühlung. Mit anderen Worten, Kellee Savage hat soviel getrunken, daß ihre inneren Systeme den Geist aufgaben, und das
Wetter erledigte den Rest.«

Ich dachte an den tückischen Sturm, den wir in der Nacht des
17. März hatten. Es ergab einen Sinn und dennoch...

»Constable Desjardin, wenn Kellee derart betrunken war, wie ist
sie dann so weit gekommen?«

»Dieser Gedanke kam uns auch, und wir werden das überprüfen. Höchstwahrscheinlich hat Kellee es bis zum Highway geschafft. Dort hat jemand sie aufgelesen. Ich wette, wer immer das war, bedauert das jetzt. Wahrscheinlich mußte er seinen Wagen ausräuchern. Selbst heute, nach zwei Wochen an der frischen Luft, stinken ihre Kleider noch.«

Irgend etwas an ihren Worten nagte an mir. »Wollen Sie damit sagen, daß Kellees Kleider nach Bier riechen?«

»Sie waren förmlich darin getränkt. Als man sie fand, lag neben ihr eine leere Bierflasche und eine volle Flasche befand sich in ihrer Büchertasche. Haben Sie sonst noch Fragen?«

»Nein, danke. Ich weiß jetzt genug.«

Kaum hatte ich eingehängt, wurde mir klar, warum Marissa Desjardins Worte über den Geruch an Kellees Kleidern an mir nagte. Als Linda Van Sickle mir Kellees Alkoholkonsum an jenem Abend beschrieb, hatte sie gesagt, sie hätte sich noch gewundert, daß Kellee Scotch trank. Die biergetränkten Kleider waren ein weiteres Puzzlestück, das einfach nicht passen wollte. Mehr denn je war mir daran gelegen, mit Val Massey zu reden.

Es war fast 20 Uhr 30, als ich endlich zu Herman Masluk durchkam, und er war bereit für mich. Es schien, daß Herman während seiner Zeit im Krankenhaus zu dem Schluß gekommen war, die Schuld für alles, was mit seinem Sohn nicht stimmte, an der Schwelle der Universität abzuladen, und an diesem Abend verkörperte ich für ihn die Universität.

Zwischen den Anschuldigungen und den Beschimpfungen tauchten auch einige Fakten auf. Irgendwann in der vorigen Nacht hatte Val einen Selbstmordversuch unternommen. Herman Masluk hatte seinen Sohn in einer alten Garage gefunden, in der sie manchmal Fahrzeuge lagerten. Die Tür zur Garage war fest verschlossen, und der Motor von Vals Honda Civic lief. Val hatte einen Schlauch am Auspuff befestigt und die Abgase durch das Fenster der Beifahrerseite in den Innenraum gelenkt.

247

Mr. Masluk hatte die ganze Nacht nach seinem Sohn gesucht. Es war pures Glück, daß er bemerkte, daß die Tür zu der alten Garage untypisch fest verschlossen war.

Die Heftigkeit seiner Wut bewegte mich, ebenso wie die Stärke seiner Liebe für seinen Sohn Val. Aus seinen Worten wurde offensichtlich, daß er das Gefühl hatte, in einer Schlacht um Vals Seele zu stecken. Die Universität und alles, wofür sie stand, stellte für diesen Mann, der sein Leben lang dafür geackert hatte, seinem Sohn ein profitables Geschäft zu übergeben, einen Fluch dar. Vals Selbstmordversuch hatte seinen Vater erschreckt, aber er sah es auch als Beweis, daß er recht hatte, daß nämlich nichts als Ärger von jenen fremden Gebäuden aus der Ebene kam.

Während er über Val sprach, spürte ich, wie sich mein Herz für Herman Masluk erwärmte, und als es schien, daß er sich allmählich beruhigte, erzählte ich ihm von meiner Tochter Mieka und dem Kampf, den wir geführt hatten, als sie beschloß, ihr Studium einfach aufzugeben. Er hörte aufmerksam zu, und bald gelangten wir zu einem uralten Thema: dem Kampf zwischen den Erfahrungen der Eltern und den Hoffnungen der Kinder. Ich erzählte ihm, wann immer ich das Gefühl hatte, ich würde bei meinen Kindern ins Schwimmen geraten, fände ich eine Stütze in dem alten Aphorismus von C. P. Snow, daß die Liebe zwischen Eltern und ihrem Kind die einzige Liebe ist, die zur Trennung führen muß. Er schwieg einen Augenblick, dann bat er mich, aufzuschreiben, was ich gerade gesagt hatte, und den Zettel mit ins Krankenhaus zu bringen, wenn ich Val besuchte. Bevor er sich verabschiedete, erzählte mir Herman Masluk, daß Val seine Mutter nie kennengelernt hatte und er vielleicht die Sichtweise einer Frau brauchte. Ich versprach ihm, mein Bestes zu tun.

Nachdem ich aufgehängt hatte, wählte ich Ed Marianis Nummer. Ich wußte, Ed würde von Val erfahren wollen; aus selbstsüchtigeren Motiven begrüßte ich außerdem jede Entschuldigung, die es mir erlaubte, meine Beziehung zu ihm wieder auf festen Boden zu stellen. Bei Ed und Barry meldete sich niemand, aber ich hinterließ eine Nachricht auf ihrem Anrufbeantworter, dankte beiden für die Paella-Pfanne und teilte Ed mit, daß ich auf ihn zukommen würde.

Als ich in Taylors Zimmer ging, um sie zuzudecken, war sie bereits eingeschlafen. In ihrer rechten Armbeuge lag das Chagall-Buch, in ihrer linken Armbeuge lag Benny. Als ich das Buch wegnehmen wollte, warf er mir einen vorwurfsvollen Blick zu.

»Ich habe gelernt, mit deiner Ablehnung zu leben, Benny«, flüsterte ich, schaltete das Licht aus und ging nach unten. Ich machte mir eine Kanne Tee und legte eine Aufnahme von Haydns Konzert für Trompete und Orchester in E-Moll in der Version von Wynton Marsalis in den CD-Player. Ich mußte Pläne schmieden, und dafür brauchte ich eine Infusion an Klarheit. Wie so oft erledigten Haydn und Marsalis ihre Aufgabe, und als ich ins Bett ging, hatte ich mir den nächsten Tag ziemlich genau zurechtgelegt. Als letztes, bevor ich das Licht ausdrehte, steckte ich Tom Kelsoes Buch *Das große Abrechnen* in meine Tasche.

Wenn ich an Omen glauben würde, hätte ich in der Wetterlage vom Samstag morgen jede Menge Vorzeichen gefunden, die mir Sicherheit gaben. Der Himmel war blau, die Sonne schien hell, und ich spürte, daß Vogelgezwitscher und Wildblumen in der Luft lagen. Sogar das Haus in der Dahl Street sah weniger düster aus.

Wie schon am Dienstag wurde die Vordertür mit einem Ziegelstein offengehalten, aber als ich diesmal an die Innentür klopfte, wurde sie von einem Mädchen in Taylors Alter geöffnet, das mich einließ. Auf der Welle meines Glücks rannte ich nach oben und klopfte an die Tür von Nummer 3. Ein gutaussehendes Indianerkind mit einem Bürstenschnitt öffnete, und während es mich prüfend musterte, konnte ich über seine Schulter einen Blick in die Wohnung an einem Samstag morgen erhaschen. Im Fernseher liefen Cartoons, und ein Junge, der seinem Aussehen nach der ältere Bruder des Jungen war, der mir die Tür geöffnet hatte, saß auf der Couch. Neben ihm befand sich die Frau, der ich einen so großen Schrecken eingejagt hatte, als ich am Dienstag unangemeldet hereingeplatzt war. An diesem Tag hatte sie ihre langen schwarzen Haare mit einem rosafarbenen Band zurückgebunden, und noch während ich hinsah, streckte der Junge den Arm aus und strich ihr in einer Geste so großer Zärtlichkeit darüber, daß es mir die Kehle zuschnürte.

Auf der anderen Seite des Raumes saß die Blondine, die mich hinausgeworfen hatte. Heute trug sie Blue Jeans, eine Jeansjacke und ihre Nancy-Sinatra-Stiefel. Sie war ganz in die Sendung vertieft. Offenbar erwartete sie eine Lieferung, denn als ich hereinkam, gestikulierte sie ohne aufzusehen in Richtung Tür. »Meine Handtasche liegt auf dem Tisch, Darrel«, sagte sie. »Gib dem Typ ein gutes Trinkgeld.«

»Es ist jemand anderes«, sagte Darrel. Kaum hatte die Blondine diese Worte vernommen, schoß ihr Kopf zu mir herum. Sie mochte vielleicht wie eine in den Ruhestand getretene Barbie aussehen, aber sie bewegte sich wie eine Rakete. Binnen weniger Sekunden war sie mir so nahe, daß sich unsere Nasen beinahe berührten. »Frau Lehrerin«, sagte sie mit einer Stimme, die vor Wut bebte, »heute ist Samstag. Schulfrei. Gehen Sie nach Hause.«

Ich hielt die Stellung. »Ich möchte, daß Sie sich etwas anhören. Wenn Sie zu dem Schluß kommen, daß Sie nicht hören wollen, was ich zu sagen habe, dann unterbrechen Sie mich. Ich werde gehen, und ich verspreche, Sie dann nicht noch einmal zu belästigen.«

Ohne auf ihre Antwort zu warten, zog ich *Das große Abrechnen* aus meiner Handtasche und begann, die Geschichte von Karen Keewatin und ihren Söhnen vorzulesen. Ich kam nicht weit, bevor die Blondine mir das Buch aus der Hand riß.

»Lassen Sie uns auf den Flur gehen«, sagte sie. »Mein Name ist Bernice Jacobs, und ich habe etwas mit Ihnen zu bereden.«

Eine halbe Stunde später stand ich wieder auf dem Gehweg der Dahl Street. Ich war nervös, aber heiter; Bernice Jacobs hatte meine Theorie über das, was Kellee Savage zugestoßen war, nicht nur bestätigt, sie hatte mir sogar noch einige eigene Theorien präsentiert.

Als ich sah, wie das kleine Mädchen, das mich in das Gebäude gelassen hatte, einen Ball gegen die Hauswand warf, rief ich es zu mir und dankte ihr. Was ich von Bernice Jacobs erfahren hatte, war schrecklich, aber das Wissen ist eine robustere Waffe als die Unwissenheit, und ich war dankbar, daß ich nicht unbewaffnet in die Schlacht ziehen mußte.

Ich hatte die halbe Strecke des Häuserblocks hinter mir, als ich das schwache Miauen des Kätzchens hörte. Beinahe wäre ich weitergegangen. Taylor war die Katzenfrau in unserer Familie, und ich hatte schon genug am Hals. Aber das Bild des Kerosingetränkten Tieres, das ich bei meinem ersten Besuch in der Dahl Street gesehen hatte, war ein mächtiger Ansporn. Ich drehte mich um und ging zurück.

Die kleine Schildpattkatze war in der Gasse neben dem Wohnhaus von Bernice zwischen zwei Mülltonnen gekrabbelt. Als ich eine der Tonnen zur Seite rückte, um sie mir näher anzusehen, wollte das Kätzchen sich freikämpfen. Es kam nicht sehr weit. Es zog seine rechte Vorderpfote über den Boden, und noch während ich hinsah, brach es unter der Anstrengung zusammen. Ich ging zurück zu meinem Wagen und holte die Decke, die wir im Kofferraum aufbewahren, falls wir einmal in einem Schneesturm steckenbleiben. Nachdem ich die Katze eingewickelt hatte, ging ich zurück zu dem Gebäude in der Dahl Street. Das kleine Mädchen warf seinen Ball immer noch gegen die Hauswand. Ich konnte ihre Stimme hören. Sie sang dasselbe Lied, das ich vierzig Jahre früher gesungen hatte: »Wirf den Ball, dreh dich um, klatsch in die Händ, und wirble herum.« Als sie kurz vor ›klatsch in die Händ‹ den Ball fallen ließ, nützte ich die Gelegenheit aus. Ich zog die Decke soweit herunter, daß sie den Kopf des Kätzchens sehen konnte.

»Weißt du, wem diese Katze gehört?« fragte ich.

Sie sah uninteressiert hin. »Die gehört niemand.«

»Bist du sicher?«

Sie seufzte tief. »Die lebt auf der Straße«, sagte sie, drehte sich um und warf ihren Ball gegen die Wand. »Wirf den Ball, dreh dich um . . .«, begann sie von neuem. Ich deckte die Katze wieder zu und ging zum Volvo. Es war 10 Uhr 30; samstags hatte unser Tierarzt bis mittags geöffnet.

Dr. Roy Crawford war seit über 25 Jahren unser Tierarzt. Er war ein sanfter, unerschütterlicher Mann, aber als er die Katze sah, die ich mitgebracht hatte, zuckte er zusammen.

»Können Sie etwas für sie tun?« fragte ich.

Er warf mir einen prüfenden Blick zu. »Das kommt darauf an.«

»Worauf?«

»Ob dieses Tier ein Heim hat, wenn ich mit ihm fertig bin. Dieses Bein muß operiert werden. Es ist sinnlos, das Tier zu operieren, wenn es in zwei Wochen ohnehin eingeschläfert werden muß. Es ist Ihre Entscheidung, Mrs. K.«

»Es wird ein Heim haben«, erklärte ich.

Seine Augenbraue schoß nach oben. »Bei Ihnen?«

»Wo sonst?« fragte ich. »Übrigens, ist es ein Kater oder eine Katze?«

Roy Crawford beugte sich vor und besah sich die Weichteile des Kätzchens. »Ein Kater.« Er lächelte. »Es wird die Hölle los sein, wenn Benny vom Thron abdanken muß.«

»Benny wird nicht abdanken«, sagte ich. »Er glaubt, der Thron sei ihm durch göttliches Recht zugesprochen. Aber er wird lernen müssen, wenigstens die Krone zu teilen.«

Bis ich die Papiere bei Roy unterzeichnet hatte, war es nach

11 Uhr. Herman Masluk hatte gesagt, daß die einzigen beiden Namen auf Vals Besucherliste seiner und meiner waren. Also konnte ich ins Krankenhaus, wann immer es mir paßte. Elf Uhr schien dafür eine ebensogute Zeit zu sein wie jede andere.

Ich parkte auf dem Parkplatz neben dem Krankenhaus, bahnte mir meinen Weg durch das unvermeidbare Gedränge von Patienten und Ärzten, die vor der Tür rauchten, und eilte zu den Aufzügen. Als ich im fünften Stock ausstieg, stand ich einer Theke und einem Krankenpfleger gegenüber, der wie der Verteidiger einer Footballmannschaft aussah. Er strahlte auch die Warmherzigkeit eines professionellen Footballspielers aus, aber als ich ihm schließlich zufriedenstellend nachweisen konnte, daß mein Name auf seiner Liste stand, wirkte er beinahe herzlich. »Man kann gar nicht vorsichtig genug sein«, dröhnte er.

»Wem sagen Sie das«, meinte ich und ging den Flur entlang zu Zimmer 517.

Es überraschte mich, daß Val in seinem Bett lag. Zuerst glaubte ich, er würde schlafen, aber als ich seinen Namen rief, drehte er sich um. Dann tauchte er unter sein Kissen und erinnerte mich daran, wie jung man mit 21 wirklich ist.

Ich zog einen Stuhl an das Bett und setzte mich. »Wir müssen reden, Val«, sagte ich. »Aber ich kann warten, bis Sie bereit sind.«

Während ich darauf wartete, daß Val sich entschied, wann er sich dem Unvermeidbaren stellen konnte, hatte ich mehr Zeit als nötig, um mir sein Zimmer anzusehen. Es war klein und gnadenlos funktional. Den einzig nicht-institutionellen Hauch vermittelte eine beruhigende Landschaft mit einem Boot in Pastell, in dem niemals jemand sitzen würde und das gelassen auf einem See in Pastell trieb, den keine Welle jemals trüben würde. Prozac-Kunst.

Ich fragte mich gerade, ob es falsch war, Val die Initiative zu überlassen, als er sich aufsetzte, die Beine über den Rand des Bettes schwang und mich ansah. Er trug einen blaugestreiften

Krankenhauskittel, der schon so entworfen war, um dem Träger jedwede Würde zu nehmen, aber Val brachte es fertig, sogar diesem formlosen Stück Stoff einen Hauch von Stil zu verleihen.

»Ich bin schuld, daß sie tot ist«, sagte er, und der Anflug von Hysterie in seiner Stimme machte mir Angst. »Ich wollte nicht, daß es soweit kommt, aber das macht sie auch nicht wieder lebendig, oder?« Sein Gesicht legte sich in Falten, und er vergrub es in seinen Händen.

Ich berührte seine Schulter. »Nein«, sagte ich, »das macht Kellee nicht wieder lebendig. Dennoch Val, wenn Sie mir sagen, was zwischen Ihnen und ihr wirklich geschehen ist, können wir die Wahrheit herausfinden.«

»Und die Wahrheit wird mich freimachen«, meinte er bitter.

»Nein, Sie werden sich hiervon niemals befreien können. Aber die Wahrheit könnte Ihnen helfen, die Sache im richtigen Licht zu sehen. Fangen Sie ganz von vorn an.«

»Sie kennen den Anfang«, sagte er. »Sie erzählte Lügen über ...«

»Über Tom Kelsoe«, warf ich ein.

Val seufzte erleichtert auf. »Ich bin so froh, daß er endlich beschlossen hat, mit jemandem darüber zu reden. Tom setzt andere Leute immer an die erste Stelle. Selbst als Kellee versuchte, ihn zu zerstören, hat er sie beschützt. In der Nacht, als er mich anrief und mir erzählte, daß sie ihn der sexuellen Belästigung beschuldigte, schlug ich vor, er solle sich an Professor Gallagher wenden. Aber Sie kennen ja Tom. Er denkt nur an seine Studenten. Er meinte, Professor Gallagher würde Kellee ausschließen müssen, und das wolle er nicht.« Vals Stimme war voll des Fiebers eines fanatischen Anhängers. »Aber Tom sagte, zu Kellees eigenem Besten müsse sie lernen, daß der Ruf eines Journalisten, sich der Wahrheit verpflichtet zu haben, keinen Makel haben darf.«

»Darum haben Sie Kellee in eine Lage gebracht, in der jeder glauben mußte, daß sie log.«

Val sprang vom Bett auf und begann, auf und ab zu laufen. »Sie hat Lügen über ihn verbreitet. Können Sie sich vorstellen, daß jemand Lügen über einen Mann wie Tom Kelsoe verbreitet? Sie waren doch bei seiner Buchveröffentlichung. Sie haben gehört, was er über Karen Keewatin und ihre Söhne geschrieben hat. So ein Journalist ist er. Er sieht die Würde in jedem Menschen, und Kellee wollte ihn zerstören.« Vals Stimme brach vor Gefühlsregung. »Ich habe nur versucht, den besten Mann zu schützen, den ich je kennengelernt habe, aber alles lief schief.«

Er stand kurz vor einem Zusammenbruch, aber ich mußte weiter in ihn drängen. »Val, was ist in jener Nacht in der *Lazy Owl Bar* geschehen?«

Er kam zurück und setzte sich auf das Bett. »Es ging alles so schnell. Ich war in Toms Büro gewesen, darum kam ich zu spät in die Bar. Als Kellee mich sah, ist sie ausgeflippt. Irgendwie hat sie sich ausgerechnet, warum ich sie … ärgerte. Sie war sehr betrunken und sehr feindselig. Sie sagte, sie könne niemandem an der Universität vertrauen, darum würde sie an die Öffentlichkeit gehen. Sie fing an, mich zu schlagen, und dann hat jemand – ich glaube, es war Meaghan Andrechuk – gesagt, daß Kellees Kassettenrekorder lief. In dem Moment hatten schon zu viele Leute zuviel getrunken, und es gab eine Szene. Dann hörten wir, daß in den Fernsehnachrichten bekanntgeben wurde, Reed Gallagher sei tot. Kellee stand direkt vor mir. Es war schrecklich. Sie wurde totenbleich. Zuerst glaubte ich, sie würde in Ohnmacht fallen, aber dann hat sie sich nur ihren Beutel geschnappt und ist gegangen.«

»Hat sie Bier mitgenommen?«

Val warf mir einen neugierigen Blick zu. »Bier? Nein. Warum? Hat jemand behauptet, sie hätte das getan?«

»Nein«, meinte ich, »tut mir leid. Fahren Sie fort.«

»Es gibt nicht mehr viel zu erzählen. Ich bin Kellee gefolgt. Sie war völlig ausgerastet. Ich fürchtete schon, sie würde sich wirklich an die Medien wenden. Als ich nach draußen kam, sah ich, wie sie in Richtung Universität ging, also folgte ich ihr.« Val schüttelte den Kopf. »Ich beobachtete, wie sie den Fachbereich Journalistik betrat. Ob Sie es glauben oder nicht, ich dachte, das Schlimmste wäre jetzt vorüber. Ich dachte, sie würde einfach in die Cafeteria gehen und Kaffee trinken, bis sie wieder nüchtern war.«

»Und da haben Sie sie zum letzten Mal gesehen.«

»Ja. Von meiner Partystimmung war nichts mehr übrig, darum bin ich nach Hause gefahren.«

»Wurden Sie dort gesehen?«

»Freitag abends spielt mein Vater immer Poker. Alle echten Kerle der Stadt saßen in seinem Wohnzimmer, tranken Whiskey und rauchten *Players*. Ich habe bis drei Uhr morgens mitgespielt.«

»Aber danach sind Sie nicht ins Bett, oder? Sie fuhren zurück zur Universität, um dafür zu sorgen, daß nichts auf Reed Gallaghers Computer sein würde, was Tom Kelsoe belasten könnte.«

»Tom hat mich zu Hause angerufen. Er hat mir die Situation erklärt. Niemand wußte, was Kellee Savage Professor Gallagher erzählte hatte. Und wo er doch jetzt tot war, gab es keine Möglichkeit, ihm die Wahrheit zu erklären. Tom meinte, Professor Gallagher würde nie und nimmer ein Erbe aus lauter Lügen hinterlassen wollen.« Val fuhr sich durch die Haare. »Dr. Kilbourn, ich weiß, dieser Vandalismus läßt sich nur schwer verstehen, aber Tom sagte, in diesem Fall würden wir das Falsche aus dem richtigen Grund tun.«

»Und das hat für Sie einen Sinn ergeben?«

»Ja«, sagte er, »das hat es. Ich habe es wirklich vermasselt, oder?«

»Im Moment ist nur wichtig, daß Sie den Fehler nicht verschlimmern. Val, Sie wissen doch, daß das, was Sie Donnerstag nacht versucht haben, nichts besser macht. Sie werden diesen speziellen Ausweg nicht noch einmal versuchen, oder?«

Er errötete. »Nein, das war eine Dummheit.«

»Gut, denn vor Ihnen liegt noch ein großartiges Leben.«

»Ja, klar.«

Ich nahm seine Hand. »Ich habe recht, Val. Denken Sie mal darüber nach. Und wenn ich gegangen bin, fragen Sie doch den Pfleger, ob Sie einen kleinen Spaziergang durch das Krankenhaus machen dürfen. Versuchen Sie, den Menschen an diesem Ort zu finden, für den ebensoviel spricht wie für Sie.«

Ich öffnete meine Handtasche, nahm den Zettel mit dem C.-P.-Snow-Zitat heraus und reichte ihn Val. »Ihr Vater hat mich gebeten, ihm das hier mitzubringen«, sagte ich. »Sie dürfen es lesen, wenn Sie wollen.«

Er faltete den Zettel auseinander. »Die Liebe zwischen Eltern und ihren Kindern ist die einzige Liebe, die zur Trennung führen muß.‹« Val sah mich verständnislos an. »Welches Interesse sollte mein Vater daran haben?«

Ich drückte seine Hand. »Vielleicht weiß er, daß Sie nicht der einzige sind, der etwas vermasselt hat.«

Jills Flugzeug traf erst um 16 Uhr 30 ein, darum fuhr ich nach dem Mittagessen mit Taylor und ihrem Freund Jess zum Jachthafen, um ein Eis zu essen. Es war ein sonniger, windiger Tag, und auf dem Rasen vor dem Museum ließen die Leute Drachen steigen. Die Kinder und ich kauften unser Eis und nahmen es mit zum Museumsrasen. Wir fanden eine Bank in der Sonne und gaben uns dem Vergnügen hin, Bananasplit zu essen und einen Himmel voller Diamanten zu beobachten, so funkelnd wie die Farben in Taylors erstem Farbkasten. Alles in allem hatte der Nachmittag vier Sterne verdient, und als ich die Kinder bei Jess absetzte, war mir eines klar: So schwer es mir auch fallen würde, Jill mitzuteilen, was ich in den letzten 48 Stunden erfahren hatte, ich war dazu bereit.

Das Problem war, daß Jill nicht auftauchte, um mich anzuhören. Mit angespanntem Nervenkostüm sah ich zu, wie die Passagiere aus Toronto in das Flughafengebäude strömten. Zahlreiche Reisende stiegen aus dem Flugzeug, aber ich konnte Jill nicht unter ihnen entdecken. Mein erster Gedanke war, daß ich sie einfach übersehen hatte, schließlich erwartete sie ja nicht, daß ich sie abholte. Ich ging zur Gepäckausgabe und sah zu, wie sich die Passagiere ihre Koffer griffen und nach Hause eilten. Als der letzte Koffer in Beschlag genommen war, ging ich zu der Reihe von Telefonapparaten neben dem Eingang, wählte die Nummer von NATIONTV und fragte nach Rapti Lustig.

Rapti klang ebenfalls angespannt, aber da sie in eineinhalb Stunden auf Sendung ging, überraschte mich das nicht.

»Ich weiß, du hast eine Million Dinge zu erledigen«, sagte ich, »darum werde ich dich nicht lange aufhalten. Ich bin jetzt am Flughafen. Hast du nicht gesagt, Jill würde heute nachmittag von Toronto einfliegen? Habe ich dich falsch verstanden?«

Einen Augenblick lang herrschte Schweigen, dann sagte Rapti: »Wer weiß, wer da wen mißverstanden hat. Jill hat heute morgen angerufen und mir mitgeteilt, ich müsse die Show heute abend allein produzieren, weil sie aufgehalten würde. Wir haben stundenlang geredet und versucht, alle Punkte abzuklären. Kaum hatte ich eingehängt, fiel mir ein, daß ich sie nicht gefragt hatte, welche Kamerabewegung sie in der Eingangssequenz wollte. Ich versuchte es in dem Hotel, in dem wir alle wohnen, wenn wir in Toronto sind, aber da war sie nicht eingetragen. Dann habe ich unser Büro in Toronto angerufen. Die wußten von gar nichts, Jo. Soweit es nach ihnen ging, ist Jill die ganze Woche nicht dort gewesen.«

»Wo ist sie dann?«

»Da weiß ich auch nicht mehr als du.«

Als ich einhängte, spürte ich den ersten Anflug von Panik. Ich versuchte, mir einzureden, daß ich überreagierte. Rapti hatte mit Jill an diesem Morgen gesprochen, und da ging es ihr noch gut. Offensichtlich herrschte nur eine Art Mißverständnis. Dennoch fühlte ich mich auf dem Weg aus dem Flughafengebäude unwohl.

Ich war so mit mir beschäftigt, daß ich an Ed Mariani einfach vorbeimarschierte. Er rief meinen Namen, und als ich mich umdrehte, sah ich, daß er eine Reisetasche bei sich trug und reisefertig gekleidet war. Ich sah auch, daß ich ihn verletzt hatte.

»Wenn Sie einfach weitergehen wollen, dürfen Sie gern vergessen, daß Sie mich gesehen haben«, sagte er. »Ich wollte Sie nur wissen lassen, wie sehr mich Ihre Stimme auf dem Anrufbeantworter gestern abend gefreut hat. Ich bin froh, daß Ihnen unser Geschenk gefällt.«

»Ich will nicht vergessen, daß ich Sie gesehen habe, Ed«, erklärte ich. »Mir geht nur gerade sehr viel durch den Kopf.«

Er stellte seine Reisetasche ab und trat auf mich zu. »Stimmt etwas nicht?«

»Ich hoffe nicht«, meinte ich. »Aber es gibt ein paar Dinge, über die ich mit Ihnen reden möchte. Haben Sie noch Zeit für einen Drink, bevor Ihr Flieger startet?«

Ed schüttelte den Kopf. »Wie gewöhnlich komme ich in allerletzter Sekunde zum Flughafen. Aber wenn es sich um einen Notfall handelt, kann ich meinen Flug umbuchen.«

Seine Großzügigkeit trieb mir die Tränen in die Augen. »Ed, es tut mir leid, wenn ich in letzter Zeit etwas kühl zu Ihnen war.«

Ich konnte die Erleichterung in seinem Gesicht lesen. »Denken Sie nicht weiter darüber nach. Ich weiß, auf engstem Raum kann ich etwas überwältigend wirken.«

»Das war es nicht. Es hatte mit Tom Kelsoe zu tun.«

Eds Augen wurden wachsam. »Was ist mit ihm?«

»Ich habe Sie am Dienstag mit ihm im Fakultätsclub gesehen. Ich hatte Ihnen gerade erzählt, daß ich vermutete, er würde Jill schlagen.«

»Und Sie dachten, ich würde ihn von Ihren Mutmaßungen in Kenntnis setzen.«

»Ed, worüber haben Sie mit ihm gesprochen?«

Ed nahm seine Reisetasche. »Ich will Sie nicht anlügen.«

»Dann sagen Sie mir die Wahrheit. Ich drehe mich hier im Kreis. Erst Reed, dann Kellee, jetzt Jill . . .«

Er trat einen Schritt auf mich zu. »Jill! Ihr ist doch nichts passiert, oder?«

»Nein, es geht ihr gut. Es ist nur so, daß Tom Kelsoe der Mann in ihrem Leben ist, und plötzlich macht mir alles, was mit Tom zu tun hat, Angst.«

»Das sollte es auch«, erwiderte Ed leise. »Tom Kelsoe ist ein gewalttätiger Mann. Darüber habe ich auch im Fakultätsclub mit ihm gesprochen, als Sie uns gesehen haben. Nach all dem, was Sie mir sagten, mußte ich einfach sicherstellen, daß Jill auch wirklich ausgeraubt worden ist.«

Zuerst war mir die Tragweite seiner Worte nicht klar. Dann wurden meine Knie weich. »Was hat Tom gesagt?«

»Er war überaus mitteilsam. Er hat mir alle Einzelheiten des Überfalls geschildert. Dann schlug er vor, ich solle Jill anrufen und sie selbst fragen.«

»Das haben Sie getan?«

Ed nickte. »Sie hat mir genau dasselbe erzählt, mir für meine Anteilnahme gedankt und mir dann sehr freundlich zu verstehen gegeben, ich solle mich um meine eigenen Angelegenheiten kümmern.«

»Das war alles?«

»Ja.« Ed sah auf seine Uhr. »Joanne, ich muß jetzt wirklich an Bord. Mein Flug wird schon aufgerufen.«

Ich versperrte ihm den Weg. »Ed, warum sind Sie der Ansicht, Tom Kelsoe könnte zu Gewalttaten fähig sein?«

Ich sah, daß er ausweichen wollte, aber dann überlegte er es sich doch anders. Völlig unerwartet mußte er lächeln. »Ich glaube, der Augenblick der Beichte ist gekommen. Er ist wie stets unvermeidbar.« Er holte tief Luft. »Okay, dann wollen wir mal. Letztes Jahr hatten Barry und ich Probleme: meine Midlifecrisis, vermute ich. Ich fing wieder an, Männer aufzureißen, nach jüngeren Männern Ausschau zu halten.« Es sah mir direkt in die Augen. »Ich bin zutiefst beschämt wegen dem, was ich getan habe, Joanne. Es war dumm und gefährlich und ein schrecklicher Betrug an Barry. Natürlich leben wir hier in Regina, folglich blieb mein Sündenfall nicht unentdeckt. NATIONTV drehte gerade eine Reportage über männliche Prostitution in der Innenstadt, und offenbar war ich ins Blickfeld einer Kamera gestolpert. Als Jill das Band sah, hat sie es gelöscht. Sie hat mich auch angerufen und mir gesagt...« Er krümmte sich angesichts der Erinnerung. »Sie hat mir gesagt, ich hätte eine solide Karriere an der Universität und eine wunderbare Beziehung zu Barry, und ich solle mich verdammt noch mal zusammenreißen.«

»Aber das habe Sie nicht getan.«

»Nein, habe ich nicht. Ich weiß nicht, ob Sie jemals engen Kontakt zu jemandem hatten, der beschlossen hat, sich selbst zu zerstören, aber die menschliche Begriffstutzigkeit kann einem bisweilen den Atem rauben.«

»Also haben Sie weitergemacht.«

»Ja, das habe ich, und diesmal sah mich Tom Kelsoe auf meiner Aufreißertour in der Rose Street.« Ed kaute auf seiner Unterlippe. »Tom besaß nicht Jills Skrupel und auch nicht ihre gute Absicht, mich vor mir selbst zu schützen.«

»Darum haben Sie Ihren Namen von der Kandidatenliste des Fachbereichs Journalistik gestrichen.«

»Und darum habe ich auch in der Nacht, als sein Buch veröffentlicht wurde, die Hand dieses Mistkerls geschüttelt. Ich konnte nicht riskieren, daß er es Barry erzählt.«

Ich war verwirrt. »Ed, habe ich hier etwas übersehen? Was hat die Tatsache, daß Tom Sie erpreßt, damit zu tun, daß Sie ihn für gewalttätig halten? Hat er Sie körperlich bedroht?«

Ed schüttelte den Kopf. »Nein. Das macht ihm keine Freude. Jo, während meines Ausrutschers letztes Jahr habe ich ein paar Dinge aufgeschnappt. Die Prostituierten in der Innenstadt kennen Tom Kelsoe ziemlich gut.«

»Männliche Prostituierte?«

Ed lächelte traurig. »Nein, zumindest wir bleiben vor Tom Kelsoe verschont. Wie es bei *Seinfeld* heißt, er spielt nicht für unser Team. Tom ist durch und durch heterosexuell, aber ich glaube nicht, daß die Frauen deswegen Grund zur Freude haben. Es geht das Gerücht, daß er auf ziemlich brutalen Sex steht.«

Meine Gedanken rasten, aber ich mußte Ed erst meine Anerkennung für sein Vertrauen aussprechen. »Danke, daß Sie mir das gesagt haben«, meinte ich. »Ich weiß, es war nicht leicht.«

»Sie haben es mir leichtgemacht, Jo. In zwei Stunden wird mich Barry auf dem Flughafen in Minneapolis treffen. Wir haben Tickets für *Turandot*. Es ist unser Jahrestag. Wir sind auf den Tag genau acht Jahre zusammen. Ich hoffe, wir werden immer noch etwas zu feiern haben, wenn ich ihm alles gesagt habe.«

Ich lehnte mich vor und küßte ihn auf die Wange. »Das werden Sie«, sagte ich.

Ich sah zu, wie Ed Mariani schwerfällig in Richtung Abfertigungsschalter ging. Als er die Tür erreichte, drehte er sich um. »Ich rufe Sie von Minneapolis an«, rief er. »In der Zwischenzeit sagen Sie Jill, daß sie auf sich aufpassen soll.«

»Das werde ich«, versprach ich.

Fünfzehn Minuten später fuhr ich vor Jills Wohnung in der Robinson Street vor. Ein Umzugswagen stand vor der Tür, und als ich die Vordertreppe hochstürmte, wäre ich fast mit einem stämmigen jungen Mann zusammengestoßen, der ein kleines Sofa hinaustrug. »Nur nicht drängeln«, brüllte er, während ich mich an ihm vorbeiquetschte und das Gebäude betrat.

Als ich zu Jills Wohnung im dritten Stock kam, pulsierte das Adrenalin in meinen Adern. Ich war bereit, wenn nötig die Tür einzuschlagen, aber Jill überraschte mich, indem sie nach dem ersten Klopfen öffnete. Sie trug eine Jacke und eine dunkle Sonnenbrille und hatte ein Tuch um ihren Kopf gewickelt. Sie hatte soviel wie möglich von sich bedeckt, aber dennoch konnte ich die blauen Flecke sehen. Wortlos nahm ich ihr die Brille ab.

Eines ihrer Augen war beinahe völlig zugeschwollen, und der Bluterguß unter dem anderen Auge war frisch. Aber es gab noch andere Flecke: Blutergüsse, die verblaßt waren, und Schnitte, die heilten.

»Wie lange schlägt dich Tom schon, Jill?« wollte ich wissen.

Ihre Stimme klang erstaunlich stark. »Schon zu lange. Aber jetzt ist es vorbei. Wie du siehst, bin ich angezogen und auf dem Sprung.«

»Wirst du zur Polizei gehen?«

»Später«, sagte sie. »Zuerst habe ich ein Fernsehprogramm zu produzieren«. Sie sah auf ihre Uhr. »Noch zwanzig Minuten bis zur Sendung.«

Ich legte meine Arm um ihre Schulter. »Du wirst es schaffen«, sagte ich. »Du schaffst es immer.«

 **Tom Kelsoe hatte Jills** Wagen genommen, darum fuhren wir im Volvo zu NATIONTV. Angesichts des schmerzverzerrten Gesichts von Jill, als sie auf den Beifahrersitz kletterte, überkam mich die Wut. Doch die Wut mußte warten. Während der zehnminütigen Fahrt zum Sender erzählte ich Jill alles. Sie hörte schweigend zu, aber als wir gegen Ende meines Berichts an einer Ampel halten mußten, zog sie ihr Handy aus dem Aktenkoffer und tätigte einen Anruf.

»Rapti«, sagte sie, »ich bin's. Es geht mir gut. Ja, Jo hat mich gefunden. Wir haben nicht viel Zeit, darum mußt du mir jetzt einfach vertrauen. Bitte erkläre Sam und Glayne, daß wir das Schwerpunktthema heute abend ändern werden – in eine Diskussion über journalistische Ethik. Beide schalten schnell, darum werden sie die Änderung akzeptieren.«

Jill hielt kurz inne. Rapti hatte ihr die naheliegende Frage gestellt. Als Jill antwortete, war ihre Stimme aus Stahl. »Nein«, sagte sie, »Tom soll davon erst erfahren, wenn wir auf Sendung gehen. Du mußt Toronto von der Änderung des Schwerpunktthemas informieren, und du mußt für Cameron eine neue Einführung schreiben: irgend etwas darüber, wie Journalisten, die konstruierte Charaktere in ihren Artikeln verwenden, das Vertrauen ihrer Leserschaft verletzen. Am besten definierst du, was wir mit konstruierten Charakteren meinen. Nichts allzu Technisches – nur soviel wie ›konstruierte Charaktere‹ bekommt man, wenn irgendein Journalist, der seinen Schwanz nicht von einem Dildo unterscheiden kann, drei oder vier Leute zusammenwürfelt und diese neue Kreation als lebendes, atmendes menschliches Wesen verkauft.‹ Zieh den Janet-Cooke-Fall heran. Du erinnerst dich an diesen Fall doch noch aus dem Journalistikunterricht, oder?«

Als Jill Janet Cookes Namen erwähnte, glitt ein weiteres Stück des Puzzles an seinen Platz. Ein Artikel über den Fall von Janet Cooke hatte auf dem Bücherregal von Kellee Savage in Indian Head gelegen. Cooke war eine junge Journalistin, die 1981 für die *Washington Post* arbeitete. Sie gewann den Pulitzer-Preis für eine Artikelserie über Heroinabhängigkeit unter Kindern, mußte jedoch ihren Preis zurückgeben, als die Zeitung erfuhr, daß Jimmy, der 8jährige Süchtige, über den Cooke so leidenschaftlich geschrieben hatte, gar nicht existierte. Die Geschichte mußte bei Kellee eine besondere Saite zum Klingen gebracht haben, nachdem sie entdeckt hatte, daß Karen Keewatin, die herzzerreißend willensstarke Hure und Mutter in *Das große Abrechnen* nicht existierte, und daß Tom Kelsoe ebenso wie Janet Cooke das Leben und die Geschichten von einer Handvoll Menschen benutzt hatte, um eine Figur zu schaffen, die den Lesern die Tränen in die Augen trieb und seine eigene journalistische Karriere voranschnellen ließ.

Als Bernice Jacobs an diesem Morgen mein Exemplar von *Das große Abrechnen* durchblätterte, merkte sie rasch, daß sie den Beweis für den Wahrheitsgehalt jener Story in der Hand hielt, die Kellee Savage kurz vor ihrem Tod zusammengestellt hatte. Die Tragödie von Bernices Freundin Audrey Nighttraveller, einer Frau, die von einem Freier so brutal mißhandelt worden war, daß sie nicht länger für sich selbst sorgen konnte, war für Tom Kelsoe nur Material gewesen. Er hatte Audreys Leben und das Leben ihrer Söhne benutzt, ebenso wie das Leben zahlloser unbekannter Frauen und ihrer Familien, um ein Buch zu schreiben, das seinem Ruf dienlich war. Was er getan hatte, war laut Bernice Jacobs »schlimmer, als das Schlimmste, was der übelste Blutsauger von einem Zuhälter jemals einer von uns angetan hat«.

Und Kellee Savage hatte ihn bloßstellen wollen. Ich dachte an die gelben Klebezettel in den Zeitschriften auf dem Regal in dem verbarrikadierten Büro in Indian Head. Jeder von ihnen hatte einen Artikel über einen Reporter markiert, der sich einer konstruierten Figur bedient hatte. Fest entschlossen bis zum Ende hatte Kellee Savage die Grundlagen für ihre Story zementiert. Jetzt war es an Jill und mir.

Es war Samstag, darum hatte ich kein Problem, vor NATIONTV einen Parkplatz zu finden. Kellees Abschlußfoto lag auf der Safeway-Tüte auf dem Armaturenbrett. Nachdem ich Jill geholfen hatte, den Sicherheitsgurt abzulegen, reichte ich ihr das Foto. »Das ist Kellee Savage, die Studentin, die herausgefunden hat, was Tom tat«, erläuterte ich.

Jill nahm mir das Bild ab. »Wie alt war sie?«

»21.«

»Wir nehmen es mit«, sagte sie. »Ich will, daß er es sieht.«

Jill schüttelte meine Hand ab, als ich ihr anbot, ihr aus dem Wagen zu helfen. Sie meinte, sie schaffe es allein, aber als sie ihren methodischen, schmerzerfüllten Aufstieg der Treppe vor dem NATIONTV-Gebäude begann, mußte ich meinen Blick abwenden. Ich hatte Hunderte Male gesehen, wie sie diese Treppen hochstürmte; immer war sie unverwundbar erschienen.

NATIONTV lag verlassen da. Jill ließ uns mit ihrer Sicherheitskarte ein, und wir sahen keine Menschenseele auf unserem Weg durch die höhlenartige Eingangshalle. Als wir zum Aufzug kamen, sah Jill auf ihre Uhr und drehte sich zu mir um. »Wir haben fünf Minuten«, sagte sie. »Ich werde in den Kontrollraum gehen. Du bleibst besser außer Sichtweite, bis wir auf Sendung sind.«

»Aber du wirst die Polizei verständigen, oder?«

»Natürlich werde ich das, aber erst, wenn jeder Zuschauer, der uns heute abend einschaltet, die Gelegenheit hatte, mitanzusehen, wie sich dieser Bastard vor Verlegenheit windet. Jo, wenn wir Tom jetzt der Polizei übergeben, wird die Story nur bei uns die Nummer eins sein, aber ich will sicherstellen, daß sie auf dem Titelblatt jeder Zeitung in diesem Land landet. Das schulde ich Reed, und das schulde ich Kellee Savage.«

»Ich warte in der Künstlergarderobe«, sagte ich. »Ich kann mir die Show vom Monitor dort ansehen.«

»Wenn der richtige Zeitpunkt gekommen scheint, dann geh ins Studio«, sagte Jill. »Wenn du auf der Bühnenkiste hinter den Kameras sitzt, dann muß er dich ansehen. Und bring das Foto mit.« Sie fuhr sich mit den Fingern durch die Haare. Es war eine Geste, die sie oft machte, wenn sie nervös war, aber als sie diesmal ihren Schädel berührte, krümmte sie sich. »Scheißkerl«, fluchte sie leise.

Ich legte meinen Arm um ihre Schulter. »Wenn die Show vorbei ist, suchen wir uns eine Flasche *Glenfiddich* und krabbeln hinein.«

Jill schenkte mir ein grimmiges Lächeln. »Immer diese leeren Versprechungen.« Sie drückte auf den Aufzugknopf, und wir traten ein. »Los geht's«, sagte sie, »es ist Showtime.«

Irgendwann in den vergangenen 24 Stunden hatte eine Geburtstagsparty in der Künstlergarderobe stattgefunden. Durchweichte Pappteller, schmutzige Kaffeetassen und gebrauchte Plastikweingläser übersäten die Tische und die Fensterbretter, und den Couchtisch in der Mitte des Raumes zierten Krümel von den Überresten einer Geburtstagstorte, die eine Konditorei in einer großen Pappschachtel geliefert hatte. Ich entfernte einen Teller mit halbgegessenem Biskuitkuchen von dem Stuhl, der dem Monitor am nächsten stand, und setzte mich.

Der Bildschirm zeigte bereits die Teilnehmer an der politischen Talkrunde, wie sie sich setzten, ihre Kleidung glätteten, die

Ohrhörer einsteckten. An diesem Abend waren sowohl Glayne als auch Sam in Ottawa. Hinter ihnen sah ich die Aufnahme des Peace Tower, den NATIONTV für seine Ottawa-Sendebeiträge immer verwendete. Für gewöhnlich gab es in den letzten Minuten vor der Sendung viel Gelächter und nervöses Kiebitzen, aber an diesem Abend gaben sich Glayne und Sam ganz geschäftsmäßig. Sie wußten zwar nicht genau, was auf sie zukam, aber ihr angespanntes Schweigen war Beweis dafür, daß sie Schwierigkeiten vorhersahen.

Als Tom Kelsoes Gesicht auf dem Bildschirm erschien, beschleunigte sich mein Pulsschlag. Sein Mikro wurde eingeschaltet, und ich hörte, wie er auf der jungen Frau herumhackte, die es an seiner Jacke befestigte. Offenbar hatte sie mit dem Clip einen Kratzer auf dem Leder hinterlassen, und er kanzelte sie wegen ihrer Nachlässigkeit ab. Der zweite Zeiger der Uhr an der Wand hinter dem Monitor eilte voran; in sechzig Sekunden würde der Zustand seiner Lederjacke das geringste von Toms Problemen sein. Die junge Frau verschwand aus dem Bild. Tom machte es sich auf seinem Sessel bequem, sah sein Abbild auf einem der Monitore und setzte sein öffentliches Gesicht auf. *Kanada in dieser Woche* war auf Sendung.

Der Moderator der Sendung, Cameron McFee, war ein unerschütterlicher Schotte von lockerer Wesensart und rascher Auffassungsgabe, was ihn zu einer Naturbegabung für Livesendungen machte. Er hatte nicht viel mehr als ein paar Minuten gehabt, um sich die neue Einführung anzueignen, aber er las Raptis Zeilen über die Unmoral von Journalisten, die künstliche Hybriden als Wahrheit ausgeben, mit echter Überzeugung vor.

Als Cam den Fall von Janet Cooke zu beschreiben begann, wirkte Tom wachsam, wenn auch noch nicht alarmiert. Doch als Cam sich über die Einzelheiten ausließ, wie Janet Cooke sich immer tiefer in ihren Lügen verstrickt hatte, hob und senkte sich Toms Brustkasten, und auf seiner Oberlippe tauchte eine

Schweißschicht auf. Als ihn die Erkenntnis traf, daß Cams Moralpredigt über ehrlose Journalisten der Auftakt zu echten Schwierigkeiten war, konnte ich sehen, wie Panik in ihm aufstieg. Aufmerksam wie eine Geliebte schwenkte die Kamera zu einer Großaufnahme von Toms Gesicht, fand die Verzweiflung in seinen Augen und kam noch näher.

In diesem Augenblick fielen mir nur wenig Aktivitäten ein, die lohnenswerter gewesen wären, als zuzusehen, wie Tom Kelsoes Persönlichkeit auseinanderfiel, aber auch ich hatte eine Rolle zu spielen. Ich nahm Kellees Foto und ging zum Studio. Es war keine Polizei in den Fluren, und ich verspürte einen Anflug von Besorgnis. Aus dem zu schließen, was ich auf dem Bildschirm gesehen hatte, stand Tom auf der Kippe, und ich hätte die Anwesenheit einiger uniformierter Beamter durchaus begrüßt. Als ich ins Studio trat, stand Troy Prigotzke, ein Mitglied der Crew von *Kanada in dieser Woche,* im Schatten neben der Tür.

Ich stellte mich direkt neben ihn, damit ich meine Stimme nicht erheben mußte. »Troy, hat dir jemand gesagt, daß die Polizei heute abend hier erscheinen soll?«

»Ja, Rapti hat das getan«, erwiderte er. »Darum bin ich auch hier, aber sie hat das nicht weiter ausgeführt. Sie meinte nur, es sei Jills Plan, und wenn die Cops ankommen, solle ich dafür sorgen, daß sie hier hereinkommen.«

»Na ja, solange du achtgibst...«, sagte ich und ging auf die Bühnenkiste zu.

»Jo!« Troys Flüstern war durchdringend, und ich drehte mich um. »Die Türen nach draußen sind alle verschlossen. Niemand kommt ohne Sicherheitsausweis herein. Hat Jill jemand nach unten geschickt, um die Cops hereinzulassen?«

»Keine Ahnung«, meinte ich.

»Ich gehe besser mal nachsehen«, sagte Troy.

Ich ging zur Bühnenkiste und setze mich. Als Tom mich sah, war er mitten im Satz, aber mein Anblick schien seinen Gedankengang zu unterbrechen. Er stolperte noch durch ein paar

Worte, dann schwieg er. Unsere Blicke trafen sich. Ich zog Kellees Foto aus der Supermarkttüte. Dann lehnte ich mich vor und hielt es ihm hin.

Ich hatte erwartet, daß der Anblick seines Opfers Tom erschüttern würde, aber er vernichtete ihn. Das Foto schien alle Reste seines Ego zu zerschmettern, die ihn bislang noch vor der Kamera aufrecht gehalten hatten. Für das, was dann geschah, war ich nicht gewappnet. Er sprang aus seinem Sessel und rannte aus dem Bild. In einer kurzen Szene wie aus einer Sitcom katapultierte ihn das Kabel an dem Reversmikro, das Tom immer noch trug, zurück. Er riß es ab, dann schoß er an mir vorbei durch die Tür, die aus dem Studio führte. Meine innigste Hoffnung war, daß er mit Troy und der Polizei von Regina zusammenstoßen würde, aber darauf konnte ich mich nicht verlassen.

Im Bruchteil einer Sekunde war ich auf den Beinen. Als ich aus dem Studio kam, hatte Tom es an der Künstlergarderobe vorbei geschafft und eilte bereits auf die Treppen zu. Er sah die beiden Streifenbeamten, bevor sie ihn entdeckten. Die Polizisten brauchten einen Augenblick, um sich zu orientieren, und bis dahin war Tom die Stufen schon wieder nach oben gelaufen und kam auf mich zu. Als er in den Flur bog, der zu den Aufzügen führte, war ich direkt hinter ihm. Unter mir waren die Polizei und Troy Prigotzke. Im Rennen hörte ich ihre Rufe und ihre Schritte in meinem Rücken. An der Wand am Ende des Flurs hing dasselbe Poster, das ich am Vortag an dem Citybus gesehen hatte. Toms Abbild, gefaßt, ironisch, dräute im Laufen über uns allen. Ich erwischte Tom vor den Aufzügen. Als er den Aufzugknopf drücken wollte, sprang ich vor ihn. »O nein«, rief ich, »Sie gehen nirgendwohin.«

Eigentlich wollte ich ihm den Weg versperren, bis Troy und die Polizisten uns erreichten, aber die Ereignisse liefen aus dem Ruder. Alles geschah blitzartig. Ich hörte das mechanische Stöhnen eines nahenden Aufzugs; ich spürte, wie sich die Türen hinter mir öffneten. Plötzlich preßte Tom Kelsoe seine ausgestreckte Hand gegen mein Schlüsselbein und schob mich in den Aufzug. Die Polizisten trafen ein, als sich die Türen eben schlossen. Meine Großmutter hätte gesagt, sie schafften es gerade noch unrechtzeitig. Als der Aufzug seinen Abstieg begann, trat Tom Kelsoe einen Schritt auf mich zu. Er keuchte vor Anstrengung, füllte den kleinen Raum mit dem Geruch von Leder und Angst.

Auch ich atmete schwer. »Machen Sie es sich doch nicht noch schwerer«, bat ich. »Die Polizei ist im ganzen Haus.«

Tom lachte und drückte auf den Knopf an der Tafel neben der Tür. Der Aufzug kam zum Stehen. »Hier drin sind keine Cops«, meinte er.

Zum ersten Mal, seit ich aus dem Studio geflohen war, bekam ich es mit der Angst zu tun. Ich ging meine Optionen durch. Ich hatte nicht viele. Für eine Frau von fünfzig Jahren war ich in guter Verfassung, aber Tom Kelsoe war vierzig, und er hatte weitaus mehr Stunden im Fitneß-Studio verbracht als ich. In der Enge eines Aufzugs hatte ich keine Chance gegen ihn. Ich konnte nicht einmal an Toms hochentwickelten Sinn für Eigennutz appellieren. Er hatte bereits zweimal gemordet und folglich nichts zu verlieren, wenn er mich totprügelte. Für mich sprach ausschließlich die Möglichkeit, daß Tom wie alle Egomanen nicht in der Lage sein würde, eine Gelegenheit auszulassen, um seine Geschichte zu erzählen.

Ich versuchte, meine Stimme ruhig zu halten. »Ich habe meinen Kindern immer gesagt, daß jede Medaille zwei Seiten hat. Vielleicht ist es Zeit, daß ich Ihre Sicht der Geschehnisse erfahre.«

Seine Faust schien aus dem Nichts zu kommen. Ich sprang zur Seite, und der Schlag, der mir galt, traf die Kabinenwand. Der Schmerz spornte ihn weiter an. Er zog seine Faust zurück und schlug erneut zu. Diesmal traf er sein Ziel. Mein Kopf flog zurück, und Blut strömte aus meiner Nase. Ich schrie auf. Sobald er sah, daß er mich verletzt hatte, schien Tom Kelsoe wie verwandelt. Die Angst und die Verwirrung verschwanden aus seinem Gesicht. Er sah wie ein Mann aus, der zu sich selbst gefunden hatte. »Behandle mich nicht herablassend, Flittchen«, sagte er. »Und unterschätze mich bloß nicht.«

»Hat Reed Gallagher das getan?« fragte ich. Meine Stimme klang kleinlaut und flehend.

»Er glaubte, ich bräuchte Hilfe«, sagte Tom und spuckte das Wort *Hilfe* aus, als ob es unsauber wäre. »Nicht ich, sondern Reed Gallagher war der Schwache. Als Kellee Savage mit ihren Anschuldigungen zu ihm kam, hätte er sie aus seinem Büro werfen sollen. Hätte er damals Männlichkeit gezeigt, hätte sich das Problem von selbst erledigt. Aber Reed meinte, er habe eine ›Verpflichtung der Wahrheit gegenüber‹.« Tom schüttelte verwundert den Kopf. »Die Wahrheit. Als ob heutzutage noch irgend jemand auch nur einen Pfifferling auf die Wahrheit geben würde. Ich wollte Reed erklären, daß es keinen scherte, ob die Figuren in einem Buch künstlich zusammengesetzt waren. Die Leute wollten nur die Chance, über eine Hure mit einem Herz aus Gold zu lesen. Und es ist ihnen verdammt noch mal egal, ob ich Kellees Interviews dazu verwendet habe, ihnen ihre kleine Katharsis zu geben.«

Ich konnte das Blut in meinem Rachen schmecken und mußte schlucken. Wenn ich nicht noch einmal geschlagen werden wollte, mußte ich Tom am Reden halten. »Aber Reed hat es nicht so gesehen.«

»Nein«, meinte Tom. »Reed hat es nicht so gesehen. Kellee Savage war nutzlos, eine Verschwendung an Haut und Knochen, aber Reed war der Ansicht, sie bräuchte einen Fürsprecher. So habe ich ihn an jenem Abend auch in die Scarth Street gelockt. Ich erzählte ihm, ich hätte einen Sinneswandel hinter mir und sei jetzt bereit, die Bedingungen zu akzeptieren, die er und diese kleine Kröte sich ausgedacht hatten.«

»Was wollten die beiden?« fragte ich.

»Gar nicht viel«, meinte er bitter. »Nur das öffentliche Eingeständnis, daß Karen Keewatin eine Kunstfigur ist und Kellee Savage mir eine unschätzbare Hilfe bei der Recherche zu diesem Buch war. Können Sie sich irgend jemand vorstellen, der so beschränkt wäre, diesen Bedingungen zuzustimmen?«

Ich hielt die Frage für rhetorisch und blieb still, aber Schweigen war offensichtlich die falsche Reaktion. Tom trat einen Schritt auf mich zu. »Nun?«

»Nein«, sagte ich schwach, »ich kann mir niemanden vorstellen, der so beschränkt wäre.«

Tom bohrte mit seinem Zeigefinger als Geste der Zustimmung ein Loch in die Luft. »Stimmt genau«, sagte er. »Ich weiß, Ihre Meinung über mich ist etwas negativ, Joanne, aber selbst Sie müssen zugeben, daß ich nicht dumm bin.«

»Nein«, bestätigte ich, »dumm sind Sie nicht.«

»Na ja, offenbar hatte Reed diese Tatsache aus den Augen verloren. Als ich ihm mitteilte, daß ich mich öffentlich für das, was ich getan hatte, entschuldigen wollte, ist er prompt darauf hereingefallen. Er war sogar *entzückt*. Er sagte, er habe die ganze Zeit über gewußt, daß ich das Richtige tun würde, und er würde mir zur Seite stehen und mir helfen, meine Karriere zu retten. Als ob es nach dieser Farce noch eine Karriere zu retten gegeben hätte.« Toms Augen bohrten sich in meine. »Er hat mir keine Wahl gelassen. Es hat mir nicht gefallen, was ich tun mußte, aber es mußte getan werden.«

Mein Kopf hämmerte. Ich dachte daran, wie Reed Gallagher Julie sagte, sein größter Traum sei es, mit ihr alt zu werden. Die Worte schienen sich von selbst zu formen. »Warum mußten Sie ihn derart demütigen? Warum konnten Sie ihn nicht einfach umbringen?«

Tom warf mir einen ungläubigen Blick zu. »Weil ich einen Plan hatte«, bellte er. »Was die Polizei fand, als sie in dieses Zimmer in der Scarth Street marschierte, war eine maßgeschneiderte Szene, um ihre Aufmerksamkeit von den Fragen abzulenken, die ich nicht gestellt wissen wollte.«

»Aber Kellee hätte die richtigen Fragen gestellt.«

Toms Ton war fast träumerisch. »Das hätte sie, und von dem Augenblick an, als ich hörte, daß man Reeds Leiche gefunden hatte, wußte ich, daß sie zum Problem werden würde. Darum war ich in jener Nacht auch in meinem Büro – ich versuchte, mir eine Lösung einfallen zu lassen. Ich war immer noch nicht weiter, als urplötzlich diese dumme Kuh hereingestolpert kam.« Als er sich an die Nacht des 17. März erinnerte, wurde offensichtlich, daß Tom die Gegenwart verlassen hatte. Wo immer er war, er war nicht mit mir im Aufzug. Ich rechnete die Entfernung zwischen mir und der Tafel neben der Tür aus. Die Knöpfe, die den Aufzug wieder in Bewegung versetzen würden, waren verführerisch nahe. Ich rutschte etwas näher.

»Was wollte Kellee?« fragte ich.

»Gerechtigkeit«, deklamierte Tom in gewollt theatralischem Tonfall. »Rache. Wer zum Teufel soll das wissen? Sie war betrunken und fast völlig ausgerastet, weil sie eben erst von Reed gehört hatte. Es war so leicht. Im Freizeitraum des Fachbereichs befanden sich noch einige Kisten Bier. Ich bot ihr an, uns ein paar Flaschen zu holen, und dann über alles zu sprechen. Als Reed und ich unser Treffen in der Scarth Street hatten, mischte ich ein Barbiturat in die Flasche, die ich mitgenommen hatte, damit Reed während unserer Diskussion über meine Rehabilitation daran nippen konnte. Von diesem Barbiturat war genug übrig, um Kellees Bier wahrhaft umwerfend zu machen. Es traf sie wie ein Vorschlaghammer. Sie fing an zu weinen. Dann bat sie mich, sie nach Hause zu bringen.«

Ich glitt an der Kabinenwand näher auf die Tafel mit den Knöpfen zu, bis sie in Reichweite war. »Aber Sie haben sie nicht nach Indian Head gebracht«, sagte ich. »Sie haben sie auf diesem Feld abgeladen.«

Tom zuckte mit den Schultern. Plötzlich schien ihn die Richtung, die unser Gespräch nahm, zu langweilen. Als er den Blick senkte, schoß meine Hand auf die Tafel mit den Knöpfen zu. Ich glaubte, Tom hätte das Interesse an meinen Bewegungen verloren, aber da hatte ich mich geirrt. Als meine Finger in Kontakt mit dem Knopf für das Erdgeschoß kamen, schlug Toms Handkante meinen Unterarm mit derart gewalttätiger Wucht nach unten, daß es mir die Tränen in die Augen trieb.

»Sie wußten, daß Kellee sterben würde, wenn Sie sie dort liegen ließen«, sagte ich.

Sein Gesicht näherte sich meinem. »Das hätte mir gar nicht gleichgültiger sein können«, erwiderte er. »Denn ich bin nicht wie Reed Gallagher. Ich bin ein *echter* Mann.«

»Und darum hatten Sie auch den Mumm, einen Mann zu töten, der Sie wie seinen Sohn behandelte, und eine 21jährige Frau, die zu betrunken und zu betäubt war, um allein nach Hause zu finden.« Ich lehnte mich zu ihm und flüsterte: »Sie sind wirklich ein Stück Scheiße, Tom.« Dann schoß mein Knie nach oben und erwischte ihn direkt im Schritt. Er schnappte schmerzerfüllt nach Luft und fiel auf den Boden. Ich drückte über ihn hinweg auf E für Erdgeschoß. Diesmal war Tom Kelsoe zu beschäftigt, um meine Finger vom Knopf zu schlagen. Dennoch fühlte ich mich erst dann sicher genug, zu weinen, als sich der Aufzug in Bewegung setzte.

Meine Erinnerung an die darauffolgenden Minuten sind nur bruchstückhaft erhalten: scharfe, voneinander getrennte Vignetten, so deutlich wie Standfotos aus einem Film.

Die Aufzugtüren öffneten sich, und ich sah Jill und Rapti. Außerdem fünf Angehörige der Polizei und eine Menge Leute aus der Show. Ich war froh, unter ihnen auch Troy Prigotzke zu entdecken, der nicht nur ein lieber Kerl war, sondern auch Bodybuilder. Neben mir kämpfte sich Tom Kelsoe auf die Knie. Als Troy ihn sah, langte er nach unten, packte Tom am Revers und zerrte ihn in die Eingangshalle. Dann hob er Tom mit einer mühelosen und flüssigen Bewegung hoch und überreichte ihn einem der Cops. »Ich glaube, Sie interessieren sich für diesen Scheißkerl«, sagte er.

Rapti hatte einen Pulli um ihre Hüfte gebunden; sie nahm ihn ab und legte ihn um meine Schultern, dann wischte sie mit dem Ärmel das Blut aus meinem Gesicht. »Arme Jo«, sagte sie.

»Es geht mir gut«, erklärte ich, aber meine Zunge fühlte sich geschwollen an, und meine Worte klangen irgendwie falsch.

Als die Polizisten Tom Kelsoe Handschellen anlegten, warf er Jill einen flehenden Blick zu. »Du mußt mir helfen, Baby«, säuselte er. Jill warf ihm einen Blick zu, der weit über Verachtung hinausging, und drehte sich dann zu mir um. »Laß uns hier verschwinden«, sagte sie.

Bevor die Polizisten gingen, boten sie uns an, per Funk jemanden zu rufen, der Jill und mich erst ins Krankenhaus bringen würde, wo wir uns untersuchen lassen konnten, und anschließend zum Revier, um unsere Aussagen zu Protokoll zu geben. Ich fragte sie, ob Constable Marissa Desjardin Dienst hatte, und sie wollten es nachprüfen.

Während wir warteten, ging ich zu einem Münzfernsprecher und rief Sylvie O'Keefe an. Ich fragte sie, ob Taylor über Nacht bleiben konnte. Nachdem Sylvie und ich alles geklärt hatten, kam Taylor an den Apparat. Ich wollte gerade fragen, was sie so gemacht hatte, als sie mich unterbrach. »Du klingst komisch«, sagte sie.

»Ich habe Nasenbluten«, meinte ich.

»Aber es geht dir gut?« Ich hörte die Angst in ihrer Stimme.

»Es geht mir gut«, beruhigte ich sie. »Ich versuche nur, so tapfer so sein, wie du es warst, als du dir in die Hand geschnitten hast. So, und jetzt amüsiere dich schön. Ich hole dich morgen früh ab.«

Marissa Desjardin schauderte, als sie mein Gesicht sah, aber der Arzt, der mich in der Notaufnahme untersuchte, meinte, es sei nichts gebrochen; ich würde den nächsten Tag noch erleben und weiterkämpfen können. Dasselbe sagte er auch zu Jill. Als er eine Verschreibung für Schmerzmittel holen ging, rollte Marissa

Desjardin mit den Augen und flüsterte seinem entschwindenden Rücken »Arschloch« hinterher.

Nach zwanzig Minuten verließen wir das Polizeihauptquartier schon wieder. Marissa Desjardin war eine Zauberkünstlerin im Protokollaufnehmen, und sie sagte, ihr sei klar, daß Jills und meine Kräfte jetzt schnell nachließen. Kurz nach 20 Uhr marschierten wir durch meine Haustür.

Nachdem ich Jill aus dem Mantel geholfen hatte, sagte ich: »Wir können die Schmerzmittel nicht mit *Glenfiddich* mischen. Was ist dir lieber?«

»Der Scotch«, erklärte Jill. »Und Carly Simon. Hast du noch ihre alten Kassetten? Die wir immer abspielten, wenn wir die ganze Nacht aufgeblieben sind und uns unterhalten haben?«

»Natürlich«, erklärte ich. »Ich habe nur auf unsere nächste Schlummerparty gewartet.«

Während Jill den Scotch holte, besorgte ich die Gläser und das Eis und hörte die Nachrichten auf dem Anrufbeantworter ab. Die erste stammte vom Elternbeirat in Taylors Schule. Man fragte sich, ob ich zu der Kinderkonferenz am Montag abend etwas Warmes zum Essen mitbringen könnte. Die zweite stammte von Angus. Er und Camillo waren zu *Sharkeys* gegangen, um Poolbillard zu spielen, und er würde später kommen. Die dritte stimmte von Alex. Die Verbindung war sehr schlecht, und ich hörte nur Teile dessen, was er sagte. Aber ich bekam genug mit, um zu verstehen, daß sein Wagen ihm irgendwo vor Meadow Lake Schwierigkeiten gemacht hatte und er auf Ersatzteile warten mußte. Als ich die Stimme von Alex hörte, hob ich instinktiv die Hand an mein Gesicht und fragte mich, was er sehen würde, wenn er mich ansah.

Jill kam in den Raum, als das Band gerade die letzte Nachricht abspielte. Es war Dr. Roy Crawford. »Ihr neues Kätzchen hat die Operation glänzend überstanden. Sie und Benny können es am Montag abholen.«

Jill warf mir einen neugierigen Blick zu.

»Frag nicht«, sagte ich.

Ich legte eine Kassette in den Rekorder ein. Als Carly Simon »Two Hot Girls on a Hot Summer Night« zu singen begann, reichte mir Jill meinen Drink und hob ihr Glas. »Das Leben geht weiter«, sagte sie, aber in ihrer Stimme lag eine Trostlosigkeit, die mich fragen ließ, ob sie wirklich davon überzeugt war, daß das Weiterleben eine gute Idee sei.

Jill und ich hörten uns in dieser Nacht all meine Carly-Simon-Kassetten zweimal an, und wir tranken eine beträchtliche Menge *Glenfiddich*. Die Kombination schien zu helfen. Jill mußte reden, und ich wollte hören, was sie zu sagen hatte. Aber in Wahrheit verstand ich es nicht. Ich verstand nicht, wie eine Frau, die so klug und so kompetent wie Jill war, sich selbst glauben machen konnte, daß sie einen Mistkerl wie Tom Kelsoe liebte, und ich verstand nicht, warum sie ihn, nachdem die Prügel anfingen, nicht einfach angezeigt und ihm den Laufpaß gegeben hatte.

Jede Situation, die Jill in dieser Nacht beschrieb, paßte perfekt in das Muster von Mißbrauch. Toms Vater war bereits ein Schläger gewesen, dessen häufige Abwesenheit den Schrecken seiner Anwesenheit nur noch mehr unterstrich. Wenn Toms Vater nicht da war, herrschte im Heim der Kelsoes das Glück, aber wenn er zurückkehrte, war er abwechselnd fordernd und kalt. Tom konnte den sich ständig ändernden Ansprüchen, die sein Vater an ihn stellte, nie gerecht werden, und er sah schließlich seine Mutter als den einzigen Anker in einem gewalttätigen und unergründlichen Meer aus Drohungen und Gewalt. Nachdem Toms Mutter jahrelang die Grausamkeiten ihres Ehemannes ertragen hatte, rannte sie mit dem ersten Mann auf und davon, der ihr Sicherheit versprach. Tom blieb allein mit seinem Vater zurück. Er war verzweifelt. Sobald er alt genug war, verließ er sein Heim und machte sich auf die Suche nach seinem Ideal: einer Frau, die ihn niemals verlassen würde, gleichgültig was passierte.

Als Tom sie das erste Mal schlug, war Jill sprachlos. Sie und Tom waren, wie Tom regelmäßig festzustellen pflegte, ein perfektes Paar. Sie ergänzten einander wie zwei Hälften, wie Logos und Eros. Toms Bedauern, als er Jills Blutergüsse am Morgen nach den ersten Prügeln sah, war so intensiv, daß Jill fürchtete, er würde sich etwas antun. Er war an diesem Abend mit einer Flasche teurem Badeöl und einem Négligé aus Seide in ihre Wohnung gekommen. Während er Jills übel zugerichteten Körper badete, entschuldigte er sich tränenreich: Er sei besessen von der Angst, daß sein neues Buch ein Flop wäre und daß Jill ihn verlassen würde, wie seine Mutter das getan hatte, so, wie ihn alle verließen, auf die er jemals gezählt hatte. Also hatte sie ihm vergeben.

Während Jill mir von ihrer Beziehung zu Tom Kelsoe erzählte, bemühte ich mich sehr, einen Sinn darin zu sehen. Es gelang mir nicht. Tief in meinem Herzen war ich davon überzeugt, daß auch Jill es nicht konnte. Als wir uns in dieser Nacht unterhielten, war sie voller Schuldgefühle. Sie glaubte, wenn sie früher gehandelt hätte, hätte man Tom aufhalten können, bevor es zwei Menschenleben kostete. Ihre Qualen angesichts dessen, was hätte sein können, gestattete es mir, die Frage zu stellen, die mich schon lange verfolgte. »Wenn du schon die Polizei nicht einschalten wolltest, warum bist du dann nicht wenigstens zu mir gekommen?«

Sie schüttelte den Kopf. »Ich weiß es nicht. Ich fühlte mich so abgeschnitten. Es war, als ob ich auf der anderen Seite einer gläsernen Wand lebte.« Trauer lag in ihren Augen. »Jo, glaube mir, es ist nicht leicht, die Leute sehen zu lassen, daß man sich zum Opfer machen ließ.«

Nachdem ich am nächsten Morgen geduscht hatte, schreckte ich vor meinem Spiegelbild im Badezimmerspiegel zurück. Wenn Angus und Taylor mich sehen würden, bräuchten Sie jede Menge gutes Zureden. Bevor ich mit den Hunden hinausging, legte ich Make-up auf meine Blutergüsse auf, wickelte ein Tuch um meinen Kopf, stellte den Kragen meiner Jacke auf und setzte die Sonnenbrille mit den dunkelsten Gläsern auf. Als ich mein Gesicht vor Verlassen des Hauses ein letztes Mal ängstlich prüfte, dämmerte es gerade. Jill hatte recht. Es war nicht leicht, sich der Welt als Opfer zu zeigen.

Als es an der Zeit war, Taylor abzuholen, ließ ich Angus fahren. Bevor sie mit dem Taxi in ihre Wohnung gefahren war, hatte Jill mir das Versprechen abgenommen, daß ich mich erst dann hinter ein Steuer setzen würde, wenn es mir wieder besser ging. Außerdem wollte ich mich Taylor nicht allein stellen. Angus hatte genau das Richtige getan, als er meine Blutergüsse sah. Er hatte mich wortlos in den Arm genommen. Als wir zum Haus von Sylvie O'Keefe kamen, holte Angus Taylor von der Tür ab. Als sie auf den Wagen zugingen, sah ich, daß er sie auf das, was sie gleich sehen würde, vorbereitete. Sie wirkte ängstlich, aber sie brachte ein Lächeln zustande, nachdem ich ihr versichert hatte, daß sie sich keine Sorgen machen müsse. Sobald wir nach Hause kamen, erzählte ich Taylor in aller Kürze, aber wahrheitsgemäß von den Ereignissen. Schließlich stellte sie mir zwei Fragen: erstens, ob es weh tat; zweitens, ob der Arzt glaubte, daß mein Gesicht jemals wieder so aussehen würde wie früher. Ich sagte ihr, die Antwort auf beide Fragen lautete ja.

Den ganzen Sonntag über erholte ich mich. Das Lebhafteste, was ich unternahm, war die Suche nach meinen alten Brautfotos, damit Taylor ein Porträt von mir in meinem tollen Kleid malen konnte, um mich aufzuheitern. Jill kam zum Abendessen mit zwei Pizzas aus dem *Copper Kettle*. Als ich in meine Kissen sank, wußte ich, daß ich mich wieder erholen würde, doch während die Hunde und ich uns Montag früh auf den Weg machten, wurde mir bald klar, daß ein einziger Ruhetag nicht ausgereicht hatte. Ich war hundemüde, und wir schafften nur ein kleines Stück um den See, bevor ich die Sache als schlechte Idee abtat und wieder umkehrte. Rosalie Norman war voller Mitgefühl, als ich mich krank meldete. Sie hatte die Talkrunde am

Samstag abend nicht gesehen, aber sie hatte selbstverständlich davon gehört. Neuigkeiten verbreiten sich schnell an der Universität.

Als ich einhängte, dehnte sich der Tag endlos vor mir. Es gab zwar endlos viele Dinge, die meine Aufmerksamkeit erfordert hätten, aber nur zwei Sachen, die ich wirklich tun mußte. Ich rief Roy Crawford an und teilte ihm mit, daß die Kinder und ich nach der Schule vorbeikommen würden, um das neue Kätzchen abzuholen; dann holte ich meine Kochbücher und suchte nach einem Auflaufrezept.

Ich zerschlug Taylors Plan, Benny mit zur Tierarztpraxis zu nehmen, aber sie war viel zu aufgeregt, um mehr als nur der Form halber zu protestieren. Von dem Augenblick an, als sie die Schildpattkatze sah, steckte Taylor voller Pläne. »Er und Benny werden die besten Freunde«, erklärte sie. »Wenn ich in der Schule bin, werden sie die ganze Zeit spielen.«

Angus rollte mit den Augen, blieb aber still.

»Erwarte nicht zuviel von Benny, T«, meinte ich. »Er könnte anfangs etwas verstört reagieren.«

»Doch nicht Benny«, erklärte sie zuversichtlich.

Als wir gingen, schenkte die Empfangsdame Taylor ein Lächeln. »Wie wirst du dein Kätzchen nennen?«

Taylor mußte nicht überlegen. »Bruce«, sagte sie und marschierte zum Auto.

Bennys Reaktion auf Bruce überraschte mich. Offenbar gab es in Benny bislang unerforschte Gefühlstiefen. Von dem Moment an, in dem Taylor die Decke zurückschlug und ihm das Kätzchen vor die Nase hielt, war Benny Bruce völlig ergeben. Es war klar, daß ich Benny ernsthaft unterschätzt hatte, und jeder Blick, mit dem er mich bedachte, ließ mich das wissen.

Es war immer noch hell, als Taylor und ich uns auf den Weg zur Kinderkonferenz in der Lakeview Schule machten. Unterwegs sahen wir andere Eltern mit ihren Kindern und Schüsseln voller Aufläufe. Taylor schäumte über vor Freude – zum einen wegen der Ankunft von Bruce, zum anderen aufgrund der Tatsache, nach dem Abendessen noch mal das Haus zu verlassen und in die Schule zu gehen. Aber als wir die Cameron Street überquerten, kräuselte sie die Nase. »Ich wünschte, Alex hätte rechtzeitig hier sein können, damit wir alle zusammen zur Schule gehen.«

»Taylor, du solltest dich nicht darauf verlassen, daß Alex es heute abend schafft. Meadow Lake ist sehr weit von hier entfernt, und es dauert lange, bis man Ersatzteile für ein Auto bekommt.«

Taylors Blick blieb ungetrübt. »Er wird da sein«, sagte sie. »Er hat es versprochen.«

Die Eingangshalle der Lakeview Schule hing voller Sterne aus dickem Papier. Auf jedem Stern klebte das Foto eines Schülers. Für den Fall, daß wir die Botschaft dennoch nicht verstanden, gab es ein Schild mit einer Aufschrift in Blockbuchstaben: »In der Lakeview Schule ist jeder Schüler ein S*T*A*R!« Nachdem Taylor und ich ihren Stern und den von Jess und Samantha und von sieben ihrer anderen besten Freunde gefunden hatten, sagte ich: »Laß uns dein Nanabush-Wandgemälde suchen.«

»Nein, das wäre nicht fair. Wir müssen auf Alex warten. Es gibt noch mehr zu sehen.«

Also sahen wir uns in der nächsten halben Stunde die anderen Sachen an: ein Fischernetz voller seltsam gefärbter Fische aus Papiermaché von den Erstkläßlern; Masken der Ureinwohner von den Drittkläßlern, Familienwappen von den Sechstkläßlern, Gedichte über Tod und Verzweiflung von den Achtkläßlern.

Wir endeten vor einer Collage mit dem Titel »Mona und die Bullen«, in dem die Mona Lisa ein Trikot der *Chicago Bulls* trug und rätselhaft lächelte. »Taylor, mehr als eine Handvoll Höhepunkte vertrage ich nicht. Ich glaube, ›Mona und die Bullen‹ ist mein letzter Zwischenstop vor dem Wandgemälde. Ich verspreche, ich werde mich noch mal so freuen, wenn wir es uns mit Alex zusammen ansehen.«

Das Nanabush-Wandgemälde war im Lehrmittelraum aufgestellt worden und hatte eine ziemlich große Menschenmenge angezogen. Am Rand der Menge, ganz wie Taylor es vorhergesagt hatte, stand Alex Kequahtooway. Als Taylor ihn sah, sagte sie: »Da ist er«, und sie klang ganz sachlich.

Sie ging zu ihm hinüber und zupfte ihn am Ärmel. Alex kniete sich hin und sprach einen Augenblick mit ihr, dann stand er auf und kam zu mir herüber.

Ich bedeckte mein Gesicht mit einer Hand. »Ich hatte da ein kleines Abenteuer«, sagte ich.

Er zog sanft meine Hand herunter. »Marissa Desjardin hat eine Nachricht für mich in der Kfz-Werkstatt in Meadow Lake hinterlassen. Ich habe den nächsten Bus nach Hause genommen.«

Alex wollte mich umarmen, dann fiel ihm auf, daß wir mittlerweile mehr als nur ein paar verstohlene Seitenblicke ernteten. Er trat zurück.

Ich trat auf ihn zu. »Alex, ich könnte jetzt wirklich jemanden zum Anlehnen gebrauchen.«

Er legte seinen Arm um meine Schulter. »Bist du sicher, daß es dir gutgeht, Jo?«

Ich schloß die Augen und lehnte meinen Kopf an seine Brust. »Nein, aber zum ersten Mal, seit all das geschehen ist, glaube ich, daß es mir wieder gutgehen könnte.«

Am Morgen von Kellee Savages Beerdigung regnete es, doch als Jill und ich später über den Highway fuhren, war der Himmel klar, und die Sonne schien. Alex hatte mir angeboten, mich nach Indian Head zu fahren, aber Jill wollte unbedingt mitkommen. »Das ist das wenigste, was ich für eine Journalistenkollegin tun kann«, meinte sie einfach.

Die Unitarierkirche war voll, aber die einzigen, die ich kannte, waren Neil McCallum und Kellees Kommilitonen aus dem Journalistikkursus. Überall waren Blumen. Ed Mariani, der mit einer furchtbaren Erkältung und Barrys Vergebung aus Minneapolis zurückgekehrt war, hatte die weißen Rosen geschickt, die auf dem Tisch neben dem Gästebuch standen, und die Luft in der Kirche war süß vom Duft des Frühlings. Der Trauergottesdienst hatte jene besondere Bitterkeit, die Beerdigungen junger Menschen immer zu eigen ist. Es gab zu viele junge Gesichter in den Kirchenbänken. Der Pfarrer war so klug einzuräumen, daß ihm die Gründe für den Tod eines Menschen, der sein Leben eben erst begonnen hat, ebenso wie uns allen stets ein Mysterium bleiben würden.

Danach wurden die Trauernden in das Gemeindezentrum zum Leichenschmaus eingeladen. Es war ein schöner Saal: warm, mit pastellfarbenen Tischtüchern und Schalen mit verschiedenfarbigen Weiden, die im Nachmittagslicht funkelten. Neil McCallum war von einer Menschentraube umgeben, darum ging ich zu dem Tisch, an dem Linda Van Sickle und Jumbo Hryniuk saßen. Als Jumbo mich sah, sprang er auf und half mir in meinen Stuhl.

»Das ist die erste Beerdigung, auf der ich jemals war«, sagte er. »Vorhin hätte ich es beinahe nicht mehr durchgehalten. Wird es denn jemals leichter?«

»Nein«, meinte ich, »das wird es nicht. Aber ich bin froh, daß Sie hier sind.« Ich wandte mich an Linda Van Sickle. »Ich bin auch froh, daß Sie gekommen sind. Ich hatte nie die Gelegenheit, Sie nach den Ergebnissen der Ultraschalluntersuchung zu fragen.«

»Ich werde Zwillinge bekommen. Zwei kleine Jungen.«

»Das muß ungeheuer aufregend sein«, sagte ich.

»Das ist es«, bestätigte sie, aber ihre Stimme war ausdruckslos. Körperlich sah Linda besser aus als das letzte Mal, aber sie hatte die Gelassenheit verloren, die sie für einen Großteil ihrer Schwangerschaft umgeben hatte. Als sie weitersprach, konnte ich die Anspannung in ihrer Stimme hören. »Stimmt das alles über Tom Kelsoe? Daß er Kellee und Professor Gallagher umgebracht hat?«

»Ja, das stimmt«, versicherte ich.

»Das Schlimmste ist, wie er Kellee auf diesem Feld abgeladen hat«, warf Jumbo ein. »Als ob sie ein Tier wäre.«

»Weniger als ein Tier«, entgegnete ich.

Linda kaute auf ihrer Unterlippe. »Was wird mit Val geschehen?« fragte sie.

»Er ist noch im Krankenhaus«, sagte ich. »Vermutlich wird er als erstes verarbeiten müssen, was geschehen ist. Sein Vater hat einen Anwalt hinzugezogen, der sich um die rechtlichen Dinge kümmert.«

Jumbo wirkte verwirrt. »Val glaubte immer, daß sein Dad ihn haßt.«

»Val hat sich in vielen Dingen geirrt«, sagte ich.

Linda schüttelte traurig den Kopf. »Das haben wir wohl alle.«

Ich sah auf die andere Seite des Raumes. Neil McCallum bedeutete mir, zu ihm zu kommen. Ich stand auf, schüttelte Jumbos Hand und umarmte Linda. »Da drüben ist jemand, mit dem ich reden möchte. Ich sehe Sie am Freitag im Unterricht.«

Neils Augen waren rotgerändert und geschwollen, aber er lächelte, als er mich sah.

»Wie geht es Ihnen?« fragte ich.

»Nicht sehr gut«, räumte er ein. »Ich vermisse Kellee. Ich hasse es, einen Anzug zu tragen, aber Mom sagt, das muß man auf einer Beerdigung.«

»Ihre Mom hat recht.«

»Ich weiß«, erwiderte er. Dann überzog ein Strahlen sein Gesicht. »Sind Sie bereit, zu gehen?«

»Wohin?« fragte ich.

»Uns die Krokusse ansehen«, erwiderte er. »Erinnern Sie sich nicht? Als ich Ihnen sagte, daß Chloe und ich Krokusse gesehen haben, meinten Sie, Sie wollten sie sehen.« Er streckte mir seine Hand hin. »Also lassen Sie uns gehen.«

Ich folgte Neil nach draußen, und wir gingen die Straße hinunter zu seinem Haus, um Chloe zu holen. Auf unserem Weg in Richtung Stadtrand sprang der Hund durch die Vorgärten und rannte durch jede Pfütze auf der Straße. Als wir zur Prärie kamen und den Hügel hinaufgingen, auf dem Neil die Krokusse gesehen hatte, kam ein Wind auf, und ich konnte die Feuchtigkeit und die warme Erde riechen. Neil und Chloe rannten vor mir her.

Plötzlich rief er: »Hier sind sie.«

Ich folgte ihm auf den Hügelkamm und sah mich um. Soweit mein Auge reichte, war der Boden lila und weiß. Es war ein erstaunlicher Anblick.

Neil kniete sich hin, pflückte einen Krokus und reichte ihn mir. »Schön, nicht wahr?« sagte er.

»Herrlich«, erwiderte ich. »Es gibt übrigens eine Geschichte über den Ursprung der Krokusse.«

Neil setze sich auf den Boden und zupfte die Disteln aus Chloes Fell. »Wollen Sie mir diese Geschichte erzählen?«

Ich setzte mich neben ihn. »Ja, das möchte ich. Sie handelt von einer Frau namens Demeter, die eine Tochter namens Persephone hatte.«

Chloe jaulte, und Neil beugte sich über sie, um sie zu trösten.

»Persephone war eine wunderbare Tochter«, fuhr ich fort. »Sehr lieb und sehr rücksichtsvoll. Ihre Mutter liebte sie von ganzem Herzen. Eines Tages beschloß Persephone, daß sie in die Unterwelt gehen müsse, um die Geister der Menschen zu trösten, die gestorben waren.«

»Wie Kellee«, warf Neil ein.

»Ja, wie Kellee. Aber in der Geschichte wurde Persephone von ihrer Mutter, kaum daß sie gegangen war, so sehr vermißt, daß Demeter entschied, es dürfe niemals wieder etwas wachsen.«

Chloe lehnte sich herüber und legte ihren schlammverschmierten Kopf in meinen Schoß.

»Sie mag Sie«, sagte Neil.

»Ich mag sie auch. Wie auch immer, eines Morgens, als Demeter Persephone so sehr vermißte, daß sie das Gefühl hatte, sie müsse sterben, streckte ein Kreis aus lila Krokussen die Köpfchen durch die Erde. Die Blumen erblühten rund um Demeter herum, und sie waren so herrlich, daß Demeter sich auf den Boden kniete, damit sie sie von nahem sehen konnte. Und jetzt raten Sie mal, was sie dabei hörte?«

Neil zuckte mit den Schultern.

»Sie hörte, wie die Krokusse flüsterten: ›Persephone kommt zurück! Persephone kommt zurück!‹ Demeter war so glücklich, daß sie zu tanzen begann, und sie machte einen Umhang aus weißen Krokussen, um ihn ihrer Tochter zu schenken, sobald sie die Geister der Toten getröstet hatte und zu ihr zurückkehrte.«

Neil legte sich auf den Boden. Eine Weile lag er einfach da und sah zum Himmel auf, während Chloe neben ihm hechelte. Schließlich drehte er sich zu mir um und lächelte. »Ich habe sie gehört. Ich habe die Krokusse flüstern hören.«

Unni Lindell
Das dreizehnte Sternbild
Krimi
520 Seiten
TB 25196-1
Deutsche Erstausgabe

Wiegenlieder werden eigentlich für Kinder gesungen, wenn sie nicht einschlafen können.
Einen unruhigen Schlaf hat seit kurzem auch Hauptkommissarin Myklebust, denn die Strophe eines alten Wiegenliedes ist bisher die einzige Spur in einer unheimlichen Mordserie, vor der die Osloer Polizei in Atem gehalten wird.
Vier Männer, die auf den ersten Blick nichts miteinander zu tun haben, werden auf mysteriöse Weise getötet, und die Ermittler stehen vor einem Rätsel – der Fall scheint unlösbar.
Doch die Polizei hat ein wichtiges Detail übersehen ..

»Unni Lindells Debütroman muß zu den absoluten Höhepunkten der norwegischen Krimiliteratur gezählt werden.«

Aftenposten